Pangnirtung

Michael Eisele

Bücher in englischer Sprache
von
Michael Eisele
Without Tears And Other Tales
Twelve O'Clock Sharp
Odour Of Rectitude
Gentle Author
Obeah
Auf deutsch
Rufe In Der Nacht

Alle Rechte vorbehalten
Herausgeber: Michael Eisele
Urheberrecht: © 2015 Michael Eisele
Gedruckt in den Vereinigten Staaten von Amerika
www.michaeleisele.ca

Inhaltsverzeichnis

Haus mit Rundblick

*N*ach langem suchen fand Manfred Künzer den geeigneten Wohnsitz. Das Haus stand auf einem Hügel, inmitten einer Wiese, umringt von Bäumen und hohen Sträuchern. Herrn Künzer gefiel die Lage des Grundstücks auf Anhieb, besonders die umringende Mauer. Angrenzende Nachbarn waren keine, somit auch weder Straßen noch Verkehr. Ein überwachsener Fußweg führte zum Dorf weiter unten. Die Sicht konnte kaum zufriedenstellender sein, sie ließ auf ein ungestörtes Dasein schließen. Manfred Künzer ahnte, daß seine lange Wanderung ein Ende nahm.

„Ist Ihr Angebot endgültig?" wollte Künzer wissen.

Herr Siebart, der Makler, lächelte:

„Ich höre," ermunterte er.

Nach kurzem hin und her einigte man sich. Die Überweisung des Titels folgte wie erwartet.

Stefan Siebart runzelte unbewußt, aber merklich die Stirn. Kaum erschien er zwischen Tür und Angel, als seine Frau überrascht ausrief:

„Du liebe Not, was ist mit dir geschehen?"

Die Bemerkung fand augenscheinlich Mißfallen bei ihrem Mann, sein Gesicht verfinsterte sich:

„Wie ist das gemeint?" fragte er verärgert.

„Du siehst nicht gerade erbaut aus. Lohnte sich der Handel nicht?"

„Schon, schon."

„Aber?" drängte Frau Siebart.

Ihr Mann holte tief Atem:

„Gertrud, so wahr ich hier steh, der Mann flößte mir Grauen ein."

Frau Siebart sagte kein weiteres Wort, sie wandte sich kopfschüttelnd ab.

Eh der Monat verging wurde Manfred Künzer zum Gespräch der Umgebung. Viel Gutes ließ man nicht an ihm.

„Er ist hochnäsig," hieß es vielerseits.

August Wagner, der Großbauer und Dorfälteste, verkündete unter der Hand:

„Ihn beißen die Angstläuse."

Am Stammtisch wurde es lebendig.

„Erzählt schon," forderte einer der Zecher.

Der alte August ließ sich nicht zweimal heißen. Er schaute beifallheischend um sich, wonach er über den Tisch gelehnt verkündete:

„Hört zu. Wie ihr wißt grenzen meine Felder an Krämers Grundstück, welches nun in den Besitz des Reingeschmeckten geriet."

Wie erwartet nickten die Stammgäste zustimmend.

„Laßt euch etwas sagen, dem neuen Eigentümer komm ich allmählich auf die Schliche, ihm sitzt die Unruhe im Nacken, darauf könnt ihr euch verlassen."

Auf die Frage was daraus schließen läßt, folgte die Erklärung:

„Tagtäglich seh ich ihn mit einem Feldstecher auf der Mauer sitzen, wo er stundenlang das Tal absucht. Sobald man sich ihm nähert, verschwindet der Heimlichtuer."

So unrecht hatte der betagte Großbauer nicht. Manfred Künzer suchte seit Jahren den sagenhaften Ort der Vergessenheit. Wie erwähnt erkannte er das Haus auf der Anhöhe als die Rettung in der Not. Seine erträumte Stätte des Schutzes lag vor seinen Augen. Die unselige Wanderung nahm ein Ende, so glaubte er.

Tage vergingen, sie wurden zu Wochen, dann Monaten, die ihm ungewohnten Frieden bescherten. Abgesehen von vereinzelten, unerfreulichen Ereignissen mit hiesigen Schnüfflern und Heckenschmeckern, führte Künzer ein geruhsames Dasein; bis die Wendung kam.

Eines Morgens sah er eine verdächtige Gestalt um die Mauern lungern; schlendern hätte des Fremden Gang besser beschrieben. Aber ein Mann gehetzt von üblen Erinnerungen, schöpft Verdacht an allem. Mit dem Schall der Sturmglocken in den Ohren und dem Zahn des Gewissens an den Fersen, rannte Künzer ins Haus. Mit lauten Worten und fahrigen Händen stöberte er durch Schubfächer und Truhen. Als er mit dem Feldstecher draußen ankam, war der Fremde verschwunden. Nichts konnte er sehen, nicht mal seinen Schatten. Bis ins Innerste aufgewühlt lief Künzer hin und her, indessen er bei allen Heiligen schwor noch heute die Stätte zu verlassen. Was veranlaßte ihn solch heftige Maßnahmen zu erwägen? Immerhin erschienen zuweilen Leute auf den umliegenden Feldern, die ihn weder beunruhigten noch zur Flucht anregten. Was störte ihn an dem Mann der friedlich seinen Weg ging? Sein pfeifen. Es öffnete die Schleusen grausamer Erinnerungen, welche ihn seit Jahren um die halbe Erde hetzten. Die gruseligen Flüche und heillosen Drohungen hätte Künzer vergessen können, aber niemals das satanische Gelächter.

Vorsätze in der Not gefaßt sind schnell wieder beiseite geschoben, wenn der Anlaß dafür fern bleibt. Künzer betrachtete die Umgebung mit Argusaugen und weit offenen Ohren. Als er eine Zeitlang nichts verdächtiges sah und hörte, beruhigte er sich wieder.

Die Tage wurden kürzer und kälter. Der Winter rückte näher, ungetrübter Friede umgab das Haus mit dem Rundblick. Manfred Künzer fühlte sich zum ersten Mal seit Jahren halbwegs geborgen. Gewiß plagten ihn gelegentlich Gewissensbisse, aber der Zahn der Schuld stumpfte allmählich ab. Sein Leben wäre erträglich gewesen ohne dem ärgerlichen Vorgefühl eines bevorstehenden Unheils.

Was hatte er zu befürchten? Herr Künzer, ein Meister der Rechtfertigung schlechthin, legte seinem anderen Ich den Vorfall nochmals aus:

„Ein Unfall geschah, den ich weder verhüten konnte, noch ungeschehen machen kann. Hilfe mußte geholt werden um Ludwig zu retten. Mannhafte Burschen mit kräftigen Armen mußten her, die fünf Kilometer entfernt arbeiteten. Was sollte ich tun? Ludwig jammern helfen? Nein, Eile tat not. Ich schwang mich auf den Rücken des Braunen, dem ich die Peitsche gab bis ich beim Lager ankam. So, verflixtes Gewissen, nun laß mich in Ruh."

Wie gesagt, es war ihm nicht vergönnt. Im Gegenteil, es sollte schlimmer werden. Eh die ersten Veilchen blühten,

kehrten die gefürchteten Erinnerungen wieder zurück, und
zwar mit zweifacher Wucht. Knarrte es im Haus, zuckte
Künzer wie unter Peitschenhieben zusammen. Klapperte es
draußen, rannte er kopflos von Stelle zu Stelle. Das erwähnte,
verhaßte Vorgefühl ließ ihm keine Ruhe; die Wirklichkeit
konnte nicht länger verschönert werden.

„Manfred, du hast den Ludwig im Stich gelassen," gestand
er sich zum ersten Mal.

„Er verdiente es," folgte die Rechtfertigung. „Erregte er
nicht absichtlich meinen Widerwillen gegen ihn, der sich mit
der Zeit in unversöhnlichen Haß verwandelte? Diese
zugezogene Abneigung wurde Ludwig Meisner zum
Verhängnis, wie auch mir," platzte er heraus.

Ihr Verhältnis war auf lockerem Boden gebaut, aber
trotzdem wanderten sie zusammen von einer Arbeitsstelle zur
nächsten. Sie landeten in Sault Ste. Marie, wo ständig
Holzfäller gesucht wurden. Ludwig fand Gefallen an dem
ungebundenen Leben. Sogar die rückenlähmende, gefährliche
Arbeit sagte seinem derben Wesen zu.

Wohlgeneigt war Künzer dem Mitarbeiter nicht. Vom ersten
Tag bis zur folgenschweren Stunde empfand er ihn als ein
Dorn im Fleisch. Allein sein Gelächter, welches an Gezeter
blutrünstiger Hyänen erinnerte, erregte mordlustige Regungen
im gesitteten Künzer, den mit der Zeit alles störte an dem
vierschrötigen Rheinländer. Sein wuchtiger Körperbau bis zur
eisernen Gesundheit fand Künzer anstößig. Sogar seine
vergnügte Natur ging ihm gegen den Strich.

Leute erschienen nun öfters in Sicht des einsamen Hauses.
Eine heitere Stimmung lag in der Luft, welche Herrn Künzer
peinlich berührte. Bekanntlich scheut ein schlechtes Gewissen
Licht und Frohsinn; Finsternis und Verderben wären dem
schuldgeplagten Mann hinter den Mauern lieber gewesen.

April kam und ging. Es roch nach keimender Saat und
blühenden Wiesen. Manfred Künzer blieb unberührt von der
erwachenden Natur. Sein Empfindungsvermögen war von
Ahnungen getrübt, die ihm arg zusetzten. Er fühlte die Nähe
eines Unheils, welches sich jeden Augenblick über ihn entladen
könnte. Nun, die kribbelnde Erwartung ging bald in Erfüllung.

Eines Nachts, als er schlaflos im Bett lag, hörte er ein Geräusch das ihm durch Mark und Bein ging. Entsetzt fuhr er hoch, ächzend fiel er zurück. Von einem heillosen Schrecken erfaßt lag er wie gelähmt dort. Er horchte und hoffte sich verhört zu haben. Eine unheimliche Stille herrschte nun draußen. Kein Lüftchen rührte sich, nicht ein Hauch störte den nächtlichen Frieden dem Künzer nicht traute. Sein Mißtrauen erwies sich als berechtigt; was er befürchtete geschah. Das eigentümliche pfeifen wiederholte sich. Es klang diesmal näher und eindringlicher. Ein Schauder überfiel ihn. Er kannte das eigenartige pfeifen gut; nur Ludwig Meisner pfiff auf diese Weise. Er und kein anderer stand draußen vor dem Tor.

„Aber das kann doch nicht sein. Ludwig ist mit Sicherheit tot. Sein Gerippe liegt in den Wäldern Ontarios, über zehntausend Kilometer entfernt," stöhnte Künzer.

Er wollte sich eben den Gedanken aus dem Kopf schlagen, als ein schrilles Gelächter ertönte, hyänenhaft und satanisch zugleich. Kein Zweifel, sein Quälgeist hatte ihn gefunden, die Schatten der Vergangenheit sammelten sich über ihm. Künzer dachte an Flucht, doch er verwarf den Gedanken mit den Worten:

„Sich wehren ist klüger."

Nach kurzem sinnieren fiel ihm sein Dolch ein, den er von Kanada mitbrachte. Er nahm ihn von der Wand und prüfte die Klinge sorgfältig.

„Ein Stoß, ein Dreh, mein Gespenst hat ausgespukt," ermutigte er sich.

Wo sollte er die beabsichtigte Mordwaffe griffbereit verstecken? Nachdem er eine geeignete Stelle gefunden hatte, trat er schweren Herzens aus dem Haus. Sein tiefstes Inneres sagte ihm:

„Manfred, dein Schicksal ist besiegelt, er oder du."

Er verstand die mahnende Stimme, er nickte stumm.

„Ludwig, bist du es?" rief er lauter als beabsichtigt.

„Wer denn sonst," sagte er sich. „Diesen Lärm kann weder Mensch noch Tier nachahmen."

„Ja, ich bin es, Alter, öffne das Tor."

Drinnen im Haus, bei Licht, betrachteten sich beide eingehend. Es fiel Künzer nicht leicht seine steigende

Zerrüttung zu verbergen. Im Gegensatz zu Meisner, der gelassen mal einen höhnischen Blick auf ihn warf, mal ihn abschätzend musterte. Er benahm sich wie ein Mann, der kam um eine Rechnung zu begleichen. Schon die Tatsache, daß er seine ausgestreckte Hand verweigerte, wies darauf hin. Ludwigs Gegenwart stimmte Künzer bedenklich. Was brachte ihn her? Der Zufall oder tiefere Beweggründe? Ein Drang zur Rache zum Beispiel? Sein Blick wanderte unwillkürlich zum Vorhang, wohinter der feingeschliffene Dolch verborgen lag. Er wollte sich eben unauffällig dorthin schlängeln, als ihm etwas auffiel. Meisners Arm hing seltsam steif an seiner Seite. Bei näherer Betrachtung wurde ihm etwas anderes klar: Ludwig Meisner war nach wie vor kein Tapergreis, weder leiblich noch in der Gesinnung.

„Furchtlos, mein Gefährte, drauf und dran, mein Kamerad," war schon immer sein Schlagwort.

Wie erwähnt fühlte sich Manfred Künzer nicht wohl in der Haut, vor allem nachdem er etwas gewahrte, das ihm ein Schauder über den Rücken jagte. Meisners Arm bestand aus Stahl und Eisen; es war ein erstaunliches Kunstglied. Die meisterhaft geformte Hand glich eher der Pranke eines großen Raubtieres, als einem menschlichen Glied. Künzer wandte sich unwillkürlich ab. Seine Bestürzung fiel Meisner auf. Er wollte eben seiner teuflischen Lachlust Luft machen, doch ein zweiter Blick auf Künzer lehrte ihn anderweitig.

„Ich weiß, Manfred, es ist kein schöner Anblick, aber es mußte sein. Schau her."

Künzer hatte sich geirrt. Ludwigs Arm war weder steif noch schlaff. Ihm traten schier die Augen aus den Höhlen, als Meisner ihn mit einem Ruck hob, ihn heftig schwenkte, dann mit einer blitzschnellen Bewegung eine Flasche ergriff, welche er mit erstaunlicher Leichtigkeit zermalmte. Indem er einen bedeutungsvollen Blick auf Künzer warf, fing er an wie ein Irrsinniger zu lachen. Als er jedoch dessen Bestürzung sah, hielt er ein. Mit einer Unschuldsmiene bemerkte er:

„Ich sehe schon, du willst noch mehr wissen."

Das wollte Künzer nicht, aber Ludwig fuhr fort:

„Manfred, du erinnerst dich sicherlich noch an den Unfall an der Echo Bucht?"

„Gewiß, ich tat alles was in meiner Macht stand um Hilfe zu holen," versicherte Künzer.

„Ich weiß, ich weiß, keine Schuld haftet an dir. Du kamst halt zu spät mit den Helfern. Wie es der Zufall zuweilen mit sich bringt, gingen drei Jäger vorbei. Sie befreiten mich im Handumdrehen aus der schrecklichen Klemme."

„Die Folgen hinterließ," bemerkte Künzer.

„Na ja! der Verlust eines Gliedes ist besser als ein qualvoller Tod. Was geschah willst du wissen?"

Um ein Haar hätte Künzer den Kopf geschüttelt, doch er besann sich noch rechtzeitig.

„Meine Retter waren zufällig begüterte Samariter. Sie brachten mich zu einem Arzt, der meinen zerquetschten Arm abtrennte, und ihn mit diesem Kunstglied ersetzte."

Während Ludwig fortfuhr zu berichten, wanderten Künzers Gedanken mal hierhin, mal dorthin. Ihm dünkten Meisners Erklärungen irreleitend, aus Gründen die er nicht verstand, aber trotzdem fürchtete. An Mutmaßungen fehlte es ihm nicht, doch keine erschien ihm stichhaltig. Nur eines leuchtete ihm ein: Ludwig spürte ihm nach. Warum? Niemand folgt der Spur eines Mannes fünf geschlagene Jahre, ohne einen triftigen Anlaß. Was kann es sein? Schreit sein verwirrtes Hirn nach Vergeltung ohne zu wissen was geschah? Litt er an Phantomschmerzen für welche er ihn verantwortlich hielt?

Meisner redete, Künzer sinnierte, was wohl wirklich geschah in der entlegenen Bucht im Norden Ontarios, nachdem er aufbrach um Hilfe zu holen. Bleibt es ein Geheimnis das Ludwig mit ins Grab nimmt? Seine Erklärung hinsichtlich der Rettung klang bestenfalls abwegig, schlimmstenfalls erlogen. Sein Verstand weigerte sich zu begreifen warum jemand die Tatsachen seiner Befreiung aus tötlicher Gefahr so verdrehte.

Was immer geschah, Ludwig schien ein gezeichneter Mann zu sein. Spuren von widersprüchlichen Trieben entstellten sein Gesicht. Er machte den Eindruck eines Menschen auf dem Weg zum eigenen Begräbnis. Ein Grauen ergriff Künzer das sein Gewissen anregte. Er überlegte ob es nicht besser wäre sein verräterisches Verhalten zu gestehen. Er kam nicht dazu. Das Vermächtnis eines Fluches ereilte die zwei Männer am Tisch.

Meisners Arm aus Stahl und Eisen mit der tierischen Pranke, ergriff Künzers Handgelenk. Ein satanisches Gelächter erfüllte den Raum, das Künzers Schmerzensschreie übertönte.

Ludwig Meisner, sein langjähriger Gefährte und Leidensgenosse der Vergangenheit, verwandelte sich in ein Gift und Galle speiendes Scheusal; er war nicht mehr zu erkennen. Gespeicherter Haß, durch inneren Zwiespalt verschlimmert, trieb ihn an. Fügte man womögliche Phantomschmerzen hinzu, die er Künzer zuschrieb, wer weiß was ihm blühte. Das blieb nicht lange ein Geheimnis. Der geringste Versuch sich aus dem mörderischen Griff zu befreien, erzeugte stechende Schmerzen. Den vierschrötigen Meisner überwinden, dessen teuflische Gesinnung seine Kräfte verstärkten, erschien ihm aussichtslos.

Was dann geschah verursachte ein grausiges Entsetzen in Künzer, wie auch wahnsinnige Schmerzen, die ihn heftiger aufschreien ließen. Meisners eiserne Hand umfaßte seinen Arm fester. Während er in seinem hemmungslosen Gelächter fortfuhr, zerrte er den jammernden Künzer schier über den Tisch.

Meisners Absichten standen im Begriff sich zu enthüllen. Sie erwiesen sich, gelinde gesagt, als dämonisch. Die Erkenntnis, daß ihm etwas fürchterliches bevorstand, verbunden mit dem Gefühl in der Gewalt eines Wahnsinnigen zu sein, stieß Künzer in den Abgrund der Verzweiflung. Die Unschlüssigkeit verschlimmerte seine Lage. Er ahnte viel, doch er verstand wenig. Anscheinend suchte ihn Ludwig seit fünf Jahren. Die Zeit schürte seinen Groll, Mißerfolg nährte seinen Dämon. Soviel konnte man sich denken, im Gegensatz zum Vorhaben des Besessenen. So verhielt es sich. Der ehemalige Kamerad mit dem er Not und Brot teilte, kämpfte mit unheilvollen Mächten.

Ludwig geriet völlig außer sich. Wie von allen bösen Geistern zwischen Himmel und Erde gehetzt, fing er an zu johlen.

„Ludwig, bist du von Sinnen? Was ist denn plötzlich in dich gefahren?"

„Plötzlich, Ganelon, plötzlich? Fünf Jahre lang träumte ich von diesem Augenblick. Jeden Abend eh mir die Augen zufielen, schwor ich Vergeltung. Jeden Morgen, halbwach, wiederholte ich den Schwur."

Künzer wunderte sich was wohl in seinem ehemaligen Gefährten vor sich ging. Hatte ihn das jahrelange brüten dermaßen verwirrt, daß er unbewußt handelte? Darin irrte sich Manfred Künzer gewaltig, wie es sich bald herausstellte. Ludwig musterte ihn mit der Miene eines Unholds; lauernd, mit schlecht verhohlenem Groll:

„Niemand rettete mich," stieß er hervor.

„Aber du sagtest doch, daß drei Jäger sich deiner annahmen."

„Ich habe dir etwas vorgelogen."

„Inwiefern?"

„Ich befreite mich selbst."

Ungläubig starrte Künzer ihn an, während Erinnerungen vor seinem geistigen Auge erschienen. Deutlich sah er den Gefährten jammernd am Boden liegen, sein Arm steckte unter einem mächtigen Baumstamm, der mit allen Kräften und Mitteln nicht zu bewegen war. Nach stundenlangen, erfolglosen Versuchen, kam die Einsicht eine Sisyphus Arbeit verrichten zu wollen. Endlich, erschöpft und entmutigt, sattelte er den Braunen, auf Ludwigs Geheiß wohlgemerkt, und machte sich auf den Weg zum Hauptlager. Was unterwegs geschah folgte ihm wie der Fluch einer bösen Tat.

„Du befreitest dich selbst, aber wie, mit was?"

Ein Blick aus der Tiefe einer gequälten Gesinnung, vom Groll genährt und heillosem Wirrwar geschürt, fiel auf Künzer. Ludwig griff in die Tasche, voraus er ein Messer zog, das er auf den Tisch warf.

„Mein Befreier," grollte er.

Entgeistert starrte Künzer vom Messer auf Meisner. Stöhnend wandte er den Kopf, denn er verstand.

„Du meinst doch nicht etwa?"

„Nichts anderes. Obwohl ich am Rande einer Ohnmacht schwebte, hatte ich lichte Augenblicke. Ich erkannte meine Lage. Ha, ha, ha, mein langjähriger Kumpan, ein Musterbild der männlichen Ehre, nahm Reißaus. Die Erkenntnis jagte die Hoffnung samt ihren gepuderten Locken und falschem Lächeln

über die Bucht. Nur ein Wunder konnte mich retten. Aber da ich nicht an Zauber glaubte, begann ich zu schnipfeln."
Aschfahl, bestürzt rief Künzer aus:
„Oh, nein."
„Oh, ja, aber erst als es mir gelang den Arm abzubinden," versicherte Ludwig mit höhnischem kichern.
„Willst du wissen wie es weiter ging?"
„Nein," lag Künzer auf der Zunge, ein klägliches ja-a druckste er heraus.
„Abgesehen von den bestialischen Schmerzen, verlief alles einigermaßen gut. Als ich mich dem Schecken näherte, stutzte er schon von weitem. Mein Krakamal hatte ihn beängstigt, folglich ritt ich auf dem Maulesel zum Lager."
Ludwig Meisners Gesichtsausdruck verwandelte sich in eine Maske der Verachtung. Wie glühende Dolche durchbohrten seine Augen den zitternden Künzer.
„Eh ich dort das Bewußtsein verlor, erkundigte ich mich nach dir. Was ich begriff war das: der Schleicher hatte sich fortgeschlichen."
Künzer wollte Einspruch erheben, doch der verächtliche Ton sowie das haßverzerrte Gesicht, belehrten ihn anderweitig. Außerdem hätte es nicht viel genützt, angesichts einer unangenehmen Tatsache. Ihm begegnete Fritz Maucher unterwegs. Folglich mußte man annehmen, daß der Leiter des Lagers, somit auch Meisner, im Bilde war. Das Gespräch, kurz aber treffend, konnte Künzer Wort für Wort wiedergeben, somit auch Mauchers Nachfrage:
„Wie geht es bei euch, ist alles in Ordnung?"
„Es könnte nicht besser sein," wurde Maucher unterrichtet.
Eine Erkenntnis begann Wurzeln zu fassen. Sein einstiger Gefährte, ein wahrhaftiger Fremder nun, war weder verwirrt noch geistesgestört. Ihm gegenüber saß ein Besessener, den eine Zwangsvorstellung jagte. Man mußte behutsam mit ihm umgehen.
„Ludwig, was hast du vor?"
„Dir heimzahlen mit gleicher Münze."
„Für was?"
„Deine Schurkerei," stieß Meisner mit einem Zischlaut hervor.

Künzer ächzte:

„Zugegeben, ich handelte nicht gerade ehrenhaft. Ich könnte das Geschehen bemänteln, aber zuwas, nach all den Jahren. Warum nicht Schwamm darüber und von Neuem beginnen. Wie heißt es bei den Englischen? Laßt schlafende Hunde ruhn." Ludwig gab keine Antwort, er schaute hierhin und dorthin, wie ein Mann der auf etwas wartete. Plötzlich erhellte sich sein Gesicht. Die Sonne erschien über dem Horizont.

„Laßt uns beginnen." Künzer zuckte zusammen:

„Beginnen? Mit was?"

„Deiner Befreiung," entgegnete er barsch, indessen seine Hand abermals in die Tasche griff, wovon nach kurzem kramen eine Binde erschien, die er über den Tisch schob.

Künzer schaute verdutzt drein, er begriff nicht um was es sich handelte. Erst als Ludwig sein dämonisches Gelächter wieder anstimmte, ging ihm ein Licht auf. Von Grauen gepackt versuchte er aufzustehen, stöhnend blieb er sitzen.

„Na, auf was wartest du? Fang an zu schneiden," höhnte Ludwig.

Künzer begriff. Wie gelähmt schaute er mal auf die Binde, mal auf das Messer, das offenkundig für diesen Zweck sorgfältig geschärft wurde. Fieberhaft rasten seine Gedanken von der Bucht am Huronsee, der Quelle seines Unheils, zur Stätte wo er das Licht der Welt erblickte. Stand er im Begriff sein Leben frühzeitig hier zu enden? Dem Anschein nach ja, es sei denn er befreite seinen Arm aus der erbarmunglosen Klaue. Aber wie? An Gewalt bloß zu denken glich einem Opiumtraum. Mit dem feixenden Ludwig erörtern, schien ihm ein sinnloses Unternehmen. Folglich mußte die Rettung mit eigener Kraft geschehen.

Zeit zum langen überlegen bestand nicht. Ludwig wurde sichtlich ungeduldig. Dann geschah etwas bemerkenswertes. Die Stimmen des Gewissens veloren ihren Biß. Eine innere Ruhe erfüllte ihn; die quälende Reue verschwand, der gehetzte Blick entspannte sich. Deutlich, wie die Schrift an der Wand, erschien vor Künzers Augen die Berechtigung seiner Handlung. Wer kann erwarten, daß man sich mit äußerster

Kraft und allen Mitteln für jemanden einsetzt, noch dazu unter Lebensgefahr, dessen schäbiger Charakter wie Rotlauf schwärt? Und wie sich nun herausstellte unmenschliche Regungen besitzt? Wie erwähnt, Manfred Künzer verstand die Kunst der Rechtfertigung und noch mehr, nämlich, daß er handeln mußte. Tüfteln erschien ihm sinnlos. Meisner hatte eine Teufelei ausgeheckt, von der er nicht freiwillig ablassen wird, soviel stand fest. Was es war? Nichts weniger als eine Wiederholung der Marter, welche er sich selber zuzog. In anderen Worten, er, Künzer, sollte sich den Unterarm abschneiden um frei zu kommen, somit aber auch Ludwigs Schmerz und Schmach erleiden.

Nun, Künzer war kein Leisetreter. Der lange Aufenthalt in Kanada hatte ihn geeicht. Das ungeheuchelte Leben in der freien Natur hatte sein Feuer geschürt. Die anstrengende Arbeit stärkte seine Glieder. Er lernte einiges in der Wildnis das ihm oft zu Gute kam. Unter anderem erlangte er eine Fähigkeit in den riesigen Wäldern, die nun im Begriff stand ihn vor Qual und Schmach zu bewahren.

Künzer warf einen verstohlenen Blick auf das Messer an der Seite seines Gegenüber. Ein Lächeln überflog sein Gesicht; er sah einen Ausweg. Während er Ludwig aus einem Augenwinkel betrachtete, fiel ihm etwas auf; Meisners merkwürdiges Verhalten. Er scharrte mit den Füßen, warf gehetzte Blicke in alle Richtungen und stöhnte laut. Es war zu sehen, daß ihm nicht wohl zumute war. In der Tat enstand ein innerer Kampf zwischen der Vernunft und einem Wahn, den Meisner fünf Jahre lang nährte. Obendrein stieg eine dunkle Ahnung in ihm auf, daß sein Vorhaben ihm mehr Schaden zufügen könnte als dem verhaßten Manfred.

Das Gefühl eines nahenden Unheils ließ sich nicht mehr verscheuchen; im Gegenteil, es vertiefte sich. Wie auch das nagende Gefühl etwas entscheidendes übersehen zu haben. Trotz den vielen Erwägungen sowie ständigem tüfteln, bedrückte Meisner die Erkenntnis etwas wichtiges außer Acht gelassen zu haben. Letzten Endes bestätigte sich diese Ahnung.

Wie es oft geschieht, scheitert der klügste Mann an einer Kleinigkeit. Außerdem hatte Ludwig den Entschluß gefaßt den Irrsinn, wie er sein Vorhaben jetzt nannte, umgehend zu beenden. Wie ein Mann der aus einer Betäubung erwacht, hob er den Kopf und lehnte sich zurück. Eben wollte er Manfred befreien, als ihm das Messer mitten durch sein Herz fuhr. Meisners Kopf fiel stöhnend auf den Tisch. Aber nicht bevor er seinen ehemaligen Kameraden bestürzt ansah. Lächelte er? Es schien so, denn Ludwig erkannte den Ursprung seines nagenden Bedenkens. Es war die oft bewunderte Fähigkeit im Messerwerfen. Von nah, von fern, Manfred Künzer verfehlte nie sein Ziel.

Der Erzkanadier

*F*rank Mason war ein waschechter Kanadier. Er liebte Kinder, verehrte Frauen und wetterte gegen fremde Einflüsse, welche ihm nach seit kurzem wie Lawinen über Kanada stürzten. Er lebte in einer Zeit wo Männer noch Männer waren und die Frauen sich darüber freuten. Herr Mason bezeichnete sich als großzügig, weltoffen und duldsam. Nur Ausländer konnte er nicht ausstehen, vor allem Deutsche. Im Umgang mit ihnen, den Ausländern, verwandelte er sich von einem leutseligen Menschen zum angriffslustigen Murrkopf. Er war der Meinung Kanada beherberge zuviele Ausländer, die er Zuläufer nannte. Ja, sogar in einer Kleinstadt wie Clifton verging kein Tag wo man diesen Eindringlingen nicht begegnete. Ihr grauenhaftes Hundelatein konnte einem die Ohren versengen. Sogar ein gutmütiger Mensch wie er verlor bei diesen Mißtönen zuweilen die Geduld.

Die Stadt Clifton war noch jung, kaum siebzig Jahre alt, ferner fast ausschließlich von europäischen Einwanderern gegründet und aufgebaut. Aber solche Tatsachen störten Frank Mason nicht im geringsten, er rief sie ins Leben und zimmerte sie nach Bedarf. Sein Leitspruch hieß: Ausländer bleibt Fremdländer, wenigstens fünf Generationen zurück. Man betrachte ihn zum Beispiel, verkündete er bei jeder Gelegenheit. Ein Schotte vom alten Schrot, Nachkomme von Hochländern, die ursprünglich in Neuschottland ihren Wohnsitz aufschlugen.

Mit seiner Frau kam er gut zurecht; das heißt, er beugte sich stets ihrem Willen. Kinder hatten sie keine.

„Wir Kanadier," hörte man ihn immer wieder laut sagen, vor allem in der Gegenwart von Ausländern, „sind viel zu nachsichtig mit den Zuwanderern. Seht doch nur wie man von verkehrt denkenden, radebrechenden Zuläufern runter gezogen wird. Man kann sich ja kaum noch im eigenen Land verständigen."

Wo Herr Mason Verdacht schöpfte, daß jemand nicht ganz rein sei, also nicht bewährt kanadisch, begann er sich ihnen zu nähern, indem er unter einem Vorwand ein Gespräch anknüpfte. Weh dem Geprüften, sollte er auch nur einen leichten, nicht anglosächsischen Akzent vermuten lassen. Herr Mason schien dann plötzlich zu wachsen, hochwärts und seitwärts, bis er dem Ertappten wie der Geist aus der Flasche vorkommen mußte. Farbige wurden erst garnicht beachtet, denn man erkannte ohnehin wo sie herkamen, also gewiß nicht von Kanada. Ihnen warf Frank Mason lediglich vernichtende Blicke zu.

Ansonsten erwies er sich als ein angenehmer Mann. Er war stolz ein Durchschnittskanadier zu sein, ein Mann der Straße, ganz und gar ein Alltagskerl. Diese Vorzüge, in Nordamerika fest verankert, Wahrzeichen der Neuen Welt, in dessen Licht man sich erkannte und wohlfühlte, es mit geballten Fäusten gegebenenfalls verteidigte, schien zusehends gefährdet zu sein. Aber nicht solange er und seine stämmigen Kameraden noch Luft in den Lungen und Kraft in den Fäusten besaßen. Die lästigen Fremden wurden unbarmherzig verunglimpft.

„Die werden immer unverschämter, ja von Tag zu Tag frecher, geradezu aufdringlich," verkündete Mason am Biertisch.

„Das hab ich auch schon bemerkt," pflichtete ihm Ted Brewster bei. „Denkt euch bloß, neulich weigerte sich so ein angestrichener mir auszuweichen. Der Kerl steuerte schnurstracks auf mich zu, mit einer Miene die mir verbissen vorkam, wenn nicht drohend. Ich gab ihm aber Bescheid, ha, ha, ha."

„So gefällst du mir," lobte sein Nachbar, während man die Gläser leerte und gelobte weiterhin nichtkanadische Einflüsse zu bekämpfen.

Frank Mason besaß eine seltsame Aussprache, so ein wenig britisch gefärbt, weshalb man ihn zuweilen fragte:

„Woher sind Sie denn?"

„Von hier natürlich," kam eine gereizte Antwort.

„Nein, nein, ich meine ursprünglich."

„Von Kanada, das hört man doch!" fuhr er dann denjenigen an.

Ihn merkte er sich, er kam auf seine Liste.

Frank Mason wurde kürzlich mit knapper Mehrheit zum Bürgermeister gewählt. Seine Freude darüber kannte keine Grenzen. Es wurde gefeiert, gratuliert, Hände wurden geschüttelt bis die Gelenke schmerzten, ferner Ansprachen gehalten bis die Zunge am Gaumen klebte. Im Taumel der Freude vergaß er sogar vorübergehend seinen Ärger mit den Ausländern. Seine Frau hatte ihn übrigens schon längst geraten in dieser Hinsicht etwas vorsichtiger zu sein.

„Frank, du mußt deine Zunge besser im Zaum halten was die Ausländer betrifft," mahnte sie schon nach dem ersten Tag als er sich zur Bürgermeisterwahl aufstellen ließ.

„Ich weiß, ich weiß," stimmte er ihr ungehalten bei. „Aber leicht fällt es mir nicht, angesichts dem dreisten Benehmen dieser Menschen. Stell dir vor, jeder Zugelaufene darf jetzt Fragen stellen die sich nur für echte Kanadier geziemen. Solche Anmaßungen sind nicht leicht hinzunehmen."

„Nun ja, ein Politiker muß das schon hinnehmen," lenkte sie beschwichtigend ein. „Man hat Fragen gestellt, an wen denn?" fügte sie dann hinzu.

„An mich, an alle," kam die mürrische Antwort.

„Wer war es denn?" wollte sie wissen.

„Na, wer denn schon, natürlich Ernst Kohler, der großmaulige Deutsche mit der gräßlichen Aussprache. Himmel, wenn ich die Stimme nur höre. Vor drei Wochen erhielt der Naseweis die kanadische Staatsangehörigkeit und seither ist er nicht mehr auszustehen."

„Na ja, vergiß nicht, jede Stimme zählt bei den Wahlen," versuchte sie ihn zu beruhigen.

Ihr Mann sprang auf, er polterte los:

„Das ist es ja eben, jeder Hergelaufene kann nach fünf Jahren Kanadier werden, auf dem Papier wenigstens, ohne Englisch zu können, noch Achtung und Liebe unserem Land zu zeigen."

Seine Frau schwieg, was selten vorkam, denn sie kannte ihren Mann zu gut. In allem zeigte er sich ihr gegenüber nachgiebig, außer in Ausländerfragen, wie er es nannte. Ihn erinnern, daß Kanada zweisprachig ist, außerdem die Staatsangehörigkeit unter Umständen schon nach dreijährigem Aufenthalt erworben werden kann, wäre nicht ratsam gewesen.

Solch unangenehme Tatsachen gossen lediglich Öl auf sein Feuer, welches dann tagelang flackerte.

Mason entpuppte sich als vorzüglicher Bürgermeister. Ordentlich von Natur, klar denkend und ausgestattet mit einem bemerkenswerten Geschäftssinn, fiel es ihm nicht schwer die Stadt in Aufschwung zu bringen. Er reiste gern, was ihm manche verübelten, jedoch andere hoch anrechneten, weil die Stadt dadurch über ihre Grenzen der Provinz bekannt gemacht wurde. Noch im dritten Jahr nach seiner Wahl saß er fest im Sattel. Die Zahl seiner Anhänger wuchs von Monat zu Monat an. Er war ungemein beliebt, wurde über den Olymp gelobt; ja, man bezeichnete ihn als gottgesandt, er sonnte sich geradezu in den Strahlen des Ruhms. Die Finanzen der Stadt hatten sich unter seiner Leitung wesentlich verbessert. Grünanlagen wurden erweitert, neue angelegt, auch bemühte man sich das Schulwesen zu verbessern; das heißt, mehr Geld wurde ausgegeben. Obendrein weihte man einen Tag im Jahr den Frauen, eine ganze Woche den Müttern, was schon allein den nächsten Wahlsieg sicherte.

Herr Mason stand eines Tages nachdenklich am Ufer des Okanagansees. Während er in Gedanken die vergangenen Jahre überflog, füllte sich sein Herz mit reinem Wohlwollen, nicht bloß für die Gemeinde, sondern auch für sich selbst. Am liebsten hätte er einen lauten Juchzer über das Wasser geschickt, aber er zügelte sich noch rechtzeitig. Trotzdem blickte er verstohlen um sich, aus Furcht, daß vielleicht ein Spaziergänger seine Absicht wahrgenommen hätte. Es wäre ihm äußerst peinlich gewesen. Nur an so etwas denken verursachte dem Bürgermeister ein stechendes Unbehagen. Solch überschwengliche Ergüsse geziemten sich nicht für einen echten Kanadier, welcher dazu noch das Amt eines Bürgermeisters bekleidete. Nur Ausländer sind zu solchen Ausbrüchen fähig, brummte er vor sich hin.

Dann sah er ihn! Frank Mason blieb erstmal wie angewurzelt stehen, prallte dann einige Schritte zurück, wonach er hinter dem nächsten Baum verschwand.

„Zeit gewinnen, ruhig bleiben," murmelte er dabei vor sich hin.

Während er sich die Augen rieb, schaute er vorsichtig nach allen Seiten, dann schob er den Kopf sachte, oh, so sachte, hinter dem Baum hervor. Als er den Mann abermals sah, mußte er mit heller Gewalt seinen Gefühlen Zügel anlegen. Es war kein anderer, er war es, den Quadratschädel hätte er hinter zehn Hecken erkannt. Wie gebannt schaute er zu wie er anfing Steine über das Wasser zu schirken. Speckschneiden nannte es der vermaledeite Schwabe. Ohne Zweifel, es war kein anderer. Ja, vor ihm hupfte Ludwig Schimpel herum, wie immer zu allerlei Plänkeleien aufgelegt.

Fast unwiderstehlich rempelte ihn die Versuchung an mit wilden Sätzen in das nah gelegene Gebüsch zu flüchten, um dort in der Sicherheit der Saskatoonsträucher die wüsten Eindrücke zu ordnen. Aber noch eh er einen Anlauf nahm, zügelte er rechtzeitig das Verlangen, denn ihm schwante nichts Gutes. Erstens konnte es die Aufmerksamkeit Schimpels auf ihn lenken, weiterhin wäre es möglich, daß ein Hiesiger solche Bocksprünge verkehrt auslegen könnte. Schließlich war er der Bürgermeister der Stadt, dazu noch hoch angesehen. Nein, keinerlei Aufmerksamkeit durfte auf ihn fallen, ein Aufsehen mußte unbedingt vermieden werden.

Ludwig Schimpel hatte inzwischen aufgehört Steine zu schirken. Er reckte sich eine Weile, wonach sein Blick in alle Richtungen wanderte. Auch den Himmel tasteten seine blauen Augen ab. Oh, wie gut sich Mason an diese blitzenden Augen erinnerte, worin zumeist alle Schelme der Welt einen ausgelassenen Reigen tanzten. Wie oftmals, wenn er todmüde, ausgebrannt von der stechenden Sonne über den weiten Feldern Tillsonburgs, bereit war aufzugeben, genügte ein Blick in die lachenden, freuderfüllten Augen seines Freundes, um den Staub vom Herzen zu fächeln und die Lähmung aus allen Gliedern zu lösen. Ein Schluck Wasser, zwei, drei Scherzworte, weiter ging es mit gebeugten Knien an die raschelnden Tabakstauden.

Der Mann in seinen Erinnerungen begann inzwischen im Sand hin und her zu laufen, vielmehr zu schlendern. Als er sich dabei dem Baum näherte, hinter welchem Mason schützend stand, wurde es dem Bürgermeister so recht schwindlig im Kopf sowie hohl im Leib. Zum Glück kehrte seine entwichene

Geistesgegenwart wieder zurück. Sofort schmiegte er sich enger an den Stamm des riesigen Ahornbaums, bereit je nach Not rundrum zu schleichen.

Plötzlich verhielt Schimpel seinen Schritt. Er schien zu überlegen, indessen seine Augen die Hütten über der Straße abtasteten. Etwas schien seine Aufmerksamkeit dort erweckt zu haben, was dem Bürgermeister mehr als gelegen kam, weil diese Hütten etwas entfernt standen, gegenüber seinem Versteck.

Als Schimpel begann seine Schritte dorthin zu lenken, atmete Frank Mason erleichtert auf, er war vorläufig gerettet.

„Zeit gewinnen, ruhig bleiben," stieß er abermals zwischen den Zähnen hervor.

Zum Glück hielt sich niemand am Strand auf, ebenso wenig wie im angrenzenden Park. Was Mason veranlaßte Schimpel zu folgen, hätte er nicht sagen können, aber etwas unerklärliches zog ihn an. Mit gespielter Gleichgültigkeit, in einer Art Schlendergang, folgte er in angemessenem Abstand. Hinter jedem Baum hielt er an um wie versunken die Umgebung zu betrachten. Er hoffte damit einen zufälligen Beobachter zu täuschen und eine Einmischung zu erschweren. Sogar ein Bürgermeister hat ein Recht mal ungestört zu bleiben.

Halb seitwärts, damit er unerkannt blieb sollte sich Schimpel unverhofft umdrehen, folgte er ihm bis er in einer der Hütten verschwand. Mason merkte sich die Hausnummer, er wiederholte sie leise bis die Zahl in seinem Gedächtnis haften blieb. Dann entfernte er sich mit hastigen Schritten, wobei er weder links noch rechts schaute. Die Grüße der Leute die ihm begegneten nicht beachtend, eilte er mit bleichem Gesicht und schlotternden Gliedern seinem Haus entgegen. Er pries den Himmel für die Abwesenheit seiner Frau, in welcher ein geneigtes Schicksal eine plötzliche Sehnsucht nach ihren Eltern erweckt hatte, die weit entfernt in Saskatoon wohnten.

Zuhause angekommen, verriegelte er sorgfältig alle Türen und warf sich dann ächzend in einen Sessel. Nachdem er sich mit einigen kräftigen Schlucken aus der Flasche gestärkt hatte, ließ er die Gedanken auf sich einstürmen. Wie und warum kam Ludwig Schimpel nach Clifton, wehten ihn die Winde des Zufalls vor seine Schwelle oder suchte er nach ihm? Schon der

Name allein erweckte einen bodenlosen Schrecken in Mason,
erinnerte er doch an seine Vergangenheit, die er glaubte
unwiderruflich sowie tief im Fluß der Vergessenheit vergraben
zu haben. Der Mann in der Hütte, im Schatten der
Ponderosatannen, hielt sein Geschick in den Händen. Kam er in
Frieden, kam er in Streit, gedachte er zu bleiben oder war er
morgen wieder fort? Gewißheit über sein Vorhaben mußte
verschafft werden, noch heute, denn morgen könnte es zu spät
sein. Heute war sein freier Tag, keine Amtstreffen standen an
der Tagesordnung.

Herr Mason stand auf. Unsicher, was das Schicksal mit ihm
vorhat, lief er erregt hin und her. Streckte es seine Fänge aus
um ihn vom eben erklommenen Kamm des Ruhms zu zerren
oder wollte es ihm bloß einen Wink geben, einen Rat, seine
Vergangenheit der Gegenwart einzuordnen? Zwanzig Jahre
lang hatte Frank Mason mit zäher Ausdauer und großer Mühe
seine Spuren verwischt; mit Erfolg, doch freilich nur bis jetzt.

Es war weder einfach noch angenehm gewesen, ja, zuweilen
sogar gefährlich, vor allem in den ersten zehn Jahren. Obwohl
er seinen Namen gesetzlich ändern ließ, die Gepflogenheiten
der Einheimischen mit einer Verbissenheit nachahmte, welches
ihm so manchen rüden Verweis erntete, nahm die
Umgestaltung ungebührlich viel Zeit in Anspruch.

Die verräterischen Anzeichen seiner Herkunft zeigten sich
natürlich am meisten in der Sprache. Um diese Kennzeichen zu
verbergen griff er zu einer alterprobten List, nämlich, nuscheln
und lispeln, also einen Sprachfehler vortäuschen. Manche
ließen sich damit täuschen, obwohl die meisten angewidert von
ihm Abstand nahmen.

Mit bebendem Herzen dachte er an die ersten zehn, zwölf
Jahre seiner Umwandlung, Jahre, welche sich im Schatten des
Widerwillens nur mühselig dahin schleppten. Trotz aller Anstrengung, ungeachtet der heraklischen Mühe, trennten sich
gewisse Worte nicht von seinen Stimmbändern. Einzeln angewandt gelang ihm die Aussprache einigermaßen, jedoch in
Sätzen eingeflochten verriet er seine Abstammung ohne Fehl.

Ludwig Schimpel! Mason stieß diesen Namen zwischen
zusammengebissenen Zähnen hervor, wobei er ächzend tiefer
in sich versank. Den Kopf in beide Hände gestützt über-

wältigten ihn unheilvolle Vorstellungen. Er fühlte wie sich die
Maschen eines unerbittlichen Schicksals um sein Dasein
schnürten; ein Dasein, welches er mit unendlicher Sorgfalt
gestaltet hatte. Vom radebrecherischen Habenichts zum wohl-
habenden Erzkanadier, obendrein Bürgermeister, wer konnte
ihm das schon nachmachen? Gewiß nicht der herum irrende
Schwabe in der baufälligen Hütte, welcher nach wie vor mittellos aussah. Steine ins Wasser werfen, wie ein kleiner Bub,
höhnte Mason im Stillen. Wieviel Mühe, jahrelange Fronarbeit
solch eine Umgestaltung erfordert, können sich nur Menschen
vorstellen die ähnliches durchgemacht haben.

Kurz nach seiner Ankunft in Kanada erkannte Mason die
Notwendigkeit einer Sprache ohne fremdländische Färbung,
wollte man Ämter oder höhere Posten bekleiden. Er wollte
nicht lange als herumziehender Gelegenheitsarbeiter seinen
Lebensunterhalt verdienen; im Gegensatz zu Ludwig Schimpel,
der sich nicht mit solchen Gedanken beschäftigte. Der Kerl
schien einfach keinen Ehrgeiz zu haben.

„Laß mich in Ruh mit deiner Streberei, eh ich ernst werde
möchte ich das Land kennenlernen," setzte er stets seinen
Ermahnungen entgegen.

„Aber Ludwig, willst du nicht etwas aus deinem Leben
machen?"

„Ja, was denn schon?"

Mit ihm war weder zu rechten noch zu fechten, denn er
besaß eine scharfe, spöttische Zunge. Erbstück meiner
Vorfahren, versicherte er dem erbosten Freund, während seine
Augen blitzten.

Franz Maurer, wie er damals hieß, dachte völlig anders. Der
Trieb, von seiner Mutter geerbt, groß angesehen, dazu reich zu
werden, führte ihn über das weite Meer, in das Land wo
ungedachte Möglichkeiten an jeder Ecke warten; so wurde ihm
beteuert.

Seine Sprachübungen und das Bemühen im Eilschritt sich
in einen Hiesigen zu verwandeln, führten zu ständigen
Reibereien mit Schimpel. Um dem Hohn und der zunehmenden
Verachtung seines Gefährten zu entgehen, nahm sich Mason
vor wenigstens drei Provinzen zwischen sich und ihm zu legen.
Zum Kuckuck mit dem Ahnenstolz, den Schimpel wie eine

flatternde Fahne herum trug. Laß den Toffel die Last allein
tragen, sagte er sich, sie wird ihn schon unten halten, wo er
sowieso hingehört.

Er selbst scheute sich nicht im kanadischen Wesen aufzuge-
hen; mit Haut, Haar und Gepflogenheiten. Wenn nur die ver-
flixten Schwierigkeiten mit der Sprache nicht bestünden, alles
andere würde sich mit der Zeit von selbst einrenken. Mason
verwünschte zum hundersten Mal seine falsch gewachsene
Zunge, die sich weigerte erwartete Dienste zu leisten. Ans aufgeben war jedoch nicht zu denken, nur mußte er zuerst von
dem Stammestümler wegkommen.

Eines Tages, während Schimpel seine gewohnten Vorstellungen gab, weit hinter dem Haus, wo er einer lärmenden Versammlung Handstände und andere Kunststücke lehrte, faßte
Mason den Entschluß sich aus dem Staub zu machen. Während
Schimpel schwäbische Tänze vorführte sowie Volkslieder
sang, die seit je Frank Mason die Schamröte ins Gesicht trieben, packte er seine Habseligkeiten und verschwand in der anrückenden Dunkelheit. Er hinterließ lediglich eine kurze
Nachricht.

„Ich suche mein Glück woanders." Weiter nichts.

Freilich ließ er so wie nebenbei das Geld aus der
gemeinsamen Kasse in seiner Tasche verschwinden.

Das geschah vor etwa zwanzig Jahren. Unleugbar
ereigneten sich seitdem erstaunliche Dinge in seinem Leben,
welche ihm eine Zeitlang nichts wie Kummer bescherten, vor
allem wegen seiner Unfähigkeit die kanadische Sprechweise zu
meistern. Obwohl er nichts unversucht ließ seiner Zunge den
rechten Dreh zu verleihen, schien ihm zuweilen alles wie
verlorene Mühe; die reinste Sisyphusarbeit.

Seltsamerweise gelang es ihm hin und wieder für einen Iren
gehalten zu werden, manchmal für einen Schotten oder sogar
für einen Engländer, aber niemals für einen echten Kanadier.
Neukanadier nannte man ihn gelegentlich, eine Bezeichnung
welche ihm nichts wie Enttäuschung bereitete. In seiner
Verzweiflung fing er an wie ein Einheimischer zu fluchen, was
ihm freilich wider seine Natur ging, obendrein auch nicht viel
half.

Aber endlich, nach fünfzehnjähriger Plage, folgte der Lohn. Im Gespräch mit einem älteren Kanadier, welches sich allmählich auf die Beschimpfung der Ausländer zuspitzte, sagte der Alte wiederholt: „Wir Kanadier müssen zusammen halten." Wir Kanadier! Nicht alle Harfen im Wind vermochten lieblichere Töne zu verbreiten. Wir Kanadier! Mehr brauchte er nicht zu hören um auf den Gipfel des Glücks gehoben zu werden. Er hatte es geschafft! Sein Selbstvertrauen erhielt einen mächtigen Aufschwung, die Unsicherheit gegenüber den Einheimischen verflog wie ein Hauch im Wind. Allerdings erweckte er bei manchen ernsthafte Bedenken, schon wegen seiner gunstheischenden Art, aber nicht weniger wegen seiner aufdringlichen Vertraulichkeit im Umgang mit ihnen, welche im völligen Gegensatz stand sobald es sich um Nichtkanadier handelte. Diese wurden mit vernichtender, ja, beinahe beleidigender Herablassung bestraft.

Sein Weg aufwärts nahm erstaunliche Ausmaße an. Angespornt von dem Glauben endlich im Kreis der Neuen Welt Einlaß erhalten zu haben, schritt er unerschrocken voran. Geschäftstüchtigkeit, eine Eigenschaft die ihm in den vergangenen fünf Jahren viel einbrachte, zierte ihn schon seit seiner frühesten Jugend.

Bald nach jener ereignisreichen Stunde, als der Alte in Saskatoon ihn für einen echten Kanadier hielt, zog er nach Clifton in Britisch Kolumbien. Dort fühlte er sich sicher. Niemand wußte von seiner Vergangenheit, die er wie ein lästiges Natterhemd abgestreift hatte, damals, inmitten der ausgebreiteten Tabakfelder im Südwesten Ontarios. Von seiner anwachsenden Zuversicht beseelt, unbehelligt von nagenden Erinnerungen, verschaffte er sich bald ein kleines Vermögen, auf dessen Fuß der Ruf folgte ein Alltagskerl zu sein. Der Weg zur Politik war somit geebnet, eine ihm wohl geneigte Zukunft lächelte ihn an, die aber jetzt durch Schimpels Erscheinen bedroht war.

Der Bürgermeister erhob sich mit einem Ruck. Während er unruhig hin und her lief, marterte er sein Hirn mit düsteren Vorstellungen. Das Schicksal stand im Begriff ihm den roten Teppich unter den Füßen wegzuziehen. Stimmen begannen

seine Ohren zu bestürmen, schrille Anklagen, triefend von
Hohn, tropfend von Feindseligkeiten. Wie spitze Pfeile mit
Schadenfreude getränkt, von Mißgunst geschärft, drangen sie
auf ihn ein.

„Lügner! Schwindler! Dieb!" hörte er schon höhnende,
schrille Stimmen von allen Seiten.

Er hielt sich beide Ohren zu in der Hoffnung dadurch die
gellenden Laute fern zu halten. Es nützte nichts, die bitteren
Vorwürfe kamen von innen.

„Wußte ich es nicht, der Kerl ist ein Ausländer, ein
Zugelaufener, dazu noch ein Lump. Sein: 'wir Kanadier,' ha,
ha, ha."

Er mußte fortziehen von hier, noch heute Nacht. Weit, weit
weg, in den hohen Norden vielleicht, wo man immer noch
spurlos untertauchen konnte. Dort von neuem beginnen, unter
seinem eigenen Namen, ohne falsche Vorspielungen, schien
das vernünftigste zu sein. Aber was geschieht dann mit seiner
Frau, dem Geschäft, vor allem dem Bürgermeisteramt? Würde
man ihn nicht suchen, pflichtgetreu Berge, Täler und Seen
durchkämmen? Obendrein bestand die Gefahr vor Gericht
gestellt zu werden, vielleicht sogar im Gefängnis ein Ende zu
finden.

Verzweifelt fiel er abermals in den Sessel. Er mußte Schimpel aufsuchen, mit ihm verhandeln, heute noch, kurz nach
Dunkelheit. Sollte es auch peinlich, wenn nicht erniedrigend
sein, es wäre besser als kopflos davon stürmen. Könnte er ihn
nicht vielleicht überzeugen, ihm sein Schweigen abkaufen mit
einer wohlbezahlten Arbeitsstelle, jedoch weit entfernt von
hier? Sollte die Rede auf den Kassenverlust kommen, nun, er
würde sich einfach unwissend stellen, aber trotzdem seine
Bereitschaft ausdrücken ihm den Verlust zehnfach zu ersetzen.
Aber konnte man sich auf Schimpel verlassen? Würden Erpres-
sungen folgen, Forderungen so hoch, daß man sie unmöglich
erfüllen könnte? Obwohl die Zeit drängte mußte alles nochmals
durchgedacht werden.

Hätte er doch damals den Kerl ersaufen lassen. Von einer
blinden Hoffnung getragen, daß sich Wünsche erfüllen, zu
Tatsachen werden, lenkte er sein inneres Auge zurück zu jenem
schicksalsschwere Tag. Es war im Sommer als sie am Eriesee

übernachteten. Am nächsten Morgen, nach Sonnenaufgang, trieben die Wellen bereits ein übermütiges Spiel. Dieser stürmische Gang berührte Schimpels ausgelassenes Gemüt. Eh sich Mason versah, sah er den Kameraden splitternackt von dem verlassenen Steg in die Wellen tauchen. Dabei stieß er mit dem Kopf auf einen verborgenen Felsen. Bewußtlos zog ihn Mason heraus, was er nun von ganzem Herzen bereute.``````` „Oh, ich Tölpel, ich Narr," stöhnte er zum herzerbarmen.

Eben wolle er wieder aufspringen und abermals zur Flasche greifen, da kam ihm ein Gedanke; freilich konnte man es nicht einen christlichen nennen. Angenommen – angenommen, sagte seine innere Stimme, Ludwig Schimpel wäre tot – tot, blieb somit ewig stumm. Hm, das täte mit Sicherheit seine Not beseitigen, ihr ein Ende bereiten. Gewiß, er sieht heil und gesund aus, ähnelt einem Bild von strotzender Lebenskraft, aber…

Kleine Kobolde begannen sich in Masons Gewissen zu regen; wispernde Stimmen, mal stichelnd, dann schmeichelnd, umschwirrten seine Ohren. Kaum schenkte er ihnen Beachtung, schon wurden sie dreister, flüsterten lauter von verlockenden Dingen, von gerechter Strafe, verdientem Lohn, längst fälligem Urteil, welches vollstreckt werden sollte, nein, mußte.

Der Bürgermeister horchte mit zunehmender Teilnahme hin, zunächst abweisend, dann schuldbewußt, aber schließlich zustimmend. Ein wohlgezielter Schuß, eine Kugel aus dem Hinterhalt, sein Kummer wäre vorbei. Ein Schluck tat not.

In der Tat, mit welchem Recht störte Schimpel seinen Frieden, gefährdete eine mühsam aufgebaute Existenz? War er nicht ein Bürger ohne Fehl, ein guter Ehemann, dazu eine Säule der Gemeinde, ein Vorbild für jung und alt? Stellte er nicht seine beträchtlichen Fähigkeiten sowie sauer erworbenen Mittel in den Dienst der Gemeinde? Durfte alles mit einem Schlag vernichtet werden, dazu von einem offensichtlichen Streuner? Nein, keinem Menschen gebührt soviel Macht, auf alle Fälle keinem lebenden.

Schimpel hatte sein eigenes Todesurteil gesprochen und er, Frank Mason, mußte es vollstrecken. Erschreckt von seinen eigenen Gedanken fuhr er auf, sein Blick fiel besorgt auf die Uhr.

„Schon nach sieben Uhr," murmelte er, „die Dunkelheit
bleibt nicht mehr lang aus."
Die eben erteilte Rechtfertigung half ihm die erste Hürde
überspringen, nämlich, die Schneide des Gewissens
abzustumpfen. Jetzt fehlte bloß noch der Mut zur Ausführung.
Die Pistole lag wie immer schußbereit im obersten
Schubfach, zwar versteckt, aber trotzdem ohne weiteres
greifbar. Solche Maßnahmen waren heutzutage nötig, schon
wegen den seltsamen Gestalten auf der ewigen Suche nach dem
eigenen Ich. Wer weiß zu was die imstande sind wenn sie es
nicht finden. Ihm sollten sie nur kommen, er besaß eine
zielsichere Hand, dazu den Willen sich zu verteidigen.
Er dankte seinem guten Stern für die tiefen Wolken über
dem friedlichen Land, sein Vorhaben konnte somit leichter
ausgeführt werden. Er nahm die Pistole aus dem Fach, prüfte
sie sorgfältig, nickte beifällig, als er sie wie erwartet geladen
fand, wonach sie mit einem Lächeln in seiner Tasche
verschwand.
Eh er das Haus verließ setzte er die Flasche nochmals an.
So, er war bereit. Einzelheiten seines Vorhabens konnten
unterwegs noch überlegt werden. Die Kappe halb über das
Gesicht gezogen, den Kragen der Jacke hoch geschlagen,
verließ er das Haus. So ganz sicher auf den Beinen fühlte er
sich allerdings nicht. Sei es wegen dem Branntwein, dem
Bewußtsein ein gefährliches Abenteuer anzutreten oder einem
schlechten Gewissen, hätte er nicht sagen können. Mit einer
Hand die Pistole in der Tasche fest umklammernd, der anderen
das Geländer ergreifend, begann er die Treppe hinunter zu
gehen.
Halbwegs unten stockte er plötzlich, denn ihn trafen zwei
Erkenntnisse: erstens, daß er vorhatte jemand umzubringen;
zweitens, daß dieser jemand sein einstiger Freund war. Mason
mußte sich setzen, der Wankelmut wurde Herr über ihn. Indessen er unschlüssig auf die geisterhaften Lichter über dem See
blickte, überwältigten ihn Gedanken die er versuchte mit Gewalt von sich zu weisen. Unmöglich konnte er Schimpel Gewalt antun, denn er sah ihn lebensnah, ja, wie beide auf dem
Rückweg von der Tabakernte in Hamilton ankamen. Dem
Ludwig stand natürlich der Sinn wieder nach allerlei Unfug,

den er auch ausübte. Der Bürgermeister mußte schmunzeln bei dem Gedanken an den sonderbaren Kauz, dem er unmöglich ein Leid antun konnte. Der Tod wäre ihm lieber. Er geriet in tiefste Verzweiflung. Was tun? Oh, wie würde man ihn verlachen, verachten, ihn bei jeder Gelegenheit anprangern, als Schwindler entlarven, sich mit der Entrüstung der Genarrten an ihm rächen. Seine Frau fiel ihm ein, er befürchtete, daß sie die Gelegenheit wahrnehmen würde ihm alle Kränkungen, vermutet oder echt, zehnfach heimzuzahlen. Er konnte jetzt schon ihr anklagendes Gesicht sehen, Mitleid heischend von früh bis spät. Vor dem Herausgeber der Tageszeitung hegte er eine besondere Angst, denn dieser Mann zeigte sich ihm gegenüber schon lange bösartig. Seit dem Tag wo er als Bürgermeister amtierte, wühlte er mit Zunge und Feder gegen ihn.

„Hochstapler enthüllt! Die Maske ist ab! Was viele vermuteten darf nun als Tatsache ausgesprochen werden. Kann ein Schwindler Bürgermeister von unserer angesehenen Stadt sein?"

Und so würde es weitergehen, wie bei einem römischen Fest, wo alle, Freund, Feind, Gegner und Verehrer mit geschlossenen Händen und geifernden Mäulern die Luft zum atmen verpesten. Nein! es darf nicht sein, eine andere Lösung muß gefunden werden, noch heute vor Mitternacht. Drei Möglichkeiten bestanden: spurlos verschwinden, Ludwig Schimpel irgendwie beseitigen oder die Folgen einer Entblößung hinnehmen.

Zuerst mußte er sich von der Treppe entfernen, eh die Nachbarn Verdacht schöpften, daß mit ihm etwas nicht stimmt. Da erinnerte er sich wieder an die Flasche drinnen auf dem Tisch, ein paar kräftige Schlucke sollten ihm die Entscheidung erleichtern. Kaum stand er jedoch auf als sich alles im Kreis zu drehen begann. Lichter, See und Berge schienen drunter und drüber zu purzeln. Bereits nach den ersten Schritten fing er an zu straucheln, zu rutschen, bis er schließlich kopfüber die Treppe hinunter fiel. Dabei entlud sich die Pistole. Die Entscheidung war getroffen. Der Schuß war tötlich.

Tabakernte

*M*it besseren Englischkenntnissen wäre gewiß alles anders ausgegangen. Was red ich denn? Ein paar zusammenhängende Sätze hätten schon geholfen. Na ja, mir war es nicht vergönnt. Selbst die deutsche Sprache bereitete mir damals noch Schwierigkeiten. Schon, schon, gewiß war ich ein Deutscher, aber an der Mostung im Ried hat man halt anders gesprochen, ganz zu schweigen vom schreiben, das man nicht so genau nahm. Nun, die Batschka lag weit hinter mir, Deutschland wirkte auf mich wie ein flüchtiger Kuß, der zu weiter nichts führte. Jetzt stand ich im unermäßlichen Kanada, genauer gesagt an der Ecke Bloor und Bathurst, zwei geschäftige Straßen in Toronto.

Huch, war das ein Betrieb. Mit geweiteten Augen betrachtete ich eine Welt, fremd, von der Bruthitze bis zum Wirrwarr auf den Straßen. Sogar die Menschen bewegten sich hier ganz anders; viel gelockerter, wuseliger, wie auf dem Weg zu einem großen Ereignis, das mitten im Geschehen stand. Vom verweilen hatten diese Leute anscheinend nie was gehört. Diese Rührigkeit bewegte auch mich. Schaute man einem Huschenden ins Gesicht, folgte ein kurzer Gruß, meistens von Worten begleitet die ich nicht verstand.

Eines leuchtete mir sofort ein; meine Kleidung mußte verschwinden, denn mit Samthosen und Ausgehjacke fiel ich als ein eben Angekommener auf. Ich merkte wie man mich kurz musterte; wahrscheinlich taten es Einwanderer die selber erst sechs Monate im Land weilten. Aber sechs Monate galten damals als ausreichende Zeit um sich belustigend über Neuankömmlinge zu äußern.

Obwohl ich mich bemühte den Eindruck eines Erzkanadiers zu erwecken, wurde ich zuweilen auf deutsch angesprochen. Eh mein Gewand jedoch den hiesigen Sitten angepaßt werden konnte, mußten noch einige Monde vergehen, denn meine Taschen waren bis zu den Nähten leer. Was tut's? Deswegen hatte ich ja die Fahrt über den großen Teich unternommen, um sie bis zum Rand zu füllen.

Da stand ich also, wie hunderte Mal danach; harrend, auf ein schattenhaftes Ereignis wartend, das mich mit einem Ruck nach Eldorado versetzen würde. Es waren wunderschöne Vorstellungen, die mich leider von Jahr zu Jahr mehr enttäuschten. Die Wirklichkeit drängte sich immer wieder zwischen mich und meine Träume. Aber warum die Schatten von morgen über das Licht von heute zerren?

Damals war ich jung, kaum zwanzig Jahre alt, überdies von berauschenden Gedanken vorwärts getrieben, dazu von einem unverwüstlichen Tatendrang beseelt. Ich fühlte mich imstande jeden blinkenden Stern vom Himmel herunter zu häkeln und die Welt aus den Angeln zu heben.

Das Fremde macht entweder zaghaft oder es ermutigt. Mich trieb es auf den Gipfel der Erlösung. Endlich mal unter Menschen sein die nicht fortwährend scheel umher schauen, ob vielleicht ein Unbetitelter etwas wagt, sich sogar untersteht ohne lückenlose Unterlagen herum zu laufen. Angst vor dem Versagen schien es hier nicht zu geben. Wie die Spinne nach jedem Sturz ihren Faden wieder aufnimmt, so ging man hier ans Werk. Lediglich Zauderer wurden verachtet, niemals Gescheiterte. Die Bewohner Kanadas und ich waren augenscheinlich vom selben Tuch geschnitten. Leider sollte sich diese Annahme ändern, nachdem ich sie besser kennen lernte.

Meine augenblickliche Bedrängnis hieß Geldmangel. Sogar im Milch- und Honigland Kanada, wo ein Liter Milch fünfzehn Cent kostete, konnte man mit fünf Dollar nicht die Welt in Brand setzen. Mein Vorhaben, in den Minen Sudburys oder Elliot Lakes einen schnellen großen Fang zu machen, mußte einstweilen einen hinteren Sitz einnehmen. Was ich brauchte war ein sofortiges Einkommen, ohne weitere Geldausgaben, und zwar sofort, ja, heute noch. Wer glaubt, das klingt verstiegen oder närrisch, hat halt keine Ahnung von Kanada in den fünfziger Jahren. Befand ich mich im Land der unbegrenzten Möglichkeiten oder nicht? Herum stehen und auf Menetekels Schrift warten lag mir nicht, vor allem inmitten verheißender Lockrufe.

Unerschrocken hob ich die Füße und marschierte im Tritt der Neuen Welt. Mit dem Wirbel ihrer Trommeln in den Ohren, lief ich auf den Straßen auf und ab. Plötzlich erfaßten meine Augen ein Schild an einem Fenster. – Hier wird deutsch gesprochen – stand darauf. Mit einem Blick erkannte ich die Lage, ich stand vor einer Eßstube, die eine volle Mahlzeit unter einem Dollar anbot. Im nächsten Augenblick saß ich auf einem nackten Hocker, auf dem ich mich wie ein echter Kanadier hin und her drehte.

Mit dem essen ließ ich mir Zeit, vor allem nachdem zwei Deutsche neben mir Platz nahmen, die ein spannendes Gespräch führten. Es ging ums Tabak rupfen. Sie waren auf dem Weg nach Delhi, dem Mittelpunkt der Tabakwirtschaft. Ein Tabakrupfer könne dort bis zu zwanzig Dollar am Tag verdienen, neben freier Unterkunft und Verpflegung, hörte ich sagen.

Ich wußte natürlich weder ein Jota vom Tabak rupfen, noch hatte ich einen Dunst wo Delhi lag. Hielt mich das zurück? Keineswegs. Um zwei Uhr nachmittags saß ich bereits im Omnibus, dessen Räder ohne Verzug den verheißenden Feldern entgegen rollten. Als ich dort ankam sank mir das Herz weiß Gott wohin. Ich weiß nicht wieviel Menschen heut dort wohnen, aber damals hätte man mit einem herzhaften Anlauf einen Stein von einem Ende der Hauptstraße bis zum anderen werfen können.

Auf beiden Seiten dieser Straße lungerten Männer und Frauen herum; beinah Schulter an Schulter standen oder saßen sie schwatzend und lachend am Rand. Ich merkte sofort um was es ging; wie auch ich suchten sie Arbeit. Allerdings nicht alle, denn manche kamen bloß zum betteln. Es waren Berufsbettler, die mit unglaublichen Jammergeschichten den bereits Mittellosen den letzten Dollar abzapften. So standen wir also, wie die Freudenmädchen entlang der Jarvisstraße in Toronto, in der Hoffnung von einem suchenden Arbeitgeber mitgenommen zu werden.

Die Pflanzer fuhren im Schritt auf und ab; manche stumm, andere mit Scherzworten auf der Zunge.

Nach ungefähr einer Stunde wurde ich gewählt, leider erst nachdem ein verbraucht aussehender Alter mir meinen letzten

Dollar abgebettelt hatte. Das kümmerte mich allerdings wenig, denn ich fühlte mich nun geborgen. An eine Verständigung zwischen mir und dem Pflanzer, ein älterer Mann, war nicht zu denken. Nur eines entnahm ich aus seinen Reden; es ging nach Tillsonburg. Mir wars recht. Hätte er Timbuktu gesagt wäre ich auch zufrieden gewesen. Am nächsten Morgen, kurz nach Sonnenaufgang, ging es an die Arbeit. Wer noch nie Tabak gerupft hat, weiß nicht was arbeiten heißt. Man hupft geradezu im Knickschritt von Staude zu Staude, tief gebückt unter einer brennenden Sonne. Sich aufrichten kommt nicht in Frage, weil man sonst das Bedürfnis verspürt stehen zu bleiben. Sich hinknien? Das wär das Ende, weil man sich dann hinwerfen möchte. Etliche sah ich bereits nach der zweiten Reihe zusammenbrechen.

Vierzehn Dollar bekam ich am Tag, eine beträchtliche Summe in jener Zeit, vor allem wenn man freie Verpflegung und Unterkunft dazu rechnet. Sechs Tage in der Woche wurde geschafft, von Sonnenaufgang bis Sonnenuntergang. Gegen Ende lag bereits ein Rauhreif auf Wiesen und Felder, obschon tagsüber die unvermeidliche Sonne einem das Leben erschwerte. Da ich keinen Cent ausgab, wurde mir beim Abschied über fünfhundert Dollar ausgehändigt. Eine beträchtliche Summe, die mir allerhand Flausen in den Kopf setzte.

Auf dem Rückweg nahm ich mir erstmal vor mich in Hamilton umzusehen, aber vor allem neue Kleidung zu kaufen. Die alte fiel mir beinah vom Leib, überdies war sie von den Tabakblättern von oben bis unten grasgrün gefärbt.

In Delhi drängte sich unter anderen ein junger Bursche in den Omnibus, den ich sofort als einen Landsmann erkannte. Ein Blick genügte, alles andere nahm seinen Lauf. Er hieß Fritz König, ein schalkhafter Kerl, der von weit über der Donau stammte. Er befand sich, genau wie ich, auf dem Weg zurück; das heißt, irgendwo hin wo er noch nicht war. Leider verstand er ganauso wenig Englisch wie ich, aber was tut's? Zu zweit kundschaftet es sich besser als allein. Wie gesagt, Fritz König besaß ein schalkhaftes Wesen, obendrein konnte er plötzlich ruppig werden, was meine schüchterne Natur verdutzte.

Auf der Suche nach einem Kleidergeschäft wurde uns so mancher Seitenblick zugeworfen. Eine Augenweide waren wir gewiß nicht. Schon unsere grünbefleckten Hosen waren zu mißbilligen Blicken berechtigt. Rechnet man dazu die fremde Sprache sowie das ungewohnte Benehmen, in der Tat, wer konnte es den guten Bürgern verübeln, daß sie uns mit schrägen Blicken betrachteten. Die sichtliche Beachtung gefiel Fritz, bis ihm die schmollenden Mienen auffielen. Einige drehten sich um, wobei sie Bemerkungen machten, die wir zwar nicht verstanden, aber der abfällige Ton entging unseren Ohren nicht.

Ich forderte Fritz auf so unauffällig wie möglich aus der peinlichen Lage zu verschwinden, vor allem als ich zwei Polizisten bemerkte, die uns eingehend von der anderen Straßenseite musterten. Sie tuschelten erstmal miteinander, wonach beide die Straße überquerten und sich an unsere Fersen hefteten. Mit einem Rippenstoß lenkte ich die Aufmerksamkeit meines Gefährten auf die Schutzmänner. Ich dachte im ersten Augenblick mein Kamerad wollte ihnen eine lange Nase machen, jedoch ich täuschte mich. Hier muß erwähnt werden, daß Fritz König die Fertigkeit besaß auf den Händen zu laufen, dazu besser wie mancher auf den Füßen. Eh ich „oh nein" rufen konnte stand er auf seinen Händen und lief im wahren Ringelreihen um die beiden Polizisten herum.

Die wußten erst nicht was sie tun sollten. Einige Fußgänger blieben stehen, Stimmen wurden laut, dann folgte Gelächter. Die Bestürzung der Schutzmänner verwandelte sich in Zorn, welcher vom Verhalten der Zuschauer geschürt wurde, denn sie begannen inzwischen zu lärmen und zu fuchteln. Wenn ich mich nicht irre, feuerten sie Fritz an, wogegen die Männer des Gesetzes bewitzelt wurden. Das konnten die Herren in Uniform natürlich nicht hinnehmen, doch blieben sie weiterhin unschlüssig wie man einen Handgänger überhaupt anspricht, geschweige denn ergreift. Ich hatte nur einen Wunsch, nämlich, daß sich die Erde öffne und mich verschlinge.

Plötzlich vernahm ich wiederholte, scharfe Rufe, die sich wie Befehle anhörten, wobei sich beide Polizisten in Bewegung setzten. Sie traten dann mit entschlossenen Mienen meinem Kameraden entgegen. Da stieß Fritz, der Schelm auf den

Händen, einen keckernden Schrei aus, machte eine Halbwendung, wonach er, immer noch auf den Händen, die verkehrsreiche Straße zu überqueren begann. Die Polizisten hatten es satt, sie fühlten sich obendrein zur Handlung gezwungen. Mit drei, vier rüstigen Schritten wurde Fritz eingeholt. Während ihn einer an den Beinen packte, der andere unter den Armen, wurde er wie ein Betrunkener fort geschleppt. Inzwischen gesellten sich zwei andere Polizisten zu ihren Kollegen, die, schon von weitem eingeweiht, mich unsanft packten und schwupps, landete ich in der grünen Minna, wo Fritz bereits war.

Über Nacht blieben wir hinter Gittern. Am nächsten Morgen gings zum Gerichtshof, wo man uns vor einen Laienrichter schleppte. Mittels eines Dolmetschers, einem Polen der kaum Deutsch konnte, wurde uns folgendes vorgelesen:

Vergehen: Friedensstörung, Gefährdung der öffentlichen Sicherheit, Haftverweigerung. Das letztere fuchste mich, da ich, wie auch Fritz, nicht wußten, daß wir unter Haft standen.

Urteil: Drei Monate Gefängnis oder fünfhundert Dollar Strafe.

Da flatterten meine Träume mal wieder zum Fenster hinaus, denn es stellte sich heraus, daß Fritz König bereits nach zwei Tagen die Arbeit auf dem Tabakfeld aufgab. Überdies jeglichen Verdienst der zwei Tage, jeden Dollar verschleuderte, eh er sich in seinen Händen erwärmte. Ich zahlte somit auch seinen Anteil von zweihundertfünfzig Dollar. Eins nahm ich mir aber vor: von jetzt an die Mahnungen von daheim ins Herz zu schließen, nämlich, daß man Menschen von über der Donau nicht trauen kann.

Das Mahl

Auf dem Hochland

"Sie benötigen unbedingt Ruhe, in einem warmen, trockenen Klima," verordnete der Arzt, nachdem er Peter Fuhr untersucht hatte.

"Wohlgemerkt, eine vollständige Genesung ist nicht möglich," fügte er hinzu.

Dann erläuterte er:

"Obschon Asthma selten tödlich ist, kann es ernsthafte Folgen hinterlassen. Wie erwähnt, ruhige Tage auf dem Land, in einem sonnigen, trockenen Klima, könnte das Übel in Schach halten."

Fuhr nickte zustimmend, obwohl er nicht überzeugt war. Er dankte dem Arzt, bezahlte ihn auf der Stelle, wonach er sich auf den Heimweg machte. Die quälende Atemnot, seines Erachtens ein sich selbst zugefügter Mißstand, stand im Begriff einen Pfad zu ebnen, der ins zeitige Grab führt.

"Die Krankheit ist zumeist ein vererbtes Merkmal der Familie," hatte der Arzt bemerkt.

"Ein seltsames Erbe ist das schon, welches sich erst nach fünfzig Jahren fühlbar macht," spöttelte Fuhr.

Er kannte sich aus in solchen Erbschaften, deren Bestandteile sich wie folgt benannten: reichlich fette Speisen, viel Alkohol, gemischt mit Ärger sowie Unzufriedenheit und siehe da, eine Krankheit wird ins Leben gerufen. Fügt man noch Mangel an Bewegung und Grübelei hinzu, so kommt man schneller ans Ziel.

Peter Fuhr kannte sich aus. Keine Sorge, er hütete sich derlei Gedanken zu äußern. Er fürchtete nicht bloß verlacht zu werden, sondern Verfolgungen ausgesetzt zu sein. In einer Sache gab er dem Arzt recht: Ruhe tat ihm not. Vancouvers Feuchtigkeit, wie auch die Verpestung der Luft, verhinderte eine Genesung, daran hegte er keinen Zweifel. Er kramte das

Rezept aus der Tasche, zerknüllte es ungelesen und warf es in einen Ablauf Schacht.

„So, das wäre Schritt Nummer eins, der zweite läßt sich nicht mehr verzögern," murmelte er.

Der wäre? Die Genesung, allen Hindernissen zum Trotz, beschloß Fuhr.

Nein, so konnte es nicht weitergehen. Ein Mensch der sich krank machen kann, sollte imstande sein sich wieder zu heilen. Den Rat des Arztes hielt er teilweise wert zu befolgen. Vancouver war zu feucht und lärmig. Der endlose Krawall, ob vom Straßenverkehr verursacht oder rücksichtslosen Nachbarn, störte ihn beträchtlich. Weniger, allerdings, als das Gebell eines kleinen Hundes nahbei.

Der Köter kläffte von früh bis spät. Fuhr versuchte ihn zum Schweigen zu bringen, jedoch mit wenig Erfolg. Maßnahmen, wie Vergiftung, wohlgezielte Schüsse oder sogar Brandstiftung wurden erwägt, jedoch sogleich wieder zurück gewiesen. Gift schreckte ihn ab, mit Schußwaffen traute er sich nicht umgehen. Ein Brand würde mit Sicherheit auch sein Haus in Schutt und Asche legen. Beschwerden bei der Gemeinde erreichten genauso wenig wie Klagen bei der Polizei. Das Gekläffe und Gejaule nahm hinterher meistens zu. Der einzige Ausweg schien ein Ortswechsel zu sein.

Die Atemnot nahm fast täglich zu. Die kleinste Erregung löste einen Anfall aus, der ihm die Kehle zuschnürte und den Brustkasten verengte. Es geschah mehrmals tagsüber und fast die ganze Nacht. Besonders in den Morgenstunden schienen alle Plagegeister zwischen Himmel und Erde über ihn herzufallen. Seit einiger Zeit war an Schlaf kaum noch zu denken. Jedoch das bezeichnete Fuhr nicht als seine einzige Qual. Kaum streckte er seine Beine frühmorgens unter dem Schreibtisch aus, schon begann der Köter am Ende der Gasse sein grauenhaftes Gekläffe.

Eines Morgens, als sein gepeinigter Körper halb über dem Tisch lag, während der Kläffer wie ein Tasmanischer Teufel tobte, wanderten Fuhrs Gedanken zu dem Doktor und seinem Rat. Es war ihm zu viel. Der Entschluß zur Luftveränderung rückte näher. Wer nie den irrsinnigen Schrei des wilden Vogels der Pampas vernahm, hat keine Vorstellung wie sich das kläffen des verhätschelten Kleinen anhörte. Peter Fuhrs Tisch war gedeckt, von vorne bis hinten mit Verdruß beschwert. Sein Übel bestand nicht nur aus Geldmangel, sondern ebenfalls aus Wankelmut. Er begann zu rechnen. Bald erschienen auf dem geduldigen Papier Reihen von Zahlen. Auf der einen Seite vermerkte er sein geschätztes Haben, auf der anderen das Soll. Der Arbeitsverlust mußte natürlich berücksichtigt werden. Sein Einkommen, hauptsächlich von der Fraser Universität, obwohl nicht übermäßig, hielt ihn jedoch über Wasser. Ersparnisse bestanden kaum, somit müßte er mit einer spärlichen Rente auskommen, plus vom Verkauf entbehrlicher Besitztümer.

Fuhr beschloß ein kleines Haus auf dem Land zu mieten; möbliert womöglich. Groß oder prachtvoll mußte es nicht sein, aber sauber schon. Jedoch am wichtigsten war ihm eine ruhige Lage. Der Ertrag vom Verkauf einiger Besitztümer sollte ihn in den ersten Jahren gut versorgen. Danach mußte die Rente, obwohl knapp, den Lebensunterhalt bestreiten.

Komme was mag, ab morgen wird umgedacht, ab nächste Woche wird gehandelt. Wo sollte es hingehen? Außerhalb der Provinz zu wohnen kam nicht in Frage. Nur drei Gegenden eigneten sich für sein Vorhaben. Die Kootenais, das Okanagantal und Nicola-Thompson, welches ihm noch in Erinnerung lag. Vor langer Zeit streifte er dort mit seinem Vater umher. Auf den Rücken der Pferde ritten sie querfeldein, von den Bergen um den Nicolasee bis zur Douglas Ranch. Damals konnte man dort wochenlange Ausflüge machen ohne einer Menschenseele zu begegnen.

Der würzige Geruch des Sagebusches, die urwüchsigen, gellenden Rufe der Kojoten blieben in seiner Erinnerung haften. Viele Jahre vergingen seither, viel Wasser floß vom Fraser ins Meer, jedoch jene Tage im einsamen Trockengebiet hatten sich in Fuhrs Gedächtnis eingeprägt. Wahrscheinlich hatte sich dort wenig verändert. Sicherlich bestanden die unübersehbaren Weiden noch, mit grasenden Kühen und berittenen Hirten. Der Gedanke an die Ponderosatannen ließ Fuhr seine gegenwärtige Drangsal vergessen. Sie sind eine beruhigende Sicht, diese einsamen Wächter auf dem unendlichen Grasland.

Nachfragen hier und dort ließen geringen Zweifel aufkommen, daß nicht alles beim alten blieb. Der Götze Allesgleich schien einen weiten Bogen ums Nicolatal gemacht zu haben.

Am folgenden Samstag stand Fuhr vor den Toren der Douglas Ranch.

„Ein Pferd mieten für einen Tag? Keine Schwierigkeit," wurde ihm versichert.

„Benötigen Sie Zeltausrüstungen?"

„Nein, nein, ich möchte nur Umschau halten, vor Dunkelheit bin ich wieder zurück," gab Fuhr zu verstehen.

Viel gab es nicht zu sehen was vor Jahrzehnten nicht sichtbar war. Die unbewohnte Gegend, wild und einsam, besaß noch den alten Zauber. Abgesehen von vereinzelten Indianer Siedlungen gab es kaum Häuser in einem Umkreis von hundert Kilometern.

Hoch über den Wellen des Nicolasees stieß Fuhr auf ein Haus, vielmehr eine Hütte, welche zu vermieten war. Sie schien geeignet für seinen Bedarf. Das saubere Blockhäuschen stand auf einer Anhöhe, inmitten hohem Gras, Sagebusch sowie Ponderosatannen.

Seine anfängliche Begeisterung erhielt allerdings einen Dämpfer, als er in einiger Entfernung ein anderes Haus erblickte.

„Hm, mal warten," tröstete Fuhr, indem er sich umsah.

Die Kleinstadt Merritt, weit unten im Tal, verlieh eher eine beruhigende als störende Stimmung. Der Friede rundum tat seinem Herzen wohl. Keine lästigen Töne vergällten den ländlichen Frieden. Das raschelnde Gras und die rauschenden Tannen besaßen einen Zauber, der ihn angenehm berührte. Nicht minder die weidenden Kühe sowie berittene Hirten in brauchtümlicher Kleidung.

Obwohl der Frühling kaum begonnen hatte, schien die Sonne heiß vom wolkenlosen Himmel. Jetzt erst fiel ihm etwas auf: seit er das Pferd bestiegen hatte plagte ihn die Atemnot nicht mehr.

„Hm, was wohl die Mediziener dazu sagen täten," dachte Fuhr.

Nachdem er die Auskunft aufgeschrieben hatte, näherte er sich vorsichtig dem anderen Haus. Es war ein großes Holzgebäude, welches wahrscheinlich im vorigen Jahrhundert gebaut wurde. Nichts bewegte sich dort, Totenstille herrschte. Das Haus schien unbewohnt zu sein, auch war es etwas vernachlässigt.

Erregt über den unerwarteten Fund betrachtete er alles näher, vor allem die Blockhütte. Ein Rasen bestand nicht, weder vorn noch hinten. Es war ihm recht, denn die Betreuung wäre bestimmt nicht einfach. Sorgen wegen zu viel Schnee wären fehl am Platz, so wurde ihm schon versichert.

So weit, so gut, dachte Fuhr, tief beeindruckt. Nur das große Haus dort unten warf einen Schatten auf sein Glück.

„Abwarten" ermutigte er sich.

Als er das Pferd bestieg erschollen durchdringende Töne aus einem nahgelegenen Gebüsch. Eine gellende Antwort folgte vom gegenüber liegenden Ufer. Seinem Pferd schienen die schauerlichen Rufe nicht zu berühren; im Gegensatz zu ihm. Wider seinen Willen wandte er ängstlich seinen Kopf nach allen Seiten, wie jemand der einen Angriff erwartet.

Am nächsten Tag wurde ein Mietsvertrag unterschrieben mit einem Makler aus Merritt. Fuhr wurde wie folgt unterrichtet:

„Hilflose sowie nörgelnde Mieter sind nicht willkommen. Ich möchte weder belästigt werden, noch habe ich vor aufdringlich zu sein. Sollten Sie keine handwerklichen Fähigkeiten besitzen oder unwillig sein das Haus instand zu halten, dann Aufwiedersehen."

Fuhr nickte zustimmend, worauf der Makler fortfuhr:

„Obschon die Blockhütte in gutem Zustand ist, bedarf es zuweilen einer kundigen Hand sowie gewisse Werkzeuge zur Instandhaltung. Unkosten aus eigener Tasche werden natürlich vergütet. Ehrlichkeit wird erwartet."

Abgesehen davon zeigte der Makler geringe Neigung mehr zu sagen. Er gehörte offensichtlich zum Schlag der Männer die noch Pioniergeist besaßen. Als Fuhr von Empfehlungen redete, winkte er ab. Auch war er nicht gewillt Auskunft zu geben über den Eigentümer des Besitzes. „Ich zahle lediglich die Mietsgelder in ein Sonderkonto ein. Die Provision wird abgezogen." „Wohnt jemand in dem großen Haus?" „Nein. Soviel ich weiß beabsichtigt der Besitzer mit seinen Töchtern mal dort zu wohnen. Bis dahin haben Sie überall freien Zutritt auf dem Grundstück. Das umliegende Gebiet ist Staatsland, in Pacht der Douglas Ranch." Drei Wochen später zog Fuhr ein. Kurz zuvor erhielt er eine freudige Überraschung. Ihm wurden Arbeiten von der Fraser Universität angeboten, als freier Mitarbeiter. Technische Übersetzungen seien hin und wieder zu haben, wurde ihm erklärt, die er in seinem neuen Wohnsitz verrichten kann.

Geschenk des Himmels, nannte Fuhr das Angebot. Mit diesem Einkommen, plus der sicheren Rente, kann man ein liebliches Dasein in der herrlichen Gegend verbringen. Von der Aussicht auf bessere Zeiten beseelt, beachtete Fuhr den gottlosen Radau um sich herum weniger als sonst. Die Atemnot ließ überraschenderweise nach.

Die neue Umgebung sagte Fuhr zu; er fühlte sich ins Paradies gehoben. Zum erstenmal seit Gedenken war er gänzlich zufrieden. Atemnot, ein unumgängliches Erbstück? Larifari, Panikmacherei, sonst nichts, verkündete er den Bergen im Hintergrund.

Der Hitze nach zu urteilen hatte der Sommer begonnen, dem Kalender nach war erst der Frühling gerade im Gang. Der Anblick konnte weder schöner noch beruhigender sein. Die grünen Hügel wurden allmählich eine reine Farbentracht. Das allgegenwärtige Springkraut prangte goldgelb von allen Seiten. Die warme Sonne verlieh der Natur neues Leben. Eine bunte, wohlriechende Welt entfaltete sich; Balsam für wunde Augen und ein zerrüttetes Gemüt. Die bunte Sicht, der harzige Geruch, gemischt mit dem beißenden Duft des Sagebusches ließ Fuhr sein Leiden vergessen.

Unten schimmerte der Gischt des aufgewühlten Sees, der sich einsam meilenweit erstreckte. Selten sah man Boote auf dem großen Gewässer; wildeinsamer Friede herrschte.

Niemand störte Fuhr. Hin und wieder winkte ihm ein berittener Kuhhirte zu. Geisterhafte Rufe erschollen zuweilen aus den Kehlen der Kojoten. Tiefsinnige Mitteilungen nennen es die Gelehrten; rätselhafte Verständigung bezeichnen es gewissenhafte Forscher. Nun, Fuhr erkannte alsbald des Rätsels Lösung. Es sind nichts wie übermütige Ausbrüche einer unzähmbaren Lebensfreude, stellte er fest.

Jeden Morgen, kurz vor Sonnenaufgang, unternahm er lange Spaziergänge. Bergauf bis zur Hochebene ging es, wo Kühe weideten die ihn kaum beachteten. Einige hoben kurz die Köpfe, um dann gleich wieder weiter zu grasen. Die Balsamgewächse standen in voller Blüte. Weiter oben am Waldrand glänzte der silberne Salbei, der seinen scharfen Geruch über das ganze Grasland verbreitete.

Der Frühling verging ereignislos; die brennende Sonne verlieh der Gegend allmählich eine unansehnliche Bräune. Mit Ausnahme des Sagebusches und der Pondarosatannen verwelkte aller Wachstum. Trotzdem erfreute sich Fuhr am ländlichen Frieden sowie der unvergleichlichen Aussicht. Aufträge von der Universität kamen fast regelmäßig an, mehr als erwartet. Folglich wuchs sein Bankkonto an, somit dürfte man annehmen es fördere ebenfalls sein Wohlbefinden.

Dem Anschein nach schien das allerdings nicht der Fall zu sein. Allein die zunehmenden Sorgenfalten auf der Stirn hätten einen Betrachter stutzig gemacht. Fügte man die bedenklichen Blicke hinzu, welche Fuhr dem großen Haus entgegen warf, dann sah die Lage trüber aus. Hörte er mahnende Stimmen aus der Richtung oder ahnte er bevorstehende Unannehmlichkeiten von dort? Fuhr versuchte mannhaft seine innere Unruhe zu bezähmen. Warum besorgt sein, tröstete er sich. Das Haus ist zweihundert Meter entfernt, dazu von Bäumen fast verdeckt. Trotzdem beschlich ihn zunehmend ein düsteres Vorgefühl.

Eines Morgens, als er sich noch den Schlaf aus den Augen rieb, hörte er das honk-honk der Kanadagänse. Er sprang vom Bett und rannte hinaus ohne sich anzuziehen. Während er ihrem beschaulichen Flug zuschaute, befiel ihn eine unerklärliche Schwermut. Er kam sich plötzlich einsam vor, schmählich im Stich gelassen. Unschlüssig, ob er trotzig oder wütend sein sollte, rief er den ziehenden Gänsen nach:

„Verräter! Verräter!"

Sie kümmerten sich nicht um ihn, sondern hielten ihre langen Hälse südwärts gestreckt und flogen weiter.

Fuhr blieb den ganzen Tag verstimmt, schattenhafte Vorstellungen quälten ihn, die er nicht verscheuchen konnte. Unruhig schleppte er sich ins Bett. Die ganze Nacht fiel er von einem bösen Traum in den nächsten. Eine schlimme Wirklichkeit entfaltete sich dann. Er träumte von seinem vorigen Wohnsitz in Vancouver. Es ging zu wie erwartet. Der Straßenlärm sowie das verhaßte Gekläffe des Köters fuhr ihm durch Mark und Bein. Nur die unterbewußte Erkenntnis, es sei ja bloß ein Traum, ließ ihn weiter schlafen.

Jedoch das kläffen, feindseliger als je zuvor, hielt nicht nur an, sondern verstärkte sich. Der Traum muß zu Ende gehen, befahl sich Fuhr. Mit verzweifelter Anstrengung gelang es ihm schließlich sich aus dem Schlaf zu reißen. Schweißgebadet richtete er sich auf, bestürzt fiel er wieder zurück. Das giftige Gebelle hörte nicht auf. Er hielt sich beide Ohren zu. Es nützte nicht viel; die keifenden, giftgetränkten Töne klangen gedämpfter, aber sie waren immer noch hörbar.

Fuhr mußte alle Willenskraft aufwenden damit er vom Bett kam. Mit beiden Händen an den Ohren trat er aus der Hütte. Als er sie wegnahm durchfuhr ihn ein eisiger Schreck. Das Gebelle war echt, der kleine Giftpilz von Vancouver lief draußen herum; er war es und kein anderer. Soviel Gift und Galle konnte nur dieses niederträchtige Viech ausspeien.

Dann durchfuhr ihn ein zweiter Schreck, eine lähmende Erkenntnis eigentlich. Der Lärm kam vom großen Haus, jemand mußte dort eingezogen sein. Ein Blick auf die Uhr zeigte beinahe Mitternacht an. An Schlaf war nicht mehr zu denken, denn das alte Leiden bestürmte ihn mit zweifacher Macht. Er lief hin und her, mit Flüchen auf den Lippen und Haß im Herzen.

Endlich herrschte Ruhe, aber nicht in seinem Inneren. Vorsichtig, wie ein Jäger auf der Pirsch, schlich er umher. Nichts rührte sich, außer einer Eule die ihn mit einem schaurigen huh-huh begrüßte. Es entlockte ihm ein Lächeln, es erfrischte und beruhigte ihn.

Kaum hatte er sich auf dem Bett ausgestreckt, schon ging es los. Dämonen bedrängten ihn von allen Seiten. Einer hockte sich auf seine Brust, während ein anderer auf seinem Kopf herum trommelte; so ging es weiter bis zum Sonnenaufgang. Unerträglich quälte ihn die Atemnot, aber er schlief trotzdem ein.

Ein kitzeln in der Nase weckte ihn auf. Als er die Augen öffnete stand die Sonne schon über den Bergen. Eben wollte er sich unter den Decken verstecken um weiter zu schlafen, als ihm schier die Ohren abfielen. Der Köter war abermals am Werk.

Ohne zu überlegen wollte Fuhr aus dem Bett springen, sich flugs anziehen und unten Krach schlagen. Er besann sich jedoch; eine innere Stimme riet dagegen. Ein Tauziehen begann zwischen Vernunft und Übereile. Nach langem hin und her siegte die Vernunft, allerdings mit Hilfe des Verzichts. Inwiefern? Fuhr faßte den Beschluß, daß an Ruhe hier nicht mehr zu denken war. Entweder mußte er den Umstand hinnehmen oder abermals umziehen. Es bestand auch die Möglichkeit, obschon entfernt, mit den Neuankömmlingen ein annehmbares Verhältnis zu erreichen. Verhandeln mit jemanden der sich stundenlang solch ein Gekläffe anhören kann? Das hieße verzweifelt hoffen. Die blanke Wut stieg in ihm auf.

„Nein und nochmals nein! Ich werde weder den Radau hinnehmen noch ausziehen," rief er aus. „Flucht ist keine Lösung, sich wehren heißt die Parole."

Er nahm sich vor die Sache mit geschickter Berechnung, Hinterlist oder roher Gewalt zu schlichten. Dieser Entschluß schürte seine Lebensgeister. Mit einem Satz sprang er aus dem Bett, zog sich flink an und eilte aus der Hütte. Ohne sich umzuschauen ging er dem Haus entgegen. Bei jedem Schritt wuchs seine Entrüstung an, wie auch der Wunsch reinen Tisch zu machen. Der Köter belferte als wäre es bei ihm Matthäi am letzten.

Fuhr erinnerte sich plötzlich an die Worte des Maklers. Teilte er ihm nicht mit, daß der Eigentümer beabsichtigte mit seinen Töchtern im großen Haus zu wohnen? Das müßten sie schon sein, wer denn sonst? Er blieb stehen. Das änderte natürlich die Sache. Umsicht wäre in diesem Fall angebracht, dachte er. Immerhin bestand auch die Möglichkeit, daß man keine Kenntnis hatte von seiner Gegenwart.

Fuhr beschloß sich höflich bemerkbar zu machen, das weitere würde sich schon ergeben. Reißaus wird nicht genommen, komme was mag. Eher erwürge ich die ganze Sippschaft samt dem Köter, gelobte er.

Nichts rührte sich im Haus, nur der Pinscher kläffte sich die Seele raus.

„Ha, dem werde ich es schon besorgen, früher oder später," knurrte Fuhr.

Entschlossenheit, wie immer, beruhigte seine Nerven. Trotz dem ständigen, heiseren Gejaule des losgelassenen Pinchers, behielt Fuhr die innere Ruhe. Er kehrte um und ging zur Hütte zurück. Überlegen tat not, handeln nicht minder.

Nachdem er Fenster und Türen verschlossen hatte, nahm er am Tisch Platz. Weit kam er nicht mit seinen Erwägungen. Er vernahm unterdrückte Stimmen, die sich seiner Hütte näherten. Als er die Tür öffnete sah er zwei Frauen ankommen. Die eine hielt ein zappelndes, keifendes Schoßhündchen in den Armen, welchem die andere Koseworte ins Ohr flüsterte. Beide Frauen hätschelten und tätschelten das Hündchen. Der zappelnde, gestriegelte Giftpilz zollte den Schmeicheleien keine Aufmerksamkeit. Er belferte Gift und Galle auf Fuhr, während er versuchte aus den liebevollen Armen zu entkommen.

„Welch ein abscheulicher Anblick," dachte Fuhr.

Unmutsfalten traten auf seine Stirn, er wurde rot vor Ärger beim Anblick solcher Abgötterei. Bei näherer Betrachtung der Frauen überfiel ihn ein Schauer. Sie ähnelten sich wie Jinn, die bösen Geister; aus beiden strömte Verruchtheit. Ihre Gesichter, ja das ganze Wesen, zeigten von einer niedrigen Gesinnung. Es mußten Schwestern sein, vielleicht sogar Zwillinge, mutmaßte Fuhr. Beide machten den Eindruck von schlecht verhohlener Tücke. Sie waren nicht mehr jung. Keine Tünche, Puder oder Schminke konnte diese Tatsache verbergen. Noch weniger wären diese Hilfsmittel imstande gewesen die verwüsteten Züge zu glätten. Sie erweckten in Fuhr tiefen Abscheu. Ihr ganzes Verhalten widerte ihn an. Am meisten jedoch störte ihn das süßliche Getue mit dem Pinscher.

„Sie sind wohl Peter Fuhr," wurde er gefragt.

„Der bin ich," erwiderte er.

Man musterte ihn unverblümt von oben bis unten. Er war nicht willkommen, soviel entnahm er ihren sauren Mienen. Unter den bohrenden Blicken fühlte er sich wie ein Eindringling. Nach einer peinlichen Stille fragte er:

„Ihr seid Mieterinnen im großen Haus?"

Beide verzogen das Gesicht.

„Mieterinnen? Wir sind die Besitzer," wurde er barsch belehrt.

„Oh," platzte Fuhr heraus, mit solcher Überzeugung, daß sogar der Köter vor Schreck verstummte.

„Wir sind Judith und Sarah Keremos."

„Kam Ihr Vater auch mit?"

Die Frauen tauschten bedeutende Blicke aus, wonach sie ihn mit lauernden Augen betrachteten.

„Noch nicht," sagte Judith, indessen Sarah kicherte:

„Vielleicht auch nie," bemerkte sie.

Was dann geschah verdutzte Fuhr ungemein. Sarah legte sich die Hand auf den Mund. Ihre Schwester, offensichtlich erbost, durchbohrte sie mit einem strafenden Blick. Wie auf Geheiß drehten sich beide um, starrten sich einen Augenblick an, wonach sie davon eilten.

„Hm, üble Kunden, muß ich sagen," flüsterte Fuhr.

Die unangenehme Begegnung mit den Schwestern und dem Hund schürte wieder die alte Not. Keuchend taumelte er ins Haus wo er ächzend aufs Bett sank.

„Ruhe, Ruhe, nur die Ruhe bewahren," suchte er sich zu beschwichtigen.

Es gelang ihm nicht, ebenso wenig wie es ihm glückte die Beherrschung zu behalten. Das Luder Furcht, Triebfeder der Atemnot, meldete sich wieder; sie mußte im Keim erstickt werden. Soviel hatte Fuhr schon gelernt, im Gegensatz zum wie.

Stundenlang dachte und plante er, jedoch mit geringem Erfolg. Endlich gelang es ihm, mit heraklischer Mühe und Zwang, seine Gedanken zu ordnen. Der Hund mußte verschwinden, mit den Besitzerinnen rechten, empfand er als eine Sisyphusarbeit; sinnlos von Anfang bis zum Ende.

„So, wie krieg ich ihn los?" fragte er sich.
Fuhr stand auf und näherte sich dem Kalender an der Wand.
„In zwei Wochen ist mein sechzigster Geburtstag. Wenn bis dahin kein Friede herrscht, werden alle drei was erleben," gelobte er.

Da ihn die Schwestern mieden wußte er wenig über sie. Bei den seltenen Begegnungen und stockenden Unterhaltungen erfuhr er soviel wie nichts vom Vater. Bei der leisesten Andeutung an ihn wurden die Töchter unruhig und entfernten sich. Welch ein seltsames Pärchen, gestand Fuhr. Etwas fiel ihm besonders auf: sie klebten aneinander wie die Haimonskinder. Nie sah er eine allein oder ohne den gemästeten Pinscher, der entweder in den Armen Judiths oder Sarahs zappelte oder sie kläffend umkreiste.

Nach wie vor unternahm Fuhr lange Spaziergänge. Mit einem Buch unterm Arm und Wut im Herzen, wanderte er solang, bis er außer Hörweite des tobenden Hundes war.

Spielte ihm der Zufall Boccaccios Dekameron in die Hände oder war es die Vorsehung? Er las die Erzählung, Tancred der Fürst aus Salerno, dreimal durch. Beim erstenmal ergriff ihn ein Gefühl, das er nicht so richtig verstand. Beim zweitenmal ahnte er mehr als er denken konnte. Beim drittenmal stieß er einen Jubelschrei aus, welchen die Kühe ihre Köpfe heben ließ.

„Welch ein großartiger Einfall. Ha, ha, ha, zwei Fliegen mit einer Klappe schlagen. Den Störenfried loskriegen, dabei den zwei Jettaturen einen Streich spielen. Wer hätte das gedacht. Ihr verzärtelter Liebling wird bald mit ihnen auf ewig vereint sein."

Nun, das war sein Plan: Die Schwestern werden zu einem üppigen Mahl eingeladen, dessen Hauptgericht das geleckte, geschleckte Hündchen sein wird. Welch ein Plan; klug, kühn und zweckmäßig. Den Köter fangen sollte keine Schwierigkeit bereiten, da er mit ihm bereits ein notgedrungenes Bündnis schloß. Einer unbegreiflichen Eingebung gehorchend hatte er begonnen sich ihm freundschaftlich zu nähern. Er lockte ihn mit süßlichen Worten, steckte ihm Leckerbissen zu und vergaß auch nicht das mißtrauische Viech zu streicheln.

Das sollte sich nun bezahlt machen. Alles klappte wie am Schnürchen. Der Tag rückte heran an dem er den Xanthippen ein Festmahl geben wollte. Er hörte schon im Geiste wie sie schmatzten und sah wie sie ihre aufgeworfenen Lippen ableckten.

Eine schmackhafte, getarnte Zubereitung des Hündchens machte ihm freilich Sorgen. Doch ausgerüstet mit einem Kochbuch, ferner begnadet mit gesundem Menschenverstand, sollte es einem Mann gelingen, Anfänger oder nicht, aus dem Hündchen einen leckeren Braten zu machen.

Mit klopfendem Herzen lud er die Schwestern zu einem feucht-fröhlichen Abend ein.

„Es ist zu Ehren meines sechzigsten Geburtstags," sagte er lammfromm.

Zu Fuhrs Überraschung wurde die Einladung mit erstaunlicher Bereitwilligkeit angenommen. Die übereilige Zusage hätte einen umsichtigeren Menschen stutzig gemacht. Immerhin hatten ihn beide bisher wie einen Aussätzigen gemieden.

Der Stichtag kam. Fuhr hatte den Kläffer seit Tagen gehätschelt und mit Leckerbissen überhäuft. Der lauerte zuweilen vor seiner Tür mit der Miene eines gewerbsmäßigen Bettlers.

Am Tag der Feier, kurz vor Mittag, bekam der Köter einen Schlag auf den Schädel und einen Messerstich mitten ins Herz. Fühlte Fuhr Reue hinterher? Keineswegs. Übrigens hatte er weder Zeit noch Neigung zur Zerknirschtheit; es hieß ruck, zuck voran gehen. Sein innerer Jubel wurde etwas getrübt beim Gedanken an die Unerfahrenheit bezüglich seiner Kochkunst. Doch griff er mutig und mit flinken Händen zu.

Spät nachmittags klopften sie an:

„Herr Fuhr, Herr Fuhr, haben Sie unsern kleinen Toby gesehen?" erkundigten sie sich keuchend.

„Ja, aber es ist schon eine Weile her."

„Welche Richtung ging er?"

„Soviel ich mich erinnere eurem Haus entgegen."

„Wo er nur steckt," jammerte Judith.

„Soll ich suchen helfen?"

„Nein, nein, Sie sind ja beschäftigt, wie ich rieche," bemerkte Sarah, indem sie hin und her schnupperte.

Die Schwestern gingen ihm auf die Nerven. Jede viertel Stunde kamen sie an:

„Haben Sie unsern kleinen Toby gesehen? Wo er nur sein kann."

Fuhr mußte sich Gewalt antun um ihnen nicht den brutzelnden Braten in der Pfanne unter ihre Nasen zu halten.

„Da, riecht, das war er einmal," hätte er gerne verkündet.

Plötzlich fiel ihm etwas ein: die Kojoten. Als er mitleidig den Kopf senkte und scheinheilig die Augen verdrehte, reckte sich Sarah:

„Sie haben ihn gesehen, sagen Sie doch wohin er ging," ersuchte sie ihn drängend.

„Ich erinnere mich jetzt, er wurde von zwei Kojoten gejagt, jenseits des Hügels."

„Um Himmelswillen," riefen beide Frauen aus.

Fuhrs Gewissen regte sich:

„Keine Sorge, meine Lieben, Kojoten können übermütig sein. Euer kleiner Racker hat sie wahrscheinlich angebellt, folglich jagten sie ihn weg. Er wird schon zurück kommen," tröstete er mit schlecht verhohlenem grinsen.

Obwohl es ein geringer Trost für die Schwestern sein mußte, blieben sie erstaunlich unberührt. Ihr rätselhaftes Benehmen verwirrte Fuhr zunehmend.

„Die führen etwas im Schilde, nichts erfreuliches," vermutete er.

Was ihn am meisten störte waren die lauernden Blicke auf ihn, die von Hintergedanken ahnen ließen. Nicht unbedingt bösartig schätzte er sie ein, sondern eher erwägend. Als ob man seinen Scharfsinn beobachten wollte. Die zwei führten etwas im Schilde, daran zweifelte Fuhr nicht mehr. Etwas, in was er unbeabsichtigt mit hineingezogen wird.

Die Erkenntnis, freilich im Unterbewußtsein, verstärkte sich, daß Judith und Sarah nicht aus Zuneigung aneinander klebten, sondern aus einem ruchlosen Antrieb. Er konnte den Gedanken nicht verscheuchen, daß eine düstere Vergangenheit sie aneinander kettete. Liebe war nicht das Band, eher Haß und Angst vor Verrat.

Seite an Seite deckten die Schwestern den Tisch. Eine eigenartige Erregung hatte sie erfaßt, welche Fuhr ansteckte.

Zeichen eines bevorstehenden Unheils machten sich bemerkbar. Ihre gegenseitigen, gehässigen Musterungen schienen ihm wie Vorboten eines schlimmen Ereignisses. Sarah und Judith gerieten völlig aus dem Häuschen. Fuhrs Mißtrauen nahm zu, vor allem als er sah, daß der Tisch nicht für drei, sondern für vier Teilnehmer gedeckt wurde. Als man seine hochgezogenen Augenbrauen sah, bemerkte Sarah:

„Im Fall Toby auftaucht."

Ob die Schwestern Fuhrs finstere Miene wahrnahmen, offenbarte sich nicht. Im Nu ächzte der Tisch unter dem Gewicht von Tellern, Besteck, vollen Flaschen sowie leeren Gläsern.

„Nun, verehrte Gäste, wie wärs mit einem Schluck?"

„Zwei wären besser," witzelte Judith.

Raus kam der Korken. Fuhr hob die Flasche während er einen Trunkspruch schmetterte. Die Gläser wurden gefüllt, man stieß an, führte das Glas an den Mund und leerte es mit kräftigen Zügen, allerdings nicht eh man sich hochleben ließ:

„Zum Wohl!"

„Prost!"

„Auf Ihre Gesundheit!" wünschten die Schwestern in einem Ton des Überschwangs, der unecht klang.

Sarah und Judith erhoben sich fast gleichzeitig. Sie huschten schnatternd von Stelle zu Stelle. Verblüfft schaute Fuhr auf Sarah, die anfing mit Flaschen und Gläsern zu hantieren, wobei sie das halbvolle Glas der Schwester umstieß. Mit flinken Händen und einer seufzenden Entschuldigung erschien ein neues, bis zum Rand gefüllt, vor ihren Augen. Fuhr schmunzelte anerkennend über Sarahs Fingerfertigkeit.

Der Braten brutzelte in der Pfanne. Der widerliche Geruch, der Fuhr abstieß, schien die Schwestern zu beleben.

„Etwas stimmt hier nicht," hätte Fuhr am liebsten laut ausgerufen, als Judith und Sarah anfingen um den Tisch zu tanzen, wie verzückte Derwische, während sie Sachen hin und her schoben. Sie klatschten wiederholt in die Hände, warfen verstohlene Blicke auf Fuhr, bewegten sich jüngferlich und schwatzten pausenlos.

Wie vor den Kopf geschlagen starrte Fuhr auf das Schauspiel. Eben wollte er sie freundlich beschwichtigen, als ihn Judiths Rufe ablenkten:

„Ein dreifaches Hurra! Peter Fuhr, laßt ihn hochleben," rief sie wiederholt, indessen die Flaschen und Gläser wie geistesabwesend umher geschoben wurden. Was sollte die Aufregung bedeuten? War Judiths Benehmen einstudiert? Hatte ihr Wesen, vom Überdruß vernarbt, sich plötzlich verändert? Fuhr kam nicht aus dem staunen heraus. Vor allem als er Zeuge wurde von einem unbegreiflichen Vorfall. Judith beruhigte sich. Sie füllte die Gläser mit Bedacht, worauf wiederholt zum trinken aufgefordert wurde:

„Leert die Gläser, laßt uns anstoßen," forderte sie. Fuhr begann den Braten zu schneiden und aufzutischen. Als er einen Blick auf Sarah warf stockte ihm der Atem. Sie griff sich mit beiden Händen an die Kehle. Der gellende Schrei den sie ausstieß, trübte noch lange sein Gemüt. Das geleerte Glas entfiel ihrer Hand; es zerbrach in hundert Stücke. Stöhnend, mit erhobenen, flehend ausgestreckten Armen, brach sie zusammen. Wie gelähmt starrte Fuhr auf die Gestalt, welche sich vor seinen Füßen wand. Sarah keuchte offensichtlich ums blanke Leben, das anscheinend von ihr wich. Zunächst dachte Fuhr, daß die Schwestern eine Vorstellung gaben zu seiner Unterhaltung, doch wurde er eines besseren belehrt. Sarah erlitt Todesqualen, an deren Echtheit kein Zweifel mehr bestand. Eh sie den letzten Atemzug tat, zeigte sie mit zitternder Hand auf die Schwester:

„Verruchtes Luder, daß dich der Teufel hole!"

Beim ersten Blick auf Judith wandte Fuhr den Kopf zur Seite. So was von Verworfenheit kam ihm noch nie über den Weg. Ihr Gesicht glühte vor Schadenfreude, das elende Weib schien sich an den Qualen der Schwester zu weiden. Es wurde immer verwickelter.

Fuhr holte tief Atem, er stand wie gelähmt da. Ein Schauder erfaßte ihn. Er starrte von Sarah, die leblos auf dem Boden lag, zu Judith, deren Miene sich in eine Fratze der Bosheit verwandelte. Täuschte er sich oder kicherte sie tatsächlich in sich hinein? Er konnte keinen Finger rühren. Es fehlte ihm nicht nur die Kraft, sondern auch der Wille dazu.

Was dann geschah verschlug ihm völlig den Atem. Judith stieß einen grauenhaften Schrei aus, verdrehte die Augen, fing an zu zittern und fiel ebenfalls besinnungslos auf den Boden. Ihr Gesicht, das vor wenigen Minuten noch vor Arglist leuchtete, ähnelte nun einer Maske des Schreckens.

„Was jetzt," murmelte Fuhr, der weder den Anfang begriff noch das Ende ahnte.

Er fiel von einer Verwirrung in die nächste, ihm stand der Sinn nach Flucht. Doch alles stehn und liegen lassen war außer Frage. Schließlich lagen zwei leblose Frauen auf den Dielen. Diese Tatsache vermochte keine Einbildung zu vertuschen, auch nicht herbei geführte Träumereien. Fuhr irrte verzweifelt hin und her. Sein Blick wanderte immer wieder zu den Frauen auf dem Boden. Während er sich die Augen rieb kam ihm ein Gedanke: das Ganze ist ein Trugbild, nichts weiter als ein Alpdruck.

„Wach auf, Peter, wach auf, " befahl er.

Seine Erwartung blieb unerfüllt, die Keremos Schwestern lagen nach wie vor leblos da. Fliehen oder auslöffeln? Die Antwort folgte auf dem Fuß. Obwohl Fuhr ahnte was ihm bevorstand, beschloß er den bitteren Kelch bis zur Neige zu leeren.

„Besser als gefahndet werden," tröstete er sich.

Glauben wird man ihm ohnehin nicht, am wenigsten die Polizei. Schließlich hatte er drei Streiche gegen sich: erstens sah er die Schwestern als letzter; zweitens lud er sie zu einer Feier ein und drittens war er ein Ausländer. Im Geiste sah er schon die ungläubigen Mienen der Polizei sowie die von Spott triefenden Anspielungen der Dörfler. Aber der Mann von der unteren Donau sah ein, das hadern und zetern nichts nutzte; denken und handeln war angebracht. Die Zuckungen der Schwestern hatten gänzlich aufgehört. Sie waren mausetot.

Inzwischen war es im Haus völlig dunkel geworden, es herrschte eine drückende Stille. Fuhr fühlte sich in eine düstere Welt versetzt. Je mehr er über den rätselhaften Vorfall nachdachte, desto unerklärlicher erschien ihm alles. Eine böse Ahnung ergriff ihn, daß die schöne, ruhige Zeit vorbei sei. Er versuchte Sinn und Zweck aus dem ganzen Geschehen zu machen, jedoch ohne Erfolg.

Ein Gedanke ließ sich nicht verscheuchen: die zwei Frauen nahmen ein düsteres Geheimnis mit ins Grab. Warum kam der Vater nicht mit? Ferner, was bedeutete die verdächtige Geheimnistuerei hinsichtlich seines Verbleibens? Wurden die Schwestern nicht bloß mürrisch, sondern gaben auch ausweichende Antworten wenn er sich nach ihm erkundigte?

Als die Zeichen des neuen Tages erschienen war Fuhr so klug wie zuvor. Jeder Versuch eine Erklärung zu finden verlief sofort im Sand. Nur ein Gedanke blieb haften: die zwei toten Frauen in der Hütte waren seine Schicksalsschwestern; es sei denn ein Wunder geschah. Der bloße Gedanke daran ließ Fuhr die Nase rümpfen und stoßweise heraus lachen. Er hätte sich die Verrenkungen sparen können, was ihm unmöglich erschien geschah tatsächlich.

Kaum schob sich die Sonne über die Berge, als sich Fuhr auf den Weg ins Tal begab. Es gab viel auszuklügeln. Die Schwestern waren heimgekehrt; von wo oder warum war ihm nicht bekannt, wie auch die Bewandtnis mit dem Vater. Wie bereits erwähnt haftete ein Geruch der Verworfenheit an Sarah und Judith Keremos, ebenso ein übler Duft der Schuld. Sie erinnerten Fuhr an zwei Übeltäter die mit unsichtbaren Ketten aneinander gefesselt sind. Zeichen von Feindschaft waren klar zu erkennen. Die Schwestern haßten sich aufs tiefste und fürchteten sich voreinander. Allerdings mußte er sich gestehen, daß diese Vorstellung reines Wunschdenken sein konnte.

Nun zum Polizeibericht. Er beschloß so weit wie möglich bei der Wahrheit zu bleiben. Hier ist das Wesentliche: Sarah und Judith Keremos zeigten sich mir gegenüber freundlich. Ich lud sie zu meiner Geburtstagsfeier ein. Sie erschienen in einer freudigen Stimmung, kreuzfidel, übermütig wie Backfische. Eh das Mahl begann tranken wir uns munter zu. Ich begann eben den Braten zu schneiden, als Sarah einen Schrei ausstieß und zusammenbrach. Das Glas entfiel ihrer Hand und zerschmetterte auf den harten Dielen. Es geschah so plötzlich, wie auch unerwartet, daß ich vor staunen wie gelähmt dastand. Innerhalb wenigen Minuten geschah dasselbe mit Judith; auch sie brach schreiend zusammen. Es dauerte nicht lange bis beide Frauen ihren letzten Seufzer taten. Alles andere verschwieg Fuhr. „Haben Sie etwas berührt oder beseitigt?" wird man ihn sicher fragen. Die Antwort?

„Keineswegs, Herr Wachtmeister."

Kaum war dieser Gedanke gefaßt, als Fuhr wie angewurzelt stehen blieb. Er schlug sich vor den Kopf. Wie konnte er bloß so hirnlos handeln. Das Hündchen, der Braten, mußte verschwinden, spurlos verschwinden. Den gebratenen Pinscher den Kojoten zum Fraß hinwerfen, wäre das vernünftigste gewesen. Fuhr verwünschte seine Nachlässigkeit, die er nach kurzer Überlegung als verborgenen Segen umwandelte.

Sein Bericht verursachte einen allgemeinen Aufruhr. Insbesondere unter den älteren Einwohnern, deren Ansichten über die Keremos Sippe geteilt war. Manche hielten sie für einen unersätzlichen Gewinn des Nicolatals; andere dagegen hätten mit freudiger Überzeugung auf einem Stoß Bibeln geschworen, daß der ganze Haufen Nichtswürdigkeit ausspeie.

Eine Untersuchung fand statt, die vom ersten Tag an ungünstig für Fuhr verlief. Die Polizei ließ wenig verlauten, jedoch Unterstellungen ließen nicht lange auf sich warten.

„Der Kerl riecht nach Übel."

„Er ist ein Fremder."

„Ein Fremder? Ha, bezeichnender gesagt, er ist ein Ausländer, der sich groß tut," verkündeten viele.

„Er ist schuldig, das sieht man doch," behauptete die alte Garde.

„Schuldig? Ja, könnt ihr nicht warten bis die amtliche Untersuchung stattgefunden hat?"

Solche Einwendungen wurden mit rügenden Blicken und bissigen Worten bestraft.

Die Bewohner jener Gegend bezeichneten sich als letzte Bastei der kanadischen Gesinnung; gemeint ist sittliche sowie andere Werte. Fuhr bemühte sich ernst zu bleiben wenn er solche Reden hörte, aber so war es nun mal. Die Hiesigen betrachteten sich als einen aussterbenden Menschenschlag: großzügig, vorurteilslos und weltoffen. Fuhr hatte gelernt sich im Zaum zu halten, wenn er derartiges hörte. Er kicherte weder bei der Erwähnung von Großzügigkeit, noch rümpfte er die

Nase sollte Vorurteilslosigkeit gepriesen werden. Aber sobald man sich als weltoffen rühmte, konnte er sich das lachen nicht verbeißen. Was ihn anbelangte ähnelte sich der ganze Haufen wie dem Plautus seine Menechmians auf der Bühne. Auch redete der eine wie der andere nach Vorschrift oder garnicht. Den sogenannten Einzelgängern höchstes Streben war der Durchschnitt, wer höher trachtete machte sich verdächtig; wie Peter Fuhr zum Beispiel. Sarah und Judith Keremos fanden wenig Anklang im Nicolatal; das heißt bis vor kurzem. Was geschah? Als hätte ein Hexenmeister seinen Stab erhoben, dabei Zauberworte gemurmelt und siehe da, zwei ränkesüchtige Vetteln verwandelten sich in engelgleiche Wesen, die unfähig waren auch nur einen unkeuschen Gedanken zu hegen.

„Die waren ein Segen für unsere Gemeinde," jammerten Frauen, welche stets die zwei Schwestern als feuerspeiende Drachen bezeichnet hatten.

„Ein schlimmer Verlust," stimmten Männer bei.

Der Verbleib von Herbert Keremos blieb nach wie vor ein Rätsel, in Munkeleien gewickelt.

„Wo ist der alte Gauner?" forschten seine Altersgenossen.

Viele zuckten mit den Achseln, andere hofften ihm nie wieder unter die Augen zu treten; sie wünschten er wäre in Jericho, also am Galgen.

„Ein Lump weniger," hörte man etliche sagen.

Insgeheim wunderten sie sich aber wo der unverbesserliche Glücksritter sein könnte. Sogar sein ehemaliger Freund und Mitläufer, Matt Stacey, wußte nicht wo er steckte. Die zwei hatten einst am oberen Coquihalla nach Gold geschürft.

Der Untersuchungsrichter verordnete eine Leichenöffnung. Das folgende Schwurgericht verhieß nichts Gutes für Peter Fuhr. Er wurde genötigt sich wöchentlich bei der Polizei zu melden. Außerdem durfte er die Gegend nicht ohne Erlaubnis verlassen.

Bei der Bestattung der Schwestern erhitzten sich die Gemüter. Lobreden wurden gehalten. Den vermutlichen Mörder, freilich nicht beim Namen genannt, verdammte Pfarrer Conley in den Erzgrundboden. Mit zitternder Stimme hielt er eine Feuer und Schwefel Grabrede.

„Der Meuchelmörder ist unter uns. Laßt ihn ans Grab treten. Komm, Ausgeburt der Hölle, bereue, knie nieder und beichte," donnerte der gute Vater.

Viele Köpfe wandten sich um. Wen suchten sie? Peter Fuhr natürlich, den Ausländer mit unheilvollen Neigungen. Leute, deren Schatten sich nie mit Fuhrs kreuzten, stießen Drohungen aus. Verleumdungen schleuderte man gegen den Mann, der für die Polizei ein unentbehrlicher Zeuge war. Frauen, deren verführerische Neigungen in seiner Gegenwart die Oberhand erzielten, verwünschten ihn nun unflätig.

Fuhrs Dasein entwickelte sich zur reinen Qual. Umringt von Feindseligkeit, vor allem unten im Tal, bedrückt von üblen Vorstellungen, wagte er sich kaum mehr aus dem Haus. Sogar die Kuhhirten zeigten ihm die kalte Schulter. Sie grüßten ihn nicht mehr von weitem wie zuvor, mit der Hand am Hut, sondern zogen die Krempe runter und machten einen Bogen um ihn. Es betrübte ihn ungemein, daß die großzügigen Männer, welche er als ein Überbleibsel einer schöneren Zeit betrachtete, ihn jetzt mieden. Erst viel später verstand er die Ursache ihres Verhaltens.

Die Polizei machte ihm das Leben schwer. Sie versuchten mit allen Mitteln ihm ein Geständnis zu entlocken. Außer der Sache mit dem Pinscher gab es nicht viel zu gestehen. Seltsam, dachte Fuhr, weder die Polizei noch die Geschworenen stellten gezielte Fragen in dieser Hinsicht. Geschah das absichtlich oder aus Nachlässigkeit? Oder, Himmel sei mir gnädig, wendete man einen wohlüberlegten Schachzug an um mich zu überführen?

Ohne Zweifel steckte die Behörde in einer Klemme. Sein Name lag sicherlich als Täter auf ihren Zungen, doch mangelte es an Beweisen die zu einer Anklage nötig waren. Beweggründe schienen keine zu bestehen. Die Todesursache blieb ungelöst, somit konnte man sich lediglich an Mutmaßungen heften.

Die Leichenöffnung gab wenig Aufschluß auf die Ursache des Todes; im Gegenteil, sie warf mehr Schatten als Licht auf die Begebenheit. Es wurden unerklärliche Stoffe gefunden, doch keine die als lebenszerstörend bezeichnet werden konnten oder die Gesundheit gefährdeten. Die fremden Stoffe, vielmehr deren Spuren, wurden gewissenhaft untersucht. Die Ergebnisse runzelten mehr Stirnen als sie glätteten.

Es blieb dabei, man konnte Fuhr nichts zur Last legen, außer der Einladung zu seinem Geburtstag und seine Anwesenheit während die Schwestern einen absonderlichen Tod fanden. Fuhr konnte beim besten Willen nicht erklären was vor sich ging. Das klang so überzeugend, daß der Richter, wie auch die Geschworenen, ihm glaubten. Doch ein Verdacht blieb weiterhin an ihm haften.

Obwohl stichhaltige Beweise fehlten, vertrat Wachtmeister Duran verbissen die Meinung er sei schuldig. Er machte kein Hehl daraus:

„Der Kerl hat die Tat verübt, nichts anderes lasse ich gelten," versicherte er seinen Mitarbeitern.

„Aber wie, Herr Wachtmeister, wie?"

Er mochte Fuhr nicht leiden, vor allem seit seine Frau ihn lobte:

„Das ist ein bezaubernder Mann, er hat ein so hübsches Lächeln." sagte sie ihm öfters.

„Hübsches Lächeln," hätte er am liebsten losgebrüllt, jedoch er traute sich nicht.

Überdies machten seine Meinungen schon lange keinen Eindruck mehr auf Nelly, seine Frau. Auch wenn sie in einem einstudierten, männlichen Brustton ausgedrückt wurden. Jeff Duran, der Wachtmeister, war nicht bloß erbost, sondern zutiefst verletzt.

„Hübsches Lächeln? Sonst noch was. Ein Mann von echtem Schrot und Korn, wie ich zum Beispiel, läßt sich doch nicht so weit herab."

Das sagte er laut und deutlich, jedoch nicht in Gegenwart seiner Frau. Ein Blick auf sie und zum Fenster hinaus flog sein Mut.

Jeff Durans Dienstzeit ging dem Ende zu. Wie viele seiner Art alterte er frühzeitig. Gequält von ständiger Lustlosigkeit, geplagt von Gliederschmerzen, fühlte er sich genötigt frühen Ruhestand zu ersuchen. Es wurde bereitwillig genehmigt.

Er hatte vor einem Monat seinen fünfzigsten Geburtstag gefeiert. Mit wenig Jubel, jedoch viel Lärm, ließ man ihn hochleben. Jeff Duran schien eine schwere Last auf seinen

Schultern zu tragen, welche der Fall Keremos noch vergrößerte.

Peter Fuhr stak ihm wie ein Bissen im Hals. Fast täglich gelobte er hoch und heilig den reingeschmeckten Kerl in Schimpf und Schande gefesselt durchs Dorf zu führen. Er ging hartnäckig voran. Der Fall mußte vor seinem Abtritt gelöst werden; in anderen Worten, Fuhr sollte hinter Schloß und Riegel sitzen.

Zu seinem Leidwesen mußte Duran gestehen, daß seine Mitarbeiter ihm Hindernissse in den Weg legten. Sein Eifer kam ihnen verdächtig vor, sie glaubten er wurde von unlauteren Beweggründen geleitet. Man gönnte ihm ein weiteres Abzeichen an der Kappe, jedoch sträubten sie sich gegen den Gedanken einem Unschuldigen ein Verbrechen zu unterschieben.

Duran ging gnadenlos voran. Wie ein von Gott berufener Weissager verkündete er:

„Ich fühle mich verpflichtet den gewissenlosen Schurken hinter Gitter zu bringen."

Schutzmann Harrow sah seinen Kollegen Bram fragend an:

„Justin, glaubst du nicht, daß wir auf dem Holzweg sind?"

Bram warf einen abschätzenden Blick auf den Chef:

„Vielleicht sollten wir eine andere Richtung einschlagen," schlug er vor.

Jeff Duran brauste auf:

„In welcher Hinsicht?"

Er durchbohrte seine Untergebenen mit rügenden Blicken. Einer wie der andere verdroß ihn mehr und mehr. Keiner verrichtete die vorgeschriebenen Arbeiten zu seiner Zufriedenheit. Ein Körnchen Wahrheit enthielt der Vorwurf schon. Die Gründe waren schnell aufgezählt.

Ohne Zweifel hatte sich der Chef in eine Phantasterei verrannt, die wenig Anklang bei seinen Mitarbeitern fand. Übrigens hielt ihn die ganze Belegschaft für ein krankes Huhn, das sein letztes Ei gelegt hat. Das bezog sich natürlich auf seinen bevorstehenden Ruhestand.

Bram und Duran verstanden sich nie so recht. Seit dem ersten Tag bestand eine Spannung zwischen ihnen. Bram war ein echter Sohn der Prärie. Man las es nicht bloß in seinem Gesicht, sondern seine ganze Wesensart drückte es aus.

Justin Bram verachtete den Leisetreter, der sich so rauhbeinig tat. Er hatte die windverwehte Ebene in jungen Jahren verlassen. Es fiel ihm leicht der elterlichen Blockhütte den Rücken zu kehren, jedoch schwer sie zu vergessen. Heute, zwanzig Jahre später, ergriff ihn immer noch zuweilen das Präriefieber. Es belebte die bösen sowie die guten Geister in ihm.

Der absonderliche Fall entfachte große Erregung zwischen Kamloops und Merritt. Viele waren sich einig: das Geheimnis wurzelte bei dem Vater, Herbert Keremos, dem verschollenen Jäger nach Regenbögen.

„Unsinn," brummte der Wachtmeister, „das Alpha und Omega ist bei Fuhr zu finden. An die Arbeit, sag ich, hört auf zu gackern."

Die Polizei kannte die düsteren Seiten der Keremos Sippe. Gern gesehen waren sie nicht, geduldet schon. Des Vaters Vorliebe für starke Getränke, unter derem Einfluß seine Neigung zum krakeelen erwachte, fürchteten Schankwirte sowie die Bedienung. Die Gaststätten im Umkreis von hundert Kilometern, gemeint sind Eigentümer wie auch Besucher, sahen ihn lieber gehen als kommen. Den Ruf der Keremos Weiblichkeit zu beschreiben? Da sträubt sich die Feder sowie der Anstand.

Wachtmeister Duran nahm seinen Bericht nach Kamloops zum Staatsanwalt.

„Peter Fuhr, die Verdachtsperson, verbrachte ein friedliches Leben oben bei der Douglas Ranch, bis die Keremos Schwestern erschienen. Dem Anschein nach störten sie die einsame Stille, welche Fuhr suchte und fand. Was dann geschah ist uns nicht bekannt. Wir vermuten, daß eine Uneinigkeit auftrat, die letzten Endes tötlich verlief. Herbert Keremos Töchter waren keine Engel; sie neigten zur Böswilligkeit, Scherereien folgte ihnen wie ihr eigener Schatten.

„Hier muß erwähnt werden, daß Keremos seinen Töchtern das Anwesen, samt Zubehör, verschrieb. Man kann annehmen, daß Streitereien entstanden, die zu Fuhrs Kündigung führten.

Folglich heckte er einen Plan aus Sarah und Judith aus dem Weg zu räumen."

„Also, sie vergiften," fiel der Staatsanwalt ein."

„Dem Anschein nach, ja."

„Spuren tötlicher Stoffe wurden aber keine gefunden, stimmt das?"

„Mehr oder minder," antwortete Duran unwillig.

Norman Hafner, der Staatsanwalt, kannte seinen Pappenheimer. Er hatte sich mal wieder aus eigennützigen Gründen verrannt; das heißt, sein Dolch saß tief in Fuhrs Rücken, wie ihm berichtet wurde. Notwendigerweise mußte Verdacht auf Fuhr fallen. Da es aber an unwiderlegbaren Beweisen mangelte, zweifelte der Anwalt an einem Beschluß der Schuld.

„Gut und schön, aber eine Anklage wegen Vergiftung der zwei Frauen kann nicht erfolgen," belehrte Hafner.

„Warum nicht?"

„Spuren von Giftstoffen wurden keine gefunden. Weder im Braten, dem Wein, noch in den Flaschen und Gläsern, ganz zu schweigen von Sarah und Judith Keremos, deren Leichen keine Gifte aufwiesen."

Der Wachtmeister ließ sich nicht beirren:

„Wie steht es mit dem verdächtigen Braten?"

Der Staatsanwalt zog die Augenbrauen hoch:

„Zugegeben, das schürt auch meine Bedenken. Fuhrs Aussage in dieser Sache ist verfänglich, um es gelinde auszudrücken."

„Eine glatte Lüge, sage ich."

Hafner verzog sein Gesicht.

„Wie ging das ganze wieder?"

„Er behauptete, wohlgemerkt unter Eid, er hätte einen Hasen gefangen, den er schmackhaft zubereitete und dann auftischte."

„Aber es war kein Hase," bemerkte der Staatsanwalt.

„Alles andere, außer ein Hase, wie es sich herausstellte," bekundete Duran.

Hafner schüttelte den Kopf.

„Warum wohl Fuhr einen Meineid beging wegen so einer Kleinigkeit, leuchtet mir nicht ein."

„Mir schon."

„Nun, warum?"

„Weil es Licht auf den Fall, seine Schuld meine ich, werfen könnte."

Hafner erwägte des Wachtmeisters Worte, er schmunzelte: „Vielleicht auch nicht," wandte er ein.

Duran hatte keinen Sinn für Wortgefechte, noch weniger liebte er undurchschaubare Redensarten. Eine unwilligere Miene hätte kein Thespisjünger aufsetzen können.

„So, warum beging er dann einen Meineid?"

„Eitelkeit, falsche Scham kommen mir in den Sinn. Manche Menschen haben Schrullen, deren Bekanntmachung ihnen peinlich wäre."

Duran war verstimmt. Der jüngere Staatsanwalt und er lagen sich nicht das erstemal in den Haaren; es geschah öfters als ihm lieb war. Die Mitteilung, obwohl durch die Blume gegeben, konnte ein Waisenknabe verstehen: eine Anklage erfolgt nicht, es sei denn unwiderlegbare Beweise tauchen auf, hieß sie. Vom Standpunkt der Vernunft mag der Anwalt recht haben, räumte Duran ein. Jedoch er sah den Stand der Dinge mit anderen Augen, auch mit anderem Sinn. Nun, er hatte noch Zeit Fuhr zu überführen.

Stundenlang grübelte der Wachtmeister bis ihm etwas einfiel; Matthew Stacey, der Makler, war ein Zeuge vor dem Untersuchungsgericht. Er kannte die Keremos Töchter seit ihrer Geburt. Er berichtete viel über sie, jedoch kaum etwas treffendes. Das Gericht war der Ansicht, daß er mehr verschwieg als sagte. Sarah wie auch Judith schienen nie seine Lieblinge gewesen zu sein. Während er im Zeugenstuhl stand nahm der Richter wie auch die Geschworenen Maß an ihm.

„Matt vertuscht etwas," flüsterte man sich zu.

Er war der einzige Grundstücksmakler in Merritt und so ziemlich der älteste im Dorf. Alt wie jung kannten und belächelten ihn. Sein grillenhaftes Wesen, geprägt in Wort, Tat und Aussehen, diente so manchem als Zielscheibe des Spottes. Das Gericht erfuhr nichts weiteres von ihm, außer daß Judith und Sarah Keremos den Teufel im Leib hatten sowie Würmer in den Zungen.

„Dem Himmel sei Dank, daß wir von ihnen befreit sind,“ bemerkte er.

Eh man ihn als Zeuge entließ drückte der Vorstand sein Mißfallen aus.

„Matt, wir kennen uns seit langer Zeit. Ich sage es dir auf den Kopf zu: deine Aussage hat mehr Löcher als ein Sieb.“

Matthew Stacey schmunzelte:

„Stan, du tust mir ein Unrecht. Ich sagte alles was ich weiß. Vergiß nicht, ich bin ein alter Mann, mein Gedächtnis kriegt langsam Löcher.“

Viele Jahre hatten er und Stan Brewster aus dem selben Topf gegessen und schliefen im gemeinsamen Zelt. Sie durchquerten das Hoch- und Tiefland zwischen Princeton und Kamloops, zu Fuß wie auch auf Mauleseln. Mal wuschen sie Gold, zuweilen waren sie als Landvermesser tätig oder als Viehhändler. Sie führten ein unvergleichliches Leben in der wildeinsamen Gegend, gestärkt von innerem Frieden, edler Gesinnung und treuer Kameradschaft. Leider beendete ein körperliches Leiden das ungebundene Dasein.

Der Gerichtsbefund wurde in den folgenden Tagen bekannt gegeben. Vergiftung wird vermutet, über den Täter besteht keine Klarheit. Empfehlungen blieben aus, obwohl die Polizei zu weiteren Untersuchungen angehalten wurde.

Wachtmeister Duran stammte aus Alberta. Er wurde vielmals versetzt, aus Gründen die sich Eingeweihte denken konnten. Von Calgary, seiner Heimatstadt, kam er nach Lethbridge, von dort zu kleineren, unbedeutenden Stellen, bis er vor fünf Jahren in Merritt eintraf.

Jeff Duran war eitel wie ein Pfau, aber keineswegs mit Weisheit gesegnet. Die Beschwerden seiner Frau der vielen Umzüge wegen, verlachte er mit den Worten:

„Nelly, verstehst du denn nicht, daß meine Fähigkeiten vielerorts gefragt sind?“

Nein, sie verstand es nicht, aber sie schwieg.

Der Wachtmeister stimmte überein mit den Vorwürfen des Vorstandes. Stacey's windige Aussagen rochen verdächtig. Er beschloß ihm einen Besuch abzustatten. Nachdem die üblichen Verbindlichkeiten ausgetauscht waren, nahm Duran eine Kartei aus seiner Aktentasche, die er mit wichtiger Miene betastete.

„Matthew, ich habe Ihre Aussage unter Eid sorgfältig überprüft."

Stacey verzog das Gesicht.

„Kämpfen Sie immer noch gegen Windmühlen?"

Duran rümpfte die Nase, ihm gefiel weder der Ton noch die Worte. Er nahm eine straffe, amtliche Haltung an, die gedacht war einzuschüchtern. Rauhbein Duran vertrat immer noch die Ansicht, daß der Prüfstein eines Polizisten Gewicht sei, Größe und Grimmigkeit. Obwohl sich die Zeiten in dieser Hinsicht geändert hatten, verkrallte er sich nach wie vor in solche Vorstellungen.

Duckte sich Matthew Stacey, alt und klein an Gestalt, vor der drohenden Haltung des großen, wohlbeleibten Polizisten? Keinen Millimeter. Jeff Duran belustigte ihn eher als er ihn beängstigte.

„Wie kann ich Ihnen dienlich sein?" fragte er.

„Mit der Wahrheit, Alter, mit der Wahrheit."

„Die ist in den Unterlagen verzeichnet."

Jeff Duran, wie viele seiner Kollegen, verstanden sich breit zu machen; es war ihre zweite Natur. Sein Versuch sich wichtig zu machen, unwillkürlich oder absichtlich, fiel auf brachen Boden. Es entlockte Stacey nicht mal ein schmunzeln. Die beiden kannten sich schon, jedoch Stacey hielt Abstand von dem hölzernen Polizisten.

„Jeff, Sie kämpfen gegen Windmühlen," wies er ihn zurecht.

„Zum Donnerwetter, Mann, ich muß doch meine Pflicht tun."

„Pflicht? Nur zu. Was mich anbelangt hält Herbert Keremos den Schlüssel zum Rätsel," bemerkte der Makler.

„Woher wollen Sie das wissen?" fuhr er ihn erbost an.

„Hm, woher wohl," meinte Stacey mit geschürzten Lippen.

Der Wachtmeister zog mit einem Ruck seine Amtsmütze vom Tisch, sprang auf und stürmte zur Tür.

„Du meine Güte, so lebhaft sah ich den Genossen noch nie," murmelte Stacey.

Der Makler brütete über die Angelegenheit eine ganze Weile. Er wußte mehr über die Keremos Sippe als ihm lieb war. Den zwei Schwestern hatte er nie über den Weg getraut;

sie waren zu allem fähig, außer zur Ehrenhaftigkeit. Seine Gedanken wanderten zu Peter Fuhr, den er als eine verwandte Seele betrachtete. Er sorgte sich um den unbefangenen Deutschen, der sich gewiß nicht mit Durans Machenschaften messen konnte.

„Ich muß ihn warnen," unterrichtete er den plätschernden Bach unter seinem Fenster.

Doch ein prüfender Blick auf die Berge belehrte ihn anderweitig. Es hatte zu schneien begonnen. Die Sicht raubte ihm den Willen zur Tat. Der Wachtmeister, ein Hauptkerl nach außen, doch innerlich mimosenhaft, hatte zweifellos seinen Dolch in Fuhrs Rücken. Der Deutsche mußte gewarnt werden. Stacey verbreitete das Wort, daß er ihn zu sprechen wünsche.

Drei Tage später klopfte Fuhr an.

„Sie wollen mit mir reden?"

„Ja, das möchte ich."

Fuhr vermutete es handle sich um die Miete. Daher betrachtete er Stacey schief. Zu seiner Erleichterung stellte es sich heraus, daß der Makler etwas anderes im Sinn hatte. Er kam zur Sache:

„Wachtmeister Duran heckt etwas aus."

„Gegen mich?"

„Ich befürchte es."

„Na ja, ein Manderl mit Kren, wie wir solche Männer nennen, muß sich ja stets behaupten," gab Fuhr zu verstehen.

„Ich verstehe," murmelte Stacey, indem er sich räusperte.

„Kennen Sie Rick Gardner?"

„Nicht persönlich. Aber warum fragen Sie?"

„Der Bursche verbreitet üble Nachrichten über Sie."

„Oh, was denn?"

„Fragen Sie ihn selber. Keine Angst, der Kerl wirft sich in die Brust, er kläfft, aber beißen tut er nicht."

Fuhr fand Gardner daheim an. Stacey hatte ihn kurz beschrieben, aber treffend. Beim Anblick des gefeierten Rinderchefs der Douglas Ranch, schrak Fuhr zurück. Vor seinen Augen stand ein Mann der Erschöpfung ausstrahlte, von Kopf bis Fuß; Erschöpfung und Verbitterung. Der Verdruß zeigte sich nicht bloß in seinem Gesicht, sondern im ganzen Wesen. Ein Gedanke schoß Fuhr durch und durch, der ihn lange hinterher noch den Kopf schütteln ließ. Wie konnte ein Mann den Anschein einer aufgewärmten Leiche erwecken, der Jahrzehnte auf dem Rücken der Pferde verbrachte, inmitten einer ungezähmten Welt unter schlichten Menschen? Matthew Stacey hatte den besungenen, vormaligen Rinderchef beschrieben, aber mit einer milden Zunge. Beim Anblick der von Mißmut triefenden Gestalt, hätte Fuhr um ein Haar die Flucht ergriffen. Ihm kam es vor als werfe der geprüfte Mann einen riesigen Schatten auf den sonnigen Tag.

„Guten Tag, Herr Gardner…"

Der vielgerühmte Rinderchef hob abwehrend die Hand.

„Langsam, langsam, der Name ist Rick," wandte er ein.

Fuhr nahm Anstoß an dem Geheiß einen wildfremden Menschen beim Vornamen zu nennen. Er stellte sich vor:

„Mein Name ist Peter Fuhr, ich wohne oben …"

Er wurde unterbrochen:

„Ich weiß wer Sie sind. Was kann ich für Sie tun?"

Fuhr senkte den Kopf. Eine Stimme mahnte von irgendwo her: „Peter, trau ihm nicht."

Gardner lächelte, vielmehr versuchte zu lächeln. Er gab sich Mühe herzlich zu klingen, aber trotz des einstudierten, männlichen Brusttons, verriet sein gerädertes Gesicht mit den eingefallenen Backen, ein hohles Wesen.

„Nun, was gibt's," erkundigte er sich mit gespielter Leutseligkeit.

Fuhr gab sich einen Ruck:

„Sie wissen gewiß was auf dem Hochland geschah."

„Mit den Keremos Frauen?"

„Ja."

„Wie jeder andere zwischen hier und Kamloops, ich weiß davon."

„Sie kannten die Schwestern gut, wie ich verstehe."

Gardner zuckte mit den Achseln.

„Wie viele andere im Dorf."

Fuhr verzog unwillig sein Gesicht. Gardners herablassende Art gefiel ihm nicht, noch weniger die ausweichenden Antworten. Er war überzeugt, daß der ehemalige Weidechef ihn irreführen wollte. Er kannte die Familie wie kein anderer;

von Vater und Mutter bis zu den Töchtern. Wie man ihm sagte hatte er fast täglich Umgang mit ihnen. Fuhr faßte Gardner näher ins Auge. Der ganze Mensch roch nach Tücke, so kam es ihm vor. Ihn großherzig nennen, was manche behaupteten, überstieg alle Grenzen. Beschränkt und hinterhältig wäre eine treffendere Beschreibung, beschloß Fuhr, der sich nun in Acht nahm.

Nach weiteren belanglosen Fragen, die mit Vorsicht und lustlos beantwortet wurden, machte Fuhr Anstalten zu gehen. Gardner fühlte sich veranlaßt eine Erklärung zu geben:

„Viel kann ich nicht sagen, da ich zu der Zeit des Unglücks im Ausland weilte."

Mit einer Unschuldsmiene erkundigte sich Fuhr:

„Wann kamen Sie zurück?"

„Vor einigen Tagen."

„Somit konnten Sie der Untersuchung nicht beiwohnen."

„Genau," kam eine knappe Antwort.

Fuhr hatte genug gehört. Der alte Schleicher, wie er den jüngeren Gardner nannte, heckte etwas gegen ihn aus. Er verabschiedete sich und lenkte seine Schritte zum Grand Hotel.

„Dort kann ich zwei Fliegen mit einer Klappe schlagen," sagte er sich, „nämlich, meinen Durst stillen und zur gleichen Zeit herum horchen."

Nat Riehl, der Wirt, galt als reiner Mimir; Wächter des Auskunftsbrunnen mit anderen Worten. Fuhr wurde nicht enttäuscht. Kaum hatte er die Schwelle des Hotels überschritten, schon hörte er die dröhnende Stimme Riehls:

„Peter, nehmen Sie Platz, dort in der hintersten Ecke, ich werde mich gleich zu Ihnen gesellen."

Kurz danach erschien er an seinem Tisch. Polternd, wie immer, schob er Stühle hin und her, rückte den Tisch etwas zur Seite, während er Fuhr so laut begrüßte, daß ihm schier die Ohren abfielen. Dann erkundigte sich der Wirt in der Stimme eines Verschwörers:

„Haben Sie das Neueste gehört?"

Fuhrs fragende Miene schürte seinen Eifer:

„Von den Keremos Schwestern meine ich."

Kopfschüttelnd gab Fuhr zu:

„Nicht wirklich, betrifft es mich vielleicht?"

„Von allen Seiten, Sie sollten auf der Hut sein."

„Aus welchem Grund?"

„Es geht ein Gerücht um, daß eine Anklage gegen Sie in Betracht gezogen wird."

„Der Wachtmeister läßt nichts unversucht, er sollte schlafende Hunde in Ruhe lassen, eh sie ihn beißen. Immerhin stellte das Gericht fest, daß keine Beweise gegen mich vorliegen. Wie lautete der Beschluß wieder?"

„Tod aus unbekannten Gründen," bestätigte Riehl.

Fuhr schnaubte verächtlich:

„Eine Folgerung mit Löchern, in meiner Meinung."

Überrascht horchte Riehl auf:

„Wie ist das gemeint?"

„Die zwei Frauen haben sich gegenseitig vergiftet, ferner nicht aus Versehen, sage ich."

„Vergiftet?" wiederholte der Wirt, „aber es wurden doch keine Spuren von Gift gefunden."

„Schön und gut. Vermutlich gibt es Stoffe die tödlicher sind als Rizin, doch kein Laborant kann sie entdecken, geschweige denn beim Namen nennen."

„Sagten Sie eben die Schwestern hätten sich gegenseitig vergiftet?"

„Oder sich selbst, sie waren die einzigen im Haus."

„Außer Ihnen," belehrte Riehl.

Fuhr zog eine Grimasse:

„Gewiß, jedoch, wie ich vor Gericht erklärte, hatte ich nichts damit zu tun. Nicht vergessen, das Urteil des Gerichts hieß: Tod aus unbekannten…"

„Verzeihung, ich machte bloß eine Feststellung."

Fuhr winkte ab:

„Nach meiner Aussage benahmen sich die Frauen höchst verdächtig. Sie hupften wie Derwische in religiösem Wahn herum. Um es gelinde auszudrücken, die Weiber gingen mir nicht bloß auf die Nerven, sondern beängstigten mich regelrecht. Plötzlich sank die eine und dann die andere röchelnd zu Boden. Im Nu lagen beide in Todeszuckungen."

Jemand rief nach dem Wirt. Fuhr kam es gelegen, denn er hatte nichts mehr zu sagen. Doch halt, etwas fiel ihm ein. Sagte

Riehl nicht, daß eine Anklage gegen ihn im Gange sei? Er erinnerte den Wirt daran.

„Ach, so," bemerkte Riehl.

Er ließ den Rufer wissen sich einige Minuten zu gedulden. Dann wandte er sich Fuhr zu:

„Haben Sie von Rick Gardner gehört?"

„Ich komme eben von ihm, warum die Frage?"

„Wie wirkte der Mann auf Sie?"

„Mein Typ ist er nicht," antwortete Fuhr.

„Meiner erst recht nicht," gestand Riehl.

Miesepeter, wie er Gardner nannte, sei unten an seinem Totempfahl. Auf die Frage warum wohl, kam die Antwort:

„Nüchtern ist der Kerl der reinste Duckmäuser, aber nach einigen Schlucken Alkohol wird er zum Eisenfresser. Wir mußten ihn schon öfters am Hosenboden hinaus befördern. Was ich sagen möchte, er verbreitet ein Gerücht, er sei im Besitz von Beweisen, die Ihnen Schellen an die Handgelenke sowie Fesseln an die Füße legen werden."

„Wenn er nicht zuvor stirbt," spöttelte Fuhr.

Der Wirt kicherte, während er sich dem winkenden Gast zuwandte.

Fuhr erhob sich. Ein Blick zum Fenster hinaus genügte. Es war höchste Zeit den Heimweg anzutreten, denn es begann heftig zu schneien.

Auf dem Rückweg wanderten seine Gedanken zu den Keremos Schwestern. Er sinnierte über das und jenes, ohne eine befriedigende Erklärung zu finden. Daß sich beide vergiftet hatten, daran gab es nichts zu rütteln. Warum in seiner Gegenwart war eine andere Sache. Hoffte man ihn irgenwie damit belasten zu können oder wollten die zwei Drachen lediglich Verwirrung schaffen? Es leuchtete ihm ein, daß die Tat schon lange zuvor geplant war, nur fehlte es an der Gelegenheit sie auszuführen. Warum sie gegenseitigen Mord aussheckten blieb ihm ein Rätsel.

Der Schnee wirbelte um den einsamen Fußgänger mit zunehmender Stärke. Während Fuhr sich seinem Zuhause näherte, kam er zu dem Schluß, daß die absonderliche Begebenheit nie ohne Herbert Keremos, dem Vater, geklärt wird. Er, nicht Gardner, hält den Schlüssel zum Geheimnis sowie dem Vorfall an jenem schicksalhaften Abend.

Doch wo blieb der Vater? Den Aussagen der Hiesigen nach verschwand er spurlos samt seinen Töchtern vor einigen Jahren. Ohne ein Wort des Abschieds übergab man Matthew Stacey die Obhut des Grundstücks. Das war das Ende der berüchtigten Keremos Sippe. Die Mutter starb einige Zeit zuvor.

Eh Fuhr Zuhause ankam ließ er sich die Geschehnisse nochmals durch den Kopf gehen. Je mehr er seufzte und stöhnte, desto tiefere Falten auf seine Stirn traten, umso nebelhafter kam ihm alles vor. Wer kann sich schon so genau an alle Einzelheiten erinnern, tröstete er sich.

„Versuch es noch einmal," befahl sein besseres Ich.

„Nun, wenn es sein muß."

Sarah und Judith hupften herum wie Katzen auf einem heißen Blechdach. Eine fühlbare Spannung lag in der Luft, welche ihn unangenehm berührte. Im Rückblick verwünschte er seine Unachtsamkeit; sie kam ihm nun unverzeihlich vor. Aber, wer hätte voraussehen, geschweige denn verhüten können, was geschah? Sicher bestanden verräterische Zeichen, die hinterher leicht zu erkennen waren. Die Gesichter der Frauen glühten vor übereifriger Betriebsamkeit. Sie bewegten sich seltsam ruckweise, ihre Hände tasteten geisterhaft umher.

Wie so oft sieht alles hinterher bezeichnend aus. Aber an jenem Abend merkte Fuhr herzlich wenig; seine Gedanken waren woanders, nämlich, im Reich der Schadenfreude. Die Vorstellung, daß die Schwestern in Kürze ihren Liebling schmatzend und lobend verzehren würden, ließ ihn die Hände reiben und ins Fäustchen lachen. Sich vom gebratenen Köter fernhalten? Nichts leichter als das; er hatte vorgesorgt. Ähnlich gebrutzelte Stücke lagen daneben, die waren für ihn gedacht. Der Gastgeber teilt aus, er nimmt sich was übrig bleibt.

Der Schneesturm verstärkte sich, ein fauchender Wind trieb den Schnee vor sich her, der sich an den Hügeln ansammelte.

Die Blockhütte, Stätte der Sicherheit und Wärme, kam in Sicht. Anzündeholz lag wie immer im Ofen bereit. Holzscheite waren daneben aufgeschichtet, Streichhölzer lagen auf dem

Tisch. Ein heißes Rumgetränk würde bald seine kalten Glieder erwärmen. Kaum saß er am Tisch mit dem dampfenden Getränk vor sich, als die Türen der Gedankenwelt aufsprangen. Fragen bedrängten ihn von allen Seiten, Antworten hinkten nach. Sollte er reinen Tisch machen oder weiterhin Versteck mit der Obrigkeit spielen? Er begriff von Anfang an, daß der gebratene Pinscher seine Achillisferse war. Gewiß roch die Polizei Lunte, was man aber wohlweislich verschwieg. Die Hasengeschichte kaufte ihm sicher niemand ab. Dann wiederum, dem Anschein nach vermochte man sie ihm auch nicht zu widerlegen. Laß sie raten, beschloß Fuhr.

Seine Gedanken kehrten wieder zu den Geschehnissen an jenem Abend zurück. Was geschah wirklich? Wollten die Schwestern ihn vergiften, aber gerieten statt dessen in ihre eigene Falle? Sah man eine Gelegenheit längst geschmiedete Pläne zu verwirklichen? Fuhr schaute sich um, indessen er tief seufzte:

„Diese Wände bergen ein düsteres Geheimnis, das wahrscheinlich nie gelöst wird," stöhnte er.

Seine Meinung jedoch ließ sich nicht ändern. Es mag hanebüchen klingen, aber diese Xanthippen haben sich mit Vorbedacht gegenseitig vergiftet. In seine Hütte traten zwei Frauen mit einem Gedanken: die andere umzubringen. Warum unter seiner Nase bleibt dahingestellt.

Fuhr schauderte beim Gedanken an Judiths frohlockendem Gesicht, als ihre Schwester sich jammernd auf dem Boden krümmte. „Getan, dich habe ich los!" schienen ihre sprühenden Augen und gekräuselten Lippen zu sagen. Die Freude über die Qual der Schwester glättete sogar ihre verwüsteten Züge und verdeckten die Spuren des Überdrußes. Aber der Jubel währte nicht lange. Ein Schrei des Schreckens ließ schier die Wände erzittern; schmerzverkrümmt sank auch sie zu Boden. Dieser Anblick blieb Fuhr unvergeßlich.

Zwei Frauen, nicht mehr jung, von üblen Gedanken verwahrlost, von Ausschweifungen entstaltet, starben qualvoll vor seinen Augen. Der Vorfall, obwohl unvergänglich in seinem Gedächtnis verankert, hatte begonnen die Wirkung zu verlieren, bis der Wirt ihm einen Floh ins Ohr setzte. Ihm nach

besaß Rick Gardner belastende Beweise gegen ihn. Was konnte
der Murrkopf ihm nachsagen, außer üblen Mutmaßungen,
dachte Fuhr. Sicher, die Sache mit Toby, dem Hündchen,
konnte geahnt werden; sie jedoch beweisen, hm, das steht auf
einem anderen Blatt. Ha, dem Köter hab ich es besorgt. Die
Erinnerung daran versetzte ihn in eine Hochstimmung. Er
lachte laut auf:
„Ein Schlag, ein Stich, zehn Minuten später waren Fell,
Beine und Kopf vergraben."
Er konnte sich damals das kichern einfach nicht verbeißen,
bei der Vorstellung wie zwei gierige Mäuler ihren Liebling
verschlangen, wie sie die Augen vor Wonne verdrehten und
dabei laut schmatzten. Doch blieb ihm das Vergnügen versagt.
Der Frühling kam zeitig in jenem Jahr. Die Wolken
verschwanden allmählich über den Bergen. Der Wind wurde
stärker; er wehte pausenlos vom Süden her. Die Wildgänse
erschienen scharenweise über dem Hochland. Ihr lautes,
beinahe schwermütiges, honk-honk, belebte Fuhr. Er straffte
sich, ein Glanz trat in seine Augen, der seit Monaten fehlte.
Jedoch Bedenken belasteten immer noch sein Gemüt. Wo blieb
Herbert Keremos? Wird er den Tod der Töchter rächen? Mit
Mühe verscheuchte er solche Gedanken, es gab bessere Dinge
zu tun.
Das Grasland war abermals erwacht, es blühte wieder in
voller Pracht und die Kuhhirten ritten mit Schwung über die
riesigen Weiden. Es schien Fuhr als wären sie jünger und
wuseliger als voriges Jahr. Man grüßte ihn wieder mit der Hand
am Hut und einem lautem Hurra! während sie ihre Pferde
tänzeln ließen.
Mark Phips, der Dorfkluge, kam auf Besuch.
„Da schau her, unser Einsiedler," rief er schon von weitem.
„Wie gehts, wie gehts?"
„Ganz gut, Herr Phips," kam eine Antwort mit wenig
Überzeugung.
Phips, das Orakel, näherte sich, indessen er bezeichnend die
Luft beschnupperte. Es war eines seiner Angewohnheiten, die
ihn als Dorfweisen kennzeichneten. Er merkte sogleich wie es
um Fuhr stand. Er wandte seinen Kopf zur Seite, wo er sein
Pferd vermutete. Es mußte von Fuhrs miesem Zustand

unterrichtet werden. Aber da fiel ihm ein, daß er schon seit Jahren kein Pferd mehr besaß.

Er mochte den Deutschen gern, nicht zuletzt wegen seiner drolligen Sprechweise, dem höfischen Benehmen und der Art sich zu unterhalten. Heute jedoch kam Phips nicht zum plaudern oder um einen zu heben. Er kam zur Sache.

„Die sind Ihnen hinterher, Peter."

„Wer ist hinter mir her?"

„Der Wachtmeister."

„Duran?"

„Kein anderer."

Fuhr machte eine verächtliche Miene und verzog den Mund:

„Laß ihn," bemerkte er.

Seine gespielte Gleichgültigkeit täuschte den alten Schlauberger nicht.

„Seien Sie kein Narr, Peter, die Lage wird ernst," schalt er.

„Ihre Besorgtheit ist lobenswert, jedoch unangebracht. Ich habe nichts zu befürchten."

„Im Gegenteil, mein Alter, Sie haben allerhand zu befürchten," belehrte ihn Phips.

„Ich sehe nicht ein warum. Die Keremos Angelegenheit ist für mich beendet. Ich erklärte vor Gericht das Alpha und das Omega, die ganze Wahrheit in anderen Worten."

„Schwindler, Sie taten nichts dergleichen," fuhr Phips fort. Mit diesen Worten zog er einen Umschlag aus der Tasche.

„Hier, was sagt unser Held nun?"

Kaum fielen Fuhrs Augen auf das erste Bild, als er zurück prallte. Wind und Wetter hatten sein Gesicht gebräunt, ein Blick auf die Aufnahme in seiner Hand ließ es erblassen. Er starrte entgeistert auf Phips.

„Hm, mir scheint's jemand erschlägt ein Hündchen."

„Aber, aber wer?"

Schlauberger Phips zwinkerte schelmisch mit den Augen:

„Ja, wer denn schon, außer Peter Fuhr," bemerkte der Alte mit schlecht verhohlenem Spott.

Fuhr stand im Begriff die Fassung zu verlieren.

„Wo kommen die Bilder her?" fragte er mit zitternder Stimme.

„Ein Arbeiter der Douglas Ranch machte sie. Jedes einzelne befindet sich in den Händen der Polizei."

Zu weiteren Erklärungen ließ sich Phips nicht bewegen.

„Viel Glück, Kamerad," sagte er und verschwand.

Mit den Bildern in den Händen lief Fuhr ums Haus herum. Er betrachtete jede Aufnahme sorgfältig, jede Kleinigkeit erwägte er mit den Augen eines Fährtenlesers. Es gab viel zu erörtern, aber wenig zu beschließen. Eines leuchtete ihm jedoch ein: was er so sorgfältig verheimlichte hing nun an der großen Glocke. Etwas anderes offenbarte sich; die vertuschte Sache mit dem Kläffer Toby kann ihm noch teuer zu stehen kommen, allein schon wegen des Meineids. Fuhr sah bereits im Geiste wie sein Widersacher die Messer wetzte. Folglich wäre es vielleicht angebracht reinen Tisch zu machen.

„Nein, laß die Finger von der Wunde, warte ab," mahnte seine innere Stimme.

Der Sommer ging dem Ende zu, mit ihm wich auch Fuhrs Zuversicht und innerer Schwung. Das Gras wurde braun, vereinzelte Wolken sammelten sich an. Die Luft wurde kühler, Gesichter nahmen eine düstere Prägung an, die Menschen benahmen sich gereizter. Sogar die Pferde ließen sich nicht mehr so leicht lenken.

Fuhr zeigte geringe Teilnahme am Geschehen um sich herum. Er war sich unschlüssig was zu tun sei. Wie Buridans Esel, der zwischen zwei Heukrippen stand und verhungerte, weil er sich nicht entschließen konnte aus welcher Krippe zu fressen, ging es ihm. Die Sache mit dem Hündchen melden oder weiterhin verschweigen, war die quälende Frage.

Im Land des Passats

*I*n einem weit entfernten Land zwischen dem Atlantischen Ozean und dem Karibischen Meer, kam zufällig eine kanadische Zeitung in Josie Morgans Hände. Sie begann darin zu blättern. Ein Schrei der Überraschung entschlüpfte ihr. Jegliche Spur der Langeweile verblich, als sie Bilder von Judith und Sarah Keremos erblickte. Das Schicksal sprach laut und klar: hätte nicht ein Urlauber eine Zeitung von Kamloops, tausende Meilen entfernt, liegen gelassen, säße Peter Fuhr gewiß noch heute hinter Gittern.

Josie kannte beide Schwestern gut. Sie wünschte inständig nie ein Auge auf sie geworfen zu haben. Ihr nach waren die Töchter böswillige Drachen. Der Vater, Herbert Keremos, schien ihr ein anständiger Mann zu sein, der vom redlichen Weg abkam.

Josie Morgan, schwarz vom Scheitel bis zur Sohle, las den Bericht dreimal durch.

"Schau her, sie schafften es auch ohne mich," teilte sie der aufgewühlten See mit.

Welch ein satanisches Paar waren doch die zwei Weiber. In Josies Erachten zierte weder Anstand noch Sittlichkeit die eine wie die andere. Was George McNally, der Eigentümer des Crane Hotels, von ihnen hielt ist schnell gesagt: er, wie auch seine Frau, nannten sie menschliches Treibgut, in der Gestalt des Teufels Großmutter.

Josie Morgan, die gefühlsvolle, junge Frau, stieß einen Seufzer aus. Sie schaute nach allen Seiten ob die Luft rein sei. Da niemand zu sehen war, fiel sie auf die Knie. Mit den Händen am Amulet dankte Josie ihrem Schutzengel für den günstigen Ausgang.

Tränen der Freude trübten ihre Augen, folglich blieb die Fußnote des Berichts unbemerkt. Da stand etwas von einer Belohnung hinsichtlich zutreffender Auskunft des Falles. Es verletzte ihr Ehrgefühl Geld anzunehmen, denn sie hielt es für Pflicht und Schuldigkeit die Wahrheit zu sagen.

Dann fiel ihr etwas ein: Pflicht und Schuldigkeit? Wenn sie die Angelegenheit mit den Keremos Frauen meldet, klagt sie dadurch nicht sich selber an?

"Hm, hm, da tote Frauen nicht plaudern, bin ich die einzige welche das Geheimnis birgt, somit ebenfalls meine eigene Schandtat."

Josie hatte das Gift besorgt, aber vor der Tat schreckte sie zurück. Eine fromme Kirchgängerin, welche den Herrn preist, vermochte nicht den angezettelten Frevel auszuführen. Der Verlockung einer versprochenen Belohnung widerstand sie. Ihre einverleibten Bedenken waren stärker.

Die Freude über den Tod der Keremos Töchter, welcher sie nun zur Alleinzeugin ihrer Schandtat machte, währte kurz. Das Geschick Peter Fuhrs ging ihr durch den Kopf. Dem Bericht nach war nur er zugegen als Sarah und Judith einen plötzlichen Tod fanden. Sicherlich wurde er verdächtigt der Täter ihres gräßlichen Endes zu sein. Das leuchtete ihr ein. Folglich saß er gewiß schon hinter Gittern.

„Ich muß ihm helfen, auch wenn es mir Schimpf, vielleicht sogar Strafe einbringt."

Wem sollte sie die Geschehnisse melden? Wie die meisten Einheimischen vermied sie die Polizei wie der Teufel das Weihwasser. In Barbados schenkte man der Obrigkeit weder Vertrauen, noch suchten die Ansässigen deren Nähe.

Josie wandte sich an ihren Arbeitgeber, dem Eigentümer des Crane Hotels, wo sie als Zimmermädchen diente. George McNally genoß allgemeine Beliebtheit. Sein Rat wurde gesucht, wie auch befolgt, solange er nicht zum eigenen Nachteil führte. Er kannte die Einheimischen inwendig und auswendig. Folglich, als Josie lange, verstohlene Blicke auf ihn warf, wußte er Bescheid. Sie hatte etwas auf dem Herzen, er wurde stumm aufgefordert es ihr zu entlocken.

„Josie, haben Sie Nachrichten von Ihrer Herrschaft?"

„Ja."

„Kommen sie bald zurück?"

„Nein, Herr McNally."

„Na, wenn nicht bald, dann vielleicht später," mutmaßte der Chef.

„Fräulein Sarah und Judith werden nie wieder zurück kommen."

„Und warum nicht?"

„Weil beide tot sind," kam eine kichernde Antwort.

Sie überreichte McNally den Zeitungsausschnitt, den er mit steigender Teilnahme las. Sarah und Judith Keremos waren ihm nicht fremd, sie besuchten sein Hotel öfters als ihm lieb war.

„An den zwei Weibern haftet ein übler Geruch," behauptete er.

„Ihr schnodderiges Benehmen vertreibt uns noch die anderen Gäste." pflichtete ihm seine Frau bei.

Beide nahmen Anstoß an der Gegenwart der Verdrußliesen, wie man sie nannte. Allein ihr böser Blick kann einem das Essen verderben, meinte Frau McNally.

Josie hatte den Keremos Haushalt geführt. Nachdem der Vater spurlos verschwand, trat sie den Dienst im Hotel an. Als sich McNally, der Herbert Keremos gern hatte, nach seinem Verbleib erkundigte, ließen die Töchter durchblicken, daß der Vater seine alten Jagdgründe wieder aufsuche. Wie lange er ausbleiben würde wüßten sie nicht. Bald darauf kehrten Judith und Sarah nach Kanada zurück.

Wie erwähnt las McNally den Bericht mit großer Aufmerksamkeit. Falten traten auf seine Stirn, die sich jedoch sofort wieder glätteten. Ein breites Lächeln huschte über sein Gesicht, als er Josie näher betrachtete.

„Seltsam, sehr seltsam, aber was hat das mit Ihnen zu tun?"

Sie begann zu erzählen, stockend anfänglich, dann mit sichtlicher Genugtuung und erleichtertem Gewissen.

McNally schüttelte den Kopf, er hatte genug gehört:

„Törichtes Mädchen, Sie haben gesetzwidrig gehandelt," rügte er mit erhobenem Finger und gespielter Entrüstung.

„Ich weiß es," gestand Josie kleinlaut, doch mit wenig Überzeugung.

Von Reue bestand keine Spur. Ein Unschuldslamm hätte nicht unberührter dreinschauen können. Sie rollte mit den Augen und lächelte hold. Was sollte sie tun? Die Herrschaften von Kanada verlangten nach dem Gift, welches sie von St. Vincent, ihrem Heimatort, besorgte.

Als sie sah wie ihr Chef bedenklich dreinschaute, erhellte sich ihr Gesicht:

„Ich habe nicht alles getan was sie wollten," sagte sie mit strahlender Miene.

Überrascht schaute McNally auf:

„Ja, beide stifteten mich an die andere zu vergiften."

McNally traute seinen Ohren nicht als er das hörte. Er wollte eben sein Zimmermädchen wegen den vermuteten Lügenmärchen zurechtweisen, da fiel ihm der Zeitungsbericht wieder ein. Ja, es könnte stimmen, sie haben sich gegenseitig vergiftet.

„Wie heißt das Mittel?"

„Bocor, es wird von den Buschmännern in den Bergen hergestellt," erklärte Josie.

McNally nickte, er kannte Bucor dem Namen nach. Als Ausrottungsmittel für Ratten und anderem Ungeziefer wird es benutzt, jedoch die Verwendung sieht ganz anders aus. Er sah Josie nachdenklich an:

„Was erwarten Sie von mir?"

Verlegen senkte sie die Augen und neigte den Kopf:

„Herr Fuhr hat doch sicherlich viel Ärger," murmelte sie.

„Ich entnehme Sie wollen ihm helfen?"

„Ja, Herr McNally."

Der Chef machte eine ernste Miene und strich sich über das Kinn.

„Lassen Sie die Zeitung hier, ich werde sehen was sich machen läßt."

„Kann ich gehen?"

McNally nickte. Josie ging sofort wieder ihrer Arbeit nach. Nach der eben abgelegten Beichte trug sie eine Miene zur Schau wie eine erlöste Sünderin.

Am nächsten Sonntag stiftete sie eine Kerze, die sie in der Christus Kirche anzündete. Auf den Knien betete sie zu ihrem Schutzengel, den sie um Erlösung anflehte. Das geschah am Sonntag, am Montag war alles wieder vergessen.

McNally setzte einen Brief auf, worin er Josies Bericht wiedergab, welchen er an Wachtmeister Duran schickte. Ein

Abdruck ging an Peter Fuhr, dessen Anschrift nicht schwierig zu finden war; um sicher zu sein, sagte der gewiegte Hotelier. Eine Kenntnisnahme seitens Fuhr traf bald danach ein, worin er sich herzlich bedankte. „Sie haben mir die Schlinge vom Hals gestreift. Einen recht schönen Gruß an Fräulein Morgan. Sie hat mich neu belebt."

Einige Zeit danach erschien Jeff Duran in Begleitung seines Nachfolgers, Chris Burnham, in Barbados. McNally schaute bestürzt von einem Polizisten zum anderen. Beide kamen ihm vor wie Gestalten aus einer anderen Welt. Solch anmaßendes Gebaren hatte er schon lange nicht mehr angetroffen. Sie waren mit sich und der Welt uneins. Beide benahmen sich betont männlich. Ihre einstudierte Haltung eines Eisenfressers störte ihn. Er hätte schwören können, daß beide eine Fahne der Überheblichkeit hinter sich herzogen. In ihrer Gegenwart glaubte man die Spannung knistern zu hören. Beide schwitzten heftig, sie schienen verwirrt und verärgert zu sein.

Der wohlbeleibte Burnham verwünschte die Hitze in zwei Sprachen. Jeff Duran, gereizt und gebieterisch, ging McNally auf die Nerven, noch bevor sich die zweite Welle unten am Strand brach.

Was den Ordnungshüter vom rauhen Kanada fuchste, blieb nicht lange verborgen. Fuhrs Kreuzigung, bildlich gesprochen, schien ins Reich des Wunschdenkens zu wandern. Nicht minder verdroß ihn des Deutschen undenkbare Frechheit. Hatte der Kerl doch nicht die Stirn dem Staatsanwalt in Kamloops einen Abdruck von McNallys Schreiben zu überreichen. Der Finger auf Durans Wunde jedoch war die hinzugefügte Fußnote des geriebenen Burschen:

„Bitte unterrichten Sie Wachtmeister Duran, er kann nun seinen wohlverdienten Ruhestand antreten."

Josies Aussage fand auf dem Balkon des Hotels statt, über dem Wellengang des Atlantischen Ozeans. Die Polizisten sträubten sich anfänglich so etwas in Betracht zu ziehen. Sie hatten bereits der Polizei in Bridgetown zu verstehen gegeben, daß sie einen Raum benötigen ohne Fenster, mit dicken Wänden und niedriger Decke. Der hiesige Polizeichef zwinkerte verständnisvoll und gab die nötigen Anweisungen.

„Nichts da, die Aussage Fräulein Morgans findet im Freien statt, bei uns oder garnicht," verkündete McNally.

So geschah es. Fräulein Morgan beantwortete Fragen die ihr oft unsinnig, wenn nicht albern vorkamen. Jedoch inmitten der gewohnten Umgebung, ihr vertrauenswürdiger Arbeitgeber in der Nähe, ließ sie Nachsicht walten. Der Anblick auf das Meer und die Wellen hatte eine Wirkung die an Übermut grenzte. Was sie nie für möglich hielt geschah. Sie fand die Aushorcherei beinahe unterhaltend; jedoch nicht lange. Die Polizisten konnten nicht aus ihrer Haut heraus. Trotz der mahnenden Worte ihrer Vorgesetzten fügten sie hier und da Drohungen sowie böswillige Unterstellungen hinzu. Josie merkte es entweder nicht oder machte sich wenig daraus. McNnally hatte sie gebührend unterrichtet:

„Man wird versuchen Sie einzuschüchtern. Sie können erwarten, daß der eine, wie auch der andere, faucht, scharrt und einfältige Fragen stellt, die einem zum lachen reizen. Wohlgemerkt, die haben keine Macht in Barbados. Sollte einer der beiden anmaßend werden, dann gehen Sie schnurstracks zur Arbeit zurück. Nicht vergessen, so wird es gemacht."

„Ja, Herr McNally," versprach sie mit wenig Begeisterung, denn Rauhbeinigkeiten lagen ihr nicht.

Trotz dem gebieterischen Benehmen der Polizisten behielt sie die Fassung. Sie wollte ja Herrn Fuhr helfen, freilich auch die widerwärtigen Keremos Schwestern entlarven.

Die Unterredung schritt nur langsam voran. Sie erkannten allmählich die unabwendbare Tatsache, daß die geöffnete Kartei im zufallen war. Zu Durans Verdruß schlüpfte der verhaßte Deutsche langsam aus seiner Schlinge.

Chris Burnhams Unbehagen wuchs zusehends an. Ungeachtet der luftigen Stelle über einem der schönsten Strände jener Gegend, tropfte der Schweiß von seiner Stirn. Teils wegen der Hitze, aber auch aus anderen Gründen; genannt Verstimmung. Kollege Duran mißfiel ihm immer mehr. Seine Besessenheit Fuhrs Schicksal zu besiegeln, so oder so, bildete von Anfang an einen Gegenstand der Reibereien, der zum Groll anwuchs. Entweder merkte Duran nichts davon oder er stellte sich dumm. Im Augenblick hatte er Josie in der

Mangel. Mit dem Blick eines Beschwörers traktierte er das lächelnde Mädchen:

„Also nochmals zusammen gefaßt, mit etwas mehr Begeisterung und bereitwilligeren Antworten, wenn ich bitten darf.“

Burnham versuchte vergeblich Einspruch zu erheben. Was ihn betraf war alles sonnenklar: die Schwestern, mit heulenden Teufeln im Leib, vergifteten sich gegenseitig. Warum es unter Fuhrs Augen geschah konnte er sich nicht vorstellen. Jedoch Gedanken darüber verschwenden, zu was denn? Die Welt ist von zwei üblen Menschen befreit. Hm, wer kümmert sich schon darum?

Er versuchte mit seinem Kollegen zu rechten, jedoch vergebens. Ein Mann auf dem Pfad der Vergeltung hat weder Ohren zu hören, noch Sinn zu verstehen. Um was ging es eigentlich? Ganz einfach: ein Fleck mußte von seiner Weste entfernt werden, wie es sich geziemt für einen rechten Mann mit Ehre im Leib. In jüngeren Jahren lief ihm seine Frau davon, mit einem Mann der nichts weiter besaß als Schwung und Pfiff. Der Verführer, ein bekannter Schürzenjäger, ließ die Frau sitzen als eine neue Schürze über seinen Weg lief. Die Gattin kam zurück mit den Gebaren einer Ausflüglerin, die Schmus und Kuß erwartete.

Der Schwerenöter war blond sowie blauäugig und zufällig ein Deutscher. Jene Begebenheit entfachte seinen Haß auf alles deutsche; es verdrehte zuweilen sein Urteilsvermögen, wie zum Beispiel in diesem Fall.

Wachtmeister Duran hatte weder Ohren noch Augen für die Welt um sich. Das weite stürmische Meer, wie auch der palmbegrenzte Strand ließen ihn unberührt. Hohe Palmen in einer kleinen Bucht, die fast in gleichen Abständen rauschten, störten ihn genauso wie Josies sanftes Benehmen. Ihre freundliche Gelassenheit verwirrte den geplagten Mann.

Duran verlor merklich die Fassung. Er knurrte, schnauzte und durchbohrte sie mit stechenden Blicken, ohne viel zu erreichen. Seine Zudringlichkeiten schienen Josie herzlich wenig zu bekümmern. Sie lächelte nur, nickte und sagte wiederholt:

„Ja, Herr Wachtmeister, so verhielt es sich."

Burnham hatte genug gehört, er warf den Kopf zurück, schnitt Grimassen, räusperte sich wiederholt und scharrte mit den Füßen. Seine Gedanken wanderten unwillkürlich zu dem spanischen Hidalgo, der seiner Frau endlich mal Gehorsam lehren wollte. Wie ging es gleich wieder? Er erklärte der Gemahlin was er wollte; sie grinste. Er drohte; sie lächelte. Als er fluchte und Geschirr zerschmetterte, mußte sie lachen. Der Hidalgo geriet in eine Raserei. Krebsrot vor Wut zog er sein Schwert aus dem Futteral womit er mit mächtigen Hieben Möbel zerschlug. Die Frau lachte aus vollem Halse. Da nun der Edelmann einsah, daß er keinen Schritt weiterkam, stürmte er aus dem Haus; im Gegensatz zu Duran erkannte er ein aussichtsloses Unternehmen.

„Zeit zum gehen," bemerkte Burnham.

„Zeit zum ernst werden," schnaubte Duran.

Ernst oder nicht, er kam nicht wie erhofft voran. Josie änderte ihre Aussage nicht.

„Sarah Keremos näherte sich mir als erste."

„'Josie, wir haben Ratten und Mäuse im Haus. Gift ist nötig um sie zu vertilgen,' versicherte sie mir.

„'Soll ich welches vom Geschäft besorgen?'

„'Nein, nein, was wir benötigen gibt es weder im Krämerladen noch in Bridgetown. Bocor ist das wirksamste Mittel, welches leider in Barbados nicht zu haben ist.' "

Josie schöpfte Verdacht, sie ahnte, daß etwas in der Luft lag. Erstens hielten sich weder Ratten noch Mäuse hier auf, zweitens verlangte Fräulein Sarah nach einem Gift, welches sie aus ihrer Kindheit auf St.Vincent kannte.

Ein wachsames Mädchen sieht und hört alles was rundum geschieht. Die verstohlenen Blicke der Secouyas von den Bergen, das tuscheln untereinander sowie bedeutungsvolle Gesten, sagten viel. Verbunden mit dem Ruf Meisterinnen im Giftmischen zu sein, fügten den Rest hinzu. Bocor sei nicht nur tödlich sondern auch unentdeckbar, wisperte die Flüsterpost von Owjo bis Kingstown.

„Ich erwähnte, daß Bocor sehr teuer ist, doch das Fräulein winkte geringschätzig ab:

„'Laß das meine Sorge sein,' belehrte sie mich, wie immer von oben herab. Ich muß gestehen, daß ich beinahe gemeutert hätte."

„Wieso?"

„Weil Gift für solche Zwecke viel billiger und auch leichter zu bekommen ist."

„Dazu ohne Gesetze zu brechen," wandte Burnham ein. Josie nickte zustimmend.

„Ich erklärte Fräulein Sarah, daß Bocor nicht so einfach zu erhalten ist."

„'Keine Ausrede, du wirst gut belohnt,' wurde mir gesagt." Burnhams Ungeduld wuchs sichtlich an. Er gähnte auffällig, wischte sich hin und wieder stöhnend die Stirn oder trommelte mit zunehmender Beharrlichkeit auf dem Tisch herum.

Kollege Duran schenkte diesem Spiel keine Beachtung. Er bemühte sich nach wie vor Josie Morgan in einem Widerspruch zu ertappen. Zornröte sammelte sich auf seinem Gesicht als all seine Versuche erfolglos blieben.

„Entweder besitzt das Weib ein außerordentliches Gedächtnis oder sie spricht die Wahrheit," mußte sich Duran gestehen.

Chris Burnham mischte sich ein:

„Hatte Sarah Ihnen nicht ein Versprechen abgenommen?"

„Ja, ich sollte kein Sterbenswörtchen davon hauchen, vor allem nicht zu ihrer Schwester Judith."

„Fanden Sie das nicht ungewöhnlich? Ratten vergiften ist doch kein Verbrechen," meinte Duran.

Josie schaute erstaunt auf, als wollte sie sagen: wo kommen denn die zwei her.

„Ich nahm an, daß sie ihre Gründe hatte."

Als Josie sah wie die Polizisten sich bedeutende Blicke zuwarfen, mußte sie kichern.

„Was mich aber in Erstaunen versetzte war eine andere Sache."

„Oh, was denn?" verlangte Burnham zu wissen.

„Wie ich bereits erwähnte kam Fräulein Judith mit demselben Anliegen zu mir. Auch sie nahm mir das Versprechen ab, nichts der Schwester zu sagen."

„Merkwürdig, höchst merkwürdig," murmelte Burnham.

„Was geschah dann?" wurde sie gefragt.

Josie zögerte, sie hätte sich gern entfernt, jedoch Durans finsterer Blick hielt sie zurück.

„Was dann geschah? Die Schwestern forderten mich auf, die andere zu vergiften."

Obwohl die Polizisten so was ähnliches schon gehört hatten, schauten sie erschreckt auf. Josie deutete diese Bewegung verkehrt. Sie erläuterte:

„Beide verlangten ich solle der Schwester Bocor ins Getränk mischen."

„Unglaublich," entfuhr es Burnham.

„Ins Getränk mischen?" wiederholte Duran.

„Genau. Beide Frauen tranken gern einen Rumpunsch, den ich ihnen öfters zubereitete," erklärte sie.

„Doch Sie weigerten sich es zu tun," bemerkte Burnham.

Josie nickte nachdrücklich. Sie wollte sich eben erheben um ihrer Arbeit nachzugehen, als eine neue Frage sie aufhorchen ließ:

„Wissen sie wo Herr Keremos zu finden ist?"

Ein Blitz aus heiterem Himmel hätte sie nicht so erschrecken können wie diese beiläufige Erkundigung. Sie sprang auf und taumelte rückwärts mit einem Schrei des Entsetzens, indessen sie beide Hände erhob:

„Davon weiß ich nichts, garnichts, nein, nein, garnichts," stöhnte sie und verschwand mit einem Husch ins Hotel.

Draußen auf dem Meer näherten sich Fischerboote dem Riff. Trotz dem beständigen Rückenwind hatten sie Mühe vorwärts zu kommen. Minuten später schauckelten die Kielboote über die schäumende Felsenbank.

Burnham und Duran schenkten dem Schauspiel keine Beachtung. Ihre Arbeit war getan. Sie machten sich zur Rückreise bereit. Auf dem Heimweg meinte Duran:

„Fanden Sie nicht Josies Verhalten sonderbar, als Sie nach Herbert Keremos fragten?"

„Ja, ich dachte schon sie starre sich die Augen aus vor Entsetzen."

Jeff Duran nickte:

„Jene Riffs schienen es ihr angetan zu haben. Es fiel mir auf, daß sie während ihrer Aussage wiederholt dort hinaus schaute."

Daheim in Merritt schwoll Duran an wie ein Mazikeen Esel. Obwohl sein Pulver verschossen war, ferner er vom Dienst ausschied, konnte er es nicht lassen den Großwesier zu spielen. Er schritt immer noch wichtig tuend umher, Beifall heischend und huldvoll.

Chris Burnham hatte inzwischen sein Amt übernommen. Er konnte es nicht unterlassen zu grinsen wenn er dem einstigen Kollegen begegnete. Warum? Ganz einfach. Der wohlbeleibte Duran erweckte den Eindruck dringend eine volle Mahlzeit zu benötigen, ehe er den nächsten Schritt machen konnte.

Der Fall Keremos geriet allmählich in Vergessenheit. Die Einwohner hatten wichtigeres zu besprechen. Angefangen mit der Holzwirtschaft, die eine Flaute erlitt. Gerüchte waren im Umlauf, sie ginge dem Ende zu, ja, schlimmer noch, die ganze Umgebung sei Matthäi am letzten. Zuweilen erkundigte sich ein Alteingesessener nach Herbert Keremos. Die Antwort war stets dieselbe: achselzucken und Worte wie: ich habe keine Ahnung wo er sein kann. Wie schon gesagt, die Keremos Angelegenheit verblaßte mit der Zeit.

Etwas jedoch blieb in Burnhams Erinnerung haften. Josies sonderbares Benehmen, als er die harmlose Frage stellte:

„Wissen Sie wo Herr Keremos zu finden ist?"

Vater Keremos

$\mathcal{H}$erbert Keremos erschien vor drei Jahren in Begleitung seiner Töchter auf der Insel Barbados. Damals konnte man noch ein Hohelied von der Perle der Antillen singen. Die ungebundene, zauberhafte Stimmung kommt wahrscheinlich nie wieder. Das Joch, Fremdenverkehr, hatte die windige Insel noch nicht heimgesucht. Zuckerrohr herrschte vor. Ein Liter hochwertiger Rum kostete unter einem Dollar; eine frische Fischmahlzeit sogar noch weniger. Freilich erschienen Zeichen einer unseligeren Zeit am Horizont.

Herbert Keremos nahm keine Kenntnis davon. Ein Mann auf der Flucht vor dem Zahn eines schlechten Gewissens, merkt nicht viel was um ihn herum geschieht. Er verließ das rauhe Nicolatal, den Wohnsitz seiner Ahnen, ohne Tamtam. Seine Töchter, Sarah und Judith, bestanden darauf mitzukommen. Das gefiel ihm garnicht, jedoch seine ganze Redekunst vermochte sie nicht davon abzuhalten. Warum zwei Frauen im mittleren Alter sich wie Kletten an einen verleideten Vater hängten, wollte ihm nicht einleuchten.

Man konnte Herbert Keremos kaum Weltklug nennen, jedoch sein Vorgefühl reichte ziemlich weit. Die erwachsenen Töchter folgten ihm nicht aus Liebe oder Treue, sondern um die Flamme des Hasses der Mutter nicht verlöschen zu lassen.

„Nun, ich werde ihnen schon den Spaß verderben," gelobte er.

Obwohl Keremos, wie auch seine Töchter, kein Wort von ihrer Abreise verlauten ließen, wurde es doch bald das Tagesgespräch. Seinen Freunden und Bekannten mißfiel das heimliche Verschwinden. Immerhin betrachtete man ihn als Sinnbild einer vergangenen Zeit, wie auch als Bollwerk gegen das Ungeheuer Zeitgeschmack.

Rhonda, seine Frau und Mutter der Töchter, war einige Wochen zuvor gestorben. Die Ehe war schon lange kein

Rosenbett mehr. Er bezeichnete sie als Berufsleidende; sie hielt ihn für einen gefühllosen Rohling.

„Rhonda hat den Trübsinn erfunden," behauptete er. Sein Mangel an Mitgefühl bezeichnete sie als die Quelle ihres Kummers. Den Töchtern klangen ihre Klagen nicht überzeugend, aber trotzdem genoß sie deren rückhaltlose Zuneigung.

Die anfängliche Feindschaft der Töchter dem Vater gegenüber steigerte sich im selben Maß wie die Verdrossenheit der Mutter. Nach ihrem dreißigsten Jahr haßten sie den Vater leidenschaftlich. Diese nagende Abneigung beeinflußte ihr Leben mehr und mehr. Die Eigenschaften der Mutter verwurzelten sich in den Töchtern. Ihr Hang zum Siechtum war ihnen auf den Leib geschrieben. Lustlosigkeit und Überdruß verunstalteten ihre Gesichter. Wie auch die Mutter alterten sie frühzeitig. Freude war ihr Feind, Elend umarmten alle drei mit Seufzern der Wonne.

Freilich mußte Herbert Keremos zugeben, daß die Beschwerden Rhondas zum Teil berechtigt waren. Die Erkenntnis erweckte dann Schuldgefühle in ihm, wie auch das Bedürfnis sich zu bessern. Jedoch seine Frau wollte davon weder etwas hören noch sehen. Jeder reumütigen oder friedlichen Annäherung begegnete sie mit murren und ungnädigen Worten; es könnte ja zu allerhand ausarten. Obwohl sie noch kratzbürstiger wurde, konnte sie eine innere Genugtuung kaum verbergen. Beide lernten eine zeitlose Weisheit; freilich zu spät: Gegensätze stoßen eher ab, als daß sie anziehen.

Die anfängliche junge Liebe verblaßte bald im Schatten des Alltags. Der Reiz des Neuen war in kurzer Zeit verflogen. Man betrachtete sich und fröstelte. Die Erkenntnis sich fremd zu sein wuchs von Jahr zu Jahr an. Die Liebe blieb schließlich auf der Strecke, an ihre Stelle traten Zwietracht und Hader. Auf ihr Verhältnis fiel ein Reif, der selten schmolz. Im Gegenteil, er wurde frostiger von Jahr zu Jahr. Die übermütige Braut mit den lächelnden Augen und der Neigung zur Neckerei, verlor allmählich den Schwung, jedoch ihre Zunge entwickelte eine zunehmende Schärfe.

Zwei Töchter entsprossen der Ehe. Sarah war die erste, Judith folgte ein Jahr später. Beide wurden sofort unter die Fittiche der Mutter genommen. Sie wurden mit Hingabe dem Vater entfremdet. Eh beide das Backfischalter erreicht hatten, stapften sie munter in den Spuren der Mutter. Die Genugtuung der Frau Keremos war ersichtlich. Als die Töchter volljährig wurden, lächelte sie zufrieden in sich hinein. Die Mühe hatte sich gelohnt. Die Fingerzeigerei, Anspielungen wie auch Unterstellungen, hatten Früchte getragen. Die Töchter, im Heiratsalter nun, zeigten dem anderen Geschlecht keine Beachtung. Mit dreißig Jahren waren sie immer noch ledig. Zeichen einer Männerfeindschaft machten sich bemerkbar. Der Einfluß der Mutter hatte tiefe Wurzeln geschlagen. Sie haßten Männer, wie auch den Vater, mit grimmiger Überzeugung.

Rhondas Unwille und ihre Leiden steigerten sich von Jahr zu Jahr. Sie gab sich in die Obhut vieler Ärzte, zwischen Kamloops und Merritt, deren Befunde sie ebenso begrüßte wie deren Heilkunde, obwohl sie darunter litt. Diese Geheimnis umwitterten Krankheiten, von den Ärzten entdeckt und behandelt, entfachten eine Mordswut in ihrem Mann. Er wetterte auf Teufel komm raus:

„Zu was gutes Geld ausgeben für etwas was ich umsonst geben kann? Muß ich die Quelle deiner Krankheiten nochmals nennen? Hier ist sie: Überdruß und Müßiggang. Die Heilung wird Beschäftigung genannt. Nun, Gemahlin, wenn wir schon dabei sind, warum nicht zur selben Zeit der Bosheit den Kampf ansagen? Ich reibe mir jetzt schon die Hände beim Gedanken an den Erfolg."

Was folgte war eine zunehmende Verbitterung in Rhonda. Frau Keremos starb frühzeitig mit einem Fluch auf den Lippen und beträchtlichem Vermögen für die Töchter. Als der Vater die Absicht verlauten ließ seine Zelte abzubrechen, bestanden sie darauf ihn zu begleiten.

„Wohin es auch geht, lieber Vater, wir kommen mit," verkündete Sarah.

„Durch dick und dünn und überall hin," stimmte Judith bei.

Wie vom Donner gerührt vernahm Herbert Keremos die widersinnigen Beteuerungen. Er war derart entsetzt, daß er aus dem Haus stürmte um in der frischen Luft seine Gedanken zu ordnen. Trotz seinen Jahren eilte er den Hügel hoch, wo er atemlos zu Boden sank.

Der Drang allein zu sein überwältigte ihn. Herbert Keremos besaß ein gutes Maß an Vernunft. Nicht in jeder Hinsicht, aber im Großen und Ganzen schon. Sicherlich hatte er in jüngeren Jahren so manchen unsinnigen Einfall. Aber trotz der Gesinnung eines Glücksritters, behielt er doch meist eine berechnende Sachlichkeit, auch wenn er zu tief ins Glas schaute.

In Gedanken versunken wanderten seine Blicke vom blauen Wasser des Nicolasees zum Dorf im Tal. Durch seinen Kopf schwirrten Vorstellungen, die er weder deuten noch zu zähmen vermochte. Was war geschehen? Warum hegten Sarah und Judith eine plötzliche Zuneigung für ihn? Jahrzehnte lang mieden sie ihn wie die Pest, nun jedoch brauchten sie seine Nähe um glücklich zu sein. Ihm kam das unheimlich, wenn nicht beängstigend vor. Ein Mann wie er, der im Sattel aufwuchs, waren hochgestochene Anschauungen fremd. Dem urwüchsigen Mann, der Landvermesser, Goldschürfer sowie Weidechef war, erschien die unerwartete Wendung ein verwirrtes Rätsel.

Der Aufenthalt auf Barbados erwies sich nicht lange als ein Wandel im Paradies. Nachdem der Reiz des Neuen verflogen war, drängte sich das alte Übel wieder an die Oberfläche.

Herbert Keremos mietete sich ein Haus über dem herrlichen Crane Strand, in einer abgeschiedenen Lage. Nachbarn waren kaum zu sehen. Das Grundstück war wild verwachsen und hohe Palmen verdeckten das Haus. Zum erstenmal seit langem fand er inneren Frieden.

Stundenlang saß er auf dem Balkon, umgeben von raschelnden Palmen, und lauschte dem rauschenden Meer über den Riffs. Halb wach, wie im Traum, hörte er dem Wellengang zu. Er fühlte sich wie neu belebt; sogar das anrückende Alter störte ihn weniger als zuvor. Nur die Gegenwart der Töchter lag ihm schwer im Nacken. Eine düstere Vorahnung beschlich ihn beim Anblick Sarahs und Judiths.

„Die hecken etwas aus, es ist sicherlich gegen mich gerichtet," vermutete er.

Den Töchtern schien alles zu mißfallen. Vom ständigen Sommerwetter bis zum unausbleiblichen Passat wurde Anstoß genommen. Das schrille, jedoch beruhigende, nächtliche pfeifen der winzigen Frösche, versetzte beide in eine giftige Gemütsverfassung. Ihre ständigen Nörgeleien vergällten dem Vater die Tage und störten seine Nächte.

Zuweilen riß ihm der Geduldsfaden. Er fuhr sie dann an:

„Seid ihr mitgekommen um mir das Dasein zu vergällen?"

„Nein, nein, lieber Vater, alles, nur das nicht."

„Offensichtlich gefällt es euch hier nicht, warum dann noch länger bleiben?" wetterte er.

Da ging die alte Litanei wieder los:

„Dich allein lassen im wildfremden Land? Aber Vater, wo denkst du denn hin!" jammerte Sarah.

Judith pflichtete bei:

„Schließlich bist du über siebzig Jahre alt. Nein, das können wir nicht verantworten."

Um ein Haar hätte der Vater losgebrüllt:

„Das ist nicht der Grund," jedoch beherrschte er sich, trotz der üblen Vorahnung, die er nicht deuten konnte.

Er war dem Schicksal dankbar für die glückliche Wendung. Es ging ihm gut hier, leiblich wie seelisch. Rhondas Würgegriff lockerte sich, Hoffnung beseelte ihn abermals. Nur die Gegenwart der Töchter hinterließ rotlauf ähnliche Striemen an den Schläfen.

Keremos, der so manchen Nackenschlag hinnehmen mußte, war keineswegs ungebildet. Ungeschult schon, aber nicht unwissend. Ein gutes Maß an Mutterwitz stand ihm treu zur Seite. Die angeborene Schlauheit verhalf ihm sogar zu einem gewissen Wohlstand. Ein unbezwingbarer Unternehmungsgeist bugsierte ihn öfters zwischen den Löwen und seiner Wut, wo er mit klappernden Zähnen auf bessere Zeiten wartete. Ja, er saß in so mancher Klemme, aus welcher er sich mit innewohnender Schläue entzog. Freilich stand ihm das Glück des Wagehalses dabei zur Seite.

Warum hefteten sich die Töchter an seine Fersen? Gewiß nicht aus Zuneigung oder dem Bedürfnis ihn zu betreuen und beschützen. Den Grund ahnte der Vater schon seit langem. Sie suchten seine Nähe um die Flamme des Hasses aufrecht zu erhalten. So folgerte Herr Keremos mit Recht, aber nicht allumfassend, wie sich herausstellte. Sarah und Judith heckten etwas aus; ein Plan, unter der Schwelle des Bewußtseins, der vorläufig noch namenlos blieb.

Das bekömmliche Leben unter Menschen, welche ihm grundsätzlich behagten, enthielt leider auch Schattenseiten, die ihm öfters verstimmten. Gegensätzliche Empfindungen plagten ihn zuweilen, welche ihn nachdenklich machten. Er gestand freimütig, daß der Tod Rhondas sein Dasein erleichterte, jedoch nicht immer, mußte er gestehen. Seit ihrem Tod ergriff ihn gelegentlich eine unerklärliche Schwermut, eine Sehnsucht nach der Vergangenheit, die an Wehmut grenzte.

Einst war seine Frau der Lichtblick seines Lebens, er hatte nichts als Freude an ihr; das heißt, anfänglich. Was geschah verstand er heute noch nicht. Sie veränderte sich in kurzen Jahren bis zur Unkenntlichkeit. Ihr ursprünglich frohes Wesen wurde zur reinen Verbissenheit, schon vor der Geburt der Töchter. Herbert Keremos war kein gewissenloser Mensch, er gestand freimütig eine unbequeme Wahrheit ein, nämlich, den Anteil seiner Schuld an Rhondas verpfuschtem Leben. Aber hols der Kuckuck, er hatte ein Recht sich von den Fesseln der Vergangenheit zu lösen. Recht? Pflicht wäre ein treffenderer Ausdruck, urteilte Keremos.

So ging es. Kaum wälzte sich ein drückendes Übel von ihm, schon saß ein anderes in seinem Nacken. Zwei falsche Töchter schienen erpicht zu sein, das Werk der Mutter zu vollenden. Der Gedanke an Flucht schob sich abermals obenan, schon wegen dem fremdartigen Benehmen der Töchter. Ihre verstohlenen Blicke bereiteten ihm zunehmendes Unbehagen. Rhonda hatte ihn oftmals lauernd betrachtet, mit einem hämischen Lächeln, welches ihr von Verdruß gezeichnetes Gesicht noch mehr entstellte. Doch ein wesentlicher Unterschied bestand: die Augen der Frau schienen nach einer Achillesferse zu suchen, während die Töchter sie gefunden hatten; so dünkte es dem Vater.

Eines sonnigen Morgens, als der Wind wie üblich an allem rüttelte was nicht dreifach gesichert war, rief Keremos die Töchter zu sich. Sie ließen sich Zeit seinem Ruf zu folgen. Mit sichtlichem Widerwillen kamen sie angeschlürft.

„Was ist, Vater?" wollte Sarah wissen.

„Ich beabsichtige eine Hausgehilfin einzustellen."

Beide blickten überrascht auf. Sie strafften sich.

„Eine Hausgehilfin? Zu was denn," platzten sie wie aus einem Mund heraus.

„Um den Haushalt zu führen," belehrte er sie.

Sie starrten ihn entgeistert an. Ein Gedanke schoß ihm durch den Kopf: Himmel, steh mir bei, die haben doch die Jettadurenaugen der Mutter.

„Aber – aber, das machen doch wir," wandte Judith ein.

Der Vater verzog keine Miene, er ließ sie reden.

„Fremde Frauen ins Haus bringen ist weder dienlich noch angebracht. Es wirft ein schlechtes Licht auf uns," meinte Sarah.

„Das ist wahr," bekräftigte Judith.

Herbert Keremos blieb unnachgiebig. Er schaute von einer zur anderen, dann auf das brausende Meer. Bedächtig wandte er seinen Blick auf Sarah und Judith, welche sich erstaunt und beunruhigt anstarrten. Ein Zug in des Vaters Gesicht erweckte unangenehme Erinnerungen; er hieß: gebt acht! Jedes Wort betonend erklärte er ihnen:

„Ich sagte vorhin nicht die ganze Wahrheit."

„Oh, inwiefern?" fragte Sarah mißtrauisch.

„Beabsichtige ist nicht das rechte Wort, ich tat es bereits."

Beide Frauen fuhren unmutig auf, heftige Einwände lagen ihnen auf den Zungen, die sie jedoch beim Anblick des Vaters strenger Miene verschluckten. Er hatte noch mehr zu sagen. Ohne weitere Umschweife kam er zur Sache:

„Merkt es euch, Einwände werden nicht geduldet, genauso wenig wie Beanstandungen der neuen Hilfe, Josie Morgan. Da wir schon dabei sind, schrubbt mal tüchtig den Verdruß von euren Gesichtern. Ich höre, daß Salzwasser sich gut dafür eignet."

Sarah und Judith warfen sich vielsagende Blicke zu. Keremos nahm Kenntnis von den düsteren Mienen sowie den vorgeschobenen Unterlippen, die mehr als ein Orakel verkündeten. Leider besaß er weder Ohren zu hören, Augen zu sehen, noch die Fähigkeit Omen zu deuten.

Die Töchter nickten sich zu, als wollten sie sagen:

„Die Würfel sind gefallen."

Herr Keremos schenkte den Grimassen und Gebärden der Töchter keine Beachtung. Er geriet in Fahrt:

„Noch etwas. Anscheinend gefällt es euch hier nicht."

„Ganz und gar nicht," platzte Sarah heraus.

„Warum bleibt ihr dann hier? Euch stehen reichlich Mittel zur Verfügung. Vom Grundstück in Merritt, welches euch vermacht wurde, bis zum beträchtlichen Vermögen, welches Euch die Mutter hinterließ. So, packt doch heute noch eure sieben Sachen und ab gehts zu grüneren Gefilden. Die ganze Welt steht euch offen. Sie wartet, Töchter, sie wartet."

Die Unmutsfalten vertieften sich. Ein Unheil verkündendes Lächeln huschte über ihre Gesichter.

Ohne ein weiteres Wort zu sagen erhob sich Herbert Keremos. Er kicherte verstohlen, als er an Rhondas Hinterlassenschaft dachte. Reichlich war sie schon, aber nützlich nicht. Das Erbe der Töchter enthielt ein Kodizill, nämlich, Gift, Galle und ständiger Überdruß. Ganz zu schweigen vom ungenannten Vermächtnis, dem Vater das Leben zu vergällen.

Bevor er sich zurück zog blieb Keremos stehen. Ihm schien etwas einzufallen. Mit einer Hand am Kinn drehte er sich um. Hm, hm, das Leben vergällen? dachte er, indem sein Blick auf die Töchter fiel. Hm, hm, könnte es sein, daß sie etwas anderes im Sinn führten? Der alte Hase vom Nicolatal wurde wider seine Natur nachdenklich; doch nicht lange. Der Anblick der stürzenden Wellen über dem Riff verscheuchten seine Bedenken, jedoch nicht ganz. Eine beklemmende Ahnung verblieb, daß man ihn belauerte. Obwohl der alte Hase solche Empfindungen belächelte, nahm er Anstoß daran. Dann, wiederum, gestand Keremos achselzuckend ein, ich bin es ja gewöhnt. Rhonda, seine Frau, schien nichts weiter im Sinn zu haben, als ihn zu beschatten. Ja, seine unglückliche Frau wollte weder mit ihm noch ohne ihn leben.

Unleugbar berührte ihn die Gegenwart der Töchter unangenehm. Nicht nur benahmen sie sich wie Hausdrachen, sondern er hatte auch den Eindruck, daß sie ihn betrachteten als wäre er vom Schicksal gezeichnet. Er fühlte sich nicht wohl in ihrer Nähe, wie in Josies, zum Beispiel. Ah, Josie Morgan, die schwarze Perle, wie er sie nannte. Welch ein Lichtblick war sie doch, verglichen mit Sarah und Judith. Töchter hin, Töchter her, sie konnten sich nicht mit Josie messen, weder im Aussehen noch im Verhalten. Ihre trauliche Fraulichkeit stand im groben Gegensatz zu Sarahs und Judiths groben Wesen, das sich in ihren Gesichtern spiegelte.

Josie Morgan kam ihm von Tag zu Tag rätselhafter vor, sogar verängstigt schien sie ihm. Ein düsteres Geheimnis schien sie zu bedrücken.

„Josie, sind Sie einem schwarzen Hund von links begegnet?" neckte Herr Keremos.

Fräulein Morgan faßte die Anspielung keineswegs gnädig auf. Sie schaute ihn erschrocken an, wonach sie verschämt den Kopf senkte und murmelte:

„Nein, Herr Keremos."

Er hätte gern noch mehr Fragen gestellt, doch ihre gequälte Miene hielt ihn zurück.

„Was zum Teufel geht hier vor?" wetterte er im Stillen.

Josie, die Verkörperung der Gelassenheit, wurde zusehends fahriger. Die Töchter ähnelten nun mehr einer Xanthippe als der sprichwörtlichen Griselda, zu seinem und Josies Leidwesen. Sarah und Judith ließen ihr keine Ruhe; sie wurde mit scharfen Augen beobachtet und mit bissigen Zungen zurecht gewiesen. Herbert Keremos, obwohl ungeschult, doch von Nackenschlägen des Lebens gelehrt, verstand einiges. Seine Töchter beabsichtigten die scheue Hausgehilfin einzuschüchtern. Warum, war ihm ein Rätsel in ein Geheimnis gewickelt. Zwei Monate später lobten sie seinen Entschluß in den Himmel. Wie konnte das sein?

Nun, wie angedeutet, erkannten die Schwestern in Josie ein Mittel zum Zweck. Es ging so: eines Tages lud der Vater Landsleute zum Essen ein. Die Unterhaltung wanderte von einem Sachbereich zum nächsten, dann schließlich zum Leben auf Barbados.

„Ja, gegen Ratten und Mäuse muß man sich schützen," sagte einer der Gäste.

„Wie?" fragte Keremos.

„Mit Gift," antwortete jemand.

Sarah und Judith horchten auf. Die Anwendung von Gift hatte sich mit der Zeit zu einer Zwangsvorstellung in beiden gesteigert.

Die Gäste verabschiedeten sich. Sie waren bald vergessen. Im Gegensatz zu dem Floh in den Ohren der Töchter, welcher sich tiefer einnistete und anwuchs. Die Erwähnung von Gift schürte ein schwelendes Feuer. Sarah und Judith spielten schon lange mit dem Gedanken die andere aus dem Weg zu räumen. Allerdings ohne den Schatten eines Verdachtes auf sich zu lenken. Sicherlich zogen sie Gift in Betracht, doch wiesen sie den Einfalll zurück; den eigenen Strang wollten die Schwestern nicht flechten.

Doch wie auf ein Geheiß erwachte in ihnen unzähmbarer Drang zu tun, was seit Jahren durch ihren Kopf ging; das weitere ist bekannt. Sie stifteten Josie Morgan an das Geheimnis umwitterte Zombiegift zu besorgen, vorgeblich um eine Rattenplage zu verhindern. Bocor hieß das unentdeckbare, doch tödliche Mittel. Zur Ausführung der Tat kam es nicht, da etwas unvorhergesehenes geschah; ein Unheil, absonderlich und höchst verdächtig.

Vater Keremos wurde fünfundsiebzig Jahre alt. Zur Feier des Tages luden ihn die Töchter zu einer Lustfahrt ein. Der Vater zeigte sich gewillt, ebenso überrascht. Im Überschwang hätte er beinahe die Töchter umarmt. Doch ein Blick auf ihre verblühten Gesichter schreckten ihn ab.

Bisher gelangte er nicht viel weiter als bis nach Bridgetown. Der alte Herr, freilich etwas weinselig, fiel vom staunen ins wundern während der Fahrt. Nicht wegen der Sicht oder dem Reiz des Neuen, sondern wegen des flatterhaften Benehmens der Töchter. Wie Backfische tänzelten sie um ihn herum. Verhörte er sich oder summten sie tatsächlich zuweilen eine Melodie?

Die kurze Reise endete an der Nordküste. Man besuchte dort die vielgepriesene Höhle, wonach ein Spaziergang hoch über dem Meeresrand unternommen wurde. Endpunkt, heißt diese einsame Gegend, wo mächtige Wellen ragende Felsen bestürmen. Ungehindert, vom weit entfernten Afrika, treibt ein ständiger Wind Gischt und Wellen vor sich her, die sich an der Nordküste donnernd brechen. Hin und wieder steigt die aufgewühlte See über die Klippen, zum Leidwesen der Spaziergänger.

Kurz vor Sonnenuntergang stürzten zwei erregte Frauen ins Polizeigebäude.

„Unser Vater ist verschwunden," keuchte Sarah Keremos.

„Kommt schnell, schnell," jammerte ihre Schwester.

Der Beamte griff nach Stift und Papier:

„Schön der Reihe nach, erzählt was geschah," forderte er.

Was der Polizist erfuhr schien ihn kaum zu berühren.

„Verstehe ich recht, Ihr Vater wurde von den Klippen gespült?"

„Ja, er ging hinter uns," bemerkte Sarah.

„Plötzlich war er verschwunden," unterbrach Judith die Schwester.

Der Polizist nickte; er wußte Bescheid. Fast jedes Jahr wurde ein Ausflügler von den schroffen Felswänden gespült. Es geschah trotz den Warnschildern, die von benebelten Besuchern nicht beachtet wurden. Den Forderungen der Schwestern entgegnete der Beamte:

„Handeln bei Einbruch der Dunkelheit? Das wäre sinnlos, wenn nicht schlichtweg gefährlich," belehrte er. Dannn fügte er hinzu:

„Bitte, sprechen Sie morgen bei Tageslicht vor, wir werden dann gemeinsan der Sache auf den Grund gehen."

Herbert Keremoses Leiche wurde nie gefunden. Der Polizeichef, welcher die Untersuchung leitete, hegte Bedenken. Beide Frauen erweckten seinen Argwohn, für den er jedoch keinen zwingenden Anlaß fand. Josie Morgan, die Hausgehilfin, wollte von der ganzen Angelegenheit nichts wissen. Soviel Zugeknöpftheit war den Behörden selten begegnet. Die Polizeiakte wurde zugeklappt. Der Fall war geschlossen.

Der Geist

Großmutter Schweis liegt mir noch gut in Erinnerung. Sie kannte alle Geister zwischen Karawukowo und Hodschag. Nicht bloß beim Namen, sondern auch ihren Werdegang und ihre Zauberkraft. Schon daheim in Karawukowo mahnte sie uns vor den bösen Absichten dieser nächtlichen Stöberer. Während des Schnitts, als wir Kinder den ganzen Tag allein waren, verhörte sie uns allabendlich nach ihrer Rückkehr bis zur Bettzeit. Wir mußten sogar die geringste Begebenheit bis zum letzten Tüpfelchen wiedergeben. Jedes Blatt in der Luft, jeder Strohhalm auf dem Weg oder ein rascheln im Gebüsch, besaß eine Bedeutung für sie. Sie nannte Namen, meistens von Frauen die uns bekannt waren, welche sich scheinbar in jede beliebige Gegenstände tagsüber verwandeln konnten, somit ihre Opfer unbeachtet belauerten, um dann nachts über sie herzustürzen. Vor dem Weißweiwl das hinten im Weingarten sein Unwesen trieb, wurden wir besonders gewarnt.

Sie erzählte uns oft vom Schrecken ihrer Kindheit, dem allnächtlichen jaulen, jammern und sausen in der Luft. Diese Wiedergaben kamen uns verdächtig vor, sie erweckten unsere Zweifel, nicht an den Perchten und Walpurgen, sondern an der Vorstellung, daß Großmutter auch mal ein Kind war. Sie erschien uns stets alt, von der Stunde wo wir zum ersten Mal die Augen öffneten bis zu ihrem Tod. Aber nun zum Treiben der Gespenster als Großmutter noch ein Kind war.

„Es war unausstehlich, einfach nicht mehr auszuhalten," verriet sie mit der Leichenbittermiene, welche ihr so gut stand.

„Wir trauten uns nach Sonnenuntergang nicht mal die Nase raus stecken. Selbst verriegelte Türen und Fenster konnten die zudringlichen, pumpernden Geister nicht draußen halten. Die Drud benahm sich am schlimmsten, mit dem Mahr und Waldweib rüttelten und jaulten sie um die Wette. Kinder, glaubt mir, sogar der erste Hahnenschrei vertrieb sie nicht, wie es sich gehörte. Erst wenn die Sonne aus dem Bodennebel im unteren Ried stieg, verschwanden sie mit fürchterlichem Geheule."

Zum Glück amtierte damals ein tapferer Pfarrer in Karawukowo, ein christlicher Mensch, katholisch bis zum letzten Tropfen Blut. Er sah ein, daß es nicht so weiter gehen konnte. Pfarrer Thuegutt faßte sich eines Walpurgisabends ein Herz. Mit der Monstranz in der rechten Hand, das Manipel über den linken Arm gehängt, so ging er kurz nach Sonnenuntergang zum Kirchtor. Sein treuer Mesner, der Franzvetter, zuckelte mit dem Weihwasser und Wedel zitternd nebenher. Als sie ankamen wurde als erstes das Alpkreuz eingeritzt.

„Der Bann," so sagte die Großmutter, „mußte zwischen Sonnenuntergang und dem Einbruch der Dunkelheit ausgeführt werden, weil sich zu der Zeit die Gespenster zur Beratung sammelten. Man erwischt sie also alle auf einem Haufen. Jener Abend blieb uns allen unvergeßlich," erzählte sie.

Ja, sie höre heute noch in stillen Stunden das grausige jammern und zetern der wüsten, leiblosen Erscheinungen, die eins wies andere, willens oder nicht, in dem geweihten Rahmen ihre ewige Gefangenschaft antreten mußten.

„Danach wurde es ruhiger," sagte sie.

Wie sich aber herausstellte, erwischte Pfarrer Thuegutt nicht alle Geister, denn etliche hatten Wind von dem Bann bekommen, weshalb sie Donau aufwärts flohen, wo sie still verharrten, bis sich der Vernichtungseifer in Karawukowo gelegt hatte. Sie kamen zurück, weil sonst nirgendwo solch fruchtbarer Boden für ihr Gedeihen gefunden werden konnte als in Karawukowo. Großmutter Schweis durfte als wandelnder Beweis für diese Annahme gelten. Sie und die Geister blieben unzertrennlich wie der heilige Rochus und sein Hund.

Dann kam die Flucht. Wir wurden vorübergehend in Bayern untergebracht, auf einem Gehöft zwischen Deimhausen und Freinhausen, bei Hohenwart. Ein großer Raum, der mir eher wie ein Saal vorkam, wurde unser neues Zuhause. Obwohl Deimhausen näher lag und wir dort zur Schule gingen, bestand die Großmutter darauf, daß wir abwechselnd in beiden Dörfern die Kirchen besuchten.

„Sonst fühlen sich die Heiligen verletzt," belehrte sie uns.

Das verstand ich aber nicht, weil ich dachte der Pfarrer, ein und derselbe für beide Gemeinden, hätte ja die Heiligen benachrichtigen können, daß wir alle fleißig in Deimhausen zur Kirche gingen.

Ich erinnere mich wie fremd sogar uns Kindern der Bauer samt seiner Familie erschien. Die Großmutter und die Mutter kamen aus dem staunen nicht heraus, wie Leute so anders sein konnten wie sie. Mungatz, wurden beide Alten getauft, denen sie nie so recht trauten. Kein Gruß in der Früh konnte man ihnen entlocken, ganz zu schweigen von einer menschlichen Unterhaltung. Der Großvater von Vaters Seite drückte bei einem kurzen Besuch die selbe Gesinnung aus. Als er nämlich stockschwingend laut Kundag wünschte, bekam er keine Antwort.

„Das sind keine echten Christen," verkündete er bei seiner Abreise.

„Na, wenigstens sind sie katholisch," lenkte die Großmutter ein.

Was man an den Gastgebern sonst noch auszusetzen hatte, entfällt meiner Erinnerung. Doch ganz anders verhielt es sich mit dem Schlesier, der neben uns, eigentlich gegenüber von uns, vor kurzem einquartiert wurde. Wie der Mann hieß, weiß ich nicht mehr, nur eines wußte ich: an dem Menschen hafteten mehr Übel als an den Serben daheim in der Batschka. Mehr brauch ich nicht zu sagen, denn man weiß Bescheid. Die Großmutter sowie die Mutter, konnten sich nicht satt reden über ihn. Allein seine Sprache, wie ich so mitkriegte, verlieh genügend Anlaß ihn von weitem durch die Finger zu betrachten. Als sich herausstellte, daß er evangelisch sei, somit unserer Kirche fern blieb, verwandelte sich ihr Mißtrauen in reinste Abneigung.

„Nicht mal das heilige Kreuz hängt in seinem Raum," teilte uns die Großmutter mit.

Eine Querele entstand nun zwischen dem Schlesier und den inzwischen verbündeten Donauschwaben und Bayern, in welche sogar wir Kinder mit hinein gezogen wurden. Aber der Mann, ein junger kerzengerader Mensch, ließ sich nichts gefallen. Wacker vergalt er Gleiches mit Gleichem, dazu in einer Sprache die beide Gegenparteien nicht so recht verstanden. Ich vorne draus, da ich zum ersten Mal in meinem Leben Hochdeutsch hörte. Nur die Mutter kam ein bißchen mit, weil sie als Jungverheiratete mit ihrem Mann auf der Insel Rügen gearbeitet hatte.

Ich schlief auf einem Feldbett, das an der Wand stand. Zum Schutz gegen böse Geister, vielleicht auch um den Schlesier fern zu halten, wurde ein Kruzifix über meinem Kopf an der Wand angenagelt. Wie schon angedeutet kamen die namhaften Geister einer nach dem anderen bei uns an. Anfangs schienen sie noch etwas erschöpft zu sein von der langen, ungewissen Reise, womöglich auch nur scheu in der ungewohnten Umgebung. Aber es dauerte nicht lange eh sie ihre Gegenwart zeigten; soviel konnte aus den Beteuerungen der Großmutter entnommen werden. Entdeckten wir einen Strohhalm vor der Tür, wurde uns verboten ihn einfach aufzuheben, weil es einer Prozedur bedurfte welche nur sie kannte. Freilich verdächtigte sie auch den Schlesier, daß er da irgendwie seine Hände im Spiel hatte.

Es wurde langsam kalt, Schneewolken begannen sich bereits im Westen über den Bergen zu sammeln. Die Hühnervögel wurden von Tag zu Tag dreister, man konnte sie bereits auf den Zaunpfosten erblicken. Der Bauer trug uns Kindern auf sie zu verscheuchen. Nach der Ernte hatte die Großmutter mehr Zeit sich den Geistern zu widmen. Ansonsten blieb sie die alte. Wir mußten Schafwolle von den Stacheldrähten zupfen, woraus sie unermüdlich auf ihrem Spinnrad Fäden spann. Das Spinnrad ließ sie natürlich nirgends im Versatz. Sie spann, strickte und erzählte von den Geistern, die anfingen rund um uns zu wüten.

Mit dem Schlesier wurde so eine Art Waffenstillstand geschlossen. Er mußte sich gebessert haben, denn wir Kinder durften ihn sogar grüßen und mit ihm reden. Leider sollte sich alles in den nächsten Tagen ändern. Eines Nachts weckte mich ein leises, oh, so verstohlenes scharren über meinem Kopf. Es herrschte eine ägyptische Finsternis, die wahrscheinlich nur hier vorkam. Noch eh ich es wagte die Augen zu öffnen, leuchtete mir ein es könne bloß die Drud sein, die mich holen kam. Sie schusterte ja schon seit einer Woche bei der Großmutter und Mutter herum. Jetzt war ich also an der Reihe.

Erst öffnete ich ein Auge, da ich aber nichts sehen konnte, kam auch das andere dran. Zu sagen, mich packte ein Schrecken, wäre bloß ein halbes Geständnis, vor allem als sich zu dem scharren ein knistern gesellte. Ans schreien dachte ich garnicht, es wäre auch zwecklos gewesen überhaupt den Versuch zu machen, weil mir die Zunge wie gelähmt am Gaumen klebte. Ich verhielt mich mäuschenstill, in der Hoffnung die Drud würde von mir ablassen und sich meinen Geschwistern zuwenden. Ich blieb sogar stumm als kleine Flämmchen wie Irrlichter aufleuchteten. Dann verschwand der Spuk so leise wie er kam.

In der Früh entstand ein wahres Tohuwabohu. Als erstes wurde dem Herrn auf den Knien gedankt für das Kruzifix an der Wand. Danach wurde ich gewaschen und ins Kirchgewand gesteckt. Die Großmutter machte sich ebenfalls bereit um mich zum Pfarrer in Freinhausen zu bringen. Schule oder nicht, mein Seelenheil kam vor dem Einmaleins.

Übrigens, warum die Drud zur Zeit so im Vordergrund stand wird leicht verständlich, sobald man das Mißgeschick von Onkel Hans kennt. Als er nämlich vorgestern vom Wirtshaus in Deimhausen auf dem Weg zu uns war, stieß ihn die Drud gleich nach dem Hain in den Graben, der zu allem Elend halb voll mit Wasser war. Er mochte kämpfen und wehren wie er wollte, sie ließ ihn nicht mehr heraus. Aber Onkel Hans, damals noch jung, obendrein halsstarrig wie je, gab nicht auf. Er kroch und watete der Drud zum Trutz und seiner Hartnäckigkeit zur Freude bis zum Ende des Grabens, wo er dann ausstieg und der Drud eine lange Nase machte.

Zum Glück trafen wir den Pfarrer nicht an, denn auf dem Rückweg kam die Offenbarung. Der Schlesier, mit dem wir täglich auf besserem Fuß standen, begegnete uns unten an der Kapelle. Schon in Kürze stellte sich heraus, daß er die vermutete Drud war. Er hätte bloß den Schlüssel zur Haustür gesucht, verkündete er lachend, der stets neben dem Kruzifix hing. Der Friedensvertrag wurde widerrufen. Mit der Freundschaft war es aus.

Pangnirtung

Alles mit Beinen eilte zum Wasser. Die ganze Siedlung schien in Bewegung zu sein. Sogar die Huskys hupften erregt über die braune Tundra dem Bootssteg entgegen. Frauen mit lachenden Gesichtern und ihren Kleinen auf dem Rücken, schlurften hinter den Männern her. Hinter ihnen schnauften die älteren, deren Glieder nicht mithalten konnten. Ihr Interesse galt einem Schiff, kaum sichtbar mit bloßem Auge, welches sich dem Cumberland Sound näherte. Es konnte nur die Nacosbie sein, beladen mit Versorgungen für die Siedlung.

Vater Perrault stand bereit beim ausladen zu helfen. Zuerst jedoch wollte er die Neuankömmlinge begrüßen. Er war kräftig gebaut, ein Frankokanadier vom Scheitel bis zur Sohle, gesegnet mit deren üblichen Herzlichkeit und Humor. Mit der unvermeidlichen Pfeife zwischen den Zähnen betrachtete er die Versammlung, bemüht seine Schäfchen ausfindig zu machen. Man konnte sie an einer Hand zählen, aber das kümmerte ihn wenig, es dämpfte seine Lebensgeister nicht im geringsten. Er sprach fließend Inuktituk. Sein kräftiger Wuchs sowie seine unverwüstliche Natur, machten ihn in der ganzen Arktis beliebt.

Die heutige Erregung, stets beträchtlich beim Anblick der Nacosbie, überstieg sich wegen der erwarteten Ankunft von Paul Rusk, dem neuen Hudson Bay Händler. Er sollte Ralph Pontas Posten bekleiden, der vor einem Monat spurlos verschwand.

Inzwischen ankerte das Schiff mehr als hundert Meter entfernt von der Küste. Im Nu umkreisten dutzende kleine Boote den jährlichen Proviant Dampfer. Rufe in Inuktituk, Französich und Englisch wurden ausgetauscht. Gutmütige Scherze flogen von Mund zu Ohr, die zuweilen ein schallendes Gelächter auslösten.

Kurz danach kamen die ersten Boote zurück, vollbeladen, sodaß das Wasser beinahe den Dollbord berührte.

„Ist er an Bord?" rief ihnen Vater Perrault entgegen.

„Ja, Falla, er ist beim Amuluk," wurde geantwortet. Dreihundert Augenpaare wanderten in jede Richtung, um des gefeierten Jägers Boot zu erspähen. Als er sich näherte murmelten hundert Stimmen: „Siksi."

„Siksi," verkündete Simon Ivalu mit lauter Stimme.

„Siksi, Siksi," wiederholten andere.

Der Spitzname haftete an Rusk von da an. Siksi, Eichkätzchen, nannte man ihn bald darauf im ganzen Polargebiet.

Vater Perrault grüßte ihn mit aufrichtiger Herzlichkeit, welche Rusk unangenehm berührte. Sichtlich unbehaglich angesichts des Überschwangs, überkam ihn beinahe ein Drang sich abzuwenden. Als er die Sprechweise des Priesters wahrnahm verwandelte sich das Unbehagen in reinen Verdruß. Für einen Frankokanadier, Priester oder nicht, benahm er sich ziemlich ungezwungen ihm gegenüber. Rusk konnte nichts dafür. Vorurteile bildeten einen Teil seines Lebens; es war die Strebe seines Wesens.

Wie sich herausstellte stand die Wiege von beiden in Montreal, der einzigen Großstadt nördlich von Rio Grande mit Herz und Seele. Rusk schien von dem Lebensmut unberührt zu sein, es war eine Quelle seines Ärgers. Er fühlte nicht die geringste Verwandtschaft mit den Frankokanadiern, welche als minderwärtig betrachtet wurden. Von wem? Den Nachzüglern, Loyalisten, Angelsachsen und ihren Nachbetern. Eine unüberbrückbare Schlucht wurde von ihren Vorfahren gegraben, welche Vater Perrault gut kannte.

Rusk begann seine Arbeit in der Früh. Als er den Laden öffnete bemerkte er eine kleine Schar Inuit nahbei, die ihn beim ersten Anblick beunruhigten. Ihr schallendes Gelächter ging ihm auf die Nerven, ganz zu schweigen von den kehligen Lauten, von denen er keine Silbe verstand. Zu seinem Verdruß entdeckte er Vater Perrault unter ihnen, der sich fließend mit ihnen unterhielt. Rusk wollte sich eben zurückziehen, als ihm etwas sonderbares auffiel. Auf Anhieb konnte er es nicht enträtseln, weshalb er beschloß näher zu treten. Ein Eingeborener schien etwas vorzuführen, zur Belustigung der anderen. Seine Verrenkungen, die Rusk seltsamerweise vertraut erschienen, machten wenig Sinn. Rusk hatte manches gehört von den Neigungen der Inuit; vornehmlich ihren Hang zur Nachäfferei. Sie besitzen eine angeborene Fähigkeit Eigenarten des Menschen heraus zu heben. Es sind meisterhafte Nachahmer, wurde ihm gesagt.

„Laß sie die Narren spielen," brummte Rusk verdrossen.

Dann zuckte er zusammen; sie verulkten ihn. Ein Bursche, klein von Wuchs, strengte sich besonders an Rusks Eigenarten zu veralbern. Steif wie auf Stelzen stolzierte er hin und her, bemüht den Gang des neuen Händlers zu zeigen. Er wurde von allen Seiten angefeuert. Als er mit den Armen zuckte und die Beine schüttelte, wobei er den Kopf ruckartig bewegte wie ein Eichkätzchen, riefen die anderen:

„Siksi, Siksi."

Rusk dünkte das ganze ein albernes Vergnügen, welches durch die Gegenwart des Priesters an Niedertracht grenzte.

Der Handel ging nur stockend voran, was Rusk verwunderte, angesichts des wochenlangen Stillstands. Viele Eingeborene kamen, jedoch wenige tauschten, aber reden taten alle. Man war allgemein überrascht, bestürzt eigentlich, wegen Rusks Unfähigkeit ihre Sprache zu sprechen.

„Hm, kein Inuktituk spricht der Mensch," meinten etliche.

„Er wird schon lernen," tröstete Nuvalik.

„Wir bringen es ihm bei," versprach Okalik.

Ein treuherziges Versprechen war das, von ahnungslosen Männern gegeben, die nichts vom Dünkel wußten. Ein Pucka, wie sich Rusk nannte, würde sich eher kreuzigen lassen als das Kauderwelsch anderer Kulturen zu lernen.

Die Inuit verstanden das nicht, es ließ sie völlig unberührt. Nur eins machte ihnen zu schaffen, nämlich, seine Zappelei.

„Er hat Angst," behauptete Karpik, der Schamane.

Anfänglich bewitzelte man diese Zuckungen, aus reiner Verlegenheit, jedoch bald wirkten sie verheerend auf ihre unbefangenen Gemüter.

„Es muß eine Krankheit sein die wir nicht kennen," erklärte Amuluk.

„Er wird sich schon bessern," beruhigte Okalik.

Man nickte und ging seinen Weg. Sie hatten ohnehin
wichtigere Dinge zu tun. Winter war im Anmarsch, ein
beißender Frost lag in der Luft, er ließ von rauheren Tagen
ahnen. Der Gedanke an die große, Weiße Stille, die sich
allmählich von den Bergen herab schob, spornte sie an. Jung
wie alt waren in Bewegung, weshalb niemand sich um den
Mann von einer anderen Welt kümmerte.

„Später, später betrachten wir Siksi näher," verkündete
Karpik.

Man stimmte bei:

„Unser Schamane hat Vernunft."

Nachdem alles besorgt und ausgebessert war, beschäftigte
man sich wieder mit Rusk:

„Ein erfreulicher Anblick kann Siksi nicht genannt werden,"
hieß es von allen Seiten.

„Er ist leblos wie ein Inukshuk," meinte Ivalu.

„Bloß innerlich," betonte Amuluk.

„So ist es. Äußerlich rauft er stets mit sich selber," bemerkte
Ivalu.

Karpik, der Schamane, verkündete:

„Ist er ein Mann? Ich bezweifle es. Fischt oder jagt er wie
ein Inuk? Keineswegs. Die Huskys, der Schlitten, wo sind sie?"

„Na ja, was kann man erwarten von einem Kabluna,"
spottete Amuluk.

„Wenigstens ist er ein guter Händler," bemerkte jemand.

„Das ist wahr. Er ist gerecht, fleißig und beständig,"
stimmte der Schamane bei.

„Trotzdem, er ist ein seltsamer Vogel," behauptete Ivalu.

Trotz seinen Fehlern mißfiel Rusk den Inuit nicht ganz. Den
größten Ärger erregte sein Benehmen Vater Perrault
gegenüber. Anfangs tauschte man Rippenstöße aus um die
Aufmerksamkeit darauf zu lenken. Zuweilen folgten rügende
Worte, wenn nicht versteckte Drohungen.

„Die Weißen werden nie lernen," hieß es hier und da.

„Erzählt ihm doch die Geschichte von Ponta," riet der eine
sowie der andere.

Rusk merkte nicht viel vom Unwillen der Eingeborenen; auf
alle Fälle redete er sich das ein. Die Wirklichkeit trug ein
anderes Mäntelchen. Er fühlte sich zunehmend unwohl in

seiner Haut, weshalb er das hohe Roß bestieg; in anderen
Worten, er spielte sich immer mehr auf. Sein hochmütiges
Gebaren hätte er unterlassen sollen.

Wer einen Winter im Polargebiet verbringen will muß gut
ausgerüstet sein. Nicht bloß mit leiblichen Versorgungen,
sondern innerer Stärke. Der Abt der inneren Unruhe ist nicht
nur sich selbst eine Plage, sondern er beunruhigt auch Mensch
wie Tier.

Die Lage wurde bedenklich. Das Schicksal Pontas, Rusks
Vorgänger, schwebte drohend am Horizont. Wie schon erwähnt
verschwand er spurlos.

Man verspottete, verlachte und verunglimpfte den neuen
Händler. Jedoch der Spaß klang hohl, die Inuit machten Lärm
um ihre Verlegenheit zu verbergen. Auch Rusk empfand die
widrige Stimmung. Nachts auf seinem Lager, wenn der Wind
stöhnte, überkam ihn eine Unruhe, welche er versuchte durch
Trotz zu beschwichtigen. Verwirrt, von Ahnungen geplagt,
wanderten seine Gedanken zum Priester, dem er die Schuld an
allem Übel gab. Bedrängt wie er sich fühlte, beschloß er sein
Verhalten dem Kleriker gegenüber zu ändern; ihn also
freundlicher zu behandeln.

Bekanntlich wird der bedrängte Teufel reumütig. Was aber
seit Generationen eingeschärft wurde, bricht immer wieder
durch. Als er am nächsten Tag Vater Perrault begegnete,
straffte er sich unwillkürlich, rümpfte die Nase und zog die
Stirn in Falten. Im Handumdrehen verwandelte sich das riesige
Ödland zur Ebene von Abraham. In seinen Ohren dröhnten die
Signalhörner der Briten die zum Angriff bliesen; nicht faul, sie
taten es. Die Franzosen wurden entscheidend geschlagen.
Gewiß, es geschah vor mehr als zweihundert Jahren, doch die
Erinnerung wurde wach gehalten; es war das Manna welches
ihren Haß schürte.

Vater Perrault ahnte schon beim ersten Handschlag von der
Zwickmühle, in welcher sich sein Landsmann befand. Trotz
dem langen Aufenthalt in einem unwirtlichen Land, inmitten
von Menschen die an die Steinzeit erinnern, besaß er eine
außergewöhnliche Urteilskraft. Rusks Drangsal, wie er dessen
Überheblichkeit nannte, verdiente eher Mitleid als Ärger. Ein

Blick in sein Gesicht machte ihn traurig. Rusk war noch
ziemlich jung, doch drückte sein Wesen bereits Entsagung aus.

Um so näher Vater Perrault den Händler betrachtete, desto
deutlicher erschien der Fall Ponta vor seinen Augen. Eine
Untersuchung fand damals statt die zu nichts führte.
Wachtmeister Murgh schritt tüchtig voran, doch letzten Endes
schüttelte er den Kopf. Er zupfte an seinem Schnurrbart und
bereitete sich zur Rückkehr vor. Als der Priester ihn besuchte,
ließ er wissen:

„Vater, Sie vollbrachten ein Wunder."

„Oh, was meinen Sie?"

„Sie haben aus unverbesserlichen Spitzbuben Engel gemacht. Es fehlen ihnen bloß die Flügel um zum Himmel zu
fliegen."

Vater Perrault schmunzelte. Obwohl er einen Drang verspürte den Polizisten von den Eigenarten der Inuit zu unterrichten, hütete er seine Zunge. Murgh vermochte seinen Unwillen nicht zu verbergen. Eine Amtsperson wie er, umwickelt
mit Schichten der Macht, mit der Gewalt des Gesetzes umhüllt,
erwartete mehr Achtung. Doch niemand schien ihn zu würdi-
gen wie es sich geziemt. Im Gegenteil, man behandelte ihn wie
einen lästigen Eindringling, der sich wichtig machte, wie alle
Weißen. Seine Fragerei beunruhigte sie nicht, man fand sie
erheiternd. Die unablässigen Wiederholungen, von der Polizei
als verfänglich betrachtet, machte die Inuit schläfrig.

„Welch ein Schwachkopf," bemerkten einige.

„Der kann sich auch garnichts merken," stimmten andere
bei.

Wachtmeister Murgh hätte den Priester zu Rate ziehen sollen, der die Gepflogenheiten der Einheimischen gut kannte.
Peinliche Verhöre, von den Polizisten angewandt, verwirrt und
erbost die Inuit.

„Okalik, hast du Ponta getötet?" so mußte gefragt werden.

Ein freies ja oder nein konnte erwartet werden. Vater Perrault stand in Versuchung Murgh aufzuklären, jedoch sein
hochmächtiges Getue hinderte ihn daran.

November stand vor der Tür. Die Tage wurden kürzer, die
Nächte länger. Eis begann sich in der Bucht zu bilden, es lud
zum wandern ein. Nordlichter erschienen am Himmel; wer sie

beschreiben kann ist begnadet. Man konnte sich in der zunehmenden Dunkelheit zurecht finden. Die große, Weiße Stille legte sich über das Land.

Vater Perrault regte Hände und Füße; er machte sich für die jährliche Reise bereit. Wie üblich nahm er sich vor kreuz und quer den Norden zu durchstreifen, natürlich auf dem Hundeschlitten.

Eh er die Reise antrat wollte er mit Rusk reden, der ihm zunehmende Sorgen bereitete. Warum, konnte er nicht mit Sicherheit sagen. Jedoch fühlte er eine nagende Ahnung, die ihm auf Schritt und Tritt folgte. Paul Rusk schien der richtige Mann für die Arbeit zu sein, nur war er an der verkehrten Stelle. Überhebliche Einzelgänger vertragen sich nicht mit der Tundra, im Gegensatz zum Gemeinschaftswesen. Ein Mensch der in sich gekehrt ist, inmitten ungezwungenen Leuten, erweckt Mißtrauen und stiftet Unfrieden.

Vater Perrault besuchte Rusk.

„Paul, ich bin bereit meine jährliche Reise anzutreten. Das Eis sollte in den nächsten Tagen tragfähig sein."

Rusk spitzte die Ohren, ihm gefiel was er hörte, es machte ihn zugänglicher.

„Wie lange bleiben Sie weg, Vater?"

„Zwei bis drei Monate, wenn es das Wetter erlaubt."

Oho, das waren gute Nachrichten, es versetzte Rusk in eine verträgliche Stimmung. Gewöhnlich war er abgeneigt mit dem Priester zu verkehren, aber nicht jetzt, er wurde beinahe leutselig. Verdutzt hörte der Priester zu wie er ein Gespräch anfing über den hiesigen Handel sowie das Leben in Montreal. Vater Perrault, den man kaum als wortkarg bezeichnen konnte, suchte zögernd nach Worten. Es schien ihm etwas auf der Zunge zu liegen. Er räusperte sich wiederholt:

„Paul, etwas möchte ich noch sagen…"

Weiter kam er nicht, die frostige Miene Rusks verschlug ihm die Sprache. Er hätte gern den Händler unterrichtet vom spürbaren Unwillen, der sich seit seiner Ankunft über die Gemeinschaft gesenkt hatte. Gewiß, das angeborene Mißtrauen Fremden gegenüber, insbesonders Europäern mit den großen Augenbrauen, ist stets vorhanden. Doch kann es einigermaßen beschwichtigt werden, indem man ihre Sprache lernt und versucht sich anzupassen. Dem Schein nach verspürte Rusk nicht das geringste Verlangen das eine noch das andere zu tun. Vater Perrault seufzte tief. Seinem Landsmann war nicht zu helfen; ein Versuch wäre verlorene Mühe. Er zögerte, er hatte noch etwas auf dem Herzen.

„Ist noch etwas, Vater?"

„Hm, ja, ich möchte Sie noch auf den strengen Winter aufmerksam machen."

Rusk winkte ab:

„Keine Sorge, ich weiß davon."

„Gewiß, gewiß, aber die Blizzards sind zu bedenken."

Rusk lachte:

„Die hab ich des öfteren in den Laurentians erlebt."

Der Priester schüttelte bedächtig den Kopf.

„Sie reden von Schneegestöbern, ein Blizzard ist etwas ganz anderes."

„Na, was denn?"

„Schnee fällt zur Erde in großen, dichten Flocken. Kurz danach kommt ein Wind auf der innerhalb Minuten zum Sturm wird. Er wirbelt den Schnee auf, welchen er wie eine dichte Wolke vor sich her treibt. Im Nu ist die Sicht versperrt und der Richtungssinn geraubt. Niemand, nicht mal der gewiegteste Inuk, verläßt seine Wohnung ohne sich anzubinden."

Rusk machte eine abwehrende Handbewegung.

„Schon gut, schon gut."

Vater Perrault faßte ihn näher ins Auge. Rusk lag wie ein offenes Buch vor ihm; er las Wort für Wort was darin stand:

„Laß mich in Ruh, Frenchie, sei nicht vermessen. Ein Holzhauer und Wasserträger versucht mich zu belehren? Was kommt als nächstes?"

Der Priester lächelte nachsichtig, als ob er sagen wollte:

„Armer Kerl, du trägst ein schweres Kreuz. Arme, verirrte Seele, du schleppst dich dahin und quälst dich ab. Für was? Für nichts als die Schimäre Geltungssucht."

Um ein Haar hätte er ihm von Ralph Ponta erzählt, jedoch er schwieg.

Am nächsten Tag stieß Vater Perrault auf eine Gruppe Inuit. Sie unterhielten sich angeregt, über ihn und Rusk, wie er feststellte. Aber sogleich wurde das Gespräch gewechselt als er erschien.

„Nuvalik hat zwei Robben gefangen," rief man ihm zu.

Obwohl ihm ihre Doppelzüngigkeit bekannt war, ließ er sich immer wieder täuschen.

„Wird die Feier heute sein?" wurde Nuvalik gefragt.

„Nein, morgen."

Vater Perrault wußte um was es ging.

„Ihr heckt etwas aus," beschuldigte er sie.

„Wir, Falla, wo denkst du nur hin?"

Die gespielte Unschuld hätte eine Auszeichnung verdient.

„Hm, wie kann man nur," klagte Ivalu schmerzgepeinigt.

„Oi, oi," rief Nuvalik aus.

„Der Falla sieht Gespenster," stöhnte Karpik, der Schamane.

„Vielleicht, vielleicht," gestand der Vater, wider besseren Wissens.

„Warum sich grämen?" sagte er sich, „die gehen ihren Weg von dem sie keine Macht auf Erden abhalten kann."

Bei Tagesanbruch am nächsten Morgen lud er seinen Schlitten auf, schirrte die Hunde ein, die bereits voller Erregung warteten. Mit den Schnauzen westwärts gewandt wurden sie aufgefordert:

„Hurr! Hurr! Hurr!" wobei die Peitsche um die Ohren des Leithundes sauste.

Es war nicht nötig, doch die Gewohnheit verlangte es. Die Hunde, wie auch der Treiber, brauchten keinen Antrieb.

Bald danach folgte eine Wetteränderung. Der Himmel nahm eine bedenkliche Färbung an. Geisterhände schienen am Werk zu sein; sie malten, wischten und schufen unheimliche Formen vor seinen Augen. Eine helle Begeisterung erfaßte ihn, wie auch die Huskys. Sie spürten einen Auftrieb in Leib und Seele, wofür Mensch wie Tier ihrem Schöpfer dankten.

Pangnirtung verschwand allmählich hinter ihnen. Ein letzter Blick zeigte Vater Perrault mehr als er sehen wollte. Drohende, dunkle Wolken sammelten sich über der Niederlassung. Er kannte das Zeichen gut; ein Sturm braute sich zusammen. Bald, wenn nicht jetzt schon, reckt sich die Geißel des Nordens, um sich über Mensch und Tier zu stürzen. Rusk wird bald Hören und Sehen vergehen, wenn das kleine, feste Gebäude anfängt in den Grundmauern zu zittern. Schnee fällt plötzlich und heftig, eh man es sich versieht liegt eine dicke Decke auf dem Boden. Ein fauchender Wind läßt nicht lange auf sich warten; er wirbelt den lockeren Schnee auf und fegt ihn über die Tundra. Im Nu sieht man nicht mehr die Hand vor den Augen. Vater Perrault seufzte:

„Naja, ich hab Paul gewarnt, mehr konnte ich nicht tun."

Als Rusk zum Fenster hinaus schaute beschlich ihn eine Beklemmung. Düstere Wolken schwebten am Himmel, die Luft war seltsam klamm; es roch nach Schnee.

Wie üblich trödelten einige Inuit vor der Hütte herum. Trödeln? schleichen hätte ihr Gehabe besser beschrieben, fuhr es Rusk durch den Sinn.

Als er nach einer Weile wieder einen Blick aus dem Fenster warf, entschlüpfte ihm ein Ruf des Schreckens. Eine weiße Welt bot sich seinen Augen dar, alle Gebäude waren verschwunden. Schnee fiel in großen Flocken herab, eine dicke Schicht lag bereits auf dem Boden. Während Rusk überlegte was zu tun sei, kam ein Wind auf. Innerhalb wenigen Minuten wirbelte er den Schnee auf, welchen er mit dreifacher Wucht über das Land fegte. Vater Perraults mahnende Worte nahmen nun eine andere Färbung an. Rusk gelobte im Haus zu bleiben, komme was mag.

Während er noch sein Glück begrüßte in warmer, wetterfester Unterkunft zu sein, rüttelte es draußen an der Tür.

„Donnerwetter, der Wind ist stark," murmelte er nicht sonderlich erfreut.

Es war aber nicht der Wind, sondern jemand der Zutritt begehrte. Zögernd schob Rusk den Riegel zurück und öffnete die Tür. Vor ihm stand ein eingehüllter, schneebedeckter Mann, der stöhnte:

„Du mußt kommen, Ruska."

Verwirrt, unschlüssig was er sagen oder tun sollte, fragte er: „Wer bist du?"

„Amuluk, du kennst mich doch."

„Was willst du?"

„Komm mit mir, unser kleiner Agnorok, mein Sohn, ist krank, sehr krank."

Immer noch verdutzt hielt Rusk die Tür offen, ohne den eindringenden Schnee zu beachten. Endlich erfaßte er die Lage. Mit einer Hand zog er Amuluk ins Haus, während er mit der anderen die Tür zuschlug und den Riegel wieder vorschob. Es war höchste Zeit; Schnee begann sich im Raum aufzuhäufen. Immer noch im unklaren erhob Rusk seine Stimme:

„Was ist mit dem kleinen Agnorok?"

„Er wird vom Fieber verschlungen, sein ganzer Körper ist entflammt, du mußt kommen, Ruska."

„Ich bin kein Arzt."

„Er braucht Arznei, heute noch, du mußt kommen."

„Warum gehst du nicht zum Vater?"

„Der Falla ist weg. Agnorok hat brennendes Fieber, deine Medizin wird seine Stirn kühlen."

Rusk befand sich in einer Zwickmühle. Ging er nicht mit, mochte seine Arbeitsstelle gefährdet sein. Dazu könnte es dem Ruf der Hudson Bay Firma schaden. Sich aber dem höllischen Treiben aussetzen mag lebensgefährlich sein. Jedoch wie alle Hudson Bay Händler war er verpflichtet Nothilfe zu leisten. Aus diesem Grund besaßen alle Händler der Firma eine Ausbildung in Erster Hilfe. Jemanden diesen Dienst verweigern, ungeachtet der Witterung, war gleichbedeutend mit Entlassung.

Rusk erinnerte sich an Vater Perraults Worte; er ging mit Bedacht voran.

„Gut, Amuluk, ich komme mit. Zuerst möchte ich jedoch einen festen Strick holen. Wie weit ist dein Haus entfernt?"

Amuluk schien überrascht zu sein, wenn nicht bestürzt. Er betrachtete Rusk mißtrauisch:

„Nicht mehr als hundert Schritte, wenn überhaupt so weit. Aber Ruska, alles ist gemacht, ein Seil ist gespannt zwischen unseren Häusern, es wird uns hin und zurück führen."

Rusk stutzte einen Augenblick, als wittere er Unrat. Amuluk drängte mit Worten und Gesten:

„Wir müssen gehen, Agnorok leidet."

Rusk zögerte, ein bedrückendes Gefühl, daß etwas nicht stimmt, ergriff ihn. Aber was ging nicht auf? Alles nachdenken half ihm nichts, er kam keinen Schritt weiter. Nur eins geschah: die Überzeugung, daß ein Glied in der Kette fehlte, wuchs an.

Hatte Amuluk Rusks Unschlüssigkeit bemerkt? Wer weiß. Die Miene eines Inuks, undurchdringlich, stets wachsam, ist nicht leicht zu deuten.

Rusk machte sich fertig. Er zog seine wärmste Kleidung an, verstaute die nötige Arznei in seinen Taschen und band sich den Strick um die Hüften, welchen ihm Amuluk reichte. Dann folgte er ihm nach draußen. Um ein Haar wäre er mit einem Satz wieder zurück gesprungen. Der fauchende Wind wehte ihn schier um. Da er jedoch mit Amuluk durch einen Strick verbunden war, ferner dessen beißenden Spott fürchtete, schritt er brav hinter ihm her. Es ging langsam voran. Die Dunkelheit, durch den aufgewirbelten Schnee noch verschlimmert, raubte jegliche Sicht.

Nicht ein Schimmer war zu sehen, keine Anhaltspunkte drangen durch die ägyptische Finsternis. Rusk hatte gänzlich den Richtungssinn verloren, sogar der Standort des Hudson Bay Gebäudes blieb ihm verborgen.

Der Wind heulte mit unverminderter Stärke, der Lärm war ohrenbetäubend. Versuche sich mit Amuluk zu verständigen waren vergeblich, so gab Rusk dem Verbindungsseil hin und wieder einen Ruck; denn sehen konnte er ihn nicht. Die Unbilden der Witterung legten sich schwer auf sein Gemüt; noch schwerer jedoch fühlte er das Gewicht eines Unheils.

„Wir sollten doch schon längst dort sein. Amuluks Hütte, wenn man ihm glauben kann, ist keine hundert Schritte entfernt," wunderte sich Rusk.

Von Zweifeln gebissen achtete er auf jede Kleinigkeit.

„Warum sind wir noch nicht dort?" rief er seinem Führer zu, mit überschlagener Stimme.

Amuluk gab keine Antwort, er drehte sich auch nicht um. Rusk konnte hin und wieder die nebelhaften Umrisse vor ihm sehen, doch kam es immer seltener vor. Da reden oder rufen nichts nützte, fing Rusk zu denken an:

„Wie kommt es, daß wir bis jetzt weder Hütten noch ihren Umrissen begegneten? Sagte Amuluk nicht, daß seine Hütte kaum hundert Schritte entfernt ist? Was geht hier vor?"

„Amuluk, Amuluk," schrie er mit gesammelter Kraft.

Nichts rührte sich, nur der Wind heulte ihm um die Ohren und der Schnee verdeckte sein Gesicht. Eine sinnlose Angst ergriff ihn, er wollte um Hilfe rufen, jedoch versagte ihm die Stimme.

Im nächsten Augenblick brach seine Welt zusammen. Der Strick! Der Strick der ihn mit Amuluk verband, war nicht mehr schraff. Mit ausgestreckten Händen beschleunigte er seine Schritte.

„Amuluk, Amuluk!" keuchte er.

Rusk griff ins Leere. Die Nacht hatte seinen Führer verschluckt, er war verschwunden.

Wie vor den Kopf geschlagen verhielt Rusk seinen Schritt. Ein lähmender Schrecken fuhr ihm durch Mark und Bein, als er mit einem Ruck das Ende des Seils, welches ihn mit Amuluk verband, in den Händen hielt. Eine furchtbare Wahrheit leuchtete ihm ein: der Strick hatte sich gelöst, ohne daß Amuluk es rechtzeitig bemerkte. Die Erkenntnis raubte ihm den Atem. Er war allein, dem Rachen eines rasenden Ungeheuers ausgeliefert; nur ein Wunder könnte ihn retten.

Plötzlich stolperte er über etwas.

„Das Seil!" jubelte er.

Nach längerem tasten fand er was er suchte. Mit beiden Händen ergriff er den Strick. Er erhob sich, wandte seinen Kopf in den Wind und schrie trutzig:

„Gerettet, gerettet, ich bin gerettet!"

Es war höchste Zeit einen warmen, gesicherten Platz zu finden. Sei es in Amuluks Hütte oder seinem eigenen Quartier. Er zog am Strick, nochmal, dann wieder und schließlich mit der Kraft der Verzweiflung. Umso mehr er zerrte, umso geringer wurde der Widerstand. Das Seil war weder an einem noch am anderen Ende angebunden. Bald lagen beide Enden in seinen zitternden Händen. Eine fürchterliche Erkenntnis erfaßte ihn; das fehlende Glied hatte sich gefunden. Wie konnte Amuluk das Hudson Bay Gebäude finden, in dem rasenden Unwetter, wo man kaum die Hand vor den Augen sehen konnte?

Die Antwort? Es war im voraus geplant. Die Inuit hielten Gericht und beschlossen sein Schicksal. Hatte sein Vorgänger, Ralph Ponta, ein ähnliches Schicksal erlitten? Wahrscheinlich. Rusk verstand nun alles, ohne weitere Erklärung. Er sank in sich zusammen.

Das Leben in Pangnirtung nahm seinen Lauf wie seit Olims Zeiten.

Nachdem der Sturm nachließ erschienen etliche Jäger beim Hudson Bay Laden. Sie wollten tauschen, aber sie fanden die Tür verschlossen. Ihrem Wesen treu zuckten sie mit den Achseln und gingen weiter.

„Siksi ist gegangen," sagte man.

„Wohin? Wer weiß."

„Wahrscheinlich liegt er unter einer Schneewehe," mutmaßten einige.

„Würde ein Mann sich draußen bei einem Blizzard aufhalten?" erkundigte sich Karpik.

„Ein Kabluna ist dazu fähig," belehrte Amuluk.

„Erwartet nicht zuviel von einem Weißen," mahnte Ivalu „die sind zu nichts wert und das ist mein letztes Wort."

Nach einiger Zeit begann die Hudson Bay Verwaltung Fragen zu stellen. Sie benachrichtigten die Polizei in Frobisher Bay. Zwei Beamte wurden hinüber geschickt um die Lage zu betrachten. Beim nächsten Zeichen von günstigem Wetter machten sie sich auf den Weg.

Mittlerweile merkten die scharfäugigen Inuit wie Füchse und Bären um einen kleinen Hügel herum schlichen. Nach näherer Betrachtung fand man Rusk unterm Schnee. Gemäß des Vaters Wunsch häuften sie Steine über ihn.

Wachtmeister Turcotte und Villeneuf meldeten sich einige Tage später. Sie blieben ratlos von Anfang bis zum Ende, vor allem nachdem sie die Eingeborenen verhört hatten. Soviel Unschuld auf einem Haufen ist ihnen noch nie begegnet.

Ein Bericht mußte natürlich verfaßt werden dessen Kern folgendes war: Paul Rusk, unvertraut mit den Gefahren der Arktis, wagte sich während eines tobenden Blizzards aus dem Haus. Das wurde zweimal betont. Er hielt ein langes Seil in beiden Händen. Ein kurzes war um seinen Leib gebunden. Was er vorhatte ist nicht bekannt. Solche Vorfälle sind keine Seltenheit; Nachlässigkeit ist stets der Ursprung.

Als Vater Perrault zurück kam versuchte er heraus zu finden was geschehen war. Den gordischen Knoten aufbinden wäre leichter gewesen als das. Siksi verschwand in einem Blizzard.

Man fand ihn tot unter einer Schneewehe und das war der Anfang und das Ende der Geschichte.

„Welch ein Narr, Falla, welch ein Narr," verkündete Amuluk.

April war gekommen, Schneeammern erfüllten die Luft mit ihren lieblichen Tönen. Es waren die Boten von besseren Zeiten. Die Tage wurden länger, die Sonne kletterte höher, bald würde sie nicht mehr untergehen. Über die gefrorene Tundra wanderten unübersehbare Karibu Herden. Ihre steten Begleiter, die Wölfe, wanderten mit. Ihr nächtliches Geheule entlockte den Inuit ein Lächeln, doch ließen die Karibus erzittern. Hoffnung lag in der Luft, so manche Frau, alt oder jung, zwinkerte den Männern zu:

„Bald, Inuk, bald," meinten sie.

Rusk geriet in Vergessenheit, immer seltener sprach man von ihm.

„Er war kein übler Händler," sagte einer.

„Er hatte seine Fehler," entgegnete ein anderer.

„Der Nächste wird besser sein," belehrte Karpik, der Schamane.

Heimzahlung

Die Sommerhitze in Osoyoos kann unerträglich sein. Sogar der allgegenwärtige Sagebusch, gewöhnt an Hitze und Trockenheit, ächzt unter der brennenden Sonne, die von Juni bis September das Land bräunt. Berge, Hügel, ja sogar Täler nehmen dann eine öde Sicht an. Nur das Wasser des Osoyoossees, zwischen Britisch Kolumbien und dem Staate Washington, behält sein leuchtendes Blau. Es ist eine herbe Zeit für untätige Menschen, die sich weder geistig noch körperlich beschäftigen. Manche jedoch stimmt es zufrieden, denn es verleiht ihnen Rechtfertigungen ihrem Hang zum Müßiggang freien Lauf zu lassen. Sie fühlen sich berechtigt Verständnis, wenn nicht Lob, für ihre ständige Verstimmung zu verlangen. Ihrer Flucht in die offenen Arme eines vermuteten, oh, so unverdienten Elends, gebühre Anerkennung, behaupten sie mit tyrannischer Überzeugung.

Wie der Mann oben in den Anarchistbergen, haben sie eine Tugend aus der Verdrossenheit gemacht. Reiner Hufner wohnte einsam mit seinen Gefährten Verdruß und Grübelei in einer entlegenen Hütte hoch über blühenden Obstgärten und Weinbergen, inmitten einer Halbwüste. Das bewässerte Tal, von kahlen, ragenden Bergen umringt, erreicht eine bezaubernde Schönheit zwischen April und Oktober. In der Tat, was könnte ein Himmelreich bieten im Vergleich mit diesem Anblick. Aber Hufner sah weder die Blüten im warmen Frühling, noch die Früchte im heißen Sommer, weil seine Augen, von Haß getrübt, alles grau und einfarbig sahen. Ein Unrecht, welches ihm vor zwei Jahren zugefügt wurde und seine Lebensgeister erstickte, mußte erst getilgt werden, bevor Farbe in seine Sicht zurückkehren konnte.

Wöchentlich verbrachte er einen Tag unten im Dorf, welches eigentlich die Bezeichnung Kleinstadt verdiente. Dort, an der geschäftigsten Straßenecke, wartete er auf Franz Kunert, der sicher mal eines Tages auftauchen würde. Wie einst Damon, hielt er den feingeschliffenen Dolch bereit, um ihn dem einstigen Freund in den Leib zu stoßen. In aller Öffentlichkeit, wenn's nicht anders geht, ja, sogar bei grellem Tageslicht würde er ausführen was er seit zwei Jahren erträumte. Geschehe danach was wolle, sein brennendstes Verlangen wäre gestillt, die erdrückende Schmach endlich getilgt.

Franz Kunerts verabscheuter Name lag fast ständig auf seiner Zunge. Kaum öffnete er die Augen in der Früh, schon drängte sich die verhaßte Gestalt vor seine Augen. Mit knirschenden Zähnen schleuderte er undruckbare Flüche und Schmähungen dem Bild entgegen. Er verwünschte die Stunde seiner Geburt. Eh er abends vom Grimm gebleicht auf sein Lager fiel, knirschte er:

„Elender Schuft, infamer Schurke."

Nachts fuhr er mit wilden Drohungen im Kopf mehrmals auf, wonach er ächzend mit geballten Fäusten wieder in die Kissen sank.

So ging es seit dem Tag, wo ihm die größte Entehrung seines Lebens zugefügt wurde, welche er schwor, bei allem was ihm heilig war, wieder herzustellen. Er war Franz Kunert auf der Spur, daran bestand kein Zweifel. Von etlichen Seiten wurde ihm mitgeteilt, er ließe sich öfters im Dorf sehen. Er besäße ein Anwesen hinter der kanadischen Grenze, wurde ihm gesagt, irgendwo am Okanoganfluß, in der Nähe von Oroville. Manche erkannten ihn der Beschreibung nach, andere beim Namen. Als ihm zwei Burschen berichteten, daß ein Mann wie dargestellt zuweilen oben am Anarchistausblick erscheine, beschloß er dort eine der einsamen Hütten zu mieten.

Hufners Leben war nicht erfreulich. Ein wuchender Trieb vergällte ihm das Dasein, eine Sucht, die ihm wie ein knurrendes Biest auf Schritt und Tritt folgte. Er wachte in seiner Gegenwart auf, er saß mit ihm am Tisch, stand bei jeder Tätigkeit daneben, ja, es folgte ihm wie ein Schatten. Das Untier abschütteln erwies sich als unmöglich, es noch länger tragen als undenkbar. Nur die Vollstreckung der gelobten Heimzahlung konnte ihn davon befreien. Zum Glück durfte es nicht mehr lang dauern eh es geschah, denn obschon der Wille nach wie vor treuen Beistand leistete, versagten seine Kräfte zusehends. Aber noch besaß sein Arm genügend Wucht um den geplanten Stoß auszuführen, obwohl die Beine zuweilen ins strauchein gerieten.

Hufner war noch ziemlich jung, nicht weit über vierzig Jahre alt, doch ein ungeneigtes Schicksal hinterließ Spuren frühzeitigen alterns. Erschöpft und verbraucht dünkte er dem flüchtigen Betrachter, als leide er an einer schleichenden, unheilbaren Krankheit. Ein näherer Betrachter sah mehr. Ihn erschreckten die verwüsteten Züge in einem verbitterten Gesicht, welches beinahe bis zur Unkenntlichkeit entstellt war. Sicher hatte ihm die lange, mühsame Reise von Deutschland zugesetzt, doch das allein hätte nicht solch eine Verheerung hervorgerufen, deren Ursache erst nach dem bedauerlichen Unglück bekannt wurde.

Die Reise, eigentlich eine Verfolgung, reifte vor zwei Jahren in seinem entzündeten Hirn. Eine Heimzahlung mußte geschehen; sie lag schwer wie ein zwingendes Vermächtnis auf seinem Gemüt. Doch leider besaß er keine verläßliche Auskunft über Kunerts Aufenthalt. Zuletzt wurde er in der Nähe vom Arrowsee gesehen, einem zweihundertfünfzig Kilometer langem Gewässer, welches sich zwischen den Monasheebergen und den Selkirks in Britisch Kolumbien erstreckt. Aber aufs Geratewohl dort hineilen, in einem unwirtlichen Gebiet stöbern, das wahrscheinlich halb so groß wie ganz Deutschland ist, hätte ans abwegige gegrenzt. Geduld hieß die Parole, Verbindungen aufnehmen und auf die richtige Gelegenheit warten. Wenn es auch nicht leicht fiel, es mußte sein.

Bei jeder Gelegenheit hielt er sich in dem Lokal Ahornblatt auf, wo sich viele ausgebürgerte Kanadier trafen. Dort saß er stundenlang, beide Ohren offen, frei spendierend, stets mit denselben Fragen auf den Lippen. Sein Bemühen wurde eines regnerischen Abends belohnt, als die Straßen wie verlassen waren, im Gegensatz zu den Lokalen, wo jeder Stuhl besetzt war. Der Lärm im Ahornblatt nahm ständig zu, aber trotzdem vernahmen seine Ohren plötzlich den Namen, welcher ihn schon so lange beschäftigte.

„Na, wie verlief der Handel mit Kunert in Kanada?" hörte er, einige Tische entfernt, einen Mann fragen.

Ohne eine Antwort abzuwarten flog Hufner wie ein ab-
geschossener Pfeil hinüber. Noch eh er sich vorstellte, hieß er
den Kellner eine volle Runde bringen. Auf seine vorsichtigen
Erkundigungen erhielt er die längst ersehnte Auskunft, daß
Kunert vor sechs Monaten in geschäftlicher Verbindung mit
einem der Anwesenden stand. In Naramata, am östlichen Ufer
des Okanagansees, verhandelten sie um einen hochgelegenen
Obstgarten. Aus dem Kauf wurde allerdings nichts, weshalb
seines Wissens nach Kunert weiter südlich sein Glück versuchte.

Die ganze Nacht hindurch packte er mit eifrigen Händen.
Zuletzt schob er hämisch lächelnd den Schweizer Dolch sowie
eine vor kurzem erworbene Pistole zwischen die Kleidung. Er
beabsichtigte die eine oder die andere Waffe anzuwenden,
vielleicht sogar beide.

Innerhalb einer Woche verließ er Deutschland. Einerseits
erwartungsvoll, anderseits befangen, ging es über den rauhen
Ozean in eine ungezähmte Welt. Von den ungepflegten
Wäldern Quebecs führte sein Weg durch die bestellten Felder
Ontarios, an den Großen Seen vorbei über die unendliche,
windgepeitschte Prärie. Dann höher, höher, durchs gewaltige
Felsengebirge, dessen wilde Schönheit ihn gefangen hielt und
ihn seine Rachegedanken vorübergehend vergessen ließ.

Aber es durfte nicht sein, die Pflicht schrie lauter als die
kreisenden Adler hoch über den Tannen, gellender als die
Kojoten in den Lichtungen. Weiter ging es, vorbei an
Wapitiherden, die ungestört im Schatten der schimmernden
Eisfelder grasten, dann weiter südwärts bis ins unvergleichliche
Trockengebiet Britisch Kolumbiens. In Penticton, am Südende
des Okanagansees wurde die Fährte warm. Einige kannten
Franz Kunert, zwar nicht näher, aber ausreichend um in ihrer
Erinnerung haften zu bleiben. Wo er sich gegenwärtig aufhielt,
wußte allerdings niemand. Er sei südwärts gezogen, sagten
etliche, wahrscheinlich runter zum warmen Osoyoossee, fügten
sie hinzu.

In Osoyoos angekommen, fand er schon nach einigen Tagen
Kunerts Spur. Wie erwähnt sah man ihn gelegentlich im Dorf,
wie auch oben am Anarchistausblick. Näheres über ihn wußte
niemand, er schien nicht gerade mitteilsam zu sein.

Etwas seltsames geschah nun, was ihm unverständlich blieb, ihn aber höchst ärgerlich berührte. Ein nagendes Gefühl eines bevorstehenden Unheils beschlich ihn, eine üble Ahnung, dessen Quelle er von sich wies, obwohl sie groß wie der Geist aus der Flasche vor ihm schwebte. Dem Ziel rückte er offensichtlich näher, die Erfüllung seines heißersehnten Vorhabens lag greifbar vor ihm. Doch wo blieb die Genugtuung, die erlösende Freude? Das Gegenteil geschah; seine Zerrüttung nahm nicht nur zu, sondern zu ihr gesellte sich jetzt eine prickelnde Furcht.

Eine unentrinnbare Macht trieb ihn runter ins Dorf, dann hinauf zum Ausblick, wohingegen eine fast gleich starke Gewalt versuchte ihn zurück zu halten. Dieses innere Schwanken wirkte wie ein Weckruf auf den Zweifel. Überzeugende Beweise bestanden kaum, sie wurden von fraglichen Vermutungen ersetzt. Aber wie dem auch sei, Kunert allein trug die Verantwortung an der schändlichen Tat, denn Resi Konach, seine Verlobte, besaß ein treues Herz, welches leider allzu leicht lenkbar war. Sie wäre nie von selbst auf den Gedanken gekommen eine Reise in ein wildfremdes Land zu unternehmen um ihn, Franz Kunert, einen Besucher aus Kanada, in der Wildnis seiner zweiten Heimat zu besuchen. Er hatte sie verführt, mit abgefeimter Niedertracht ihre Liebe gestohlen, sie gewissenlos von ihm entfremdet. Noch während er den unheilvollen Brief in seinen zitternden Händen hielt, war er davon überzeugt. Diese Ansicht verstärkte sich seither, genau wie der Wille zur Heimzahlung.

Manchmal wünschte er die Schandzeilen, wie er es nannte, aufbewahrt zu haben. Aber welcher Mann mit Ehre in der Brust sowie Blut in den Adern wäre imstande gewesen seinen Unwillen zu zügeln? Wer, vom echten Schrot, hätte nicht wie er das Schreiben in den Erzgrundboden gestampft. Die verletzende Absage wäre noch erträglich gewesen, aber niemals der gleichgültige, sachliche Ton, ganz zu schweigen von den hanebüchenen Gründen, die bestenfalls verwirrend klangen.

„Unser Verhältnis ist kein Linsengericht wert, ihm fehlt der Zauber, wie die Innigkeit," schrieb sie. „Wir sind uns fremder als beim ersten Kuß, allen Vorspiegelungen zum Trotz," klagte sie.

Die Schrift war die ihrige, aber niemals die Worte, sagte er sich, da sie völlig im Gegensatz zu ihrer Natur standen.

Seine Zuneigung zu ihr nahm ein jähes Ende, sie verwandelte sich mit einem Ruck in Abscheu. Noch eh er zu Ende las taufte er sie Messalina, eine moderne Isebel. Sie aus dem Gedächtnis verdrängen erwies sich erstaunlicherweise einfach. Wäre sie auf Händen und Knien zu ihm zurück gerutscht, zerknirscht wie eine Magdalene von allen sieben Teufeln befreit, er hätte sie nicht beachtet. Ganz anders verhielt es sich mit Kunert, dem Urheber seiner Schmach. Er schwebte fast ständig wie eine Erscheinung vor seinen Augen. Der geschliffene Dolch lag bereit, die geladene Pistole war nicht weit entfernt.

Von solchen wiederkehrenden Gedanken bedrängt, saß er manche Nacht in seiner Hütte, stets dieselben Vorstellungen nährend, ein Unrecht heimzahlen zu müssen, einer Schmach die verdiente Sühne zu gewähren. Einmal in den Klauen dieser drängenden Einbildungen, den Krallen der Grübelei, gibt es kein Entrinnen mehr; sein innerer Friede, ohnehin arg bestürmt, flüchtete gänzlich von ihm. Bei jedem Schrei eines Kojoten, der einem freilich ins Mark dringen kann, zuckte er erschrocken zusammen. Selbst die Rufe der Eulen, vielerseits gern gehört, störten ihn dermaßen, daß er sich die Ohren zuhielt.

So kauerte er mal wieder am Tisch, ungeduldig auf den ersten Schimmer des Tages wartend. Zum hundertsten Mal ließ er die Vergangenheit durch seinen brummenden Kopf ziehen. Ihn schmählich betrügen war ruchlos genug, aber es mit Vorbedacht tun grenzte ans teuflische. Seine damalige Verlobte, mag ihr der Schöpfer Pest und Beulen bescheren, kam, oh, so vertrauensvoll an. Mit der unschuldigen Miene einer Genoveva erzählte sie ihm was Kunert berichtete, wie er seine Wahlheimat Kanada in glühenden Farben schilderte. Herrlich sei das unermeßliche Land, wild und schön. Er erzählte von Grislybären in den Bergen, vom Singsang der Wölfe in den riesigen Urwäldern, er übertraf sich geradezu in der Beschreibung von Bergziegen auf schroffen Felsen, so nah am steilen Abhang, daß der Anblick einem schwindlig mache. Vor allem sollte man den Kopf höher heben, zu den kreisenden Adlern über ihnen. Mit glühenden Wangen und leuchtenden Augen gab sie wieder was der inzwischen abgereiste Freund so begeistert beschrieb. Wie von selbst kam die verhängnisvolle Bemerkung:

„Das klingt tatsächlich verlockend."

Mehr brauchte Resi nicht zu hören. Sie verstummte wie unter einem Zwang, als schnüre eine überwältigende Regung ihr die Kehle. Darauf folgte der bekannte Augenaufschlag, der Potiphars Weib neidisch gemacht hätte. Oh, wie er stets unter diesem verführerischen Blick Würde und Vernunft vergaß; seine angeborene Zurückhaltung schmolz sichtlich dahin. Sie stöhnte so entsagend, nicht nur einmal, daß er sich schließlich gezwungen fühlte eine Reise nach Kanada vorzuschlagen. Nur ein erkorener Narr wie er war dazu fähig, bloß ein gelernter Tölpel konnte den Fuß in die sorgfältig gelegte Falle stecken. Ihr war bekannt, daß es ihm zur Zeit nicht möglich war seinen geschäftlichen Anforderungen den Rücken zu wenden. Sie unternahm die Reise, welche einer Flucht ähnelte, mit einer guten Bekannten. Drei Wochen später lag der unheilvolle Brief in seinen Händen.

Mehr als zwei Jahre vergingen seitdem; eine trübe, bedrückende Zeit der schlaflosen Nächte sowie ruhelosen Tage. Die anfängliche Entrüstung, welche dem Herzen Feuer verlieh und den Füßen Sprung, erwies sich zunehmend schwieriger aufrecht zu erhalten. Der Zorn, einst Stachel der Handlung, Sporn zur Tat, lähmte nun eher als daß er belebte. Eine ständige Lustlosigkeit, ein schwärender Verdruß, raubte ihm zuweilen die Kraft zur Rachsucht, die nur ein Blick in den Spiegel wieder belebte. Ihm starrte ein fremdes, fahles Gesicht entgegen. Gram verunstaltete seine Züge, Mißmut troff aus allen Poren. Seine einst großen, klaren Augen hatten einen trüben, verhängten Ausdruck angenommen. Die freundliche, lachende Miene, ein Merkmal seines Wesens, bestand nicht mehr; sie hatte sich in eine verkniffene, wenn nicht bösartige Maske verwandelt.

Er war froh nun weit entfernt von seinen langjährigen Bekannten in der Heimat zu sein; es schützte ihn vor schlecht unterdrückten Ausrufen des Bedauerns und Schreckens. Er fühlte sich alt, uralt und wie vom Siechtum befallen. Die Schuld sickerte nach wie vor aus derselben Quelle, die nun bald versiegen würde. Er roch geradezu die Nähe Kunerts, der im Begriff stand seiner vergeltenden Gerechtigkeit zu begegnen. Bereit oder nicht, seine Nemesis näherte sich ihm unerbittlich, er, Reiner Hufner, war bereit.

Während er diesen Gedanken nachging, erschien der erste Schimmer des Tages, was ihn bewegte sich langsam auf den Weg zu machen. Seinen Erkundigungen nach sah man Kunert zuweilen sehr früh am Ausblick stehen. Vielleicht ist heute mein Glückstag, dachte er, obschon mit geringer Begeisterung. Die ewige Erschöpfung, gemischt mit einer ständigen Lustlosigkeit, gab ihm das Gefühl älter als Methusela zu sein. Aber er kannte die Ursache, sie hieß Franz Kunert.

Als er ankam schob sich die Sonne gerade über die Berge, sie verlieh dem bewässerten Tal eine Farbenpracht, die einem das Herz höher schlagen ließ. Das satte Grün, glänzend und kräftig, im Gegensatz zu den kahlen Bergen, wirkte beinahe schmerzhaft auf den Beschauer. Eine bunte Welt breitete sich vor ihm aus, ein Anblick der jeder Beschreibung trotzte. Ungeachtet des spärlichen Wachstums übten die Berge einen sonderbaren Reiz aus. Sie blickten streng, ja, rügend auf die übermütige Blütenherrlichkeit unter ihnen. Man hätte meinen können sie wollten der lachenden Freude Einhalt gebieten, sie an die strenge Zeit des kalten Winters erinnern, der kommen würde. Aber die junge, erwachte Natur kümmerte sich nicht um die vergilbten Greise über ihr; sie versprach Leben, Zuversicht und Mut.

Hufner, halb verborgen hinter einer Hecke, hatte keinen Sinn für die raunende, neckische Welt. Er sah weder den Lauf des Okanogans, noch hörte er die schrillen Pfiffe der huschenden Gophers. Von einer sonderbaren Erregung erfaßt stand er auf seinem täglichen Posten. Bei jedem rascheln oder knistern fuhr er erschrocken zusammen, es störte seine angespannte Aufmerksamkeit, welche lediglich Franz Kunert galt. Eine innere Stimme, klingender als die Laute der Natur, reger als sonst, hieß ihn wachsam sein, bereit für die große Tat. Unwillkürlich betastete seine Hand den Dolch im Futteral; er war noch da, wie auch die schußbereite Pistole in der Tasche. Kein Mensch war auf der Anhöhe zu sehen, nur die Schatten von kreisenden Habichten zogen darüber. Wie lange er dort kauerte, wußte er nicht. Mehr als einmal geriet er in Versuchung die Wache zu beenden, aber bei jedem Anlauf spürte er den Rippenstoß des Schicksals, das ihn hieß standhaft zu bleiben, weil sein Gelübte, die Welt von einem Unhold zu befreien, gewiß heute in Erfüllung ginge. Er zwang sich zur Geduld, obwohl ihm zuweilen Krämpfe in die Glieder schlichen.

So einsam wie heute fand er den Platz noch nie. Wie ausgestorben lag die Anhöhe vor ihm. Es kam ihm gelegen, weil es schlimme Folgen verhüten würde; er bevorzugte die Tat ohne Zeugen auszuführen. Der Gedanke, Kunert von hinten zu beschleichen, ihm einen heftigen Stoß versetzen, der ihn kopfüber in die tiefe Schlucht schleudern würde, fand sein Gefallen. Jedoch verwarf er diesen Gedanken sofort wieder, denn eine Rache ohne den Rächer zu kennen, wäre nur halb vollbracht, meinte er. Nein, Kunert mußte ihm zuerst Rede stehen, danach konnte das Urteil vollstreckt werden. Aber er zweifelte nun an seiner Fähigkeit den Stoß auszuführen, waren doch körperliche Behendigkeit und Kräfte nötig, die er nicht mehr besaß.

Eine weitere Stunde verging, die ihm bereits wie ein langer Tag schien. Länger konnte er die unbequeme Stellung hinter den Sträuchern nicht mehr ertragen. Er spürte den unwiderstehlichen Drang zur Bewegung, nur mal eine Weile herum laufen um sich die Füße zu vertreten. Aufgeben wollte er nicht, zu seiner Hütte zurückkehren noch weniger.

Indessen er seine Kappe tief in die Stirn zog, begann er sich mühsam aufzurichten. Himmel, dachte er, ich kann mich ja kaum noch bewegen. Alle Glieder schmerzten ihn, in den Füßen und Beinen schienen tausend Nadeln zu wühlen. Auf unsicheren Beinen, beinahe strauchelnd ging er dem Ausblick entgegen, der nach wie vor menschenleer über schwindelnder Höhe unter einer inzwischen grellen Sonne thronte.

Ohne recht zu wissen was er vorhatte, kam er dort an, dichter am Abhang als ihm lieb war. Ein Blick ins tiefe, tiefe Tal genügte um sein Gleichgewicht zu stören. Wankend, mit ausgestreckten Händen suchte er nach einem Halt, der aber nicht vorhanden war. Doch halt, sein verzweifelter Blick gewahrte keine zehn Schritte entfernt eine verkümmerte Ponderosatanne, an welche er sich klammern konnte. Inzwischen erschienen zwei Wanderer auf dem Felsen. Erstaunt blickten sie auf den Mann, der wild um sich greifend, wie schwer betrunken, dahin torkelte. Sie schauten sich erstmal lächelnd an, bis sie merkten, daß er näher, immer näher dem Abgrund zutaumelte. Mit einem Schrei des Entsetzens eilten sie zu ihm, bereit ihn vor dem sicheren Sturz in die Tiefe zu retten. Es war zu spät. Das Schicksal hielt was es versprach; es befreite die Welt von einem Unhold.

Erinnerungen

ls ich vor mehr als vierzig Jahren an der Ecke von Ste. Catherine und Peel stand, der geschäftigsten Straßenkreuzung in Montreal, ging mir allerhand durch den Kopf. Wie immer wanderten meine Augen umher, sie waren mal wieder auf der Suche. Nach was? Vielleicht nach Weißnichtwo, dem ständig entrückenden Lotusland, an dessen Grenzen ich oft stand, sie jedoch nie überschritt. Meine feinen Ohren vernahmen jeden Laut, obschon ich nicht viel verstehen konnte. Aber was störte das einen Burschen mit einem brennenden Drang in der Brust sowie beiden Füßen auf dem Pflaster des Landes der großen Verheißung.

Jung war ich damals, ungestüm und arglos wie das riesige Land Kanada. Ich weiß nicht wer mir die Flamme der Ungebundenheit in die Brust setzte oder den Brand einer unstillbaren Wanderlust unter den Sohlen entfachte. Ich fühlte ein loderndes Bedürfnis das weite Land von Meer zu Meer, vom ewigen Eis bis zu den großen Seen, mit einem Blick in mich aufzunehmen. Unersättlich war dieses Verlangen, die Sehnsucht nach der Ferne, obwohl sie mir nichts wie Widrigkeiten bescherte, wenn nicht ein Unheil nach dem anderen.

Aber erst ging es mal wieder ums tägliche Brot, denn in den Taschen klimperte es kaum mehr. Somit kaufte ich eine Zeitung am Kiosk, mit welcher ich zum nahgelegenen Park schlenderte. Dort angekommen begann ich zu lesen. Im blättern war ich trotz meiner Jugend geübt, schon beim zweiten Griff lagen die Seiten der Stellenangebote offen vor meinen Augen, die sofort eine Anzeige erfaßten.

Facharbeiter gesucht, stand da. Als Voraussetzung galten mechanische oder bevorzugsweise elektrische Kenntnisse. Hm, überlegte ich mir, bis mir einfiel, daß ich ja ein gelernter Elektriker war. Das sollte die Waage zu meinem Vorteil kippen.

Schnurstracks gings zu der verzeichneten Anschrift, die sich als eine Art Fabrik entpuppte, aber eher einem Warenhaus glich. Es stand an der unteren Sankt Lorenzstraße, unweit der Dorchester. Vierzig Dollar die Woche, hieß das Angebot, allerdings erst nach einer erfolgreichen Prüfung im Verdrahten.

„Bah," hätte ich ihnen gern an den Kopf geschleudert, einem deutschen Elektriker mit einer Wechselschaltung stolpern lassen wollen? Geht, klingelt woanders. Nur wußte ich nicht wie man das auf Englisch sagt. Somit mußte ein verächtlicher Blick die Worte ersetzen.

Nun, der Lohn gab keinen Anlaß zum jubeln, aber mir wars recht, da ich ohnehin nicht vorhatte lange zu bleiben. Keine zehn wilden Pferde hätten mich in der engen, rußigen Stadt gehalten, geschweige denn in dem Warenhaus, das nicht mal ein Fenster aufwies. Man bedenke, ich hoppelte schon durch riesige Tabakfelder im Südwesten Ontarios, wo ich mit ächzenden Gliedern, aber strahlendem Gesicht, Blatt um Blatt von den Stauden rupfte. Ungehindert ist dort die Sicht, weit voneinander stehen die Häuser, im Gegensatz zu hier, wo man mit der Nachbarin Händchen halten konnte ohne naß zu werden. Stand ich nicht bereits am mächtigen Eriesee mit der Sonne im Gesicht, dem fauchenden Wind auf der Haut, der meine Ohren mit großen Versprechungen füllte? Ich und hier bleiben? Nicht um alles Gold der Chibchas.

Drei Tage später spendierte ich abermals zehn Cent für die Montreal Star. Den Bericht auf der zweiten Seite hätte nicht mal ein Halbblinder übersehen können. In Labrador, zweihunderdfünfzig Kilometer nördlich von Sept Iles, trug sich anscheinend allerhand zu. Männer mit dem Geruch des Geldes in der Nase strömten an die Grenze zwischen Quebec und Neufundland. Eisenerz hieß der Magnet, Wohlstand die Belohnung. Einkommen, welche ungehörte Höhen in Elliot Lake in den Schatten stellten, bildeten dort die Tagesordnung, wurde berichtet. Schicht auf Schicht des wertvollen Metalls, unermeßlich in seinen Ausmaßen, lagerte sich zwischen dem Shabogamosee und Wabushsee, welchem reiche amerikanische Firmen nun zur Ader rückten.

Da mußte ich hin, wenn nicht heute, dann morgen. Aber wie, hieß die Frage, denn ich war noch immer mittellos. Geld bei der miesen Arbeit häufte sich gewiß nicht über Nacht an. Zum verpfänden hatte ich nichts mehr, so mußte Geduld, meine erklärte Feindin, mal wieder eingeschirrt werden. Leicht fiel es mir nicht, aber hundert Dollar waren schon nötig um wie ein Mensch zu reisen. Freilich bestand auch die Möglichkeit die Reise per Anhalter zu unternehmen, aber das kam mir zu anstrengend vor, außerdem unwürdig für einen künftigen Magnaten. Willig oder nicht, mein jugendlicher Eifer mußte gezügelt werden, meinen Lungen blieb nichts anderes übrig als die stickige Luft noch eine Weile einzuatmen.

Am Tag wo ich das erforderliche Geld zusammen hatte, kündigte ich. Uch, gab das ein Theater. Der höchste Chef kam zu mir, vollbärtig von Backe zu Backe, beinahe unterwürfig versuchte er mich zum bleiben zu bewegen. Eine beträchtliche Lohnerhöhung wurde angeboten, ebenfalls freie Wohnung in einem schönen Haus. Er konnte reden bis zur Erschöpfung, ich ließ mich nicht erweichen. Wie konnte ich denn, auf mich warteten reißende Flüsse, der wilde Schrei des Seetauchers, der unheimliche Singsang der Wölfe, ganz zu schweigen vom Erz im Boden. Glaubte der Mensch vielleicht mit Geld und Bequemlichkeiten eine große Verheißung ersetzen zu können? Mitnichten, ich ging.

An den Nordufern des St. Lawrences liegt die Kleinstadt Sept Iles, welche den Eindruck erweckte nur schnell mal für heute und morgen gebaut zu sein. Aber sie bildete den Ausgangspunkt zu den Bodenschätzen im Norden, somit das Sprungbrett zum Reich der klimpernden Dollar. Dort traf ich Richard Bretthauer, einen Steiermärker, dessen Englisch ohne Kenntnisse im Oberdeutschen kaum verständlich war. Kurz danach lief uns Franz Weidner über den Weg, ein Wolgadeutscher, von urwüchsigem äußeren und einem unbekümmerten Gemüt, das an Kindlichkeit grenzte. Wir beschlossen beisammen zu bleiben; das heißt, entweder wurden wir alle drei angeheuert oder keiner.

Abgesehen von der wohlgesinnten Wortklauberei des Wolgadeutschen und Steiermärkers, kamen wir gut miteinander aus. Treff mich ein Donnerkeil wenn ich übertreibe, aber die zwei begannen ein Wortgefecht, das nicht mal beim Essen nachließ. Nicht bösartig, aber laut und mit dem Eifer der Zeloten.

Um was ging es? Na ja, genau weiß ich es heute noch nicht, außer der Tatsache, daß es sich um die deutsche Sprache handelte, in welcher Richard glaubte ein Meister zu sein. Ich ließ es gelten, da ich mich ohnehin im Hochdeutschen abrackern mußte. Aber nicht der Franz; er stritt sich Zeh an Zeh, Stirn an Stirn über jeden dritten Satz mit dem Steiermärker. Sogar auf den staubigen, windgepeitschten Straßen des unansehnlichen Städtchens, gaben sie keine Ruh.

Am vierten Tag wurden wir eingestellt, am fünften ging es mit der Eisenbahn nach Emeril, am nördlichen Ufer des Ashuanipisees. Straßen gab es dort noch keine, genauso wenig wie Häuser. Nur rauschende Flüsse, riesige Seen und ungezähmte Wildnis.

Unten am reißenden Shabogamo verbrachten wir drei jede freie Stunde. Wir bauten uns ein Floß, auf welchem wir flußabwärts bis zu den Schnellen fuhren, dann absprangen und es watend wieder zurück schoben. Alles ging gut bis den unverwüstlichen Franz mal wieder der Hafer stach. Überhaupt geriet er zunehmend in eine sonderbare Stimmung, die mir unheimlich vorkam. Sonst so gemessen, zurückhaltend bis zur Schläfrigkeit, verwandelte er sich auf dem Wasser zum reinsten Tataren, wild und verwegen. Das breite, strömende Wasser berührte eine Saite in ihm, die uns bislang verborgen blieb.

Als ich eines Tages zum Fluß runter eilte, hörte ich schon von weitem einen ungebührlichen Lärm. Franz Weidner stand in voller Kleidung bis zum Nabel im schäumenden Wasser. Vor sich schob er das wippende Floß, mit dem schimpfenden Richard an Bord, den Schnellen entgegen. Franz schien wie verzückt zu sein, er glich einem wilden Mann der sich köstlich vergnügte. Soviel ausgelassene Freude hatte ich selten erlebt, aber auch nicht solch ein brüllen und toben wie auf dem Floß. Der eine prustete vor lachen, während der andere, blaß vor Wut, mit beiden Fäusten erhoben, aus voller Kehle mit Totschlag drohte. Ich stand wie erstarrt am Ufer. So gern ich mitgelacht hätte, besorgte mich der Wasserfall etwa fünfhundert Meter flußabwärts. Es war ein beträchtliches Gefälle. Aber mein rufen und winken blieb erfolglos. Das eine wurde vom rauschen des Wassers verschluckt, das andere von den zwei tief beschäftigten unbeachtet gelassen.

Im nächsten Augenblick hatten die tanzenden Schnellen das Floß erfaßt. Ans abspringen war nicht mehr zu denken. Richard mußte auf dem nun vorwärts treibenden Floß bleiben. Ich rannte im vollen Lauf am Ufer entlang, immer noch winkend und schreiend, von der Hoffnung beseelt, Richard auf den Wasserfall aufmerksam zu machen.

Gott sei Dank nahm alles ein gutes Ende. Meine Bemühung wurde schließlich belohnt; Richard nahm Kenntnis von der Gefahr, die ihm ohnehin bekannt war, und sprang bei der nächsten Gelegenheit ab. Es wäre freilich nicht nötig gewesen; das Floß landete sicher ohne sich zu neigen oder drehen, unten im schäumenden Wasser. Nachdem er sich ausgetobt hatte, suchten wir abermals Stämme für einen Ersatz.

Richard wollte nicht länger in Emeril bleiben, er hatte Sehnsucht nach seiner Frau in Toronto. Da half kein abraten und wehren, die Gefühle siegten über die Vernunft. Verminderte Verdienste zog er einer Trennung vor. Ich muß sagen, ohne den Steiermärker wurde es einsamer um uns; etwas fehlte. Der Wind in den Tannen rauschte anders, er spornte nicht mehr an, sondern mahnte zur Vorsicht. Die Stimme des wilden Shabogamos hatte ihren lockenden Ton verloren; sie wehrte jetzt eher. Sogar der urwüchsige Franz erschien nun gezähmter als sonst; er schlenderte sinnend umher. Erst viel später merkte ich, daß mir Richard zur zweiten Heimat geworden war. Älter als ich, gebildeter und weiser, lehrte er mich mehr als ich damals ahnte. Vor allem blieb mir sein Stammesbewußtsein in Erinnerung, von einer Gefühlskraft gesteuert, oftmals kriegerisch, niemals wankend, die mich zuweilen peinlich berührte. Aber ich stand in der Blüte einer Zeit, wo sich das Herz nicht wie im Alter von Andenken nährt, sondern in Taten Erfüllung findet.

Mich zog es rüber nach Wabush Lake, wo eben eine Versuchsanlage gebaut wurde. Als der Chef eines Tages bei uns vorbei kam, sprach ich ihn an. Einige Worte genügten, wir einigten uns auf der Stelle. Auch Franz erhielt dort eine Arbeit, die er mit mir nach zwei Wochen antrat.

Es ging dem Herbst zu, die Nächte wurden kälter, die Tage kürzer und die Stimmung im Lager nachdenklicher. Dann kam der Frost, zwar allmählich, aber immer spürbarer. Mit Franz, meinem Kameraden von der Wolga, ging eine sichtliche Veränderung vor. Seine Unternehmungslust verschwand, dem Schritt fehlte die Sprungkraft, den Augen die Schärfe, dem Blick die Wachsamkeit.

Eines Morgens bildete sich eine dünne Eisschicht am Seeufer, die Witterung hattte ein winterliches Gepräge angenommen. Franz verbrachte nun jede freie Minute unten am See. Ich hatte viel zu wehren um ihn vom dünnen Eis fern zu halten, welches für ihn eine unwiderstehliche Anziehungskraft besaß. Dort stand er nun oftmals ohne einen Gruß, stumm vor sich hinstarrend, von einer seltsamen Erregung erfaßt, die zwischen Ungeduld und Abwehr schwankte.

Eines Tages fand ich ihn dort in der Abenddämmerung wie verloren auf und ab gehen. Soviel Betrübtheit hatte ich noch nie in einem Gesicht gesehen; fürwahr, ich befürchtete einen Augenblick er würde in Tränen ausbrechen.

Dann begann er zu erzählen, eintönig, wie nur für sich selbst gedacht, dazu in einer Sprache, die ich nur mit Mühe verstand. Sie rührte aus seiner Kindheit; eine Macht größer als er, zwang ihn sie nach langer Zeit wieder anzuwenden. Immer wieder steuerte sein Selbstgespräch zur Wolga, als das erste Eis auf dem mächtigen Strom erschien. Er schüttelte dabei den Kopf, als wäre er der Anstrengung weiter zu erzählen nicht gewachsen.

Franz erregte ein gewisses Aufsehen beim Abendessen. Sein starrer, hohler Blick, das ungewohnt mürrische Gebaren, kränkte manche und bestürzte andere. Man fing an zu munkeln, gewiß unter dem Schild der Besorgnis, aber jung wie ich war täuschte mich niemand.

Kurz nach Mitternacht wurde ich unsanft geweckt. Der Franz ist verschwunden, hieß es. Mir den Schlaf aus den Augen reibend, zog ich warme Kleidung an und ging mit auf die Suche. Im Morgengrauen fanden wir ihn mit dem Rücken an einen Baum gelehnt, halb kauernd, halb erfroren, aber seltsam zufrieden. Er brüllte uns an, versuchte uns zu verscheuchen, aber es gelang ihm nicht.

Den ganzen Tag herrschte ein riesiger Tumult. Franz wurde verbündelt und nach Hause geschickt, denn man hatte ihn als Nervenkrank erklärt, somit arbeitsunfähig, wenn nicht sogar gefährlich. Ich wußte, dem Franz fehlte nichts weiter, nur das Eis auf dem See hatte an seinen Strängen der Erinnerung gezupft; der stapfende Riese Heimweh hatte ihn ergriffen.

Die Natter

Zur Mittagszeit herrschte immer ein reger Betrieb in der Alhambra, einem Lokal wo sich die Literaten des Landes trafen. Sie kamen aus allen Winden, jung, alt, weiblich, männlich sowie mittendrin. Dort ging es wüst zu, denn jeder versuchte die Aufmerksamkeit auf sich zu lenken. Laute, schrille Stimmen, ruppiges Benehmen, unflätige Sprache, bildeten die Tagesordnung. Jedes Mittel war recht um aufzufallen, von sich reden machen. Anstand und Schande nahmen verängstigt einen hinteren Sitz ein. Berüchtigt sein, hieß die Parole der neuen Literaten, nur wer lärmt hat Aussicht auf Erfolg.

Die Alhambra diente den Literaten als Bühne, so eine Art Forum, wo sie ihre Waren ausstellten, nämlich, sich selbst. Nullitäten, Strauchler sowie Kommentierte, nahmen dort Tuchfühlung. Die Kommentierten hielten Hof. Strauchler mit wenigstens einem Buch unter dem Gürtel, richteten heischend ein Auge auf sie, während das andere verächtlich den Nullitäten zugewandt wurde. Die Nullitäten, also ohne ein veröffentlichtes Buch, randalierten am heftigsten, denn die Konkurrenz war gewaltig.

Es wetteiferten Hunderttausende und mehr Gleichbegabte um Anerkennung. Somit bildete das Zünglein an der Waage nicht das Können, sondern das Auffallen. Sie nahmen sich den Grundsatz ihres Vorbildes, Ratz Kurig, zu Herzen, der sagte: „Redet über mich was ihr wollt, gut oder schlecht, aber redet."

Seine Beteuerungen weder ein Nachschlagewerk noch ein Wörterbuch je aufgeschlagen zu haben, betrachteten sie als guten Rat. Ratz Kurig, wie auch seine Verehrer und Nachahmer, betrachtete sich als natürliches Talent, das viel zu sagen hatte.

Wie gesagt, in der Alhambra ging es stets ausgelassen zu, aber seltsamerweise nicht heute; etwas fehlte. Ein scharfsinniger Beobachter hätte eine gewisse Spannung bemerkt, einen Unterton, unerklärlich, aber trotzdem bis ins Blut fühlbar. Oh, gewiß krakeelten sie, ja, noch lärmender als sonst, aber dem Radau fehlte die Schneide, er hörte sich nicht wie üblich schrill an, sondern entschärft. Die gewohnte Überzeugung fehlte, man randalierte bloß mit geteilter Hingabe. Versteckte Blicke wanderten immer wieder zum Eingang. Augen, bis zu den Wimpern mit Erwartung gefüllt, hafteten dort länger als sonst. Gespräche gerieten einfach nicht so recht in Fahrt, sie verloren schon gleich nach dem Anfang ihr gewohntes Feuer. Man erhielt den Eindruck, daß unsichtbare Schranken dem Redefluß im Weg standen.

Jedesmal wenn sich die Tür öffnete, reckten sich über hundert Hälse dort hin, als erwarte man eine Erscheinung von außergewöhnlicher Wichtigkeit. Die Stimmung im Saal wurde schrittweise garstiger. Harmlose Worte fielen schwer auf die Waagschale, gereizte Erwiderungen folgten wohlgemeinten Äußerungen. Hundert prüfende Augenpaare wanderten fortwährend zum Eingang, hundert Gesichter von Ungeduld gerötet, von Ablehnung entstellt, versuchten mit Gewalt etwas herbei zu führen, was nicht kommen wollte.

Endlich erscholl ein Schrei aus vielen Kehlen:

„Dort ist er!"

Wie ein Mann fuhren fast alle von ihrem Sitz auf, manche mit geballten Fäusten, andere mit erhobenen Armen, aber alle mit Schimpfworten sowie Schmährufen auf den Zungen. Drohungen blieben ebenfalls nicht aus.

Ein Mann schlürfte zögernd in den Saal, noch nicht alt, aber trotzdem gebeugt, wie von einer unabwälzbaren Last bedrückt. Er machte einen erschöpften, verängstigten Eindruck, obschon Spuren eines weilendes Trotzes auf seiner Stirn schimmerten. Sein müdes, entsagendes Gesicht, drückte Enttäuschung aus, aber nicht Hoffnungslosigkeit. Zeichen eines gebieterischen Wesens, zwar weichend, waren noch nicht ganz verschwunden, allerdings arg belagert. Eingeschüchtert, jedoch nicht in die Knie gezwungen, ließ er die Verwünschungen ruhig über sich ergehen. Unter dem Hagel unflätiger Flüche, versteckten sowie unverschleierten Drohungen, senkte er den Kopf. Nicht vor Scham oder Furcht, oh nein, Professor Tambou war lediglich

bedacht seine Regungen vor den zürnenden Frauen und Männern zu verbergen. Er verachtete sie von ganzem Herzen, er
mußte sich Gewalt antun um sie nicht davon zu unterrichten.
Sie verdankten ihm viel. Anerkennung, wenn nicht Ruhm,
Wohlstand, wenn nicht Reichtum, aber vor allem eine
Wertschätzung, welche diese keifenden, hadernden Literaten
keineswegs verdienten. Er, Professor Klaus Tambou, hatte
ihnen sozusagen einen Lebenszweck verschafft. Diese heraklische Mühe zahlte man ihm nun mit Schmähungen zurück,
bloß weil er einen Fehler beging, welcher jedem hätte unterlaufen können. Er wurde aufs schändlichste betrogen, von einem
hinterlistigen, ränkeschmiedenden Nattergezücht gemein hintergangen. Aber mußte man ihn deswegen gleich in die Suhle
der Parias stoßen?

Ungeachtet der Schmährufe ging Professor Tambou weiter,
obgleich er zuweilen bei einer sonderlich gemeinen Anschuldigung sichtlich zusammenzuckte, aber anderseits fand er
Genugtuung am Geschick der Versammelten sowie hunderttausenden von anderen Autoren, welchen er seit über dreißig
Jahren Mentorendienste leistete. Krakeelt nur, dachte er im
Stillen, nun heißt es rackern, sich mühen, forschen und lernen.
Eure Blütezeit ist vorbei. Der Rutsch nach Erebus hat begonnen, dort könnt ihr alle weiter hadern. Nur zu, lästert und
schandmault bis euch die Kehle schmerzt, doch wißt, die
Sprunglatte der Literatur, mit meiner Hilfe so genial nach
eurem geistigen Vermögen gesetzt, ist weit über eure Reichweite gestiegen.

Freilich verursachte die jüngste Wendung auch ihm beträchtliche Unannehmlichkeiten, aber was tut's, sein Schäfchen
stand schon lang im Trocknen. Sicher vermißte er den warmen
Strahl der Verehrung, gar nicht zu reden von einer Macht die
einem Hoheitsrecht über die gegenwärtige Literatur glich.
Aber alles Gute hat einen Anfang sowie auch ein Ende, gestand
er sich nach langem grämen und härmen. Irgendwie ließe sich
doch der Rückschlag, schlimmstenfalls ein vorübergehendes
Übel, wieder einrenken. Aber dieser feindselige Empfang, so
unerwartet und jammervoll, kränkte ihn tief. Es bestärkte
seinen Vorsatz, die alte, allerseits zufriedenstellende Einrichtung, nie wieder anzustreben. Im Schwall der schrillen Ankla-

gen reifte sein Verlangen der Gegenwartsliteratur auf immer
ade zu sagen, ja, mitzuwirken um sie ins verdiente Grab zu tragen.

Professor Klaus Tambou, wenn nicht Urheber, doch immerhin Hauptvertreter sowie Triebfeder der Neuen Literatur,
spielte mit abtrünnigen Gedanken. Tief verletzt, von seinen
Jüngern wie ein Aussätziger behandelt, nahm er sich vor ihnen
das Süppchen zu versalzen. Sein Urteil bei vielen Verlagen galt
immer noch als unfehlbar sowie endgültig. Die wichtigsten
Verleger neigten nach wie vor beide Ohren in seine Richtung,
eine Tatsache, die ihm gelegen kam, sie würde seinem Vorhaben entsprechende Dienste leisten. Sich über ihn stürzen wie
räudige Hunde über einen gestrauchelten Gefährten? Nur weil
ihm das Mißgeschick widerfuhr von der sprichwörtlichen Natter gebissen zu werden, ihn ächten und verleumden? Nun, auch
er besaß wie Janus zwei Gesichter, wovon bisher eins verborgen blieb.

„Wartet nur,“ sagte er im Stillen, „euch lehre ich Mores.“

Aber einen letzten Versuch wollte er noch unternehmen;
den Versammelten die Lage erklären, sie um Verständnis bitten, eh er wie Enzelatus mit den hundert Armen unter sie fuhr.

Er hob die Hand, nicht gebieterisch wie sonst, sondern wie
um Beistand flehend, ihre Nachsicht erbittend. Auf jeden Fall
bemühte er sich solch einen Anschein zu erwecken, obwohl in
Wirklichkeit sein herrisches Wesen langsam die Oberhand gewann.

Es nützte nicht viel, der Krawall nahm sogar zu, obendrein
begannen einige Hitzköpfe sich gegenseitig zum Angriff auf
ihn anzustacheln. Als ein derber Bursche auf ihn zukam, in
welchem Professor Tambou Luff Finsky erkannte, ein besonders ungeschlachter Klopffechter, wich er doch erschrocken
einige Schritte zurück. Dann sammelte er sich. Dem Radau-
bruder gradwegs ins Gesicht schauend, nickte er wiederholt,
während alle Spuren der vorherigen Zerknirschung aus seinen
Zügen wichen. Professor Tambou hatte genug gesehen und
gehört, er wandte sich um und ging hinaus.

Was war geschehen? Wie konnte es soweit kommen, daß
ein Messias der Neuen Literatur, der seit dreißig Jahren
jauchzend mit flatternden Haaren auf dem Kamm des Erfolges

ritt, plötzlich in Ungnade fiel? Vorgestern lobte man ihn noch
bis über den Olymp, nannte ihn den größten Bilderstürmer seit
Leo dem Dritten, verglich ihn mit Zwingli, Luther und Calvin,
als Erneuerer der Landesliteratur, doch heute zerrten gierige
Hände am Thron, welchen sie selber bauten. Hoch! Hoch! jubelten unzählige Kehlen einst. Runter! Runter bis Tartaros!
kreischten sie nun. In der Tat, was war geschehen?

Klaus Tambou, ein außerordentlicher Professor der
Sprachwissenschaft, geschult bis in die Fingerspitzen, Träger
vieler Titel, obendrein gut bestempelt, hatte seit Jahren vergeblich versucht aus den verdienten Akkoladen Kapital zu
schlagen. Jedes Unterfangen begann mit einem Knall, aber die
rauschende Begeisterung, vom anfänglichen Erfolg geschürt,
verebbte stets nach einigen Monaten.

„Er verzettelt sich zu sehr," behaupteten seine Freunde, aber
nicht in seiner Gegenwart, denn Professor Tambou besaß eine
dünne Haut; er nahm Anstoß an jeder Bemängelung, ob einge-
bildet oder echt. Man fürchtete seine Gereiztheit, welche, einmal entfacht, schwer zu beschwichtigen war.

Klaus Tambou nährte Vorstellungen im Busen, die bisher
Schwierigkeiten hatten die Wirklichkeit einzuholen. Seine
außergewöhnliche Begabung dünkte ihn wie ein Geheimnis des
Polichinelles, also der ganzen Welt bekannt. Daß ihn weiterhin
eine Berufung beunruhigte, die ihn von Herodes zu Pilatus
jagte, wußten nicht mal seine engsten Verbündeten. Er hielt
diese Erkenntnis vorläufig geheim. Freilich wäre er in arge
Bedrängnis geraten, dieser inneren Bestimmung einen Namen
zu geben. Doch ein Blick auf seine ihm verliehenen Stempel,
Titel und Auszeichnungen im Akademiewesen, genügte um
sich als begnadet zu erkennen.

Er war damals noch jung, nicht viel über dreißig Jahre alt,
somit bestand keine Übereile zu großen Errungenschaften.
Aber dreißig ist ein gefährliches Alter für einen Menschen der
viel denkt, aber wenig vollbringt. Man spürt den Drang alle
Tore zu öffnen, hinter jeder Kulisse zu stöbern, überall nach
Weißnichtwo zu suchen. Man hört Stimmen aus Nirgendwo,
mal höhnisch herausfordernd, dann eindringlich auffordernd,
Stimmen, die es nicht immer gut mit einem meinen. So verhielt
es sich mit Professor Tambou, welcher trotz seinen Ehrentiteln,

schön umrahmten Auszeichnungen, um Anerkennung rang. Er vermochte einfach nicht den Nebel um sein erstrebtes Ziel zu lüften. An Einfällen fehlte es nicht, aber wie bereits erwähnt, happerte es an der Vollstreckung. Doch alles sollte sich mit einem Schlag ändern.

Eines schönen Morgens hob sich der Dunst seiner Trübsicht wie durch Zauberei. Der Zufall führte ihn zu einer jährlichen Bücherausstellung der klassischen Zeit.

„Na, mal sehen was es da gibt," sagte er sich, indessen er die Schwelle des großen Saals überschritt.

Im Nu fand er sich in Gespräche verwickelt, welche letzten Endes den langgesuchten Gral in seine Hände lieferten. Ein Wort ergab das andere, Mutmaßungen wurden ausgestoßen, verworfen oder widerlegt. Eine Tatsache jedoch drängte sich unbeirrbar an die Oberfläche, nämlich, der Mangel an Gegenwartsliteraten steigerte sich unerträglich von Jahr zu Jahr.

„Als hätte der letzte Klassiker alle Spuren einer Landesliteratur mit ins Grab genommen," klagten die anwesenden Verleger.

Professor Tambou horchte auf; warum, hätte er nicht sagen können, aber er fühlte eine plötzliche Wärme in seiner Brust. In der Tat, sein Interesse war geweckt. Mit offenen Ohren sowie wandernden Augen nahm er sozusagen den Puls der Ausstellung. Schwaden der Entsagung zogen von Koje zu Koje, düstere Schatten des Bedauerns krochen von Stirn zu Stirn der Aussteller.

„Es ist hoffnungslos," seufzten viele.

Der Vorstand eines angesehenen Verlages jammerte im Gespräch mit Tambou:

„Eine Literatur der Gegenwart besteht ja kaum mehr. Alles was uns vorgelegt wird vermag die Ansprüche der Klassik nicht zu erfüllen."

„Aber es werden doch ständig Bücher heraus gebracht," wandte der Professor ein.

„Oh, gewiß, nur sind es fast ausnahmslos Fachbücher, Erinnerungen aus der Vergangenheit oder Übersetzungen," belehrte der geplagte Mann.

Die Forderungen der klassischen Literatur seien einfach zu hoch, wurde ihm berichtet, heutige Autoren sind ihnen nicht mehr gewachsen. Ähnliche Beschwerden folgten ihm auf Schritt und Tritt.

Professor Tambou wurde nachdenklich, er versuchte mit krauser Stirn eine sinnvolle Erklärung zu finden. Ein Land der Dichter konnte seit hunderten Jahren keinen einzigen Minnesänger mehr aufweisen? Hm–hm, sinnierte Klaus Tambou, indessen er sich dem Ausgang näherte.

„Ah, Klaus," hörte er eine Stimme im Rücken, die ihm bekannt schien.

Richtig, als er sich umwandte, stand Professor Hermann Klauster vor ihm.

„Professor Klauster, welch eine freudige Überraschung," entfuhr es ihm mit unverhohlener Begeisterung.

„Sagen Sie mir, wie geht es Ihnen?"

„Mir geht's gut, mein Freund und Ihnen?"

Zwischen dem einstigen Schüler und seinem Dozent und Nestor, entwickelte sich sogleich eine leidenschaftliche Unterhaltung; wie erwartet über die Literatur des Landes. Auf Tambous Erkundigung wegen den nicht vorhandenen Literaten der Gegenwart, kam die Erläuterung:

„Die Schwierigkeiten, obwohl nicht unüberwindlich, bestehen nun einmal. Sie sind eine Neuerscheinung unserer fortschrittlichen Zeit. Wie ich schon seit langem sagte, die Ansprüche der Klassik sind zu hoch, für die heutige Zeit unerreichbar. Fangen wir mal bei der Dichtung an. Sie wissen ja wie unser größter Dichter sie auslegte: Balladen müssen Geheimnis umwittert sein, schwungvoll, wuchtig, aber auch erzählend. Lieber Himmel, wer ist denn heute noch dazu fähig. Mit den Gedichten verhält es sich so ähnlich. Sie sollten stimmungsvoll und tiefsinnig sein, seelisch erhebend wirken, dann sich möglichst reimen. Muß ich noch weiter reden?" verlangte Professor Klauster zu wissen.

Tambou schüttelte stumm den Kopf, er hatte genug gehört. Noch während sein ehemaliger Mentor redete, erkannte er das Ende seiner Irrfahrten, die innere Bestimmung sollte nun bald ihre Schleier lüften.

Auf dem Heimweg bestürmten ihn Vorstellungen, die immer wieder zur Literatur der Gegenwart führten, vielmehr deren Abwesenheit. Er wußte schon längst, daß viele Bürger des Landes einen unwiderstehlichen Drang zum Schreiben spürten. Millionen bewegte die Überzeugung, daß sie etwas zu sagen haben, was alle Welt wissen wolle. Diese kochende, brodelnde Lava anzapfen, sah Professor Tambou als erste Aufgabe. Die zweite? Ihr die Tore ins Sanktum Sanktorium der Verleger zu öffnen, deren unhaltbare Ansprüche vorerst ein Hindernis waren.

Tambou ließ nicht locker, etwas trieb ihn voran. Eine bisher ungespürte Regung verursachte ein sausen in den Ohren, indessen ihm das Blut durch die Adern jagte. Keine Macht auf Erden konnte ihn zurückhalten; er stand am Scheideweg seines Lebens.

Das Fieber im Hirn sowie das wühlen in der Brust einigermaßen bezähmend, zwang er sich zum folgerichtigen denken.

„Hm, hm," sagte er, „Begabung und Können in der Literatur ist erforderlich, jedoch nicht vorhanden. Es zu entfachen dauert gewiß ein- bis zweihundert Jahre. Die Sprunglatte liegt zu hoch für die neue Zeit, einfach unerreichbar im modernen Leben, nicht möglich für die Millionen Schreibhungrigen."

Die Lage erschien aussichtslos, gewiß im Augenblick. Doch wie sagt der Weise? Umso schwieriger die Aufgabe, desto einfacher die Lösung.

Als Tambou zuhause ankam, durchzuckte ihn der heiße Strahl einer Erkenntnis. Die schreibwütigen Autoren konnten den Ansprüchen der Literatur nicht gerecht werden; ihre Sprunglatte lag zu hoch. Heiliger Sebastian, kann der Prophet nicht zum Berg kommen, heißt es, dann kommt halt der Berg zum Propheten. Ganz einfach, er, Klaus Tambou, würde es bewerkstelligen, daß die Literatur zu den Autoren kommt. Wie? Indem man die Latte dem Geistesvermögen der Autoren anpaßt. Fürwahr, ein genialer Gedanke, dessen Ausführung das gesamte Bild der Landesliteratur grundsätzlich ändern würde.

Professor Tambou mußte sich setzen, die gewaltige Eingebung, obschon erhebend, ließ ihn wanken. Natürlich mußte dieser genialen Erfindung eine Prägung verliehen werden, die vorgibt der Klassik ebenbürtig zu sein, wenn nicht überlegen. Nach langen Erwägungen wählte er die Bezeichnung, Neue Literatur. Denn bekanntlich gierte alt und jung nach dem ständig Neuen, nach Erlebnissen, die alle vergangenen erblassen ließen. Die Neue Literatur, welch ein Einfall! Niemals konnte die Klassik, nicht mal die Bewegung Sturm und Drang, mit solch einer Marschrichtung Schritt halten. Mit einer Literatur, die tief aus dem Leben schöpft, und zwar aus dem Leben des Mannes auf der Straße sowie der Frau in der Küche. Ihre grundlegenden Merkmale sollten der Denkart der Masse gelten, sich ihrem Sprachvermögen anpassen.

Ein Riesengewicht wälzte sich von seinem Gemüt; er hatte seinen Lebenszweck gefunden. Aber halt, etwas mußte noch eingeführt werden. Jede neue Bewegung braucht einen Namen, eine Bezeichnung die schlagkräftig ist, leicht aussprechbar, aber vor allem fremdländisch klingt. Professor Tambou begann zu erwägen. Viele Einfälle schleuderte er mit einer unwilligen Kopfbewegung von sich. Manche fand er zu lang, andere zu durchsichtig, wieder andere nicht fremdländisch genug.

Nach langem sinnieren fiel ihm das einfachste wie auch treffendste ein. Tamtam sollte die Neue Literatur heißen. Es klang bedeutsam, ferner berechtigte es zur Annahme tiefgründig sowie Geheimnis umwittert zu sein. Dazu bestand eine Verbindung zwischen dem Urheber und seiner Erfindung.

Der ersehnte Erfolg ließ lange auf sich warten. Obwohl Professor Tambou sozusagen die Trense zwischen die Zähne nahm, sich mit zelotischem Eifer in die Riemen legte, vergingen Jahrzehnte eh die Neue Literatur Fuß faßte. An Jüngern sowie Jüngerinnen fehlte es allerdings nicht; sie sprangen wie die Frühlingssaat aus dem Boden. Eine unermeßliche Anzahl Talent beschwerter Autoren bestand ja schon lange, unzählige Werke sammelten Staub in den Schubfächern, wenigstens eine ganze Million Anhänger der Neuen Literatur warteten auf den Weckruf Tambous, welcher unermüdlich voran pflügte. Anfangs erntete Tambou nichts wie zoilosische Kritik, also vernichtenden Tadel, welcher jedoch unter dem geballten Ansturm der vielen zeitgeistigen Literaten schrittweise geneigtere Auffassungen annahm.

Dann nahte der Tag wo jeder Kritiker von Wert aufhörte die Nase zu rümpfen, ja, seine ungeteilte Anerkennung dem Tamtam ausdrückte. Freilich mäßigten sich zuweilen die Jubelgesänge mit einer Prise Vorbehalt, aber so schlau, daß es dem Ansehen der Autoren nicht schadete, jedoch vermuten ließ, daß eine ernste Prüfung vorgenommen wurde. Fürwahr, die Stunde stand auf der Schwelle wo mehr als Mut erforderlich war, um Zweifel an der Neuen Literatur verlauten zu lassen. Die Reihen waren geschlossen. Tamtam, die Neue Literatur, schlechthin zeitgeistig, fegte mit Siebensprüngen durchs ganze Land. In weniger als dreißig Jahren erzielte sie eine beispiellose Blüte. Jeder konnte fortan literarische Werke schreiben; allerdings verringerte sich die Aussicht auf Erfolg von Jahr zu Jahr. Ohne die Einwilligung sowie Befürwortung des Professors, rang der bedauerliche Autor mit unüberwindlichen Hindernissen. Es leuchtet somit ein, daß Tambous Ansehen in sagenhafter Weise anwuchs, wie auch seine Macht. Es bemühten sich Hunderttausende um seine Huld. Manuskripte, Geschenke oder sonstige Ehrerweisungen regneten auf ihn wie einst die Mützen und Umhänge der begeisterten Athener auf den gefeierten Drako, der freilich letzten Endes unter diesen Lobpreisungen erstickte. Auch Tambou fühlte sich manchmal dem ersticken nahe. Der Ruhm, einst so inständig ersehnt, wurde ihm allmählich zur Last.

Professor Tambou saß an einem verregneten Nachmittag am Fenster seines Arbeitszimmers, welches einen Ausblick auf den Park gewährte. Es strömte aus allen Wolken herab, kleine Rinnsale auf den Scheiben erschwerten die Sicht. Trübes Wetter gefiel ihm garnicht, es bedrückte sein gewöhnlich zuversichtliches Gemüt dermaßen, daß er die Fühler einer schleichenden Unruhe im Nacken spürte, obwohl keine offenkundige Ursache dafür bestand. Gestern feierte man seinen sechzigsten Geburtstag, inmitten hohen Würdenträgern des Landes sowie unzähligen Anhängern und Verehrern. Der Kulturminister heftete ihm eigenhändig die höchste Auszeichnung an die Brust, wonach er eine kurze Lobrede hielt.

„Ihnen, werter Professor, verdanken wir eine weitreichende Anerkennung in der Literatur, die selbst unsere verbissendsten Widersacher nicht leugnen können. Sie verschafften uns einen sonnigen Platz im Kreis der Nationen, wofür wir dankbar sind. Wäre es je erdenklich gewesen, wo vor dreißig Jahren schwerlich hundert Frauen und Männer die Bezeichnung Dichterinnen und Dichter verdienten, heute jedoch Hunderttausende dieser Ehre würdig sind? Allein Ihre Pionierarbeiten erzielten diesen erstaunlichen Aufschwung. Hätte jemand vor dreißig Jahren gewagt zwanzig Namen in der Erzählungskunst zu nennen ohne zu erröten? Niemals! doch jetzt steht ihre Zahl über einer Million. Fürwahr, eine unglaubliche Errungenschaft, nur durch Ihren genialen Einfall ermöglicht. Nicht wie zuvor, muß der Leser zur Literatur steigen, sondern die Literatur sinkt zur Stufe des Lesers herab. Wir danken Ihnen dafür."

Klaus Tambou besaß Einfluß, Reichtum, Ansehen sowie eine unendliche Reihe von Anhängern und Verehrern, aber trotzdem plagte ihn zusehends eine schwärende Unzufriedenheit, eine Beklommenheit, welche ihm wie sein Schatten folgte. Gewiß schmeichelte ihn Lob und Ehre, aber seinen Kummer teilen wäre ebenfalls wünschenswert gewesen. Was wußte der Minister von einer Lage, die einem Serbonischen Sumpf glich, wo man bekanntlich tiefer einsinkt bei jedem Versuch sich daraus zu befreien. Genialer Einfall nennen sie es, ein Ei des Kolumbus, die Sprunglatte der Literatur dem Denkvermögen der Masse anzupassen. Freilich erscheint es gewiegt und einfallsreich, aber nur an der Oberfläche, fand Professor Tambou heraus.

Die unumgängliche Tatsache, welche er mit wachsendem Bedenken verwünschte, entpuppte sich als ein Teufelskreis. Oh, gewiß fing alles unschuldig genug an. Die Literatur umtaufen, für ihren Paten einen Begriff benutzen, der gleichzeitig ein Augenfänger ist sowie Tiefsinn vermuten läßt, erwies sich als einfach. Runter kam die Sprunglatte der Literatur auf die Ebene der Literaten, hoch stieg der Jubel aus Millionen Kehlen. Aber leider sank nach einer Weile der Geistesstand der Literaten, was natürlich eine weitere Herabsetzung der Sprunglatte erforderte. So ging es weiter. Von Zeit zu Zeit mußte die Leiste abermals der Neuen Literatur angemessen werden, bis es nicht mehr tiefer ging. Sie hatte nun den Boden erreicht. Was jetzt? Sie tiefer setzen war genauso unmöglich, wie den Verstand der Literaten zu erhöhen, die sich inzwischen wie Lemminge vermehrt hatten.

So, darin bestand sein Kreuz; ein nagendes Unbehagen, welches ihn an düsteren Tagen, wie den heutigen, schier überwältigte. Er sehnte sich weg von hier, weit weg, wenigstens bis ans andere Ende der Welt. Aber woher den Mut dazu nehmen,

die Entschlossenheit finden nach all den Jahren eines kräfte-
zehrenden Alltags, der wie ein Geschwür wirkte? Verhaßt, aber
trotzdem gern gespürt.

Da fiel ihm ein Urlaub ein, ausgedehnt, vielleicht auf einer
tropischen Insel, wo einem der Passat den Staub vom Gemüt
weht. Aber wer sollte in der Zwischenzeit seine Arbeit verrichten, ihn während seines Urlaubs vertreten, sodaß seine Abwesenheit nicht auffiel?

Er stand seufzend auf, wobei seine Augen wie zufällig den
Park durchstreiften. Eine gebückte Gestalt fiel ihm gleich auf.
Dürftig bekleidet, dem peitschenden Regen barhäuptig ausge-
setzt, schleppte sich ein Mann schwerfällig dahin. Seine Augen
hafteten unverwandt am Boden, als suche er dort ein verlorenes
Kleinod.

„Entweder ein Narr oder ein bedauernswerter Mensch ohne
ein warmes Heim," murmelte Tambou gleichgültig.

Aber was ging ihn ein Streuner an, er hatte andere Sorgen,
die sich zunehmend schwieriger verscheuchen ließen. Um
seine Stellung handelte es sich nicht. Sein Einfluß in der Neuen
Literatur blieb nach wie vor unumschränkt; er herrschte über
sie wie einst Perikles über Athen regierte. Sein Gutachten
wurde mit unvermindertem Eifer von allen wichtigen Verlagen
eingeholt, sein kraftvolles Mitwirken war unerläßlich. Besonders in jüngster Zeit, weil zeitweise ein gewisses rumoren im
Leib der vergötterten zeitgeistigen Literatur vernehmlich
wurde.

Meckernde Stimmen, vor drei, vier Jahren noch unvor-
stellbar, erhoben sich bereits. Freilich kamen sie alle aus nicht
maßgebenen Richtungen, fehlte ihnen doch die amtliche
Anerkennung sowie die Befürwortung der unzähligen Philologen, welche ohne Ausnahme die Neue Literatur als eine Art
Bibel betrachteten. Jede Hochschule von Geltung lehrte Tamtam, als wär es das Evangelium Johannes des Täufers. Wer
darin promovierte befand sich auf dem Paternoster des Erfolgs,
ohne weiteres dazutun war sein Lohn gesichert. Also noch
stand die Neue Literatur wie eine feste Burg im Land.
Beschützt von den Gelehrten, vom Staat gefördert, in den
Schulen als Verkündung aus göttlichem Mund gelehrt, lief sie
keine Gefahr in absehbarer Zeit ins wanken zu geraten.

„Laßt sie muckern," sagten die Akademiker in einem verächtlichen Ton, der manchem Zweifler die Schamröte ins Gesicht trieb.

„Nicht der Rede wert," winkten die Verleger wegwerfend ab.

„Nichts wie neidische Versager, die in die Höhle Adulam gehören," behaupteten die Autoren von den Nullitäten bis zu den Kommentierten.

Professor Tambou teilte zwar ihre Meinung, jedoch ihre Zuversicht weniger, denn bekanntlich, sagte er sich, vermag bei rechten Voraussetzungen das kleinste Steinchen den größten Geröllsturz auslösen. Schutzmaßnahmen erwiesen sich somit als unentbehrlich, Steinchen durften erst garnicht ins rollen kommen.

In dieser Hinsicht entpuppte sich Tambou als reinster Zerberus, nichts schlüpfte an ihm vorbei, jedes untaugliche Manuskript verfing sich in den Maschen seines sorgfältig gewebten Netzes. Versuche, obwohl nur selten, außerhalb des Rahmen der Neuen Literatur zu schreiben, blieben nicht aus. Noch schlimmer, ja, geradezu gefährlich, fand er die Bemühungen vereinzelter, na, wie sollte er sagen, irregeleiteter Ketzern, einen Rückfall zur Klassik zu erwirken, was den Professor gleichzeitig erschütterte und belustigte.

Der Regen hatte inzwischen nachgelassen, aber der Wind strich weiterhin fauchend durch den Park, worin sich die einsame Gestsalt immer noch aufhielt. Sicherlich muß der Mann naß bis auf die Haut sein, dachte Tambou etwas unwillig, weil er sich irgendwie davon betroffen fühlte.

„Ein sonderbarer Kauz, der bei dem Hundewetter spazieren geht," versuchte er sein Gewissen zu trösten.

Bei näherer Betrachtung mußte Tambou gestehen, daß der Mann garnicht so übel aussah. Sogar von weitem erkannte man eine gewisse Würde in seiner Haltung. Als er sich seinem Fenster näherte, offenbarten sich Merkmale, welche den ersten Eindruck bestätigten. Der Mann besaß ein gescheites, Vertrauen erweckendes Gesicht, soviel zeigte sogar sein triefender Zustand. Er sah vornehm und gebildet aus. Warum er draußen bei Wind und Regen herum trödelte, dazu Mutterseelen allein,

kam ihm freilich verdächtig vor, es stand im völligen Widerspruch zu seinem Aussehen.

Verärgert über die übertriebene Aufmerksamkeit, welche er
dem Narren widmete, wandte er sich ab. Im Nu drängten seine
Gedanken zum alten Übel zurück. Wie schön wär doch ein
Urlaub, mal drei, vier Wochen fern von allem, weg von dem
stets gleichen, schrecklich öden Schriften, welche er zwar nie
durchlas, aber trotzdem überfliegen mußte, um womögliche
Abweichungen vom Tamtamstil zu entdecken. Die Erstlinge,
also die mit bisher unveröffentlichten Werken, erwiesen sich
am schlimmsten darin. Sticht sie der Hafer, sind es Auf-
ständler, die versuchen der Neuen Literatur zu schaden? Er
konnte es nicht sagen. Sicher unternahmen zuweilen Trotz-
köpfe, freilich unter Decknamen, den Versuch der eingebür-
gerten Ordnung eins auszuwischen.

Folglich mußte man auf der Hut sein, wie einst Argus stets
ein Auge offen halten, gleich dem Hilarion pausenlos schnup-
pern um Schädlinge zu entdecken, welche die Neue Literatur
aus dem Gleis heben konnten. Tambous Fähigkeiten in dieser
Hinsicht hatten sagenhafte Höhen erreicht, er galt als unbedingt
verläßlich. Ein Blick genügte um Manuskripte zu bewerten, er
besaß die Gabe eines Wunderdoktors darin. Lektoren sowie
Autoren, damit sind Kommentierte gemeint, schliefen wie in
Abrahams Schoß, sie fühlten sich beschützt und geborgen,
denn ihr Nestor und Mentor hielt Wache.

In der Tat grenzte Tambous Prüfvermögen an Zauberei. Er
hatte über die Jahre einen sechsten Sinn entwickelt, einen un-
fehlbaren Spürsinn für das Rechte und Schlechte in der Neuen
Literatur. Reimte sich ein Gedicht, begann sein Mißtrauen zu
wallen. Merkte er den Anflug einer Stimmung darin oder, Gott
behüte, ein Bestreben es schwungvoll zu gestalten: aus dem
Weg, die zerknüllten Blätter flogen mit Verachtung und
Schwung in den Papierkorb. Balladen bereiteten ihm keine
Mühe, sie wurden nicht mehr geschrieben. Anders verhielt es
sich mit Erzählungen, sie erwiesen sich als weitaus kniffliger.
Sie nahmen mehr Zeit in Anspruch um schädliche Neigungen
zu entdecken, die sich nicht immer auf den ersten Seiten offenbarten. Oh ja, es geschah zuweilen, daß ein ganz gewiegter
linientreu begann, also sich im getreuen Tamtamstil sozusagen

vorstellte, aber halbwegs voran seine trügerischen Absichten verriet. Jedoch Tambous Nase roch Lunte eh das Auge den Funken sah. Alles allmähliche, schlaue einflechten war verlorene Liebesmüh, die Larve des Ränkeschmieds glitt zu Boden. Versuche, geistreiche Sprache anzuwenden, ja, sogar den Wortschatz oder das Wissen des Lesers zu bereichern, fiel auf brachen Boden. Erstmal wurde sowas schallend verlacht, dann beißend verhöhnt, aber schließlich ins Reich des bleichen Schreckens verdammt.

Es klopfte. Nicht stürmisch, aber Tambou zuckte trotzdem zusammen. Ihm stand der Sinn garnicht danach Besucher zu empfangen, vor allem unangemeldete. Na ja, mal sehen wer das sein kann, brummte er, obwohl es sein Unterbewußtsein bereits wußte. Richtig, der Mann in seiner Vorstellung stand vor der Tür. Noch während Tambou die Stirn kräuselte, verbeugte er sich verbindlich.

„Entschuldigen Sie vielmals, Herr Professor, ich befürchte meine Dreistigkeit ist unverzeihlich, doch fühle ich mich gezwungen vorzusprechen. Mein Name ist Manfred Habenau, Philologe sowie jahrelanger Vertreter ihres Schaffens," stellte er sich mit gebildeter Stimme vor.

Tambous Gesicht glättete sich, er fühlte sich beruhigt. Allein der Titel Philologe räumte viele Bedenken aus dem Weg, garnicht zu reden von seiner gefälligen Art aufzuwarten.

„Na, wenn Sie schon da sind, dann treten Sie ein," forderte er ihn freundlicher als beabsichtigt auf.

Nachdem der Besucher seinen durchnäßten Mantel abgelegt hatte, begann ein zwangloses Gespräch, was erstaunlich war, bedenkt man des Professors erwägende Natur, die auf Würde bedacht war, Umgang mit Fremden mit Argwohn, wenn nicht Herablassung zu begegnen. Von Erhabenheit zeigte sich hier keine Spur. Tambou handelte wie unter einem Bann, als führe ihn die Fügung des Schicksals ans längst auserwählte Ziel. Habenau erschien ihm seltsam vertraut, eins im denken mit ihm, dazu von ähnlichen Regungen geprägt. Sein Gemüt erwärmte sich sichtlich, die vorige Niedergeschlagenheit wich im Eilschritt, sie räumte der Begeisterung den Platz ein.

Habenaus Sprachkenntnisse fand er höchst aufschlußreich. Neben Französisch, Deutsch und Englisch bewältigte er auch einigermaßen Spanisch und Portugiesisch. Kaffee und Kuchen wurde aufgetischt, denn Tambous Interesse war erweckt. Wie einem inneren Zwang gehorchend bereitete er sich auf eine längere Unterredung vor, besonders nachdem sich das Gespräch zur gegenwärtigen Beschäftigung des Philologen lenkte. Er ließ kleinlaut durchblicken, daß seine Lage im Augenblick viel zu wünschen übrig ließe.

„Suchen Sie vielleicht eine Beschäftigung?" erkundigte sich Tambou mit gespielter Gleichgültigkeit.

„Schon, nur etwas passendes finden ist nicht so leicht," kam die verlegene Antwort.

Durch Tambous Kopf huschten Gedanken die er einstweilen für sich behalten wollte. Ihm gegenüber saß ein gebildeter Mann, offensichtlich sprachkundig, dazu arbeitslos sowie in sichtlich geldlicher Verlegenheit. Ein Urlaub in den Antillen schwebte plötzlich wieder vor seinen Augen, weitaus lebendiger als zuvor. Sich den warmen, rauschenden Wind um die Ohren wehen lassen; wie schön, wie schön, flüsterten kleine Kobolde aus allen Richtungen. Unter raschelnden Palmen sitzen, über dem weichen, blaugrünen Wasser die Tage verträumen, raunte es verlockend aus dem Reich seiner Vorstellungen. Liebliche Stimmen, süße Klänge versetzten ihn allmählich in eine entfernte, fremde Welt, die leider unerreichbar erschien. Was folgte kam wie von selbst.

„Wie ich verstehe sind Sie vertraut mit der Neuen Literatur," meinte Tambou wie so nebenbei.

„Von Alpha bis Omega," kam die bereitwillige Antwort.

„Hm, hm, wie steht es mit der Schreibweise Tamtam?"

„Kenn ich bis zum letzten Tüpfelchen," wurde ihm versichert. „Ich finde sie lobenswert," fügte er hinzu.

„Äußerst bemerkenswert," gestand der Professor, während er zwei, dreimal nickte. „Äußerst bemerkenswert," wiederholte er.

Danach geriet das Gespräch ins stocken. Tambous Besucher schaute ihn erwartungsvoll an, bereit Antworten auf gezielte Fragen zu geben. Der Professor schien zu erwägen, wobei ein lauernder Zug über sein Gesicht huschte. Was ihm durch den Kopf ging, ließ sich leicht erraten, es stand auf seiner Stirn geschrieben. Zweifel kämpften sichtlich mit einer unterdrückten Hoffnung, deren Merkmale sich zusehends stärker zeigten. Wäre es möglich, drückte seine Miene aus, könnte der Zufall herbei führen, was heraklische Mühe bisher nicht zuwege brachte? Schon längst suchte er nach einem geeigneten Mitarbeiter, jünger und rüstiger als er, aber schlechthin vom selben Tuch geschnitten.

Lektoren von Ruf sowie gepriesene Lektorinnen trachteten lediglich nach einem ertragreichen Verkauf bei ihren Empfehlungen; der Inhalt eines Buches störte sie keinen Pfifferling. Professor Tambous Arbeit unterlag ganz anderen Grundsätzen. Er fühlte sich wie ein Atlant mit einer wertvollen Last auf den Schultern, die bei jeder Unachtsamkeit abrutschten könnte. Unheilvolle Folgen hätten sich dadurch mit Sicherheit ergeben. Man mußte mehr als sonst auf der Hut sein, denn verdächtige Zeichen erschienen zuweilen am literarischen Horizont. Nie seit Gedenken bedurfte die Neue Literatur soviel Anpreisung und Schutz. Erst kürzlich versuchte so ein Thronstürzer sich einzuschmeicheln, über dessen Gewiegtheit er heute noch schmunzeln mußte. Kepleins Mantel hätte das Manuskript kaum besser tarnen können wie dieser trügerische Autor.

Er verwischte seine Spuren mit der Findigkeit eines Fallenstellers, aber ihn, Klaus Tambou, damit täuschen? Beim bloßen Gedanken daran mußte er trotz seiner Verstimmung laut kichern. Nichts reimte sich so recht. Die angewandte makkaronische Schreibart, Wahrzeichen der Tamtamautoren, klang erzwungen. Die katzbalgerischen Sätze, Merkmale eines neuzeitlichen Geistes, fand er gekünstelt, ihnen fehlte die Echtheit, die innere Überzeugung. Sein Versuch den gepriesenen Dadastil anzuwenden, erkannte er sofort als kümmerliche Nachahmung. Die aufallenden Mängel hätten vielleicht einen Akoluthen getäuscht, doch nicht den Papst der Neuen Literatur. Es mangelte an der Widmung, einer natürlichen Veranlagung, welcher sich die neugeistigen Autoren rühmten. Wie man so sagt, der Kerl klang zu schön um wahr zu sein. Aber gefährlich war er schon, wie sich bereits auf der vierten Seite herausstellte. Dort warf das Biest den Schleier ab, darunter erschien die höhnische Maske eines Schlingenlegers. Viele Lektoren wären dem Pharisäer auf den Leim gegangen, der im Bewußtsein handelte, daß selten ein Manuskript über die erste Seite hinaus gelesen wird.

Während Tambou diesen Erinnerungen freien Lauf ließ, betrachtete er Habenau mit wachsendem Wohlwollen. Aufdringlich war sein Besucher nicht, was ihn angenehm berührte, obwohl es ihm einleuchtete, daß mehr als ein leichter Knuff erforderlich sei, um seine Absicht zu erfahren, die er sich freilich denken konnte, obschon nicht in Einzelheiten. Schließlich bezweckte Habenau mit seinem Besuch mehr als ihm bloß die Ehre zu erweisen. Den ersten Schritt von sich aus machen stand außer Frage, nicht eh Habenaus Puls eingehender genommen wurde. Seine Herkunft, Werdegang sowie Denkweise, mußten gründlich untersucht werden, bevor man näher an ihn herantrat.

„Wie wär's mit einem Schluck aus der Flasche, werter Kollege," begann Tambou einzuleiten.

„Mit Vergnügen," kam die bereitwillige Antwort.

Eins ergab das andere, vor allem nach dem zweiten Glas. Beim dritten lösten sich die Zungen, man begann Tuchfühlung zu nehmen. Was dem Professor zu Ohren kam erhöhte sein Interesse an dem jüngeren Kollegen. Doch alle Schranken hob er noch nicht auf, obwohl Habenau der Neuen Literatur mit jeder Faser seines Seins gewidmet zu sein schien.

„Ich wäre bereit meinen letzten Tropfen Blut zu opfern für ihre Förderung," bekundete er wiederholt.

Trotzdem verblieb noch ein Schatten. Die ungewöhnlichen Kenntnisse Habenaus in der klassischen Literatur erweckten Tambous Mißtrauen, vor allem im Hinblick seiner Jugend. Aber schließlich siegte der Drang nach mehr Freizeit. Im Hintergrund lockte die erregende Vorstellung eines längst ersehnten Urlaubs in den Antillen. Barbados glänzte im Vordergrund. Bilder vom einsamen Strand in Bathsheba traten verführerisch vor seine Augen. Mal mit den Zehen im warmen Sand wühlen, den unaufhörlichen Passat auf der Haut spüren wäre ihm mehr als willkommen. Nur der Gedanke daran belebte sein Gemüt, ein leichter Schauer erfrischte ihn.

Zu einer unbeschränkten Aussprache kam es nicht, obzwar der angeheiterte Professor hinweisende Andeutungen fallen ließ, die sein heimliches Verlangen ausreichend verkündeten, ohne es ausdrücklich zu nennen. Ein Handschlag besiegelte das unausgesprochene Bündnis, eine weitere Einladung des Professors folgte, die Habenau mit Vergnügen annahm, wonach sie sich mit erhellten Mienen trennten.

Beim dritten Treffen wurde das Kind beim Namen genannt; beide verkündeten was ihnen nahe lag. Flugs zog Tambou ein bereits vorgedrucktes Abkommen heraus, welches beide mit herzhaften Worten und flinken Händen unterschrieben. Drei Monate sollte dieser Vertrag währen, wonach bei gegenseitigem Einvernehmen eine längere Dauer vorgesehen war.

Alles ging gut, Tambou hatte keinen Grund zur Reue, seine flehentlichsten Hoffnungen wurden weit übertroffen. Seine anfänglichen Bedenken zerschmolzen wie das Mariengarn im Herbstwind. Oftmals seufzte er anerkennend, aber auch neidisch, während er dem jüngeren Kollegen bei der Arbeit zuschaute. Was die Jugend doch alles vermag, gestand er. Zu soviel Eifer und Ausdauer war er nicht mehr fähig.

Nun zur Arbeit. Sie erforderte eine ungewöhnliche Wachsamkeit, denn wie schon erwähnt befand sich die Neue Literatur in einer Art Zwickmühle; ihre Quellen standen im Begriff zu versiegen. Ihre Schriften hinterließen einen bitter-ranzigen Geschmack bei vielen Lesern, die vereinzelt zu mucken begannen. Alle Behauptungen der Kritiker, es sei das neueste vom Neuen, also das beste vom Besten, konnten die Schatten des Zweifels nicht mehr ganz verscheuchen.

Aber Professor Tambou rackerte unermüdlich weiter. Mit den Philologen an seiner Seite trachtete er danach die Forderungen an die Autoren zu verringern, außerdem die Erwartungen der Leser ihrer geistigen Stufe anzupassen. Es war nicht leicht, aber trotzdem ging es runter mit der Sprunglatte, noch tiefer, bis es nicht mehr weiter ging, also wie jetzt.

Was nun? Die Vernunft verlangte eine Erhöhung des Geistesvermögens der Autoren, aber wer packt den Wolf beim Ohr? Wo findet man den Verwegenen mit der Veranlagung, geschweige denn dem Mut, den Horden von Schriftstellern, die noch so viel zu sagen hatten, Richtlinien zu setzen? Nur der Gedanke daran bereitete dem Professor schlaflose Nächte. Es blieb nur eins übrig, nämlich, nach wie vor den Leser vor Einflüssen zu schützen, die ihn auf dumme, schädliche Gedanken bringen könnten. Also ihn bewahren vor einer Literatur mit Wesen, Gehalt, aber vor allem fesselnden Schilderungen.

Hierin konnte er sich offensichtlich auf Habenau verlassen. Der Mann überschlug sich vor Beflissenheit seinen Arbeitgeber zufrieden zu stellen. Ohne eingehende Erklärungen, die bestenfalls peinlich gewesen wären, erkannte Habenau den Rahmen, der weder abgesteckt war noch Linien besaß. Beim geringsten Versuch außerhalb dieses ungezeichneten Rahmens zu schreiben, flatterte das sittenwidrige Manuskript mit einem verächtlichen prusten in den Papierkorb.

Soviel Tüchtigkeit und Diensteifer war dem Professor noch nie begegnet. Zählte man Habenaus Fingerspitzengefühl dazu, durfte man sich wahrhaftig glücklich preisen einen so guten Fang gemacht zu haben. Ihn begnadete offensichtlich ein sechster Sinn, der ihm ein übernatürliches Urteilsvermögen verlieh. Als besäße er Solomons Ring, kam es dem Professor vor, der einem bekanntlich alles verrät was man wissen möchte. Tambous verständliches Mißtrauen wich schon nach drei Wochen, er traute Habenau mehr zu als sich selbst. Unbeirrbar ging der Mann voran. Beim ersten verdächtigen Satz, den er mit unglaublicher Sicherheit dem Manuskript entnahm, flog die Schrift mit einem verächtlichen schnauben in die Ecke. Es grenzte an Hellseherei, wie jemand bei flüchtiger Durchsicht so etwas zuweg brachte. Der Professor nickte anerkennend, die Neue Literatur war in guten Händen, ihre Autoren konnten beruhigt schlafen.

Tambou zauderte nicht mehr. Zum Zeichen seines unbegrenzten Vertrauens händigte er dem Kollegen den Stempel aus, worin seine Unterschrift eingeprägt war, samt dem Buch mit vorgedruckten Urteilen, welche einem Herausgeber dienlich sein konnten.

„Wählen Sie nach eigenem Gutdünken,“ wurde Habenau aufgefordert, was ihm freilich gelegen kam.

Eine schriftliche Vollmacht folgte am nächsten Tag. Eine Woche danach erfüllte der Professor seinen langjährigen Traum, nämlich, eine Reise nach den warmen Antillen.

Bei seiner Rückkehr fand er die ganze literarische Welt in einem mächtigen Aufruhr. Schon an der Grenze erwarteten ihn entrüstete Autoren sowie in Wallung geratene Lektoren. Seine freudige Miene, so ausgeruht nach dem langen Urlaub, erlitt einen unwillkommenen Wandel. Eine flackernde Verwirrung huschte erstmal von Schläfe zu Schläfe, worauf staunen, gemischt mit Furcht, folgte. Sein Gesicht, von der Tropensonne und dem Passat dunkel gefärbt, nahm schrittweise den gepeinigten Ausdruck eines Märtyrers an.

Es dauerte eine Weile eh er die Lage halbwegs erfaßte. Aus dem höllischen Wirrwarr lösten sich einige ruhigere Stimmen, die mit sichtlichem Zwang die Ursache der Empörung erklärten, ihm sie vielmehr an den Kopf schleuderten. Drohungen folgten auf Vorwürfe. Wie schon erwähnt, behandelte man ihn wie einen Aussätzigen, einen trügerischen Ränkeschmied, welcher der Literatur des Landes, also der Neuen Literatur, mit unglaublicher Tücke und Vorsatz den Gnadegott mitten ins Herz stieß.

Er wurde bezichtigt eine niederträchtige Kehrtwendung gemacht zu haben. Man warf ihm vor Autoren, wie auch Lektoren, elendig hintergangen zu haben. Dem nicht getan, beschuldigte man ihn, obschon auf Umwegen, eine ertragreiche Industrie vernichtet zu haben. Was am meisten verwirrte, ja, ihnen beinahe die Sprache raubte war, daß er, die Triebfeder sowie Säule der Neuen Literatur, sie nun untergrub. Unverständlich schüttelte Tambou immer wieder den Kopf, bis er ihn erschöpft sinken ließ.

Die Beschuldigungen kamen ihm unberechtigt vor, wie auch ungeheuerlich. Er, Professor Klaus Tambou, Tempelherr der Neuen Literatur, das Schwert des Zoilos gegen jede andere Schreibweise schwingend, vor allem die klassische, ein Zelot der Gegenwartsliteratur, sollte nun ihr Widersacher sein?

„Unmöglich!" murmelte er fortwährend vor sich hin.

„Es ist nicht wahr! Ein Irrtum!" schrie er den Anklägern ins Gesicht.

Selbst nachdem man ihm Beweise vorlegte, verletzende, wenn nicht gefährliche Manuskripte, die untrüglich seinen Namen sowie seine Unterschrift trugen, neben Empfehlungen die ein Gespött aus seinen Lehren machten. Sogar dann wehrte er sich es zu glauben, denn er allein wußte von einem verläßlichen Stellvertreter, viel sorgfältiger als er, dazu weitaus durchgreifender. Eher würde der Teufel im Weihwasser planschen, bevor dem gewissenhaften Habenau ein einziger Satz entging, der nicht trächtig mit dem Geist der Gegenwartsliteratur wäre. Von dieser Annahme gestärkt strebte er zur Stätte seines Wirkens. Dort angekommen stand er eine Weile baff in den Räumen. Bestürzt rief er nach seinem Kollegen, der weder antwortete noch sein Gesicht zeigte. Keine Spur war von ihm zu finden, nichtmal ein Zeichen, daß er je dort gearbeitet hatte. Ächzend sank Tambou auf einen Stuhl, keuchend fiel ihm der Kopf auf die Brust. Aber alles jammern nützte nichts, die Wahrheit begann langsam einzusickern; er wurde schmählich hintergeangen. Habenau entpuppte sich als ein abgefeimter Schurke. Ohne Zweifel hatte er mit Helfershelfern eine Niedertracht ausgeheckt, ehrlos und jeder Vorstellung trotzend. Etliche Autoren mußten da mitgewirkt haben, wahrscheinlich lauerten sie schon lange im Hintergrund, die nichts anderes im Sinn führten, als der Neuen Literatur einen tölichen Stich zu versetzen.

Wie es sich herausstellte, fand eine Flut von Manuskripten den Weg zu Verlegern, die, bereitwillig wie immer, in Anbetracht seiner Befürwortung, ihr Jawort zum Druck gaben. Ein undenkbarer Schaden könnte daraus entstehen. Professor Tambou erkannte darin das Steinchen, welches den gefürchteten Geröllsturz auslösen kann, worunter die Neue Literatur möglicherweise verhauchen würde.

Doch es gab einen Ausweg. Obschon peinlich für ihn, zeigte er sich gewillt zu widerrufen was er anscheinend so bereitwillig genehmigte. Erst jedoch mußte er seinen Kollegen sowie den Autoren die Lage erklären, offen und rückhaltlos. Zu diesem Zweck ließ er eine Versammlung in dem Lokal Alhambra ausrufen. Das Ergebnis ist ja bekannt; er wurde grob beschimpft und sogar bedroht.

Nach der Rückkehr von diesem schmählichen Treffen, wo man ihn beinahe steinigte, nahm Tambou erschöpft an seinem Schreibtisch Platz. Die unsägliche Enttäuschung verwandelte sich allmählich in Schadenfreude. Habenau erschien ihm schrittweise in einem anderen Licht. Der vermeintliche Übeltäter nahm die Gestalt eines Wohltäters an. Groll hegte er keinen mehr gegen ihn, er übertrug sich auf die Autoren der Neuen Literatur. Ein spöttischer Zug trat auf sein Gesicht beim

Gedanken an die unzähligen neugeistigen Schreiber, die ja nichts weiteres waren als Golems seiner Mühe und Phantasie, die noch soviel zu sagen hatten. Wohin nun mit ihren Weisheiten?

„Na ja," murmelte der Professor mit erhellter Miene: „Sie müssen es halt dem Diener des Midas gleichtun, nämlich, ihr Wissen der Tiefe der Erde verkünden. Arme Erde, arme Erde," flüsterte Professor Tambou, indessen er sich erlöst erhob.

Rosa Simrock

Nach Sonnenuntergang nahm die Gegend eine düstere Sicht an. Real Prudhomme mußte gestehen:

„Ich habe mich verirrt, ich hab keine Ahnung wo ich bin."

Bedrohliche Zeichen der nahenden Dunkelheit wurden sichtbar. Prudhomme verwünschte seinen Entschluß allein jagen zu gehen. Ein Mann wie er, mit dem Wässerchen der Geltung gewaschen, gesalbt mit Überheblichkeit, muß handeln und nicht hören; so sagte er sich.

„Geh nicht, Real, ich ahne nichts Gutes," mahnte seine Frau.

„Sei still, Chantal," schnauzte er sie an.

„Wenn es schon sein muß, geh nicht allein," bat sie ihn.

Sie kannte ihren Mann, er konnte sich bei Tageslicht im Haus verirren. Dann wiederum, wenn er sich einmal etwas in den Kopf setzt, dann führt er es aus. Soviel hatte sie seit den Brautjahren gelernt.

Prudhommes gewöhnlicher Jagdgefährte, Pierre Salin, weigerte sich heute mit ihm zu gehen. Sie hatten kürzlichh eine Meinungsverschiedenheit, die den liebenswürdigen Umgang vorläufig säuerlich machte.

Ohne Zweifel, Altrichter Prudhomme kam vom Weg ab. Eine innewohnende Zerstreutheit konnte die Ursache sein; aber doch nicht ganz. Er hielt zwar die Augen offen, aber sehen tat er wenig, weil er sich zu sehr mit Pierre Salins vermeintlicher Widerspenstigkeit beschäftigte. So verhielt es sich. Real Prudhomme, die Prominenz von Kiamika, wie man ihn nannte, hatte sich verlaufen.

Er verwünschte die Abwesenheit eines Hundes. Warum? Erstens nahte die Dunkelheit, weiterhin bedrängte ihn ein Gefühl, daß ihm jemand, etwas, folgte. Wiederholt glaubte er hinter sich Zweige knacksen zu hören und huschende Schatten zu sehen.

„Hm, bin ich nun der Jäger oder der Gejagte?" spöttelte er.

„Ein Hund würde sicherlich einem Schnüffler das Spiel verderben und mir helfen das Gleichgewicht zu bewahren. Warum muß Kollege Salin bei jeder Kleinigkeit gleich den Beleidigten spielen?" Mit solchen Gedanken beschleunigte er seine Schritte. Nach einer Weile ergriff ihn eine unerfreuliche Erkenntnis: „Hols der Teufel, ich geh doch im Kreis herum," rief er aus. So verhielt es sich. In der zunehmenden Dunkelheit irrte er von Dickicht zu Dickicht und von Hügel zu Hügel. Wer könnte es dem alten Richter verübeln sich in der riesigen Wildnis zu verirren. Sie ist spärlich bewohnt, Bauernhöfe trifft man selten an; baufällige Häuser aber schon eher.

Bedrängt von der Erkenntnis, daß er sich außerhalb seines beabsichtigten Weges befand, strauchelte er in eine Schlucht hinunter. Zum Glück war sie nicht sehr tief, aber schroff und felsig. Unten lag er wimmernd bis ihm die kühle Nachtluft in alle Glieder fuhr. Entmutigt, aber von der Not getrieben, kroch er mühselig wieder hoch.

Mittlerweile hatte die Finsternis zugenommen. Die Bäume nahmen geisterhafte Formen an, die Berge ragten unheimlich himmelwärts. Prudhommes vielgepriesener Mut sank; er hätte sich um ein Haar seinem Schicksal ergeben, wenigstens bis zum Tagesanbruch.

„Ich hätte auf Chantal hören sollen," stöhnte er wiederholt.

Wie der kranke Teufel Besserung verspricht, so gelobte Prudhomme seiner Frau in Zukunft mehr Beachtung zu schenken.

Von Reue gequält, der Bereitschaft zur Buße geschwächt, begann er seine Glieder zu betasten. Er fühlte sich wie gerädert, ihm war es als sei jeder Knochen im Leib geprellt oder gebrochen. Doch erwies sich alles halb so schlimm. Mit der Not kam die Einsicht. Bin ich ein vorbildlicher Gatte, ein begehrenswerter Gefährte? Wohl kaum, mußte er gestehen. Aber Besserung ist in Sicht, versprach er sich selbst sowie Chantal. Laß mich erstmal aus dieser Klemme mit heiler Haut heraus kommen, dann wird schon alles gut.

Real Prudhomme war von schmächtigem Wuchs, aber mächtiger Gesinnung. Ein wahrer Bramarbas konnte man ihn nennen. Die vielen Jahre am Gerichtshof in St-Jerome hatten ihm eine Treppe gebaut zu einer Bühne, worauf ein Mann wie er den hohen Herrn spielen konnte. Er ging mit Feuereifer voran. Moralpredigten hielt er gern, derbe Zurechtweisungen konnte er nicht lassen; er saß ja oben, während der Sträfling unten stand. Letzten Endes wurde seine Amtsdauer frühzeitig beendigt. Der Grund? Zwei eigentlich, nämlich, wegen der ansteigenden Anmaßung und den Unkosten welche ihm zugeschrieben wurden. Da er nach eigenem Gutdünken urteilte, oft ungeachtet der Beweise die Geschworenen beeinflußte, wurden viele Entscheidungen ungültig erklärt oder aufgehoben.

„Ich kann die Schuld im Angeklagten riechen," sagte er stets.

Als Prudhomme kopfüber in den Abgrund stürzte verlor er sein Gewehr sowie die Provianttasche. Er richtete sich mit schwindender Kraft auf und spähte nach allen Seiten. Plötzlich stieß er einen Schrei aus, er sah ein Licht am anderen Ende eines kleinen Sees.

„Gerettet, ich bin gerettet," jubelte er, während er keuchend dem Licht entgegen taumelte.

Seine lodernde Begeisterung sollte sich bald abkühlen. Eine Frau, viel jünger als er, stand vor einer armseligen Hütte; sie schien ihn zu erwarten. Trotz seines zerschürften Zustands dachte Prudhomme an Flucht. Er reckte sich, obwohl ihm dabei alle Glieder schmerzten. Die Frau vor der Tür fesselte ihn mehr als ihm lieb war. Streng, jedoch verführerisch, betrachtete sie ihn. Im flackernden Kerzenlicht erschien sie ihm anfänglich wie ein engelhaftes Wesen. Bei näherem Betrachten jedoch fiel ihm auf, daß sie weder hübsch noch anmutig war, sondern von einer grausamen Schönheit, die zur selben Zeit anlockte und abstieß.

„Komm, mein Liebling, tritt ein," forderte sie ihn auf, indessen sie ihre Hand auf seinen Arm legte.

Ohne weitere Worte führte sie den wankenden Mann in eine warme, häuslich eingerichtete Stube. Ein Tisch für zwei war gedeckt. Nichts fehlte, weder das Tischtuch, feines Silber Besteck noch Kristall Gläser. Handgeschnitzte Kerzenleuchter standen hier und dort. Sie rügte ihn mit schüchterner Fraulichkeit:

„Warum hast du so lange gezögert, du garstiger Mann?"

Prudhomme starrte sie verdutzt an, er fühlte sich zu geschwächt um zu antworten. Aber sie gab keine Ruhe: „Liebster, du hast mich schrecklich vernachlässigt. Ich geriet fast in Versuchung mich nach einem anderen Mann umzuschauen."

„Entweder spielt mir das Weib was vor oder sie ist verrückt," fuhr es Prudhomme durch den Kopf.

„Komm, Schatz, gib der Braut einen Kuß," lockte sie.

„Eine Irrsinnige, aber anscheinend harmlos," beschloß Prudhomme.

Trotz seiner bleiernen Schwere in den Gliedern und einer dunklen Ahnung, brachte der Altrichter eine ritterliche Verbeugung zustande.

„Gnädige Frau, mein Name ist Real Prudhomme, Richter im Ruhestand, der vom Weg abkam. Könnten Sie mir die Richtung zur Straße zeigen?"

"Morgen, Liebster, morgen. Zuerst ruhst du dich aus. Keine Widerrede, du mußt essen und trinken um wieder zu Kräften zu kommen."

Sie klatschte in die Hände:

„Zu Tisch, zu Tisch," lud sie ein.

Prudhomme zögerte. Ein namenloses Vorgefühl riet ihn vorsichtig zu sein. Nur die Erschöpfung verhinderte eine kopflose Flucht.

„Gnädige Frau, wer sind Sie?"

Erstaunt über solche Heuchelei, starrte sie ihn an:

„Schatz, du weißt es doch. Bin ich nicht deine liebe Rosa, wie du mir so oft beteuert hast?"

Mit diesen Worten warf sie den Kopf zurück. Ihre Entrüstung währte jedoch nicht lange, ein mitfühlendes Lächeln verschönte ihr Gesicht.

„Armer Mann, du bist erschöpft, komm, ruh dich aus," schmeichelte sie.

Obwohl Prudhomme sich wie gerädert fühlte, geistig mehr als körperlich, ließ ihn sein Scharfsinn nicht im Stich. Um was ging es hier? War die Frau allein oder lauerte irgendwo ein Helfer, der auf ein Zeichen wartete um über ihn herzufallen? Zu welchem Zweck? Raub? Wohl kaum, bei ihm war nichts zu holen, soviel sollte ersichtlich sein. Warum schaute sie ihn mit solch großen Augen an?

Real Prudhomme hielt sich für einen Literaten; mit Recht, muß hinzu gefügt werden, denn er wußte im Schrifttum Bescheid. Das Ungeheuer von Cathay kam ihm in den Sinn; es hegte seine Opfer eh sie verschlungen wurden; genauso wie ihm jetzt geschehen würde. Eine unheimliche, geheimnisvolle Schönheit, von versteckten Beweggründen geleitet, warf ein Auge auf ihn. Warum? Was hatte sie mit ihm vor? Ihre Blicke, reumütig einmal, dann glückselig, beunruhigten ihn zutiefst. Was sie wohl im Sinn führt? Wahrscheinlich nicht viel, dachte er, denn sie kam ihm etwas einfältig vor. Trotzdem fühlte sich Prudhomme wie ein Gefangener. Blind in die Nacht hinaus torkeln in seinem Zustand stand außer Frage.

„Naja, nach einer ausgiebigen Nachtruhe wird alles anders aussehen," tröstete er sich.

Seine Gedanken wurden unterbrochen:

„Das Schicksal hat uns wieder vereint," flüsterte sie.

Mit einem glühenden Augenaufschlag betonte sie:

„Heute Nacht, Liebster, werden wir eins."

„Gnädige Frau, ich bin nicht Ihr – Ihr…" er brachte es nicht übers Herz weiter zu reden.

Er fühlte sich todmüde, sogar im sitzen konnte er sich kaum noch aufrecht halten. Sein Kopf fiel tiefer – tiefer, bis er auf seine Brust sank. Das Letzte an was er sich erinnerte waren zwei starke Arme die ihn auffingen.

Wilde Träume verfolgten ihn, begleitet von Alpdrücken. Lodernde Flammen, so träumte er, nahten von allen Seiten. Mit heller Gewalt riß er sich aus diesem Angstzustand heraus.

„Aufstehen, fliehen, raus, raus," kam ein Befehl von irgendwo her.

Es gelang ihm nicht, etwas hielt ihn fest. Dann kam die lähmende Erkenntnis: es war kein Traum, die Hütte stand in Brand, die Flammen waren echt. Er mußte aufstehen, sein Leben stand in Gefahr. Aber trotz übermenschlicher Anstrengung kam er nicht vom Fleck. Schreie, wie aus einer anderen Welt, die letzten seines Lebens, verhallten ungehört in der nächtlichen Stille.

Einige Dorfbewohner sahen den lichterlohen Brand in der Ferne; sie schlugen Lärm. Die benachrichtigte Feuerwehr ließ sich Zeit. Sie berieten, tauschten Meinungen aus und ließen die Gläser klingen. Als man sich endlich auf den Weg machte war es zu spät; es gab nichts mehr zu retten, zum staunen jedoch viel. Paul Fournier sah es zuerst, er prallte mit einem Satz zurück.

„Was gibst?" erkundigte sich Leroy Fran.

„Komm, kommt alle. Schaut, ich kann's nicht glauben."

Im Nu standen zehn atemlose Männer vor einer erstaunlichen Sicht. Man rieb sich die Augen, hielt Laternen hin um besser zu sehen und schaute sich verdutzt an. Keiner wußte etwas zu sagen, alle starrten stumm vor sich hin. Inmitten glühender Asche lagen zwei verkohlte Gestalten, viel mehr, was von ihnen übrig blieb. Eine war an ein eisernes Bett gekettet, die andere klammerte sich an sie wie ans liebe Leben.

Die Nachricht davon verbreitete sich mit Windeseile. Mutmaßungen wurden zu geschworenen Tatsachen. Gerüchte wanderten von Ort zu Ort, Geflüster zog von Haus zu Haus, von unaussprechlicher Unzucht, welche dort stattfand. Leute, die von der Gegenwart der Hütte nichts wußten, berichteten mit Entrüstung von Ereignissen die sich dort regelmäßig zutrugen; so unerhört, daß Gomorrah im Vergleich tugendhaft sei.

Eine amtliche Untersuchung kam langsam in Gang; eine zufriedenstellende Erklärung folgte nie. Die Leichenschau ging nur zögernd voran; sie warf wenig Licht auf die gruselige Begebenheit. Die Geschworenen blieben verblüfftt von Anfang bis zum Ende. Sie waren sich unschlüssig, noch weniger konnten sie ein Urteil fällen.

„Das ganze grenzt an Teufelei," äußerte sich der Obmann.

„Weitere Forschungen sind nötig," beschloß der Vorstand.

Die Zeitungen stellten sich damit zufrieden, im Gegensatz zur Polizei, wo manche wissend kicherten. Ihr Chef befahl die Akte zu schließen mit den Worten:

„Die Sache riecht nach Satanskult."

Die unheimliche Begebenheit geriet mit der Zeit in Vergessenheit; Leute hatten dringenderes zu tun. Der Himmel nahm zunehmend bedenkliche Färbungen an, die dürren Blätter blies der Wind hierhin und dorthin. Trotz den rauhen Tagen, der anrückenden Kälte und dem Frost, geriet der verdächtige Brand im Walde nicht ganz in Vergessenheit. Versteckte Andeutungen und boshafte Anspielungen gaben so manchen Leuten Lebenssinn. Doch hörte niemand auf sie, denn sie waren bekannt als üble Zuträger, außerdem überfiel sie das erste Schneegestöber.

Chantal Prudhomme hatte genug gehört und gesehen, sie erwägte ernsthaft in ihre Heimatstadt Montreal zurück zu ziehen. Die schadenfrohen Blicke sowie die spitzfindigen Bemerkungen, füllten ihr Maß. Im Umkreis von hundert Kilometern wußte man was vorgefallen war und wer die Beteiligten waren. Gerichtsmedizinische Untersuchungen stellten das unumstritten fest. Trotz dem Bemühen der Richterin den Befund geheim zu halten, hatte sich die anrüchige Sache wie ein Lauffeuer verbreitet.

Die Namen der zwei verkohlten Leichen erschienen in vielen Zeitungen; schmähende Vermutungen und üble Gerüchte besorgten den Rest. Schon bald nannte man die abgebrannte Hütte Sodom Haus, bei deren Erwähnung Frauen erröteten und Männer mit den Fäusten drohten:

„Verruchter Kerl, schamloser Sadist," wurde er genannt.

„Läßt sich mit einem zuchtlosen Weib ein. Fand man ihn nicht, vielmehr was von ihm übrig blieb, gefesselt neben der Messalina? Man kann sich leicht denken weshalb."

Rosa Simrock, eine seltene Schönheit, war nur wenigen Dorfbewohnern bekannt. Paul Fournier, der Inhaber eines Lebensmittel Geschäftes, nannte sie die Kreolin, manchmal auch der Schatten. Sie hielt sich leidenschaftlich im Hintergrund; ihre Wortkargheit fanden manche beleidigend. Bestand ein sündhaftes Verhältnis zwischen ihr und dem Richter im Ruhestand? Was denn sonst, sagten viele mit einer wissenden Miene. Man ließ nicht viel Gutes an der ganzen Prudhomme Familie, die sich nach Meinung der Leute zu vornehm tat. So mancher hätte ihm gern eins ausgewischt, sogar nach seinem Tod.

„Vornehm tun, niederträchtig handeln," so tuschelte man.

„Immer dasselbe mit den Hochnäsigen; Moral predigen, aber zügellos handeln," meinten die Männer, während ihre Frauen zustimmend nickten.

Frau Prudhomme hatte viel zu ertragen. Schadenfrohe
Blicke folgten ihr wo immer sie ging. Frauen flüsterten in ihrer
Gegenwart von Dingen die sich jederman denken konnte. All
das hätte die heimgesuchte Frau mit Gleichmut ertragen, aber
niemals die falschen Beileide. Mitleid konnte sie nicht
ausstehen, tröstende Worte empfand sie wie Elfenpfeile, die
bekanntlich weich auftreffen, jedoch tief eindringen und lange
bleiben. Da war nichts zu retten. Frau Prudhomme verkaufte
ihren Landsitz und zog nach Montreal.

Sie las zuweilen gern ein Buch über wahre Begebenheiten,
möglichst spannend und geheimnisvoll. Wurde sie von der
Hand des Schicksals geleitet oder lenkte der Zufall ihren
Schritt zu einer Buchhandlung, die grad den Titel, Eine treue
Ehefrau, zum Sonderpreis anbot?

Der Inhalt des Buches behandelte veraltete Bräuche der
Hindu Religion, vorwiegend was die Ehe betraf. Das machte
keinen Eindruck auf Chantal Prudhomme bis sie weiter las. Mit
zunehmender Wachsamkeit und offenen Augen starrte sie auf
die nächsten Zeilen; sie wurde hellwach.

Der Autor, Philip Lambrose, beschrieb wie in manchen
Teilen Indiens die Witwen sich freiwillig mit ihrem
verstorbenen Ehemann auf dem Scheiterhaufen verbrennen
ließen. Langsam ging ihr ein Licht auf. Obwohl der bloße
Gedanke an solch grausame Gepflogenheiten sie abstieß, las sie
weiter. Philip Lambrose, der Autor, reiste in seinen jüngeren
Jahren kreuz und quer durch Indien.

Seit einiger Zeit wohnte er in Trinidad. Sati fesselte und
stieß ihn zur selben Zeit ab. Er forschte nach, er versuchte dem
ganzen Sinn und Verstand zu verleihen. Es dauerte nicht lang
eh ihm etwas einleuchtete: das Los einer Witwe in dem
rätselhaften Land hatte schauderhafte Folgen. Der Tod war
oftmals zu bevorzugen.

Frau Prudhomme ließ sich davon nicht irreleiten.
Verachtung einer Witwe? Wahrscheinlich war es dem
Verbrennungstod vorzuziehen. Trotz ihrer Verstimmung
blätterte sie weiter. Sie wollte eben das Buch zuklappen, als
ihre Augen zum Nachwort wanderten. Der Autor beschrieb
eine merkwürdige Begebenheit, die sich in Trinidad zutrug.

Eine Frau wohnte mit ihrem Mann am Rand von Port of Spain, die unter erstaunlichen Vorstellungen litt. Er schrieb:

Ich hatte gesellschaftlichen Umgang mit einer Frau, die in meinen Augen beinahe vollkommen war. Beinahe? Was fehlte? Sie war von einem Fimmel belastet. Zunächst möchte ich ihre Person vorstellen. Ihren Namen gab sie nicht preis. „Nennen Sie mich Madam Maureen," sagte sie lachend.

Sie war eine Kreolin von blendender Schönheit und würdevollem Auftreten. Leider war ihr prächtiges Wesen beeinträchtigt von einer Zwangsvorstellung, wie bereits angedeutet. Sie litt unter einer Gemütsverirrung; sie wollte den Tod einer Sati erleiden, das heißt, mit ihrem verstorbenen Mann auf einem Scheiterhaufen verbrennen. Als sie mir das erzählte wollte ich wissen, warum. Das hättet ihr sehen sollen. Mit durchbohrenden Blicken betrachtete sie mich eine Weile stumm.

Währenddessen versuchte ich eine Antwort auf meine Frage zu finden. Aus Liebe wollte sie es gewiß nicht tun. Ihr Mann war nicht gerade ein umgänglicher Mensch, noch weniger eine Augenweide. Einem bissigeren Griesgram hatte ich noch nie die Hand geschüttelt. So, warum wollte sie zur Suttee werden? Ihr Mann war viel älter als sie. Da müßte man den Allwissenden fragen.

Eines Tages erschien er an meiner Tür mit dem Hut in der Hand. Er entschuldigte sich überschwenglich wegen der Störung. Ich hieß ihn eintreten und Platz nehmen. Zögernd kam er zur Sache. Er schnitt ein Thema an das ihn offensichtlich beschäftigte und beunruhigte.

„Herr Lambrose, wie ich höre sind Sie mit dem Sati bekannt."

Da ich ahnte woher der Wind blies, erklärte ich ihm etwas barsch, daß Sati veraltet und gesetzwidrig ist. Schließlich wies Madam Maureen bei jeder Gelegenheit darauf hin. Seine folgenden Worte bestätigten meine Vermutung.

„Meine Frau, die Ihnen bekannt ist, liest gern Ihre Bücher. Besonders angetan hat es ihr aber der Titel, Sitten der Vergangenheit Indiens. Sie las es bereits dreimal."

Ich gab ihm zu verstehen, daß so etwas gern gehört wird. Nachdem er sich zweimal geräuspert hatte, begann er das

Buch, wie auch mich, zu tadeln. Er nahm kein Blatt vor den Mund. Obwohl er mir nicht nahe stand, malte er ein Bild von mir als wäre ich der Leibhaftige, den man aus Trinidad vertreiben sollte. Da er mir reichlich mit Rumgetränken angefüllt vorkam, belächelte ich seinen Wortschwall; es goß Öl auf sein Feuer.

„Mir ist nicht zum lachen zu Mute, Herr Lambrose, weit davon entfernt," wetterte er weiter.

Ich fragte ihn, nicht gerade freundlich, was er eigentlich von mir will. Darauf schlug er einen verträglicheren Ton an:

„Vielleicht bekämpfe ich Hirngespinste, vielleicht auch nicht. Eins jedoch ist sicher: seit meine Frau Ihr Buch las von dem indischen Brauch, Sati genannt..." 'einstigem Brauch', unterbrach ich ihn. "Seither ist sie nicht mehr dieselbe."

Ich fragte ihn wie das gemeint ist.

„Sie verlor nicht bloß ihren üblichen Gleichmut, sondern sie faselt nun ständig vom Freitod."

„Sati?' deutete ich an, freilich etwas scheinheilig, muß ich gestehen.

Hatte mich meine Miene verraten? Ich glaube schon, denn er musterte mich von oben bis unten, warf dann seinen Kopf verächtlich zurück und stürmte ohne ein weiteres Wort hinaus. Natürlich wußte ich Bescheid über Madam Maureens verwirrte Vorstellungen. Sie unterließ keine Gelegenheit davon zu reden.

Meine Gedanken wanderten zunehmend nördlich, zum Land meiner Geburt, wo der Frühling allmählich zu Ende ging und der Sommer nahte. Das ganze Land, von Meer zu Meer, stand nun in voller Blüte; es gibt ja nichts schöneres in der Welt als Kanada im Sommer. Der Gedanke an den Geruch des Flieders und den Duft der Heckenrosen, ließ mir keine Ruhe mehr. Als ich eines Nachts im Traum den Ruf des Eistauchers hörte, sprang ich vom Bett und begann zu packen.

Kurz vor dem ersten Schneefall verließ ich meine Heimatstadt wieder. Wie immer nahm mich der Zauber Trinidads gefangen. Ein Gefühl der Freiheit überwältigte mich schier. Kaum hatte ich meine Sachen ausgepackt, schon traf der erste Zuträger ein. Hatte er vor meiner Tür auf mich gewartet? Es schien mir so.

„Na, was gibt's Neues, Herr Nachbar," begrüßte ich den Mann, welchen wir heimlich die Buschtrommel nannten; wohlgemerkt, hinter seinem Rücken.

„Madam Maureens Mann ist gestorben," berichtete er. Das überraschte mich wenig, sein kränklicher Zustand ließ es vermuten. Ich gab ihm das zu verstehen. Hal Brewer, die Buschtrommel, beugte sich vertraulich vor.

„Wollen Sie die näheren Umstände hören?" Ich stand im Begriff nein zu sagen, als mir einfiel wie sauer er werden konnte.

„Gewiß," beteuerte ich mit wenig Begeisterung, welche in Brand geriet, nachdem ich mehr hörte.

„Ja, der Gatte Madam Maureens starb, doch die Umstände bleiben verdächtig, obwohl ein Arzt Herzversagen feststellte."

Eine Totenwache fand statt in dem einsamen Haus am Strand. Kurz vor Sonnenaufgang drückte man sein letztes Beileid aus und verließ Madam Maureen mit ihrem toten Mann, der innerhalb wenigen Stunden begraben werden sollte. Doch das Schicksal verfügte anderweitig.

Die Sonne steigt schnell hoch in Trinidad. Noch bevor sie ihren höchsten Stand erreicht hatte, brach ein Feuer aus in dem Haus wo Madam Maureen Wache hielt. Nachbarn, vornehmlich Hal Brewer, eilten zu Hilfe. Den Brand löschen konnten sie nicht; Madam Maureen das Leben retten war ihnen jedoch vergönnt. Gegen ihren Willen? Darüber blieb man sich uneinig. Sie klammerte sich an ihren toten Mann mit erstaunlicher Hartnäckigkeit. Versuchte sie den Toten von den Flammen zu retten? Wohl kaum, fuhr es mir durch den Kopf, jedoch ich schwieg.

Madam Maureen war unter Hausarrest im Krankenhaus von Port of Spain. Die Behörden verdächtigten sie der Brandstiftung, Leichenmißbrauch sowie Schwarzkunst. Zwei Ärzte erklärten sie unzurechnungsfähig, jedoch nicht gefährlich.

Ich besuchte sie im Spital, wo sie unter Beobachtung stand. Trotz der schweren Prüfung verhielt sich die bemerkenswerte Frau unbekümmert wie immer. Ihre seltene Schönheit hatte nichts eingebüßt. Sprühend wie je sprach sie zuversichtlich über alles, außer dem neulichen Vorfall. Als ich versehentlich ihren vermuteten Hausarrest erwähnte, brach sie in schallendes

Gelächter aus. Kichernd trat sie ans Fenster, welches sie weit öffnete, dasselbe tat sie mit der Tür.

„Wir sind in Trinidad, Herr Lambrose, wo man Leute nicht mir nichts, dir nichts einsperrt," belehrte sie.

Die unvergleichliche Frau blieb ungebeugt; Spuren von Gewissensbissen konnte ich keine entdecken. Aber trotzdem kam sie mir verändert vor. Geläutert? vielleicht. Beherzter, würde ihre Haltung besser beschreiben. Ich mag mich irren, aber vor mir stand eine Frau, die beschlossen hatte ihren Willen durchzusetzen.

Beim Abschied schaute sie mir voll ins Gesicht; ihr Lächeln kann ich nicht beschreiben, ihre Worte schon:

„Herr Lambrose, ich versagte, es wird nie wieder geschehen. Was sein muß, muß sein."

Ich begegnete ihr nie wieder. Sie verschwand aus unserer Mitte.

Chantal Prudhomme versank in tiefes nachdenken. Bestand eine Verbindung zwischen jener Madam Maureen und Rosa Simrock; war es sogar ein und dieselbe Person? Wurde ihr Mann das Opfer einer Wahnsinningen mit krankhaften Vorstellungen?

„Ich muß den Autor finden, er kennt sich darin besser aus," sagte sie laut.

Ihre Mühe erwies sich als vergeblich. Der Verleger sträubte sich Auskunft zu geben, doch zeigte er guten Willen.

„Schreiben Sie Ihre Fragen auf ein Blatt Papier und schicken Sie es uns in einem Umschlag zu, das weitere besorgen wir."

Sie wies das Angebot dankend zurück.

Lange Wanderung

Martin Hajek hatte Heimweh, er spürte ein herzschnürendes Verlangen nach der Stätte seiner Kindheit und Jugend. Er mußte sich oftmals abwenden, damit die Umstehenden seine nassen Augen nicht sehen konnten. Er war ein junger, herzhafter Mann, der vor zwanzig Jahren im Donautal, unweit der Mündung der Drau, das Licht der Welt erblickte. Er kam von weit her, eine unermeßliche Entfernung lag zwischen dem althergebrachten Dasein seiner Kindheit und dem holterdiepolter Leben der Neuen Welt. Oh, sicher könnte man die Strecke messen, auf dem Land- und Seeweg schätzen, aber niemals ermessen. Er reiste schnell, schneller als sein Wesen schritthalten konnte, außerdem so weit, daß er den Rückweg weder fand noch die Kraft besaß ihn zu gehen.

Das Schicksal hatte ihm einen Streich gespielt; es hob ihn aus der Furche, zerrte ihn von den blühenden Feldern der Pußta und schleuderte ihn in die rasende Bahn einer Welt, die ihm hundert Jahre voraus war. Aber diese Erkenntnis kam erst viel später. Noch war er jung wie der taufrische Morgen, unbekümmert und zu großen Abenteuern aufgelegt.

Ein Schatten folgte ihm leider auf seiner langen Wanderung, nämlich, seine Herkunft, die ihm wachsende Unannehmlichkeiten bereitete. Er versuchte sie abzustreifen, ihr davon zu eilen, aber sie benahm sich wie die Flasche mit dem Kobold, die weder zerstört noch im Stich gelassen werden konnte. Deutsch sein ging ja noch an, aber donauschwäbisch nicht. Er fühlte sich unter den Deutschen wie ein Fremder, ein Ausländer auf den man herab schaute und unter Kanadiern wie ein zweifacher Außenseiter. Er beschloß etwas dagegen zu unternehmen, ohne Verzug einen weitreichenden Schritt zu tun, nämlich, im gepriesenen Schmelztiegel Nordamerikas alle Spuren seiner Vergangenheit abzulegen.

Englisch lernen fiel ihm leicht, in den empfohlenen Medeakessel steigen, nicht. Mit einem Fuß schaffte er es

schon, sogar hin und wieder mit beiden Füßen, aber wie
vorgeschrieben bis zum Hals sich reinsetzen? Da mußte er sich
noch eine Weile üben, denn trotz seiner jungen Stärke
vermochte er die Zugkraft einer unsichtbaren Hand nicht zu
überwinden, die ihn stets daran hinderte.

Was oder wer hielt ihn zurück? Warum durfte er nicht mit
den anderen in den wunderlichen Zuber steigen, sich darin
tummeln bis aus dem alten etwas neues wurde? Mit scheelen
Augen betrachtete er die Badenden, wie sie schrill lachend, vor
Wonne kreischend, darin frohlockten und planschten. Neid
oder nicht, ihm war es nicht vergönnt. Jedesmal wenn er sich
Mut verschaffte um kopfüber den lockenden, winkenden
Pilgern Gesellschaft zu leisten, erschien vor seinen Augen eine
wehrende Gestalt und im Rücken die kräftigen Arme mit den
undehnbaren Zügeln. Ans umtaufen war lange nicht zu denken,
unbekannte Kräfte hatten sich verschworen es zu vereiteln.

Martin Hajek begann mit dem Geschick zu hadern; ein
Zwist brach aus zwischen der Vernunft und dem Gefühl. Die
Vernunft sprach laut und deutlich:

„Entweder paß dich an oder geh zurück."

Das Gefühl lenkte kleinlaut ein, daß anpassen doch nicht
gleichbedeutend mit dem Verlust des Kulturerbes sein müsse.
Gut gefolgert, aber nicht anerkannt. Also rein in den
Schmelztiegel. In der Tat ließ die Neue Welt solche Halbheiten
nicht gelten. Sie handelte im Sinne des Griechen Prokrustes,
der bekanntlich jeden Wanderer seinem Bett anpaßte. War er
zu klein, wurde er gestreckt, die zu großen wurden nach Maß
geschnitten. Das geringste was sie verlangte, die Neue Welt,
war ein unverbrüchliches Bekenntnis zu ihrer Lebensart,
wohlgemerkt nicht bloß zur Sprache und Kultur, sondern im
Bestreben ihnen gleich zu kommen.

Martin Hajek wanderte kreuz und quer durch Kanada. Trotz
des zuweilen auftretenden Heimwehs war an eine Rückkehr
nicht zu denken, weil er sich vermutlich in Deutschland
fremder als in Kanada gefühlt hätte. Dem Schmelztiegel ging
er vorläufig aus dem Weg; er verschob die Umwandlung mit
der Rechtfertigung er sei noch jung, zu was die Hast. Erst
mußte er vergessen lernen, sich völlig umstülpen, wie viele
andere die alte Welt vor aller Augen verlachen und verstoßen,

und die neue mit viel Lärm und Hurra umarmen. Nur mußte er sich darin noch eine Weile üben.

Er stürzte sich nun mit Leib und Seele ins kanadische Leben, durchstreifte das riesige Land von Meer zu Meer. Er drang bis hoch in den eisigen Norden, dann runter zu den blühenden Obstgärten am Okanagansee und weiter bis zu den fruchtbaren Feldern am Ontariosee. So jagte er von Ort zu Ort, eilte von Stelle zu Stelle, stets drei Schattenlängen vor seiner Vergangenheit her; sie ließ ihn nicht in Frieden. Wo immer er sich aufhielt, sei es auf der ewig gefrorenen Tundra, dem mächtigen Felsengebirge oder in der Halbwüste Britisch Kolumbiens, die Erinnerungen seiner Kindheit folgten ihm dicht auf den Fersen. Zuweilen holten sie ihn ein, wobei sie dann abwechselnd zaghaft an seinen Herzfasern zupften oder gebieterisch an den Strängen der Seele zerrten.

So ging es jahrzehntelang. Stand er am unbändigen Yukon, schob sich die untere Donau vor seine Augen. Streckte er die Hand nach den Aprikosen aus, die im Okanagantal in voller Reife standen, erblickte er die gelben Ringlotten im elterlichen Garten. Als er den Inuit im Polargebiet begegnete, sah er Männer auf dem Hotter; dunkel, ständig vergnügt und zu allerhand Scherzen aufgelegt. Sogar auf den Antillen, fremd und weit entfernt, begegnete er den Spuren seiner Vergangenheit. Dort grüßte ihn die Bedachtsamkeit, die Würde der Männer und Frauen aus seiner Kindheit. Er mochte unternehmen was er wollte, es gab kein Entrinnen; seine Herkunft folgte ihm von den ewigen Eisfeldern im Norden bis zu den palmberingten Stränden im Süden. Er versteckte sich; sie suchte und fand ihn auf den grünen Hügeln Neufundlands. Er flüchtete; sie verfolgte ihn von einem Ende Kanadas bis zum anderen. Sogar auf den windgepeitschten Charotteninseln bereitete sie ihm unruhige Tage und schlaflose Nächte.

Ein Zwiespalt kämpfte in ihm, er schwankte zwischen anklagendem Haß auf seine donauschwäbische Abstammung und schützender, herzzerreißender Liebe. Er fühlte weder ein Bündnis mit den Deutschen noch eine Gemeinschaft mit den Kanadiern. Donauschwaben begann er mit verächtlichen Gedanken zu strafen. Nur sie hatten Schuld an seiner schmerzlichen Unfähigkeit sich einzugliedern. Sie allein trugen die Verantwortung, daß er weder Heu noch Gras war, daß er herum irren mußte und nirgendwo ein Zuhause fand. Er kam sich verlassen vor.

Da geschah es, daß Martin Hajek doch Beistand und Freunde auftrieb, nämlich, Hans Gerstenkorn und seinen Vetter Sepp Spund. Ihr Dunst vertrieb nicht bloß die innere Qual, sondern er raubte dem Gewissen den Biß sowie der Scham die Röte. Hans Gerstenkorn und Sepp Spund verstanden ihr Handwerk gut, sie waren wirksamer als das Wasser des Flusses Lethe, welches, den Gerüchten nach, einmal getrunken, alles vergessen läßt. Hajek freute sich solch getreue Gefährten gefunden zu haben. Aber langsam kam eine Wendung.

Er wurde alt. Mit dem Alter wuchs der Mut sich seiner Herkunft zu bekennen, ja, sie ruhig aber bestimmt zu ehren. Ihm dämmerte allmählich die Erkenntnis, über ein Menschenalter etwas verfolgt und gesucht zu haben, das ihm schon in die Wiege gelegt wurde. Alles unruhige stöbern, von einer Sehnsucht getrieben, einem Gefühl der Unzugänglichkeit gejagt, hätte er sich sparen können.

Er besaß seit seiner Geburt was er auf den langen Irrfahrten nicht finden konnte. Die Ahnen hatten ihn nicht leer ins Leben geschickt, sie gaben ihm einen Sproß auf den Weg, welcher vom Baum eines unvergleichlichen Lebens stammte. Sein Keim wurde vor langer Zeit gesteckt; er wuchs, vom Schweiß des Ahnherrn getränkt und gedieh unter den unermüdlichen Händen der Ahnfrau. An seinen Früchten, welchen Martin Hajek vergeblich in der Fremde nachjagte, haftete etwas Unvergängliches, denn sie gossen und nährten die Wurzeln mit ihrem Herzblut, mehr hatten sie nicht zu geben.

Die Enttäuschung, auf der wilden Jagd nach einem Trugbild gewesen zu sein, erfüllte ihn mit Widerwillen, an dessen Fersen die Reue nippte. Aber noch war es nicht zu spät, denn Martin Hajek besaß ein Kleinod, welches ihm zu einem neuen Lebenssinn verhelfen sollte. Ungeachtet seiner langen Odyssee, der wirren Fahrt nach lockenden Schemen, trotz den zwiespältigen Gefühlen für seine Herkunft, pflegte er die Muttersprache. Sie war sein Schrein, er hegte sie wie ein Heiligtum. Er haftete an ihr wie der Abalon am Felsen im

Meer, den die stärkste Brandung nicht von seinem Sitz verdrängen kann, weil er weiß, daß er dann verloren ist. Er hatte sich die Muttersprache mit zähem Stolz erhalten, unverfälscht und unverdünnt. Sie aber freilich bloß an sich selber angewandt. Mittels ihrer Hilfe beschloß er nun all seine Vergehen zu tilgen, im Alter wieder gutmachen was er bisher vernachlässigt und veruntreut hatte. Er dachte vor seinem Tod den Nachkommen ein Vermächtnis zu hinterlassen, welches ihnen auf lange Zeit als Wegweiser dienen sollte. Er beschloß sein eigenes Golgatha als Beispiel zu benutzen. Sie abschrecken mit dem kümmerlichen stöbern nach Werten, der heillosen Jagd nach einem Lebenssinn, welchen die Vorfahren mit Mühe und Tränen als Erbe hinterlassen hatten.

Er sah schon im Geiste die leuchtenden Augen, fühlte den Überschwang in ihren Herzen, während sie um ihn geschart andächtig zuhörten. Wie einst er in der guten Stube zu Füßen der Großeltern saß, wo er an langen Winterabenden ehrfürchtig auf jedes Wort von ihren Lippen lauschte. Oh, wie würde man sich freuen über seine Berichte von den Erlebnissen im unglaublich schönen und wilden, aber schrecklich fremden Nordamerika. Er schrieb alles nieder bis zum letzten Tag.

Dann reiste er zurück ins Land wo er einen Teil seiner Kindheit verbrachte, überdies die ganze Jugend verlebte. Schon auf dem Schiff lief er glückstrahlend und in freudiger Erwartung von Bug zu Heck. Er sonnte sich bereits im Glanz der Freude seiner Leser und Zuhörer. Seine Ohren vernahmen schon den rauschenden Beifall, begleitet von Bewunderung.

Doch es war ihm nicht vergönnt. Statt gefeiert zu werden, wurde er zuerst verlacht, dann gemieden und schließlich sogar verfolgt. Warum? Armer, alter Martin Hajek, wie sollte er nach über fünfzigjähriger Abwesenheit wissen, daß sich das Land und die Leute grundsätzlich geändert hatten. Ihm begegneten müde Gestalten, von der Gefallsucht gebleicht, dem Salaamkrampf gebeugt, die lustlos wie Novemberfliegen hin und her schlürften. Aber was ihn am meisten erschütterte war der Anblick des gefeierten Schmelztiegels, der scheinbar von Amerika nach Deutschland ausgewandert war. Er hatte sich schon gewundert, wo dieser Zuber blieb, welcher bis zum Rand mit dem Schweiß der Minderwertigen gefüllt war, der überdies schon seit über zwanzig Jahren fast spurlos aus Nordamerika verschwunden war. Auf alle Fälle konnte ihn kein schmeicheln oder drohen bewegen diesmal auch nur eine Zehe einzutunken. Diese Mißachtung, vielerseits als sträfliche Schändung gestempelt, verzieh man ihm nicht; es wurde eine Art Acht über ihn verhängt.

Martin Hajek fühlte sich zum erstenmal in seinem Leben alt, einsam, nutzlos und steinalt. Er sehnte sich nach dem Grab.

Verhängnisvolles Bedürfnis

Dort schaukelten sie nun im Wind, der fast ständig über die Bismark Inseln streicht. Herbert Klein und Rudolf Bogner hatten des Henkers Tochter gefreit; in anderen Worten, ihnen wurde der Hals gestreckt; ohne Kirche, Amt oder Bedauern. Kurz nach Mitternacht, bei strömenden Regen, wurden sie unsanft ergriffen, gefesselt und gehängt. Hinterher brach ein regelrechter Krakamal unter den Eingeborenen aus. Sie tanzten um die schwingenden Leichen, während unflätige Beschimpfungen auf sie fielen. Sie ließen ihren lebenslangen aufgespeicherten Zorn an den zwei Deutschen aus.

Kurz vor Morgengrauen kehrten einige Männer zurück. Sie schaufelten ein Grab, worin Klein und Bogner begraben wurden. Die Sonne erschien über den Bergen, als sich die Männer den Schmutz vom Körper klopften und sich gegenseitig gratulierten.

Die Begebenheit trug sich in Neu Hannover zu, einer großen Insel des Bismark Gebietes. Zu jener Zeit handelte man dort noch mit Muschelgeld. Der Verwalter der Inselgruppe, Hans Anselm, amtierte mit erstaunlicher Wirksamkeit von der Insel Neu Mecklenburg aus. Man konnte dem strebsamen Menschen vieles nennen, außer einen vergnügten Mann. Er wurde Sauertopf hinter seinem Rücken genannt.

Herr Anselm hatte wenig Grund leutselig zu sein, vor allem nicht mit den ausgebürgerten Amerikanern; sie waren ein Staubkorn in seinen Augen. Er betrachtete sie durchweg als anmaßend, vorlaut und arbeitsscheu. Der sachliche Offizier aus einer sterbenden Welt, hatte so manchen dieser Radaubrüder, welche sich als Männer mit Kren betrachteten, am Kragen gepackt und sie eigenhändig hinter Schloß und Riegel gebracht. Sie wurden kurzerhand mit dem nächsten Boot abgeschoben. Freilich war ihr Gebell giftiger als der Biß, aber Herr Anselm verfocht die guten, alten deutschen Sitten; er machte kurzen Prozeß mit Unruhestiftern, vor allem wenn sie wider seinen

Erwartungen handelten. Wie zum Beispiel die zwei Amerikaner, wie man sie nannte, welche ihm von Haus aus zuwider waren. Der würdige, pflichtbewußte Mann, den Berlin mittlerweile zum Gouverneur der Inselgruppe ernannt hatte, besaß eine unziemliche Eigenschaft. Der Herr Gouverneur rümpfte die Nase über alle die ihm nicht seinesgleichen dünkten; in anderen Worten, er war unverzeihlich voreingenommen. Es mag unglaublich klingen, daß diese Abhängigkeit von Vorurteilen das Schicksal seiner Landsleute besiegelte.

Eines Morgens erschien der Wachtmeister von Neu Hannover bei Hans Anselm in Kavieng. Kummer war ihm von der Stirn abzulesen:

„Herr Gouverneur, ich bringe schlimme Nachrichten. Der Händler Makelo von Palmu wurde ermordet."

„Meine Güte, was geschah?"

„Wir fanden ihn mit einem Dolch im Leib auf."

„Tot?"

„Mausetot, Herr Gouverneur."

„Haben Sie alles ordentlich vermerkt?"

„Aber gewiß," versicherte der Polizist mit seiner besten Amtsmiene, während er sich straffte.

Nachdem der Gouverneur alle Einzelheiten erfahren hatte, bemerkte er nachdrücklich:

„So etwas können nur die Amerikaner verübt haben."

Als er den überraschten Blick des Wachtmeisters sah, verbesserte sich Herr Anselm:

„Natürlich muß eine gerichtsmedizinische Untersuchung ausgeführt werden," fügte er hastig hinzu.

„Darauf können Sie sich verlassen, Herr Gouverneur," versprach Wachtmeister Kassel.

Er verabschiedete sich mit einer Verbeugung.

„Wenn Sie nichts weiteres von mir hören wollen, mache ich mich auf den Heimweg."

Hans Anselm fiel etwas ein, er hob die Hand:

„Einen Augenblick, sagten Sie, daß zwei Schutzmänner den Tatort bewachen?"

„Das stimmt."

Der Gouverneur kräuselte die Stirn und schürzte die Lippen. Seine Neigung zur Sparsamkeit, manche nannten es Geiz, sträubte sich gegen unnötigen Kostenaufwand. „Hm, ist das nicht zuviel des Guten, einer müßte doch genügen?" wandte er ein.

„Ich denke nicht," bemerkte der Polizist.

„Oh?" stutzte der Gouverneur.

„Die Eingeborenen gebärden sich kriegerisch. Der Händler, ein Mischling, war äußerst beliebt; er hielt zu ihnen auf Gedeih und Verderb. Jung und Alt schwören Rache."

Unterwegs gingen Wachtmeister Kassel Gedanken und Vorstellungen durch den Kopf. Merkwürdig, wie der Gouverneur so ohne weiteres die Täter nennen konnte. Besaß er die Fähigkeiten eines Hellsehers oder wollte er sich bloß aufspielen? Seine Worte – das können nur die Amerikaner verübt haben– klang ihm noch in den Ohren. Freilich wußte der Wachtmeister nichts vom schrulligen Wesen des Gouverneurs, das so manches Unheil anrichtete. Wie seine vorgefaßte, üble, verleumderische Meinung von den Amerikanern, die Kassel weder verstanden noch gebilligt hätte. Er wiegte bedächtig den Kopf, zuckte die Achseln und schnitt eine Grimasse, die allerhand bedeuten sollte.

Trotz seiner Bedenken nahm er sich vor den verdächtigen Amerikanern einen Besuch abzustatten. Er kannte sie nur oberflächlich, aber trotzdem sträubte er sich Rudolf Bogner oder seinen Freund Herbert Klein des Meuchelmordes zu bezichtigen; gewiß nicht ohne triftige Beweise. Infolge vieler Beschwerden der Eingeborenen war er gezwungen mit Klein und Bogner zu verkehren, wohlgemerkt zu seinem Leidwesen.

Reinhardt Kassel kam als junger Mann ins Bismark Gebiet. Er war auf Anhieb bei vielen beliebt. Nicht nur bei den Ansiedlern, sondern auch bei den Eingeborenen. Seine freundliche Gesinnung öffnete ihm manche Tür, die anderen verschlossen blieb. Wie zum Beispiel Herbert Klein und Rudolf Bogner, welche von vielen lieber von hinten als von vorn gesehen wurden. Die Ursache ihrer Unbeliebtheit konnte kurzerhand Neid genannt werden. Die Mißgunst konnte man den anderen Siedlern nicht verübeln. Sie rackerten sich ab von Sonnenaufgang bis Sonnenuntergang, und das seit Jahren, ohne auf einen grünen Zweig zu kommen. Doch schau die zwei Grünlinge an; sie verwandelten in kurzer Zeit eine Wüstenei in ein blühendes Anwesen; so dachten manche, aber sagten wenige, doch es wurmte viele.

Seltsamerweise nicht nur Siedler, sondern auch teilweise die örtliche Obrigkeit. Jedoch ihr gemeinsames Streben sie los zu werden, erwies sich als aussichtsloses Unternehmen. Klein und Bogner zeigten nicht die geringste Absicht die Insel zu verlassen; bestimmt nicht kopfüber wie es sich viele wünschten. Zum Bedauern spürten die Ränkeschmiede zuweilen Gewissensbisse. Somit forschten sie nach Gründen, welche ihre Feindseligkeit nicht nur berechtigte, sondern verlangte.

Doch Klein und Bogner ließen sich nichts zu schulden kommen. Wie bereits erwähnt gedieh ihr Unternehmen von Monat zu Monat, indessen andere Plantagen merklich verwahrlosten. Folgedessen hätte sogar ein ausgelernter Neider, welcher dem Teufel die Hitze in der Hölle mißgönnt, schwerlich gegen sie wühlen können. Unleugbar besaßen die zwei Pflanzer nutzbringende Eigenschaften, welche der Insel zu Gute kamen. Freilich prangte ein Fleck auf ihren weißen Westen, nämlich, die Beschwerden der Eingeborenen, welche anfänglich als lästiges Gemecker empfunden wurden, auch bei den Behörden.

Unfug oder nicht, diese Klagen, zumeist von unzufriedenen Arbeitern vorgebracht, die oftmals arbeitsscheu waren, kamen Bogners und Kleins Widersachern wie gerufen; sie schürten mit Zungen und Gesten. Ein Hinweis hier, zwei Bemerkungen dort und schaut, die schüchternen Beschwerden kamen in Schwung; sie wurden lauter und eindringlicher.

Richard Gutmann, ein älterer Pflanzer, verkündete seinen Nachbarn:

„Die Neulinge, Sie wissen wen ich meine, plustern sich immer mehr auf."

„Oh, inwiefern?" fragten manche.

Gutmann kräuselte die Stirn und wandte den Kopf hin und her; er empfand solche Äußerungen anmaßend, wie ein Stich in sein redliches Herz. Er straffte sich empört und sprach laut und deutlich:

„Da fragt man noch? Ist die Überheblichkeit der beiden nicht allgemein bekannt, dazu verletzend?"

In der Tat, so verhielt es sich. Einer wie der andere entwickelte die Fähigkeit den anderen Pflanzern den Finger auf ihre Wunden zu legen. Sie unterließen keine Gelegenheit sich vor den befangenen Männern zu brüsten und ihnen Bilder von ihren prächtigen Ländereien vor die Augen zu halten. Mit einer Unschuldsmiene, die niemand täuschte, dem Schalk im Nacken, den jeder ahnte, posaunten sie den Siedlern in beide Ohren:

„Sehen Sie, Herr soundso, das nennt man eine Plantage."

Als Wachtmeister Kassel sich dem Tatort näherte, fuhr ihm eine böse Ahnung durch alle Glieder. Eine Woge der Empörung, aufgepeischt von zornigen Eingeborenen, kam auf ihn zu. Er stutzte, um ein Haar hätte er die Flucht ergriffen. Vor allem als er keine Spur von den zurück gelassenen Wachtposten erblickte. Hatten sie das Weite gesucht oder sind sie nur dem wutschnaubenden Haufen ausgewichen? Herrn Kassel war nicht wohl in der Haut, jedoch er gehorchte der inneren Stimme der Pflicht.

Was der erstaunte Polizist aus dem Mordsspektakel folgerte war auf Anhieb nicht klar; außer der Tatsache, daß ihr Blut nach Rache schrie. Davon zeugten die Gift und Galle speienden Frauen, wie auch die festen Stricke in den Händen einiger kernigen Männern.

Eh Kassel einen Entschluß fassen konnte, hatte ihn die tobende Meute umringt. Er versuchte sie zu beruhigen. Mit einer versöhnlichen Haltung hob er beschwichtigend die Hände:

„Langsam, Leute, langsam, alles mit der Ruhe," forderte er mit belegter Zunge.

Wie erwähnt, fühlte er sich unbehaglich, aber nun lief es ihm heiß und kalt über den Rücken. Die Lage nahm bedrohliche Ausmaßen an. Die Erfahrung hatte ihn gelehrt, daß diese langmütigen Menschen schwerlich aus der Fassung zu bringen sind. Doch wehe, wenn ihnen mal der Geduldsfaden reißt; sie geraten dann in eine sinnlose Wut, welche die Raserei eines gestellten Tasmanischen Teufels übertrifft.

Ja, Wachtmeister Kassel verlor seine übliche Gelassenheit. Er benötigte keine Kristallkugel um seine Lage zu erkennen.

Ein Blick rundum belehrte ihn, daß Umsicht angebracht war. Die meisten Männer, wie auch etliche Frauen, kannte er; sie setzten ihm seit Jahren mit Klagen und Quengeleien zu. Sein Bemühen die erhitzten Gemüter zu besänftigen, fiel auf brachen Boden; im Gegenteil, es steigerte ihren Zorn und Rachedurst. Sein Versprechen, die Täter in Kürze hinter Schloß und Riegel zu bringen, löste ein wieherndes Gelächter aus. Was sie miteinander tuschelten, konnte er sich denken, beim Anblick ihrer Gesten und ihren zornigen Gesichtern.

Indessen der Wachtmeister sein Hirn marterte wie er sich aus der bedenklichen Lage winden könnte, steigerte sich der Krakeel um ihn; er wurde lauter und drohender. Seine sprichwörtliche Gelassenheit verließ ihn. Er beging einen grundlegenden Fehler.

„Wir sind den Tätern auf der Spur," verkündete er.

Erschrocken schreckte er auf. Am liebsten hätte er sich auf die Zunge gebissen, doch es war zu spät. Ein älterer Mann trat auf ihn zu:

„Wem seid ihr auf der Spur?"

Kassel zuckte zusammen, er wußte nicht was er antworten sollte. Die Miene des alten Stänkers verfinsterte sich. Sein Gesicht, häßlich und abstoßend, nahm ein fratzenhaftes Aussehen an. Nach vorne gebeugt, spottete er:

„Na, wem seid ihr auf der Spur?"

Kassel kannte den alten Meuterer, er hatte an allem etwas auszusetzen. Doch bisher benahm er sich sittsam, nicht aufdringlich, wie jetzt. Er schaute beifallheischend auf die Umstehenden, welche herausfordernde Blicke auf den Wachtmeister warfen und wie am Spieße schrien.

Kassel fühlte sich in einer Zwangslage. Forsch auftreten würde einem Tanz auf dem Vulkan gleichen, entschied er. Duckmäuserei hätte den schwelenden Haß auf alles Fremde noch gesteigert; mit anderen Worten: geh vorsichtig ans Werk, doch entschieden. Aber wie? Zum Glück erinnerte er sich an die rätselhaften Worte des Gouverneurs, welchen er geringe Beachtung schenkte, die ihn aber jetzt aus seiner Bedrängnis helfen sollten:

„Wem wir auf der Spur sind? Den Amerikanern natürlich," verkündete er mit der Unsicherheit eines Bedrängten.

„Die Amerikaner, die Amerikaner," murmelten fünfzig rauhe Kehlen. Dann trat eine Grabesstille ein, während sich die Männer, Frauen und Kinder wortlos entfernten. Die eingetretene Stille kam dem Polizisten unheimlich vor, er ahnte mehr als er sagen konnte. Warum verstummte die wutentbrannte Schar wie auf Geheiß? Was bedeuteten die vielsagenden Blicke und der plötzliche Rückzug? Nichts Gutes, soviel steht fest, mutmaßte er. Was sich zutrug, eh die Sonne am nächsten Tag über den Bergen erschien, hätte kein Orakel voraussagen können. Wie beabsichtigt stattete der Wachtmeister seinen Landsleuten einen Besuch ab. Der Mann von Mecklenburg konnte weder Klein noch Bogner ausstehen. Die Ursache ist schnell genannt. Ihr überhebliches Wesen hätte er noch hinnehmen können, aber niemals ihre Fremdtümelei, welche ihm die Schwindsucht an den Hals ärgerte.

Freilich besaßen beide löbliche Eigenschaften. Ihr Fleiß war sprichwörtlich, ebenso der außergewöhnliche Wirtschaftssinn. Immerhin verwandelte sich in ihrer Obhut ein Schandfleck der Insel in eine Augenweide, und das in wenigen Jahren. Ja, ohne die lächerliche Nachahmung alles Fremden, vielmehr Amerikanischem, wären Klein und Bogner erträglich gewesen. Freilich störte so manchen ihr plump vertrautes Benehmen.

Jedoch die Quelle der allgemeinen Abneigung sprudelte wo anders. Wie erwähnt kamen viele Beschwerden den Behörden zu Ohren. Karteien, angefüllt mit Klagen, lagen in Wachtmeister Kassels Schubfächern. Weitaus die meisten rührten von Eingeborenen her, die erstaunliches zu sagen hatten.

Akina, so hieß Klein und Bogners Plantage, beschäftigte viele hiesige Männer und Frauen. Arbeitsuchende rannten ihnen schier die Türen ein. Allerdings rannten ebenso viele stampfend und fluchend hinaus. Warum? möchte man sich fragen. Löhne, wie auch Versorgungen beliefen sich über dem Durchschnitt, die Behandlung war streng, aber gerecht. Über die Arbeit konnte sich niemand beklagen. So, weshalb stöhnte die Polizei unter der Last von Klagen, welche hauptsächlich von Eingeborenen herrührten? Nun, die Wurzel des Ärgers entwuchs einer schikanösen Verordnung der Eigentümer, nämlich, daß alle Vorarbeiter Kenntnisse der englischen Sprache besitzen müssen. Die amerikanische Sprechweise wurde bevorzugt.

Während Wachtmeister Kassel unbeachtet am Tor des Gutes stand, ging ihm so allerhand durch den Kopf, unter anderem die lästigen Bedingungen des Hauses Akina. Was Klein und Bogner dazu bewegte überforderte sein Verständnis. Er fand diese Verordnungen nicht nur hanebüchen, sondern auch schädlich für das Unternehmen. Andere dachten ebenso, allerdings mit mehr Gift und Galle. Die Verachtung gegenüber den Amerikanern, wie man die beiden nannte, grenzte an ungehemmte Feindseligkeit; getüncht mit Haß seitens der Eingeborenen.

Klein und Bogner waren nirgendwo zu sehen. Arbeiter standen untätig herum. Kassel hielt ein Auge auf das Herrenhaus gerichtet, während das andere auf einen Knäuel Eingeborener schaute. Ihr Benehmen versetzte ihn in Erstaunen; er hatte den Eindruck, daß sie auf dem Sprung seien und zwar vor ihm. Als er ihnen entgegentrat, liefen sie Hals über Kopf davon.

„Na, sowas," knurrte der Polizist.

Eh er sich besann fuhr seine Hand hoch. Ein schriller Pfiff zerriß die Stille, der sogar dem trutzigsten Eingeborenen Schrecken einjagte; alle blieben wie angewurzelt stehen.

Herr Kassel kicherte selbstgefällig:

„Na, schau her, wie einem die Kindheit und Jugend an den Ufern der Regnitz dienlich sein kann."

Dort lernte jeder Bub das Blaue vom Himmel runter pfeifen, eh er den kurzen Hosen entwuchs.

„Wo sind eure Herren," herrschte er die verdatterten Arbeiter an.

Einer wie der andere grinste und verdrehte die Augen, doch sagte nichts.

„Die haben was zu verbergen," entschlüpfte es ihm unwillkürlich. Er knöpfte sich den deutschfreundlichen Vorarbeiter Nuri Bureka vor:

„Was tut sich hier, warum arbeitet ihr nicht?"

Nuri Bureka verstand es sich dumm zu stellen. Er scharrte mit den Füßen, zog eine Grimasse, während er überall hinschaute, außer auf den Wachtmeister.

„Die Herren sind nicht da," stotterte er.

Kassels Züge strafften sich:

„Ja, sag mal, könnt ihr nicht ohne sie anfangen?"

Der Vorarbeiter benahm sich höchst sonderbar. Er hüstelte, räusperte sich und blieb stumm, bis ihn der Wachtmeister anfuhr:

„Los, rede schon."

Die Augen Burekas weiteten sich. Er machte den Eindruck als ginge es ihm um Kopf und Kragen. Noch nie hatte Kassel ihn in solch einem entgeisterten Zustand gesehen. Er tat ihm leid, weshalb er versöhnlicher wurde:

„Komm schon, Nuri, fangt an zu arbeiten, die Herren werden bestimmt bald erscheinen."

Hätte ein Blitz vor seinen Füßen eingeschlagen, Vorarbeiter Bureka wäre nicht so erschrocken. Er wich stammelnd zurück:

„Nein, Herr, das ist unmöglich."

Eh er es sich versah, hatte der Melanesier das Weite gesucht. Mehr verärgert als bestürzt ging Kassel zum Herrenhaus. Dort herrschte eine betretene Stimmung. Die Haushälterin war untröstlich, sie jammerte:

„Die Herrschaften gingen gestern abend auf Besuch. Uns wurde gesagt, sie kämen vor Mitternacht zurück. Aber wie Sie sehen sind beide immer noch abwesend."

Wachtmeister Kassel besorgte das nicht im geringsten. Er stand schon zwischen Tür und Angel, als ihn die Haushälterin flehend ersuchte, der Sache auf den Grund zu gehen.

„Sonst noch was," dachte er, nickte aber trotzdem zustimmend.

Wie so oft wenn Kassel in Verlegenheit war, beschloß er seinen einstmaligen Zechbruder zu besuchen. Kapitän Heinrich Bleuer wurde von vielen eine Quelle der Weisheit genannt. Ja, hier und da nannte man ihn Salomo der Neuzeit. Der alte, immer noch wuselige Seemann, sah Kassel schon von weitem; Mit hoch erhobenen Hände kam er freudig auf ihn zu. In ungekünsteltem Brustton schmetterte er dem gern gesehenen Besucher Grüße entgegen.

„Ahoi, ahoi, Reinhardt, Sie kommen grad zur rechten Zeit."

„Zur rechten Zeit?" wiederholte Kassel überrascht.

„Ah, gesegnet sind die Blinden. Fällt Ihnen denn nichts auf?"

Der Wachtmeister verstand es sich zu verstellen. Mit der Miene eines Jüngers Thespis schaute er nach allen Seiten.

„Was meinen Sie?" fragte er mit einer Unschuldsmiene.

Kapitän Bleuer wußte Bescheid, er sah den Schalk in Kassels Augen. Die Schleusen der Erinnerung öffneten sich. Unwillkürlich mußte er lächeln, als seine Gedanken zu den feucht-fröhlichen Abenden wanderten, welche sie miteinander verbrachten. Sein ehemaliger Trinkgefährte besaß einen Hang zum Schabernack, dem er mehr als einmal zum Opfer fiel.

Der betagte Seefahrer grinste übers ganze Gesicht. Die Stimmung des Augenblicks nahm ihn gefangen. Er verdrehte die Augen, raufte sich den Bart in gespielter Verzweiflung, indessen er stöhnte:

„Oh tempora, oh mores, ihr Landratten seht nicht über eure Nasen hinaus."

„Was gibt es zu sehen, außer den Bergen, dem Meer und Ihren alten Kahn unten am Strand?"

„Die Sonne steht über der Rahe, das ist's was es zu sehen gibt," erklärte der Kapitän. „Sie wissen was das heißt," fügte er hinzu.

„Frühschoppen, soviel ich mich entsinne."

Nach dem zweiten Prosit schaute der Kapitän Kassel durchdringend an:

„Wo drückt der Schuh?" fragte er völlig unerwartet.

Kassel sah erschrocken auf. Er wollte eben bescheiden abwehren, als der Kapitän die Hand hob:

„Keine Ziererei, mein Lieber, raus mit der Sprache," befahl er in einem Ton der keine Widerrede duldete.

„Sie haben recht, mich fuchst schon was, mein Gewissen nagt arg an mir."

„Ich höre," ermutigte der Kapitän.

Wachtmeister Kassel lehnte sich zurück:

„Sie wissen sicherlich vom Schicksal des Händlers Makelo."

„Mehr als mir lieb ist. Aber Sie sprachen von Ihrem Gewissen," erinnerte Kapitän Bleuer.

Kassel rieb sich bedächtig das Kinn, eh er rätselhafte Andeutungen machte:

„Ja, mein Gewissen ist in Aufruhr, den Grund erkläre ich Ihnen. Allerdings muß ich zuerst ein wenig abschweifen. Die Sache ist die, ich komme soeben von Akina."

„Dem Sitz von Klein und Bogner?"

„Demselben. Mein Besuch betraf den Fall Makelo."

„Sind Herbert und Rudolf darin verwickelt?"

„Ich bezweifle es, aber der Gouverneur scheint anderer Meinung zu sein."

Kapitän Bleuer horchte auf:

„Was hat denn der damit zu tun?" fragte er in seiner bedächtigen Weise.

„Wahrscheinlich wenig oder garnichts."

„Sie sprechen in Rätseln, Reinhardt."

„Ich befürchte, daß Sie Recht haben, doch hören Sie mich an, ich bin knöcheltief ins Fettnäpfchen geraten."

Kapitän Bleuer schmunzelte:

„Solange es nicht knietief war," tröstete er.

„Sie haben gut reden. Ich verstieß gegen ein grundlegendes Polizeigebot."

„Das wäre?"

„Ziehe keine Schlüsse ohne triftige Beweise. Ohne Zweifel handelte ich wie ein Stümper. Aber zurück zum Fall Makelo."

„Ich vermute der Fall wird untersucht," meinte der Kapitän.

Kassel nickte.

„Haben Sie einen Verdacht?" forschte Bleuer.

„Nicht den geringsten, außer, daß ein Mißverständnis im Begriff steht großes Unheil anzurichten, vielleicht schon angerichtet hat. Mir schwant nichts Gutes, ich fühle mich peinlich berührt."

Kapitän Bleuers Aufmerksamkeit wurde hell wach. Er stellte Fragen, welche der Wachtmeister nur stockend beantwortete. Sein Gewissen, von Schuld getüncht, in Reue gewickelt, machte ihn wider Gewohnheit verschlossen.

Kapitän Bleuer war nicht begriffsstutzig, doch er wurde nicht klug aus Reinhardts unverständlichen Schilderungen. Er versucht etwas zu vertuschen, fuhr es ihm durch den Kopf. Er hob gebieterisch die Hand:

„Einen Augenblick, mein Lieber, Sie sprachen vorhin von einem folgenschweren Mißverständnis."

„Ja, so ist es. Ich befürchte, daß meine Unbesonnenheit verhängnisvolle Folgen haben könnte oder bereits schon hat."

„Unbesonnenheit, verhängnisvolle Folgen? Was meinen Sie? erzählen Sie doch," forderte der Kapitän.

Der Wachtmeister ließ sich nicht nochmals heißen, er berichtete ohne zu stocken. Zuletzt fügte er hinzu:

„Das sonderbare Verhalten der Eingeborenen am Tatort, verbunden mit der unerklärlichen Abwesenheit Kleins und Bogners, läßt mich Schlimmes ahnen."

„Wollte Herr Anselm Ihnen einen Fingerzeig geben?"

„Ich denke schon, bis mir zu spät ein Licht aufging."

Der Kapitän wiegte fast unmerklich den Kopf:

„Zu spät?" staunte er.

„Genau, der Schaden war bereits getan. Meine unbesonnene Bemerkung sorgte dafür. Die rachedürstige Meute bekam Wind, das Weitere kann ich mir denken."

Erschreckt fuhr der Kapitän auf:

„Sie glauben doch nicht etwa, daß unsern Landsleuten etwas Schlimmes zustieß?"

Herr Kassel zögerte einen Augenblick, eh er antwortete:

„Mir schwant nichts Gutes. Es kommt mir fast so vor, als hätte sich eine Fügung, eine harrende Fügung des Schicksals, vollzogen."

„Gegen Klein und Bogner?"

„Ich befürchte es."

„Woraus entnehmen Sie das?"

„Wie ich Ihnen schon sagte, sammelte sich eine Schar Eingeborener auf dem Grundstück Makelos, dem Ermordeten. Sie stapften wie angestachelte Radaubrüder herum. Sie hielten Mascheten und handfeste Knüppel in ihren Händen. Einige stellten derbe Schlingen zur Schau. Die ganze Meute krakeelte um die Wette. Ich muß gestehen, was sich dort vor meinen Augen abspielte, beklemmt mich immer noch."

Mittlerweile hatte die Sonne ihren Höhepunkt erreicht; sie war auf dem Weg zu den nahgelegenen Bergen, wohinter sie bald verschwinden würde. Die Tage sind kurz auf den wilden Inseln des Bismarck Gebietes, der Heimat von Regenwäldern, Bergen und Wasserfällen. Dazu die entfernten Vulkane, die zuweilen beängstigend rumoren und bedrohliche, schwarze Rauchwolken ausstoßen.

Eine peinliche Stille trat nun ein. Kapitän Bleuer zog rügend die Stirn in Falten. Er konnte nicht verstehen wie ein erfahrener Polizist die Worte eines Mannes mit vorgefaßten Meinungen ernst nehmen konnte. Herr Anselm, der Gouverneur, war teils verschrien, teils gelobt, wegen seiner Voreingenommenheit gegen Amerikaner; sie war unerbittlich und ein treibender Pfahl in seinem Leib.

Kapitän Bleuers Gesicht verfinsterte sich, während er versuchte die jüngsten Ereignisse zu verstehen. Mord oder Totschlag ereigneten sich auf der Insel alle Jubeljahre einmal. Ein Meuchelmord, wie im Fall Makelo, kommt sogar noch seltener vor. Der Ermordete war schließlich ein bescheidener Händler, lammfromm, ehrlich wie auch nützlich.

Kapitän Bleuer räusperte sich:

„Reinhardt, Sie sprachen von einem Verdacht."

Wachtmeister Kassel zuckte zusammen. Sein Gesicht drückteVerlegenheit aus:

„Larifari, nichts wie larifari. Ich fühlte mich gezwungen so etwas zu sagen, um den randalierenden Haufen zu beruhigen."

„Es war also eine Notlüge," schlug der Kapitän vor.

„Sowas ähnliches," erwiderte Kassel etwas ungnädig.

„Aha, ich berühre einen wunden Punkt," dachte Heinrich Bleuer.

Als sein Gast Anstalten machte zu gehen, hob er abwehrend die Hand:

„Sachte, mein Lieber, immer mit der Ruhe und einem guten Schluck für den Heimweg."

Mit diesen Worten reichte er seinem Gast ein gefülltes Glas, indem er ihn prüfend betrachtete:

„Reinhardt, wo drückt denn der Schuh?"

Die Frage ließ den Wachtmeister erschreckt auffahren. Der Kapitän schmunzelte, er verstand. Heinrich Bleuer und das

Schicksal lagen sich oft in den Haaren. Er konnte zuweilen nur mit Hängen und Würgen aus den Klauen der überwältigenden Macht entrinnen. Trotzdem pfiff er dieser Macht stets einen Tanz. Der ständige Kampf mit Wind, Wellen und dem gnadenlosen Meer, hinterließ keine nachteiligen Spuren in dem alten Seehasen. Unter der verwitterten Haut wohnte nach wie vor ein zartes Gemüt und nicht weniger ein vorzügliches Einfühlungsvermögen, vor allem nach reichlichem Rumgenuß, dem Heiltrank Hans Teers.

Die Hemmschuhe der Gedanken lockerten sich und die Schleusen der Vorgefühle öffneten sich weit. Kapitän Bleuer erkannte die Lage; sein einstmaliger Gröl- und Trinkgenosse litt an Seelenstörungen; an Gewissensbissen, in anderen Worten. Warum? Ein bloßes Mißverständnis oder unachtsames Versprechen sollten ihn nicht reumütig machen. Ohne Zweifel diente Reinhardts Besuch nur einem Zweck, nämlich, eine Beichte abzulegen; besser ausgedrückt, seine Bedrängnis mit ihm zu teilen.

Bejahrt war der Kapitän, doch weder gebeugt noch tatterig, noch weniger verhaspelt. Kassels Neigungen waren ihm bekannt. Die meisten erschienen ihm lobenswert, außer seiner Unduldsamkeit, welche so manchen Streit verursachte. Er nannte ihn einen strammen Deutschen; freilich etwas zu steif für den großmütigen Seemann, der alle sieben Meere durchkreuzt hatte. Zuweilen nicht nur der tobenden Natur ausgesetzt, sondern auch den Tücken einer betrunkenen Mannschaft.

Bleuer warf einen fragenden Blick auf seinen Gast. Seine Stirn zog sich in Falten. Reinhardts Abneigung, wenn nicht feindliche Gesinnung, Klein und Bogner gegenüber, war ein Geheimnis Polichinelles; also allbekannt. Ihn stieß ihre schamlose Fremdtümelei ab. Sie äfften alles nach, sei es Sprache, Gesten oder sonst was, solange es undeutsch klang oder aussah. Amerikaner genossen besonders ihre Anbetung. Sie wurden nicht umsonst die Amerikaner genannt, was Kleins wie auch Bogners Brust anschwellen ließ.

Während der Kapitän seinen Gedanken nachging, räusperte sich Kassel; erst verstohlen, dann vernehmlicher.

„Aha" dachte Bleuer, „Schuld und Reue überwiegen Zurückhaltung, die Beichte beginnt."

So verhielt es sich. Kassel gab sich einen Ruck, wonach er stockend zu reden begann:

„Sie erinnern sich sicher noch an unsere wiederholten Erörterungen über das Unterbewußtsein."

„Erörterungen? Endlose Streitereien würde ich es nennen, unter dem Einfluß von Hans Gerstenkorn ausgeführt. Aber warum fragen Sie?"

Warum wohl? Der Wachtmeister lehnte sich bedächtig zurück, seine Miene sagte mehr als Worte. Der Kapitän wartete geduldig; er hatte Zeit. Überdies war seine Neugier erweckt. Offensichtlich stand Kassel im Begriff sein Gewissen zu erleichtern. Die Schuld mit dem heißen Atem und den Fangzähnen einer Bestie, zwickt wahrscheinlich an seinen Fersen, dachte Bleuer. Er schien unschlüssig zu sein wie er seine Gedanken in Worte fassen sollte. Endlich holte er tief Atem, hob den Kopf, wonach er sagte:

„Sie behaupteten damals starrköpfig, daß der Mensch von unterschwellingen Gefühlen geleitet wird."

„Das tue ich immer noch."

Dunkle Schatten huschten über Kassels Gesicht, er seufzte unmerklich:

„Sie glauben also nach wie vor an Mächte unter der Schwelle des Bewußtseins, die unser Tun beeinflussen?"

„Mit voller Stärke," antwortete der Kapitän mit Nachdruck. Dann machte er seinem Unwillen Luft:

„Reinhardt, wäre es nicht angebracht die Katze aus dem Sack zu lassen?"

Kassel grinste schuldbewußt, er gab dem Kapitän recht:

„Ich werde es versuchen, einfach ist es nicht," ächzte er.

Bleuer winkte ärgerlich ab. Der Wachtmeister verstand, er begann zu erzählen:

„Ich bin bis über die Ohren in einer Klemme, mein Gewissen läßt mir keine Ruhe."

„Kommen Sie doch endlich zur Sache," befahl der Kapitän.

Kassel lächelte wehmütig, sein umflorter Blick machte Bleuer stutzig. Hatte sein Gast einen über den Durst getrunken? Reinhardts nächste Worte behoben seine Befürchtungen.

„Ihre Auffassungen vom Unterbewußtsein sind garnicht so verdreht," gestand er.

„Na, endlich nehmen Sie Vernunft an," lobte er.

„Besser spät als nie," erwiderte Kassel.

Seiner Stimme fehlte der sichere Klang, den Augen der übliche Glanz und seine Gesten erinnerten an einen müden, alten Mann.

Mit einer gebieterischen Handbewegung ermutigte der Kapitän seinen Gast zur Sache zu kommen.

Der Wachtmeister raffte sich zusammen.

„Kurz gesagt, ich habe ein Unheil angerichtet."

„Oh, in welcher Hinsicht?"

„In der Angelegenheit Makelo."

„Sie haben doch nicht etwa den Händler erstochen?" spöttelte der Kapitän.

„Nein, aber ich schaufelte zwei unschuldigen Männer das Grab."

„Wen meinen Sie?"

„Herbert Klein und Rudolf Bogner."

„Die Amerikaner in anderen Worten."

„So verhält es sich."

Bleuer schüttelte verdutzt den Kopf:

„Nannten Sie es nicht vorhin ein Mißverständnis?"

„Leerer Schall, gedacht um der Wirklichkeit ein Mäntelchen umzuhängen."

„Und was ist die Wirklichkeit?"

„Ich wollte Klein und Bogner Schaden zufügen. Warum, brauchen Sie nicht zu fragen."

„Das versteht sich von selbst. Ihre Abscheu, wie auch die meinige sowie vieler anderer, gegenüber Kleins und Bogners widerwärtiger Verehrung der Amerikaner, hat die Grenzen der Nachsicht überschritten."

„Schön und gut, aber hören Sie weiter."

Kapitän Bleuers Ansporn, durch Zeichen vermittelt, ermutigte Kassel zu sagen, was ihm augenscheinlich schwer fiel:

„Ja, werter Freund, ich fühle mich gedemütigt."

„Na, na," beschwichtigte der Kapitän.

„Ihre Ansichten vom Unterbewußtsein finde ich nun weniger hanebüchen," versicherte Kassel.
„Sie sind überzeugt?"
Kassel senkte den Kopf, seine Lippen kräuselten sich: „Mir bleibt nichts anderes übrig, nachdem ich am eigenen Leib die Macht des Unterbewußtseins zu spüren bekam."
„Sie wollten also den Amerikanern einen Denkzettel verabreichen."
„Sowas ähnliches hatte ich im Sinn, aber etwas viel Schlimmeres geschah. Ich hetzte die gärende Meute den sogenannten Amerikanern auf den Hals, und das vorsätzlich."
„Vorsätzlich? Ich dachte Ihre Mitteilung, voreilig gegeben, doch arglos, gehorchte einer Not?"
„Sie irren sich."
„Halt, halt, mein Lieber, ich habe feine Ohren am Kopf. Auf dem linken hör ich gut, auf dem rechten besser. Sagten Sie nicht vorhin…"
Kassel winkte ab:
„Daß ich mich bedroht fühlte?" ergänzte er.
„So ähnlich."
Kapitän Bleuer wiegte bedenklich den Kopf. Er hatte genug gehört und gesehen. Sein Gast schien vom Bedürfnis nach Sühne bedrängt zu sein und von Furcht gehetzt. Er machte den Eindruck als höre er hinter sich einen brüllenden Löwen und sieht vor sich das schäumende Meer. Man verabschiedete sich.
Zwei Wochen vergingen nach jenem Besuch. Der Regen nahm zu, der Wind heulte verstärkt von Südosten her. Herbert Klein wie auch Rudolf Bogner blieben verschwunden. Gerüchte schwirrten von Plantage zu Plantage, von Insel zu Insel. Die Wahrheit ließ nicht lange auf sich warten. Das lebhaft besprochene Geschehen, als Rätsel mit dunklen Geheimnissen verpackt angesehen, wurde allmählich enthüllt. Der örtliche Zuträger, Karl-Heinz Dorfmann, begann zu pispern. Er war ein Mischling von Rang, doch wenig Wert, der sich als Brücke zwischen zwei Welten sah. Er setzte den Ball in Bewegung. Wie schon so oft verbreitete er Nachrichten die eher wie Münchhausiaden klangen als getreue Wiedergaben.
„Da fängt er schon wieder an," sagten die Pflanzer.

„Haltet mir den Kerl vom Leib," verordnete der Gouverneur.

Dorfmann ließ sie reden, er kannte seine Leute. Sie hielten die Nasen hoch, doch wateten im Schlamm. So verhielt es sich. Die nasenrümpfende Obrigkeit stieg bald vom hohen Roß. Umlaufenden Gerüchten, verbürgt oder nicht, wurde bald mehr Beachtung geschenkt. Sogar Dorfmanns Ohrenbläserei, anfänglich mit Stirnrunzeln bestraft, wurde nun zögernd begrüßt, dann umarmt. Die Behörden hatten mehr Ärger als ihnen lieb war; vor allem mußte sich die Polizei so manches anhören.

Rügende Stimmen wurden lauter und eindringlicher. Als nach etlichen Wochen weder der rätselhafte Verbleib der Amerikaner geklärt wurde noch der Mord an Makelo eine Lösung fand, forderte der Gouverneur den Wachtmeister auf sich bei ihm zu melden.

„Wie steht die Lage?" fragte Herr Anselm kaum daß Kassel zur Tür herein war.

Neben dem Gouverneur saß sein Vertreter, Hubert Kieselbach, der so manche Auseinandersetzung mit dem Wachtmeister hatte. Zwischen den beiden herrschte eine schwelende Feindschaft. Kassel fühlte Kieselbachs Gegenwart wie Nackenschläge. Er nannte den Vizegouverneur Basilisk, wegen seines stechenden Blicks, der an Tod und Verderben erinnerte.

„Nicht gut, Herr Gouverneur," antwortete Kassel.

Kieselbach fuhr wie angestochen auf:

„Das sagen Sie schon seit Monaten," erinnerte er, indessen er Herrn Anselm beifallheischend anblickte.

Der Gouverneur fühlte sich verpflichtet ebenso schroff zu reden:

„Nichts für ungut, doch etwas muß geschehen. Die Erde kann doch nicht Klein und Bogner verschluckt haben."

Diese Bemerkung ließ den Wachtmeister zurückschrecken, was Kieselbachs lauerndem Blick nicht entging. Er betrachtete Kassel mit den Augen eines Raubtiers, das seine Beute gestellt hatte. Eine Ahnung ergriff den Wachtmeister, die ihn zwang die beiden Beamten aufmerksamer zu mustern.

Täuschte er sich, hatten sich die beiden gegen ihn verschworen? Kassel war kein Duckmäuser, ebenso wenig konnte man ihn begriffsstutzig nennen. Er sah List auf der Stirn des einen geschrieben und Tücke auf dem Gesicht des anderen. Wie gesagt, er war kein Leisetreter, auf einen Rolland antwortete er stets mit einem Oliver; das heißt, er zahlte mit gleicher Münze heim. Im Augenblick jedoch stand ihm der Sinn nicht danach. In der Tat ähnelte er von keiner Seite einem Helden aus der Reihe Karl des Großen.

Kassel reckte sich soweit es Schuld und Reue zuließen, welche seinen üblichen Freimut im Hilpertsgriff hielten:

„Um es kurz zu fassen, die Angelegenheit verhält sich wie folgt: der Mord am Händler, unergründlich, gelinde gesagt, bleibt nach wie vor ein dunkles Geheimnis. Was Klein und Bogner betrifft möchte ich folgendes sagen: die Polizei sieht keinen Grund kostspielige Ermittlungen einzuleiten.“

„Aber warum denn nicht?“ brauste Herr Kieselbach auf.

Der Wachtmeister wehrte mit beiden Händen ab:

„Sachte, Herr Kieselbach, ich hab noch nicht ausgeredet. Niemand hat die Pflanzer als vermißt gemeldet. Geschah eine Rechtsübertretung? Anzeichen dafür bestehen bisher nicht. Somit empfehle ich die Polizei aus dem Spiel zu lassen.“

Die Beamten schauten sich verdutzt an. Einer rümpfte die Nase, der andere zog die Stirn in Falten. Beide zogen eine Grimasse. Hans Anselm räusperte sich. Er warf einen bedeutungsvollen Blick auf seinen Kollegen, eh er verfängliche Fragen an Kassel richtete:

„Sie kennen doch Karl-Heinz Dorfmann?“

„Den Mischling und Erzlügner?“

„Denselben,“ fiel Kieselbach ein.

„Den kenne ich.“

Der Gouverneur zögerte eh er fortfuhr:

„Steht er mit Ihnen in Verbindung?“

„Nein, er meidet uns wie der Teufel das Kruzifix. Warum fragen Sie?“

Der Gouverneur hatte die Angewohnheit mit den Fingern einen Marsch zu trommeln sobald er in Verlegenheit geriet. Freilich verdroß ihn dieser Tick, der sich nicht für einen

Beamten in höherer Stellung ziemte, doch konnte er diese Unart nicht lassen.

Wachtmeister Kassel saß wie auf Nadeln, er wollte gehen. Vor allem nachdem ihm das sonderbare Gebaren Nuri Burekas einfiel. Wie ging es wieder? Die herum lungernden Arbeiter auf Kleins und Bogners Plantage erweckten Kassels Widerwillen. Er zog den Aufseher zur Rechenschaft. Nuri Bureka rechtfertigte seine und der Mannschaft Untätigkeit mit der Abwesenheit der Besitzer.

„Ja, Herrschaft nochmal, die werden doch jeden Augenblick erscheinen," schimpfte Kassel.

Nuri schaute ihn entgeistert an. Indem er einige Schritte rückwärts taumelte, keuchte er:

„Herr Wachtmeister, das ist unmöglich."

Eh Kassel antworten konnte, rannte er wie gehetzt davon. So ähnlich verhielt es sich. Was wußte der Mann? Warum floh er, als säße ihm der blanke Schrecken im Nacken? Er beschloß der Sache auf den Grund zu gehen.

Was der Gouverneur und sein Vertreter im Sinn hatten war Kassel nicht klar. Freilich wußte er, daß Herr Kieselbach ihm nicht gut gewogen war. Was die Ursache anbelangte, konnte in wenigen Worten erklärt werden. Kieselbach zählte sich zu den oberen Zehntausend. Er besaß die Gabe, trotz seiner niederen Gestalt, alles von oben herab zu betrachten. Reinhardt Kassel hätte nicht gegensätzlicher sein können. Seine militärische Haltung veranlaßte den Berufsbeamten die Stirn zu runzeln. Sein umgängliches Wesen betrachtete er mit Mißtrauen. Solche Eigenschaften wären ja noch angegangen, aber, oh Graus, Kassel sprach fließend Melanesisch; in anderen Worten, der Verräter wandelte in den Reihen der Eingeborenen.

Wachtmeister Kassel wußte woher der Wind wehte; man wollte ihn loskriegen. Die Vorladung erfüllte nur einen Zweck, nämlich, ihn nach einer Achillesferse abzutasten und das mit der Hilfe Dorfmanns. Der geeichte Klatschverbreiter, hinter dem man noch gestern drei Kreuze schlug, wurde heute mit offenen Armen aufgenommen. Warum wohl? Wußte er etwas belastendes über ihn? Wohl kaum, dachte Kassel, bis ihm etwas einfiel. Könnte es sein, daß Dorfmann sich inmitten der wilden Rotte befand, die auf Teufel komm raus ein Opfer

suchte, folglich seine voreiligen Worte vernahm? Der Gedanke
zwang den von Sühne geschwächten Polizisten schier in die
Knie. Er mußte schnellstens das Amtsgebäude verlassen. Allein
sein, nachdenken und planen, hielt er für angebracht.

„Meine Herren, ich werde mein möglichstes tun, um den
Fall zu lösen," waren seine letzten Worte, eh er verschwand.

Er trat nie wieder unter ihre Augen.

Auf dem Rückweg nahm er sich vor Kapitän Bleuer
abermals zu besuchen. Es sollte nicht sein. Als er in Neu
Hannover sein Boot anlegte, sah er Nuri am Ufer hin und her
laufen. Der Mann schien außergewöhnlich erregt zu sein. Er
warf verstohlene Blicke nach allen Seiten, welche zuweilen an
Kassel haften blieben. Der Wachtmeister wußte Bescheid; Nuri
Bureka, der Aufseher der Plantage Akina, hatte etwas auf dem
Herzen. Wie tief in Gedanken versunken näherte er sich
Kassel. Als er vor ihm stand hob er den Kopf und riß die
Augen weit auf:

„Oh, der Herr Wachtmeister," stieß er überrascht aus.

„Welch ein freudiger Zufall," fügte er hinzu.

„Welch ein Bühnenstück," dachte Kassel, indem er Bureka
prüfend musterte.

„Na, wie geht die Arbeit?"

„Schlecht, Herr Wachtmeister, sehr schlecht."

„Oh, warum denn?"

Nuri antwortete mit gequälter Miene und der Stimme eines
Leidenden:

„Nichts geht voran seit die Eigentümer verschwanden."

„Naja, eines Tages werden sie schon wieder erscheinen,"
tröstete Kassel.

Als hätte man ihm etwas getan, verzog Nuri sein Gesicht:

„Wie ich Ihnen doch schon sagte, das wird nie geschehen."

„Warum nicht?"

„Weil beide zwei Meter tief unter der Erde liegen."

Eh sich der Wachtmeister besann, hatte Bureka abermals das
Weite gesucht. Während Kassel dem Fliehenden nachstarrte,
dämmerte ihm die Wahrheit: sofortige Flucht allein blieb übrig.
Was er eben erfuhr, bestätigte seine Vermutung. Herbert Klein
und Rudolf Bogner erhielten ihren wohlverdienten Lohn. Sich
als Amerikaner ausgeben oder sie nachahmen, dünkte ihn nicht

bloß ehrlos, sondern ein Kapitalverbrechen. Er bereute seine Unterstellung nicht. Oh, gewiß, ein unterschwelliger Haß hatte sie ins Leben gerufen. Doch verdienten die Volksverräter nicht ihr Los? Zwei Meter unter der Erde ruhten sie nun, sagte Nuri. Was mehr können elende Verräter verlangen? Allerdings hätten sechs Meter besser geklungen, aber man kann nicht alles im Leben haben was man will, tröstete sich Kassel.

Am nächsten Morgen bestieg er die Fähre nach Kavieng. Er fühlte sich nicht wohl. Die Schuld, jene unbarmherzige Feindin, welche unsichtbare Fesseln windet, setzte ihm arg zu. Auch nicht die Rechtfertigung linderte sein Unbehagen.

Seinen schriftlichen Rücktritt, sauber verfaßt, überreichte er der Sekretärin des Gouverneurs in Kavieng. Der Umschlag zeigte keinen Absender. Der gefaltete Briefbogen war knapp beschrieben:

„Ich komme nicht zurück. Viel Glück mit den Ermittlungen. Reinhardt Kassel, Wachtmeister außer Dienst."

Jürgen Thorwald

Beim ersten Blick auf den Besucher runzelte Doktor Braunau die Stirn, beim zweiten hätte er beihnahe die Hand abwehrend erhoben. Er kannte Jürgen Thorwald, wie viele andere in Fort Simpson. Wie sie, sah er ihn lieber gehen als kommen. Es wurde viel über ihn gemunkelt. Wieso, ist leicht erklärt. Er unternahm mit seiner Frau eine Forschungsreise ins Nahannigebiet, von welcher er frühzeitig ohne sie zurückkehrte. Fragen wurden gestellt, unwillige Antworten folgten. Dem großspurigen Hamburger waren nur einsilbige Antworten zu entlocken.

Jürgen Thorwald erfreute sich keiner Beliebtheit im Dorf, dessen Bewohner von weit her kamen, jedoch dieselbe Gesinnung vertraten. Man fand den Deutschen überheblich, somit ungeeignet für eine Gemeinschaft welche den Mittelstand anstrebte.

„Guten Morgen, Herr Thorwald," grüßte Doktor Braunau.

„Guten Tag," wünschte ihm Jürgen.

„Ich hoffe die Gemahlin ist zurück."

Täuschte man sich oder huschten Schatten des Ärgers über Thorwalds Gesicht? Sei es so oder nicht, den Doktor störte es wenig. Er verlor keine Zeit mit zwangloser Unterhaltung. Umstände machen, hinter Redensarten sein Wesen verbergen, behagte ihm wenig. Er kam zur Sache:

„Nun, was sind die Beschwerden?" wollte er wissen.

Thorwald druckste herum, indessen ihm allerhand durch den Kopf ging. Doktor Braunaus gelassene, ja, gönnerhafte Art, nahm ihm den Wind aus den Segeln. Er trat von einem Fuß auf den anderen, schaute verlegen auf den unwilligen Arzt, eh er heraus platzte:

„Ich kann nicht schlafen."

„Aha, schlechtes Gewissen, vermute ich."

Doktor Braunau war als Spaßvogel bekannt. Seine spitze Zunge bestürzte jung und alt. Überhaupt fanden seine Ansichten wenig Anklang bei den Kollegen und noch weniger bei seinen Patienten. Fast ausnahmslos sind die Urheber von Krankheiten Angst und Langeweile, hieß es bei ihm. Freilich äußerte er solchen Frevel weder laut noch öffentlich.

Der Doktor richtete sein Augenmerk voll auf den Besucher. Der Mann hat mehr als bloße Schlafschwierigkeiten, dachte er. Wie kann ein Mensch in dem kleinen, abgelegenen Ort nicht schlafen, wo nachts kaum ein Muckser zu hören ist? Er betrachtete es als seine Pflicht seinem Patienten gezielte Fragen zu stellen. Er biß auf Granit, Thorwald antwortete einsilbig oder garnicht.

„Ein wirksames Schlafmittel brauch ich, weiter nichts," beharrte er.

Kopfschüttelnd griff der Arzt zum Rezeptheft und Schreibstift.

„Lassen Sie es nicht zur Gewohnheit werden," mahnte er.

„Schon gut, schon gut," meinte Thorwald herablassend.

Als er das Sprechzimmer verließ, rief der Doktor ihm nach: „Hoffentlich sehen wir Ihre Frau bald wieder."

Thorwald blieb stehen, er drehte sich ruckartig herum. Mit gerunzelter Stirn und einem durchbohrenden Blick betrachtete er den Arzt, der unwillkürlich zusammen zuckte. Jedes Wort betonend entgegnete er:

„Man darf hoffen."

Mit dem Gedanken nie wieder die Schwelle des Doktors Sprechstube zu übertreten, stürmte er hinaus.

Im kleinen Dorf am großen Fluß herrschte gewöhnlich gähnende Langeweile, die man versuchte mit Klatsch zu vertreiben. Zur Zeit diente der Fall Erna Thorwald diesem Zweck. Ihre andauernde Abwesenheit wurde zum Tagesgespräch, welches zur reinen Ohrenbläserei ausartete, zu Thorwalds Verdruß. Aber trug er nicht die Verantwortung für das lästige Gemunkel? Sicherlich hätte eine mitteilsamere Einstellung seinerseits das Getuschel im Keim erstickt. Aber er blieb zugeknöpft, umso mehr als Erkundigungen eingezogen wurden.

Der ohnehin unbeliebte Mann erreichte nun den Gipfel ihres Widerwillens. Folglich atmeten so manche auf als sie erfuhren, daß der ungehobelte Mensch demnächst Fort Simpson verlasse. „Er sollte zurück gehen wo er herkam," bemerkten viele. Zwei Wochen nach dem ersten Besuch meldete sich Thorwald wieder bei Doktor Braunau. Der Arzt war keineswegs erbaut den vorigen Patienten wieder zu sehen, doch er mußte gute Miene zum bösen Spiel machen. Schließlich war er der einzige Arzt weit und breit.

„Na, wie fühlt man sich?" wurde Thorwald gefragt.

Ein flüchtiger Blick sagte ihm mehr als Worte. Der Mann glich eher einer aufgewärmten Leiche als dem namhaften Draufgänger, den er gern mimte.

„Wie gerädert, Doktor, von Kopf bis Fuß zerschlagen."

„Wo mangelt es, immer noch an Schlaf?"

Thorwald musterte den Arzt mit prüfenden Augen, wie jemand der im Begriff stand ein Geheimnis zu verraten, so kam es Doktor Braunau vor. Betraf es die rätselhafte Abwesenheit seiner Frau, deren Geschick vielen am Herzen lag? Sie genoß die Gunst der meisten Dorfbewohner, im Gegensatz zu ihrem Mann, dem man möglichst aus dem Weg ging.

Thorwald senkte den Kopf ohne etwas zu sagen. Der Arzt schlug eine Untersuchung vor, obwohl er das als nutzloses Unternehmen ansah. Er ahnte die Ursache des Übels, für welches kein Kraut gewachsen ist. Die Krankheit heißt Schuldgefühl und nichts anderes. Etwas geschah mit Erna wofür Jürgen sich verantwortlich hielt oder es auch war. Doktor Braunau hatte nicht vergessen wie beide begeistert Vorbereitungen machten für die langersehnte Forschungsreise ins wildeinsame Nahannigebiet. Drei Monate sollte das Unternehmen in Anspruch nehmen, aber bereits nach einem Monat kehrte Thorwald allein zurück. Wo blieb Erna? Warum benahm sich Jürgen so merkwürdig? Wie konnte man es den Dörflern verübeln mißtrauisch zu sein, wenn Zeichen der Schuld auf seiner Stirn leuchteten?

Fragen wurden gestellt; anfänglich verbindlich, dann verfänglich, angesichts der Geheimniskrämerei. Bald schwirrten Mutmaßungen umher wie Motten ums Licht. Der Bürgermeister nahm Jürgen ins Gebet:

„Wortkargheit hin, Wortkargheit her, meines Erachtens sollten Sie mitteilsamer sein."

„Hinsichtlich meiner privaten Angelegenheiten?"

„Nicht unbedingt," entgegnete er ausweichend.

„Sie beziehen sich auf Ernas Abwesenheit, nicht wahr?"

„Ja. Ihre übertriebene Zugeknöpftheit läßt auf allerhand schließen," belehrte der alte Herr.

Thorwald zuckte mit den Achseln:

„Na, auf was denn?" wollte er wissen.

Sichtlich verlegen räusperte sich der Bürgermeister, eh er einen väterlichen Ton anschlug:

„Mir liegt es fern üble Nachrichten zu verbreiten oder Sie zu bemängeln. Aber ein wenig Auskunft über die arg verkürzte Reise wäre schon angebracht."

Thorwald kniff ein Auge halb zu und neigte den Kopf.

„Wie steht es mit Ernas rätselhaftem Verbleib?" fragte der Bürgermeister. "Es würde das lästige Gemunkel einstellen."

„Wissen Sie was, Herr Bürgermeister, die ganze Sippschaft kann mir den Buckel runter rutschen."

Doktor Braunau war unvereinbar mit seinem Ruf als leichtfertiger Mensch, er konnte eher ein Verstellungskünstler genannt werden. Vorherrschende Gepflogenheiten war die Richtschnur seines Verhaltens, sollte es sein Wohlergehen fördern; in anderen Worten, er paßte sich an. Als hochgestochen gelten oder in Verruf geraten ein Einzelgänger zu sein, widerstrebte ihm; vor allem in einem so engen Raum wie Fort Simpson, wo Mannschaftsgeist unerläßlich ist, wie auch die Vergötterung des Mittelwertes. Seines Erachtens nach hatte sich Jürgen Thorwald im Netz seines Hochmuts verfangen.

Er kam vor etwa drei Monaten mit seiner Frau an. Die zwei schienen ein Herz und eine Seele zu sein. Ihr sichtlich inniges Verhältnis rief Erinnerungen wach, welche den älteren Arzt um zehn Jahre verjüngten. Ihre gegenseitige Zuneigung war ungekünstelt, also nicht für die Bühne gedacht; im Gegenteil, man hatte den Eindruck, daß sie beabsichtigten ihre Gefühle für einander eher zu verbergen als an die große Glocke zu hängen.

Im Hinblick dieser Anhänglichkeit fand Doktor Braunau Thorwalds Verhalten höchst merkwürdig, wenn nicht verdächtig. Was hatte er zu verbergen, ja, tatsächlich, was? Der Doktor ärgerte sich wegen seiner zwiespältigen Regungen. Die eine Seite hieß ihn den Landsmann zu mahnen, die andere riet ihn davon ab:

„Laß ihn die Folgen seiner Handlungsweise tragen," wurde ihm geboten.

Jürgen spielte mit einem Feuer, von dessen Brunst er keine Vorstellung hatte. Die Hiesigen fühlten sich mißachtet, dazu von einem Reingeschmeckten.

„Jürgen Thorwald, du weißt nicht was dir blüht," seufzte der Arzt.

So verhielt es sich. Lose Zungen raunten in geneigte Ohren. Mutmaßungen wurden ausgetauscht, die von Tag zu Tag verstiegener ausarteten. Die Schullehrerin, eine rechtschaffene Vertreterin der Gleichmacherei, welche anders denkende verteufelte, setzte dem Bürgermeister gnadenlos zu:

„Sie müssen die Obrigkeit in Yellowknife benachrichtigen," legte sie ihm nahe.

Von der Hoffnung beseelt, daß Thorwald demnächst Fort Simpson verlasse, zögerte der geplagte Mann. Da er jedoch von vielen Seiten bedrängt wurde, entschloß er sich den widerwärtigen Schritt zu unternehmen. Zuerst jedoch wollte er nochmals mit Thorwald sprechen.

„Nun, Herr Bürgermeister, was verschafft mir die Ehre?" begrüßte ihn Thorwald mit einer Gönnermiene.

Trotz seinen mangelhaften Englischkenntnissen, wie auch Größe, besaß Thorwald die Gabe, Leute von oben herab zu behandeln. Allein der prüfende Blick genügte um klein wie groß in ihre Schranken zu verweisen.

Thorwald ahnte was den Bürgermeister herbrachte, nämlich, das Geheiß seiner Wähler. Heiliger Sebastian, kann der Mann sich in die Brust werfen, dachte Jürgen. Er mußte sich Gewalt antun um nicht laut heraus zu lachen.

Spuren der Entsagung stritten sich mit Zeichen des Verdrußes auf dem schlaffen Gesicht des frühzeitig gealterten Beamten, der so gerne den derben Machthaber spielte.

Thorwald seufzte unwillkürlich. Sein Besucher tat ihm leid, er hatte den Zauber eines Mannes verloren. Die Unterredung ging zu Ende eh sie in Fahrt geriet. Der Bürgermeister fand von jeher wenig Gefallen an dem ungeselligen Deutschen. Seine Abneigung wuchs jetzt beträchtlich an. Er hätte am liebsten kehrt gemacht, aber die Furcht vor der bissigen Zunge der Lehrerin hielt ihn davon ab. Er kam zur Sache:

„Jürgen, Sie laufen ins offene Messer."

Thorwald verstand:

„Es wäre nicht das erstemal," entgegnete er wegwerfend.

Der Mann vom Amt fand diese Antwort samt dem Ton verletzend. Seiner Meinug nach gebührte der Obrigkeit ein achtungsvolleres Entgegentreten. Er nahm eine amtliche Haltung an und wies den kleineren Jürgen barsch zurecht:

„Sie betrachten die Sache zu herablassend," schalt er.

Thorwald schnitt eine Grimasse:

„Sache, welche Sache?" wiederholte er.

Der Bürgermeister kam sich veralbert vor:

„Die Angelegenheit mit Erna," schimpfte er.

„Meiner Frau?"

Er schnaubte mißbilligend, während er aus dem Zimmer stürmte. Die Tür fiel laut hinter ihm zu. Folglich hörte er wohl nicht Jürgens Worte:

„Da hat man es wieder, ein neuer unversöhnlicher Feind."

Thorwald war weder wohlhabend noch berechnend. Das gescheiterte Unternehmen hatte so ziemlich seine Mittel verschluckt. Arbeit über dem sechzigsten Breitengrad war leicht zu finden; jedoch nicht für ihn. Das gefürchtete Brandmal, Einzelgänger, haftete an ihm. Er ist ein Störenfried, hieß es von Fort Norman bis Yellowknife.

Jürgen befand sich in einer Zwickmühle. Bleiben erschien ihm genauso widerwärtig wie fortziehen.

Indessen er mit einer beklommenen Unentschlossenheit rang, griff das Schicksal ein; die Polizei erschien, vielmehr der hiesige Schutzmann. Die Verlegenheit stand ihm im Gesicht geschrieben, wie auch Zeichen des Widerwillens.

„Aha, der Bürgermeister blieb nicht lange untätig," mutmaßte Thorwald.

Nach einer kurzen verbindlichen Unterhaltung, verkündete der Polizist:

„Ich will nicht lange hinter dem Busch halten, mein Besuch bezieht sich auf ihre Frau. Mir wurde aufgetragen nach ihr zu forschen."

Thorwald lag es auf der Zunge ihm eine unbequeme Tatsache zu erklären. Doch eine innere Stimme gebot ihm sachte voran zu gehen.

„Was möchten Sie wissen?"

Der Polizist nahm Anstoß an den schroffen Worten, sie verletzten sein Geltungsbedürfnis. Er entnahm seiner Tasche ein Merkbuch, zückte einen Schreibstift und verlangte in einem befehlshaberischen Ton zu wissen:

„Wo ist Ihre Frau?"

„Gute Frage, Herr Amtmann, doch leider kann ich sie nicht beantworten."

„Heißt das Sie weigern sich es zu tun?"

Thorwald schüttelte den Kopf:

„Keineswegs."

Rickle nahm die Haltung eines erbosten Befehlshaber an:

„Wie ist das zu verstehen?"

„Ich weiß nicht wo Erna ist."

Rickles Gesicht verwandelte sich in eine Maske des Unglaubens. Er, wie die meisten Dorfbewohner, wußten von dem Unternehmen der Thorwalds. Sie hatten eine Fahrt auf dem Nahanni geplant, bis hinauf zu den großen Fällen. Die Gemeinde leistete beträchtlichen Beistand. Sie lieferte Ausrüstungen, wie Zelte, Boote, plus andere Notwendigkeiten. An herzhaften Ermunterungen fehlte es auch nicht. Schließlich hatten sich die Thorwalds verpflichtet kostbare Funde, Bilder und Zeichnungen zu vermitteln. Beide durften sich fähige Maler nennen. Wenigstens drei Monate sollte die Reise in Anspruch nehmen. Nach einem Monat kam Jürgen ohne seine Frau zurück; den Gerüchten nach. Kein Wunder wurden Fragen gestellt, Antworten jedoch waren dünn gesät. Der Polizist schüttelte den Kopf, mehr innerlich als äußerlich.

„Der Mädchenname Ihrer Frau ist Fuchs, wie ich verstehe."

Jürgen kräuselte die Stirn, er musterte den Besucher mißtrauisch.

„Das stimmt," kam eine zögernde Antwort. „Aber warum die Frage?"

„Norbert Fuchs, ihr Vater, hat eine Vermißtenanzeige eingereicht. Er sagte unter anderem, daß er schon seit Monaten nichts mehr von seiner Tochter hörte."

Thorwald schnitt eine Grimasse, sein anmaßendes Wesen drang an die Oberfläche.

„Sie sagten unter anderem," spöttelte er.

Rickle verzog sein Gesicht widerwillig. Er machte Anstalten den jungen Mann zurecht zu weisen, doch Jürgen kam ihm zuvor:

„So, Ernas Vater hat seit Monaten nichts von ihr gehört. Nun, ich auch nicht."

Der Polizist schaute veblüfft drein.

„Wie ist das möglich?" wollte er wissen.

Thorwald erklärte:

„Ganz einfach. Sie kam mit mir vor etwa zwei Monaten zurück. Noch am selben Tag verließ sie Fort Simpson sehr erregt und erbost.

Der Amtmann ließ wissen, daß viele Dorfbewohner gewillt seien auf einem Stoß Bibeln zu schwören, er sei ohne seine Frau zurück gekehrt.

Jürgen rümpfte die Nase:

„Stoß von Bibeln, ha, hoffentlich verbrennen die braven Leute sich nicht ihre Hände dabei."

Der Polizist mahnte:

„Leichtsinn ist hier fehl am Platz, im Hinblick von gewissen Tatsachen."

„Oh, welche denn?"

„Diese Zeugen sind teilweise bedeutende Persönlichkeiten," wurde Jürgen belehrt.

Er verstand die Anspielung, welche er belächelte. In seiner gönnerhaften Art musterte er Rickle mit einem Auge widerwillig, mit dem anderen spöttisch. Seine Haltung ließ durchblicken, daß er genug hatte von den versteckten Drohungen sowie dem Versuch ihn einzuschüchtern. Jürgen faßte zusammen:

„Wie erwähnt kam meine Frau mit mir zurück."

„Aber frühzeitig," bemerkte der Polizist lauernd.

Thorwalds Antwort bestand aus einem frostigen Blick und einer abweisenden Haltung. Er hatte genug von den absichtsvollen Andeutungen des Polizisten, der sicherlich im Auftrag der Großen des Dorfes handelte, welche ihm alles außer gut gesinnt waren. Seit seiner Ankunft entfachten sie ein Geflüster über ihn, das schallend von einem zum anderen Ende widerhallte; in anderen Worten, Jürgen Thorwald diente als Band welches die hiesigen Miesmacher vereinte. Seine Anwesenheit, gewiß verhaßt, förderte ihren Lebenszweck.

Thorwald konnte weder geizig, mittellos, noch gewissenlos genannt werden. Er gab alles geliehene wie auch geschenkte zurück. Jeder Spender wurde großzügig entschädigt. Natürlich war die Enttäuschung groß. Fragen wegen dem gescheiterten Unternehmen beantwortete er kurzsilbig oder garnicht. Die Abwesenheit seiner Frau erklärte er mit den Worten: „sie ist verreist."

„Wann kommt sie zurück?"

Als er ihnen wortlos den Rücken zuwandte, fing das Geflüster von neuem an. Die ganze Sippschaft, wie Thorwald die hiesigen Bewohner nannte, bezeichneten sich als eine Familie, deren Herz vor Wohlwollen anschwoll für Gleichgesinnte. Sowas katzenfreundliches wie diese Pioniere des Nordens, schlechthin Boten des Elends, Vernichter des Echten, waren Thorwald noch nie begegnet. Fort Simpson, ja, der ganze Norden konnte ihm gestohlen bleiben.

Seine Abreise sollte am kommenden Mittwoch stattfinden. Nichts in der Welt würde ihn davon abhalten. Thorwald hegte nicht das geringste Verlangen eine Stunde länger als nötig unter Menschen zu weilen, die ihn am liebsten an den Schandpfahl gestellt hätten, samt einem Kang um den Hals. Keine zehn Pferde würden ihn in Fort Simpson halten oder je wieder nach Kanadas Norden zurück bringen. Es war ein mannhafter Vorsatz, der leider nicht in Erfüllung ging.

Als er zwei Tage später in der stillen Dunkelheit seine Gedanken wandern ließ, pochte es an der Tür. Doktor Braunau trat ein. Der Anblick des älteren Mannes berührte ihn wie immer tief. Er fühlte sich in die Vergangenheit versetzt, in die Zeit seiner Kindheit. Vor seinem inneren Auge erschien der große Lindenbaum vor dem Elternhaus, dessen beruhigendes rascheln ihm weit über Wellen und Meere folgte. Warum erweckte Doktor Braunau eine Sehnsucht nach Vergangenem in ihm? Konnte es seine beruhigende Stimme sein, das geheimnisvolle Lächeln oder seine drollige Angewohnheit den Kopf zu neigen? Jürgen hätte es nicht sagen können.

Der Doktor machte ein bedenkliches Gesicht. Thorwald mußte seine Zunge im Zaum halten um keine spöttische Bemerkung zu machen. Es wäre unziemlich gewesen, beim Anblick seines besorgten Gesichtes. Er schien mit unheilvollen Gedanken zu kämpfen.

„Sie klopfen spät an," meinte Jürgen.

Doktor Braunau zögerte, er schaute von einem Fenster zum anderen. Überrascht erkundigte sich Jürgen:

„Suchen Sie etwas?"

„Ziehen Sie erst die Vohänge zu, dann reden wir."

Thorwalds verblüfftes Gesicht veranlaßte den Arzt zu weiteren Äußerungen:

„Keine Scheu, machen Sie schon."

„Ist jemand hinter Ihnen her?"

„Nicht mir, Jürgen," folgte eine schleierhafte Antwort.

Thorwald kicherte.

„Keine Sorge, Doktor, mich meidet man wie die Pest, vor allem in der Dunkelheit. Überdies wohn ich hier ziemlich abgelegen, folglich sind wir allein und ungestört. So, was haben Sie auf dem Herzen?" fragte er, nachdem alle Fenster verdunkelt waren.

„Man ist hinter Ihnen her, Jürgen."

„Wer ist hinter mir her?"

„Die Polizei."

„Die war schon hier," erklärte Thorwald.

Der Arzt sah ihn fragend an, als erwarte er Einzelheiten.

„Schutzmann Rickle hat rumgeschmeckt, er sucht Erna, wenn ich ihn recht verstanden habe."

Doktor Braunau musterte seinen Landsmann verständnislos. Werde ich zum Narren gehalten? wunderte er sich. Folglich bemerkte er mit mehr Nachdruck als beabsichtigt:

„Er hat Ihre Frau gefunden."

Thorwald stutzte, Falten des Mißtrauens zeigten sich auf seiner Stirn. Er zog die Augenbrauen hoch. Wortkarg war er gewöhnlich nicht, eher redselig, außer es handelte sich um sein Eigenleben; dann hieß es: Mund halten, Vorsicht walten lassen, wie jetzt zum Beispiel.

Doktor Braunau erregte zwiespältige Gefühle in ihm, noch bevor er und seine Frau in Fort Simpson Fuß gefaßt hatten.

„Er kommt mir vor wie der geborene Scharwenzel," hatte er seiner Frau versichert.

„Er ist sehr beliebt bei den Hiesigen," meinte Erna.

„Er ist ein Pfundskerl," lobten die Männer, mit denen er derben Umgang pflegte.

„Er ist ein netter Mensch, der Kinder und Hunde liebt," hieß es bei den Frauen.

Als Thorwald merkte, daß der Arzt auf eine Antwort wartete, ließ er sich nicht heißen:

„Herr Doktor, sagten Sie eben, daß meine Frau gefunden wurde? Kommen Sie deshalb bei Nacht auf Schleichwegen zu mir?"

Der Arzt lächelte rügend und verzeihend zugleich.

„Zwei Parkbeamte fanden eine Frauenleiche, vielmehr, was von ihr übrig ist."

„Oh, wo denn?"

„Am unteren Nahanni."

Thorwald schaute von den verhängten Fenstern zu seinem Besucher. Er begriff nicht recht um was es ging:

„Nahanni Park, Leiche im verwesten Zustand, Ernas Verbleib. Wo ist der Zusammenhang?"

„Es geht ein Gerücht um, daß stichhaltige Beweise bestehen, die Leiche, vielmehr das Gerippe unten in der Schlucht, wäre Ernas."

Thorwald sprang hoch:

„Sind diese Leute von allen Geistern verlassen?" platzte er heraus.

„Ganz meine Meinung, die sind es," stimmte der Doktor bei.

Thorwalds Haltung veränderte sich, während er regungslos vor sich hinstarrte. Schatten huschten über sein Gesicht. Er machte den Eindruck als versuche er ein Rätsel zu lösen. Allmählich ging ihm ein Licht auf:

„Verstehe ich recht? Man verdächtigt mich Erna in eine Schlucht gestoßen zu haben?"

Doktor Braunau nickte. Rot vor Zorn rief Jürgen aus:

„Sind diese Menschen von Sinnen? Einen Mord begehen an meiner Frau, die ich über alles liebte?"

Doktor Braunau horchte auf. Unwillkürlich murmelte er:

„Liebte?"

„Ja, liebte," folgte eine unwillige Bestätigung, welche den Arzt seltsam berührte.

Ohne ein weiteres Wort verließ er Thorwalds Haus. Verwirrt, nein, erschüttert ging er am Ufer des Liards entlang, indem er Jürgens verhängnisvolle Worte wiederholte:

„Die ich über alles liebte."

Kein Zweifel, er sagte: liebte. Wie sollte man das auslegen? Als ein Geständnis? Ein Versehen vielleicht oder als eine witzige Bemerkung? Vernunft trieb den Doktor voran, sein Gewissen hieß ihn umkehren. Schließlich oblagen einem Arzt gewisse Pflichten. Man gehörte ja zur oberen Schicht, die für Ordnung und Moral zuständig ist. Während er noch mit der Unschlüssigkeit rang, kam er daheim an.

Am nächsten Morgen erschienen zwei Polizisten bei Thorwald. Schutzmann Rickle und Wachtmeister Klein aus Yellowknife meldeten sich. Beide kamen ihm seltsam hölzern vor, wie hastig geschnitzte Figuren ohne Hauch, Schritt und Leben. Doch sie kamen sich wichtig und machtvoll vor. Besonders Rickle, dessen Gesicht vor Pflicht und Tücke glänzte, schien seine eingebildete Machtstellung auszukosten:

„Dich haben wir," drückte seine Miene aus.

Jürgens Blick wanderte wiederholt von einem Polizisten zum anderen. Was ihn dazu veranlaßte blieb ihm vorerst ein Rätsel. Den Grund ihres Besuches konnte er sich vorstellen. Warum dann diese forschenden Blicke auf sie richten? wunderte sich Thorwald, ohne auf eine Erkärung zu stoßen; bis ihm ein Licht aufging. Obwohl sie grundverschieden waren, an Gestalt, Haltung sowie Alter, besaßen die zwei Männer eine merkwürdige Ähnlichkeit.

Verblüfft legte Thorwald die Hand an die Stirn, rieb sich die Augen und bewegte den Kopf hin und her. Trotzdem konnte er nicht gleich die beiden auseinander halten. Der Grund? Sie besaßen denselben Nimbus.

„Was verschafft mir die Ehre, meine Herren?" erkundigte sich Thorwald, welche der Wachtmeister nicht beachtete.

„Wie Sie wissen wurde Ihre Frau von ihrem Vater als vermißt erklärt."

Thorwald mußte lächeln.

„Was gibt es da zu grinsen," schalt der erboste Schutzmann.

Jürgen verzog verächtlich den Mund:

„Hm, was auch," murmelte er.

„Wie ist das gemeint?" fuhr Wachtmeister Klein auf.

„Sollte man nicht annehmen dürfen, daß ein besorgter Vater zuerst bei dem Mann der Tochter Auskunft holt, eh er die Polizei benachrichtigt?" antwortete Jürgen.

„Ja, wenn er ihm traut," platzte Schutzmann Rickle heraus. Jürgen starrte ihn überrascht an. Seine Miene drückte mehr als Worte aus. Wachtmeister Klein reckte sich, er wurde ungeduldig. Die Mißhelligkeit zwischen Thorwald und seinem Kollegen mißfiel ihm. Er nahm ohnehin Anstoß an der ganzen Untersuchung, die ihm wie eine fruchtlose Sache vorkam. Mutmaßungen sagten ihm nicht zu, genauso wenig wie Eingebungen. Gebt mir die nackten Tatsachen, hieß sein Wahlspruch.

Wie verhielt es sich nun eigentlich? Kurz gesagt, die Eheleute Thorwald, jung verheiratet, unternahmen eine Forschungsreise ins Nahannigebiet. Aus unbekannten Gründen kehrten sie schon nach einem Monat zurück. Den Gerüchten nach verhielt es sich nicht ganz so. Nur Jürgen, der Gatte, kam an; seine Frau blieb verschwunden. Fragen nach ihrem Verbleib wurden einsilbig beantwortet:

„Sie ist verreist," hieß es.

„Wohin denn?"

„Das geht euch nichts an," kam eine unwirsche Antwort.

Bis dahin sah Wachtmeister Klein keinen Anlaß zur polizeilichen Einmischung. Auch nachdem Norbert Fuchs, Ernas Vater, angeblich eine Vermißtenanzeige einreichte, rührte er keinen Finger.

„Laßt sie tuscheln," sagte er zu Rickle, der emsig die Lasterzungen anstachelte.

Vom ersten Tag an spürte er eine Abneigung gegen Jürgen Thorwald, im Gegensatz zu Erna, die allen gleich gefiel. Erst nachdem der Leichnam, vielmehr das Gerippe, in jener Schlucht gefunden wurde, ließ er sich bewegen, der Sache auf den Grund zu gehen. Bis jetzt hatte er geringen Erfolg. Doch sein Kollege Rickle vertrat verbissen die Meinung, daß etwas seltsames, wahrscheinlich gesetzwidriges, geschah.

„Der Kerl ist schuldig," behauptete er verbissen. „Mein Ahnungsvermögen ist unfehlbar," fügte er hinzu.

„Ich bezweifle der Staatsanwalt nimmt den Fall an. Es sei denn die Leiche erweist sich eindeutig als Erna Thorwalds."

Diese Unterredung fand statt auf dem Weg zu Thorwald. Wie erwähnt tat sich dort nichts weiter.

Eh die Polizisten Thorwalds Haus verließen, bemerkte Wachtmeister Klein:

„Herr Thorwald, wäre es möglich, daß Sie einer gerichtlichen Untersuchung beiwohnen?"

„Als Zeuge," ergänzte Schutzmann Rickle.

Überrascht horchte Jürgen auf. Dann schoß ihm Doktor Braunaus Bericht durch den Kopf, folglich war er im Bilde.

„Betrifft es die Leiche, welche im Nahanni Park gefunden wurde?"

Beide Polizisten nickten.

„Wann findet die Untersuchung statt?"

Es wurde der Tag genannt.

„Es wäre in jeder Hinsicht am besten wenn Sie erscheinen," fügte Klein hinzu.

„Das ich freiwillig erscheine?"

„Ja. Die bösartigen Verdächtigungen gegen Sie würden dann wahrscheinlich beseitigt sein. Folglich wären Sie, wie auch wir, besser dran."

Thorwald verstand von Anfang bis zum Ende.

„Ich werde dort sein," gab er zu verstehen.

Nachdem Jürgen allein war begann er nachzudenken.

„Etwas ist faul an der Geschichte, grundsätzlich faul," brummte er.

Norbert Fuchs, Ernas Vater, hat die Tochter als vermißt erklärt; so sagt die Polizei. Das erschien ihm seltsam, denn sie hatten sich bereits in Deutschland entzweit. Auf Lebenszeit, hatte ihm Erna versichert. Schon lang bevor sie auswanderte vermied sie jeden Umgang mit ihm; so sagte sie ihm. In Kanada, wo sie eine Bekanntschaft und Liebschaft eingingen, dann heirateten, schwor Erna bei allen Heiligen, daß sie den Vater völlig abgeschrieben hätte. Auf Lebzeiten, wiederholte sie immer wieder. Wie das bittere Zerwürfnis zustande kam erfuhr Jürgen nie so richtig. Dem Anschein nach hatte es etwas mit dem Tod der Mutter zu tun.

Drei Tage später machte sich Thorwald auf den Weg zur Gemeindehalle. Richter sowie Geschworene waren bereits versammelt. Neugierige füllten beinahe die Halle. Nach einer Stunde Verspätung ging es voran. Die nötigen Tatsachen wurden erklärt. Vor einer Woche fanden zwei Parkbeamte eine Leiche, mehr ein Gerippe eigentlich, nahe den Krause Heißquellen. Es wurde sofort der Polizei in Fort Simpson gemeldet. Eine ärztliche Untersuchung ergab nicht viel, außer, daß es die Überreste einer jüngeren Frau waren, welche schwere Prellungen erlitt.

Zeugen wurden vernommen. Die meisten erwiesen sich als oberflächlich oder regelrecht trügerisch. Andere hatten sich nur gemeldet um Thorwald etwas anzutun. Der Richter, ein kerniger Mann von echtem Schrot und Korn, neigte sich mehrmals dem Obmann zu und flüsterte:

„Wäre ich drei Jahre jünger, sapperlot nochmal, ich tät das ganze Pack eigenhändig zum Tempel rauswerfen."

Die zwei Parkangestellten, welche die Leiche entdeckt hatten, wurden verhört. Es fing harmlos an. So ziemlich alle im Saal, sogar der Richter und die Geschworenen, fanden ihre Aussagen gähnend langweilig; bis der Vorstand einige belanglose Fragen stellte:

„Müssen sich Parkbesucher an- und abmelden?"

„Anmeldungen sind vorgeschrieben, Abmeldungen werden empfohlen."

„Hatten sich die Thorwalds an- und abgemeldet?"

„Beide meldeten sich bei ihrer Ankunft persönlich an. Von einer Abmeldung ist nichts verzeichnet."

Die Leute im Saal horchten auf. Sie knufften sich gegenseitig, scharrten mit den Füßen und redeten wirr durcheinander. Ein Geschworener schaltete sich ein:

„Gaben die Thorwalds ihr Ziel bekannt?"

„Ja, zu den Kraus Heißquellen ging es."

„Also in die Gegend wo man die Leiche fand."

„Richtig."

Ein vielstimmiges –aha –aha, erklang.

Der Richter wandte sich dem Gerichtsdiener zu:

„Rufen Sie Jürgen Thorwald zum Zeugenstand," befahl er.

Thorwald beantwortete Fragen klipp und klar. Er war sich seiner Unbeliebtheit bewußt, doch er ließ sich nicht beirren. Der Richter war angenehm überrascht von seiner Haltung. Trotz den Schwaden der Feindseligkeit die ihn umringten, stand er sicher und unerschrocken da. Thorwald bot ihnen die Stirn, unumwölkt, ohne ein Zeichen Bitterkeit.

Der Richter schätzte Mut und Entschlossenheit. Er war ein Sohn der Prärie, die bekanntlich die Stärke in einem stärkt, die Gesinnung belebt und die Lebensgeister weckt.

„Hm, hm," sagte er sich, „der kleine Mann wirft einen großen Schatten."

Viele kamen um ihn zittern zu sehen. Sie wurden enttäuscht; Thorwald stand seinen Mann. Einschüchtern ließ er sich nicht, schikanieren noch weniger.

Ein Geschworener, nämlich der Bürgermeister, erhob sich. Seine verschmitzte Miene ließ darauf schließen, daß er einige gut geschnitzte Pfeile im Köcher hattte. Während er von einem zum anderen Ohr feixte, pflanzte er sich vor Jürgen auf, der seinen Unwillen nicht zähmen konnte:

„Alter Narr, feierst schon Deinen Sieg vor dem Kampf," brummte er hörbar.

In der Tat war es Hogarth Renfrews Bestreben wieder als Bürgermeister gewählt zu werden. Wenn es ihm gelang den verhaßten Thorwald zu überführen, war ihm der Sieg sicher. Nachdem er sich geräuspert hatte, begann das Verhör:

„Bekanntlich sollte Ihre Forschungsreise drei Monate in Anspruch nehmen."

„Richtig," bestätigte Thorwald.

„Sie wurde aber schon nach einem Monat abgebrochen. Warum?"

„Wir hatten genug," entgegnete Jürgen mit wenig Achtung in der Stimme.

Der Bürgermeister richtete sich auf. Er ließ seine Blicke über die Wählerschaft schweifen und nickte dann gönnerhaft. „So, so, man hatte schon an den Kraus Heißquellen genug." „Keineswegs, wir kehrten schon weit davor um," belehrte Jürgen grinsend.

Füße scharrten entrüstet, empörte Stimmen riefen: „Lügner, elender Kerl, Mörder, Mörder."

Der Richter senkte die Augen, er verstand. Er gab dem Vorstand ein unmißverständliches Zeichen, welches nicht wiederholt werden mußte.

Die Untersuchung ging zu Ende. Drei Tage später folgte der Befund: eine Leiche, das heißt deren Überreste, wurde in einer Schlucht gefunden in der Nähe der Kraus Heißquellen. Wer es war konnte nicht ermittelt werden. Die Todesursache: wahrscheinlich ein Sturz aus beträchtlicher Höhe.

Jürgens Sachen waren gepackt, die Reise in den Süden konnte beginnen. Es war höchste Zeit die Gegend zu verlassen. Zeichen des strengen Winters, der langen Dunkelheit und kurzem Tageslicht erschienen über dem Franklin Gebirge. Jedoch klirrende Kälte und drückende Einsamkeit kümmerten Jürgen keinen Deut. Was ihn zunehmend störte waren die haßerfüllten Blicke die man auf ihn warf. Er wurde öffentlich verteufelt, hinterrücks als Schuft ohne Reue bezeichnet. Manch Rauhbein, von seiner besseren Hälfte angestachelt, ließ durchblicken, daß man ihm demnächst heimleuchte, sollte er nicht von selber gehen.

Eh die Dunkelheit einbrach rückte Thorwald einen Stuhl ans Fenster. Dort saß er eine Weile und dachte nach. Der Anblick des Liards versetzte ihn in eine versöhnliche Stimmung.

„Erna, Erna," stöhnte er, indessen er sein Gesicht in den Händen vergrub.

Mit feuchten Augen und pochendem Herzen dachte er über die jüngsten Ereignisse nach. Ein Schritt vor der großen Lache Rührseligkeit, klopfte es. Doktor Braunau stand vor der Tür. Er reichte Jürgen die Hand mit den Worten:

„Wie ich höre ist alles gut verlaufen."

Thorwald betrachtete seinen Landsmann mißtrauisch.

„Wie meinen Sie das?" wollte er wissen.

Der Doktor senkte verlegen den Blick. Am liebsten hätte er die Bemerkung wieder verschluckt.

Thorwald sah Doktor Braunaus Unbehagen. Verdutzt starrte er ihn an. Wie immmer erweckte er widerstrebende Gefühle in ihm. Einerseits nahm er Anstoß am Wesen des Doktors, anderseits empfand er in seiner Nähe eine sonderbare Leichtherzigkeit. Doktor Braunau erklärte:

„Nehmen Sie meine Äußerung nicht ernst, Jürgen, ich wollte bloß etwas sagen."

Thorwald hatte Augen im Kopf, zwei Ohren zu hören und Verständnis im Leib. Er glaubte seinem Besucher nicht, dessen Befangenheit seine Worte Lügen strafte.

Als Jürgen den Doktor bat Platz zu nehmen, schüttelte er den Kopf.

„Nein, danke, ich kam nur zufällig vorbei. Da dachte ich, warum nicht Jürgen auf einen Sprung besuchen."

Doktor Braunau schaute sich um:

„Wie ich sehe sind Sie zur Reise bereit."

„Ja, morgen früh geht es südwärts."

Doktor Braunau räusperte sich. Sein unsteter Blick, die gekräuselte Stirn, sagten mehr als Worte. Jürgens Besucher hatte etwas auf dem Herzen. In der Tat, so verhielt es sich. Endlich platzte er heraus:

„Haben Sie Nachricht von Erna erhalten?"

„Aha, von da pfeift der Wind," dachte Thorwald, eh er antwortete.

„Keine Silbe."

Als er des Doktors verblüffte Miene sah, fügte er nicht gerade freundlich hinzu:

„Erna ist und bleibt verschwunden."

„Bleibt verschwunden?" wiederholte der Doktor.

„Ich denke schon," bestätigte Thorwald in einem endgültigen Ton.

Doktor Braunau schaute überrascht auf. Das war die zweite Andeutung, welche nur eine Folgerung zuließ: jene einsame Gegend barg ein grausiges Geheimnis, dessen Tragweite nur Jürgen Thorwald kannte. Erlitt Erna einen tötlichen Unfall, welchen Jürgen aus unerklärlichen Gründen vertuschen wollte? Könnte der grauenhafte Fund in jenem felsigen Abgrund tatsächlich Ernas Überreste sein? Wie ein Mann die lange Abwesenheit seiner Frau so gleichgültig hinnehmen konnte, erschien dem Arzt rätselhaft. Hatte er nicht beteuert sie über alles zu lieben? Aber, sagte er nicht, liebte? Dazu waren sie jung verheiratet, so wurde ihm gesagt. Daraus war zu schließen, daß etwas schreckliches geschehen sein mußte in jenem menschenleeren Gebiet.

Doktor Braunau besaß ein schwache Seite für den jüngeren, vom Widerspruchsgeist belasteten Thorwald. Er sah in ihm einen aufrichtigen, obschon eigensinnigen Einzelgänger, der inmitten gelernten Heuchlern wie der berüchtigte Elefant im Porzelanladen wirkte.

Thorwald wurde ungeduldig. Er unterbrach des Arztes sinnen:

„Mal ehrlich, Doktor, warum sind Sie gekommen?"

Der anklagende Ton in welchem er die Frage stellte, überraschte und verletzte den Arzt. Er runzelte die Stirn.

„Na, raus mit der Sprache, warum sind Sie hier?"

„Hm, warum eigentlich?" überlegte er, eh er sich zu einer Antwort aufraffte:

„Nun gut, eine gradlinige Frage verdient eine freimütige Antwort."

„Die ist?"

„Ich kam um meine Bedenken zu äußern."

Als Thorwald sich unwillig reckte, hob Doktor Braunau beschwichtigend die Hand:

„Sachte, sachte, Jürgen, mir wird arg zugesetzt."

„Wegen mir?"

„Gewissermaßen, ja."

„Darf ich fragen inwiefern?"

„Die Polizei, der Bürgermeister, wie auch andere, sind überzeugt ich sei ein Mitwisser von einem Verbrechen das man Ihnen andichtet."

Thorwald lachte aus vollem Halse:

„Nicht zu glauben," bemerkte er zwischen Ausbrüchen der Heiterkeit.

„Der Doktor rügte ihn mit finsteren Blicken:

„Sie haben gut lachen. Ab morgen sind Sie weit weg, aber mich traktiert man weiterhin bis aufs Blut mit Anspielungen, bohrenden Fragen, ja, sogar mit versteckten Drohungen."

Jürgen schüttelte den Kopf, er verstand, aber nicht alles.

„Ich vermute wir reden von meiner und Ernas erfolglosen Reise."

„Von was denn sonst, Jürgen."

„Was hat das mit Ihnen zu tun?"

„Nichts, außer das man hofft mit meiner Hilfe Ihnen was anzutun."

Thorwald zog die Schultern hoch und verzog verächtlich den Mund. Doktor Braunau kannte die Geste gut. Es war der Anlauf zu heftigen Schmähungen. Folglich kam er Jürgen zuvor:

„Das Dorf, wie fast alle nördlichen Niederlassungen, ist von lauernden Beobachtern heimgesucht. Kurzum, pflichtgetreue, tugendhafte Späher bekamen Wind von Ihren Besuchen bei mir, welche im Laufschritt der Obrigkeit gemeldet wurden."

„Da schau her, die Eckensteher werden tätig," kicherte Thorwald.

Doktor Braunau und Jürgen beteten verschiedene Götter an. Der Arzt wollte gern von dem Strom der Masse getragen werden, im Gegensatz zu Thorwald, dessen Wahlspruch hieß: der Einzelgang ist der bessere Gang. Er rümpfte die Nase über so manches was den Doktor veranlaßte den Hut zu lupfen.

Thorwald fühlte sich unangenehm berührt von Doktor Braunaus Beklemmung, die er versuchte zu vertuschen, allerdings mit leidlichem Erfolg. Er räusperte sich einigemal, trat von einem Fuß auf den anderen, während er Thorwalds fragenden Blick mied. Endlich raffte er sich auf:

„Jürgen, wie ich es verstehe endete Eure Reise kurz vor den Kraus Heißquellen."

„Nicht so kurz davor. Um genau zu sein, wir kehrten im Yohintal um, also gute zwanzig Kilometer vor den Quellen. Warum die Frage?"

Der Arzt wußte darauf nichts zu sagen, doch seine Miene verriet mehr als bloße Worte. Thorwalds Hang zum Übermut gewann die Oberhand. Besser gesagt, seine Neigung Widerspruch mit Gespött zu vergelten, wurde erweckt. Er verübelte dem Doktor seinen berechtigten Zweifel, folglich fühlte er sich veranlaßt die vermeindlich schäbige Gesinnung des Arztes bildhaft darzustellen.

Thorwald verstand es mit höflichen Worten ätzend zu rügen. Er wollte eben mit einer zünftigen, lehrhaften Erzählung beginnen, als es an der Tür pochte. Es war Rickle, der Schutzmann. Er warf sich in die Brust, schaute strafend auf Thorwald und sagte mit anklagender Stimme:

„Wie ich höre wollen Sie morgen die Gegend verlassen."

„Vor Sonnenaufgang."

„Wohin geht es?"

Jürgen konnte sich nicht ein Lächeln verbeißen:

„Immer der Nase nach, Herr Schutzmann."

Die leichtfertige Antwort erschreckte den Doktor. Er wurde sichtlich kleiner und runzeliger. Rickle jedoch reckte sich:

„Wir brauchen eine Anschrift, wo man Sie erreichen kann," sagte der Polizist mit Betonung.

„Wir? Ihr könnt mich gern haben," kam eine unhöfliche Erwiderung.

Rickle wurde krebsrot. Er trat auf Jürgen zu. Mit einem prangenden Abzeichen der Machtbefugnis an der Brust, der geladenen Pistole im Halfter, droht es sich gut. Vor allem wenn man den bedrängten um einen Kopf überragt, der zusätzlich ein Ausländer ist. Der Polizist fauchte:

„Ihre Abreise wird vereitelt."

Dann schlug er die Tür hinter sich zu.

„Na sowas," bemerkte Jürgen lachend.

Ihm verging allerdings das lachen als sein Blick auf seinen Landsmann fiel. Er stand da wie vor den Kopf geschlagen. Seinem Verhalten nach zu urteilen wäre er lieber überall gewesen als hier. Doch etwas hielt ihn zurück, soviel war zu sehen. Endlich gab sich der Doktor einen Ruck:

„Jürgen, mir liegt es fern in Sie zu dringen."

Thorwald winkte ab:

„Verehrter Doktor, aufdringlich fand ich Sie noch nie. So, worum geht es?"

„Ist Ihnen Ernas Aufenthalt wirklich unbekannt?"

Jürgen schnitt eine unwillige Grimasse:

„Erna kümmert mich nicht mehr," stieß er hervor.

Die Antwort verdroß den Doktor, er fand sie unnötig harsch. Seine enttäuschte Miene erweckte die Stimme von Thorwalds Gewissen; er bereute seine unüberlegte Äußerung, welche den Doktor zwar bestürzte, aber nicht entmutigte. Trotz der schroffen Abweisung forschte er weiter:

„Nichts für ungut, Jürgen, wäre es nicht ratsam, daß Ihre Frau von sich hören ließ?"

„Vielleicht, Doktor, vielleicht auch nicht. Ich kenne diese Leute; zu meinem Leidwesen muß ich sagen. Die haben es seit meiner Ankunft auf mich abgesehen. Die Würdenträger wetzten ihre Messer von Anfang an, sie lauerten nur auf einen Anlaß um sie in mich zu stoßen. Der grausige Fund nahbei den Heißquellen kam ihnen gelegen. Im Nu zückte man den blanken Stahl und ließ den Zungen freien Lauf."

Doktor Braunau schmunzelte anerkennend. Anschauliche Schilderungen gefielen ihm. Dennoch hätte er gern eine Antwort auf seine Frage erhalten, welche er wiederholte. Jürgen zuckte mit den Achseln und schürzte die Lippen, während er schwieg. Der Arzt unterbrach das Schweigen:

„Könnte sie bei ihrem Vater sein?"

Thorwald fuhr auf:

„Wohl kaum. Erstens sind sich die beiden seit Jahren spinnefeind..."

„Und zweitens?" unterbrach Doktor Braunau.

„Und zweitens ist Norbert Fuchs, der Vater, seit vier Monaten tot."

„Unmöglich," platzte der Arzt heraus.

„Warum?" fragte ihn Jürgen.

„Hat er nicht eine Vermißtenanzeige eingereicht?"

„Nein."

„Aber die Polizei behauptet es doch."

„Oh, gewiß, jemand läßt nach Erna suchen, aber wer, Herr Doktor, vor allem warum?"

Doktor Braunau wußte darauf nichts zu antworten, er starrte stumm vor sich hin. Auch Thorwald schwieg, bis ihm etwas einfiel:

„Wissen Sie, Doktor, was mich stutzig machte?"

„Wie könnte ich denn?"

„Wir heirateten vor etwa fünf Monaten; nach kurzer Bekanntschaft, möchte ich betonen. Eh wir unser Jawort gaben nahm mir Erna ein Versprechen ab."

Doktor Braunaus Miene drückte Mangel an Teilnahme aus. Jürgens nächste Worte jedoch ließen ihn aufhorchen.

„Ich fiel aus allen Wolken als sie mich aufforderte kein Sterbenswörtchen von unserer Ehe verlauten zu lassen."

Doktor Braunau war baff, er warf einen hilfesuchenden Blick zur Tür. Eine schlimme Ahnung ergriff ihn, die er nicht deuten konnte. Eins jedoch leuchtete ihm ein, nämlich, daß ein düsteres Geheimnis Ernas Verschwinden umhüllte, welches Jürgen mit Gleichmut hinnahm, wenn nicht mit Wohlwollen. Die ganze Angelegenheit kam ihm verdächtig vor, ja, sogar unheimlich.

„Doktor, wie ich aus Ihrem Gesichtsausdruck schließe, ahnen Sie mehr als erklärlich ist."

„Das schon, aber zuviel Wissen beeinträchtigt das staunen. Keine Sorge, ich komme schon zurecht."

Thorwald betrachtete den Landsmann mit Bedacht:

„Bitte, nehmen Sie Platz, Doktor. Hören Sie einen Bericht von einer Begebenheit, die mir um ein Haar den Verstand raubte."

„Ah, Sie weisen auf Ihre Reise hin?"

„Viel mehr, Doktor, viel mehr. Unser Forschungsausflug bescherte mir ein Erlebnis, das mich heute noch bis ins Mark erschüttert. Erinnern Sie sich noch wie ich über schlaflose Nächte klagte?"

„Als ob es gestern gewesen wäre."

„Sie nannten es schlechtes Gewissen."

„Scherzhaft, mein Lieber."

„Gewiß. Was mich jedoch quälte waren Angstträume."

Doktor Braunau schaute überrascht auf:

„Angst? Vor was?"

„Vor wem, sollte man fragen."

„Nun, vor wem denn?"

„Erna," folgte eine knappe Anrwort.

„Sie scherzen," stieß der Arzt aus.

„Nicht im geringsten, ich hatte Gründe um mein Leben zu bangen."

Doktor Braunau verstand wenig und glaubte noch weniger. Er betrachtete Thorwald mißtrauisch:

„Hörte ich recht, Sie haben Angst vor Ihrer Frau?"

„Hatte, werter Doktor, hatte."

Der Arzt schüttelte den Kopf. Die Angelegenheit roch zunehmend absonderlicher. Er nickte zustimmend als Jürgen fortfuhr:

„Unser Unternehmen, das freilich scheiterte, ist Ihnen bekannt."

„Schon, aber nicht was unterwegs geschah."

„Geduld, bald wissen Sie mehr als Ihnen lieb sein wird. Hier ist die traurige Geschichte von Anfang bis zum erbärmlichen Ende."

Thorwald verstummte einen Augenblick. Nachdem er tief Atem geholt hatte, nahm er den Faden der Erzählung wieder auf:

„Meine Liebe zu Erna konnte nicht mit Worten beschrieben werden."

Doktor Braunau horchte auf:

„Aha, schon wieder sprechen Sie in der Vergangenheit. Heißt das Ihre Frau ist tot?"

„Schön wärs, aber sie lebt noch. Wie gesagt wir heirateten kurz vor unserer Ankunft in Fort Simpson."

Thorwald schien etwas einzufallen. Er verstummte und warf einen Blick auf den Arzt.

„Ich war verliebt bis über beide Ohren, folglich war es leicht mich am Gängelband herum zu führen."

„Naja, das geschieht oft bei Jungvermählten, ob Mann oder Frau," tröstete der Arzt lächelnd.

Thorwald nickte geistesabwesend, etwas wichtigeres ging ihm durch den Kopf:

„Doktor, glauben Sie an einen sechsten Sinn?"

„Wenn Sie auf ein Ahnungsvermögen hinweisen, ist die Antwort nein."

„Hm, es rettete mir das Leben."

Doktor Braunau schüttelte ungläubig den Kopf, er wollte ablenken.

„Was geschah unterwegs?"

„An einem Mittwoch vor Sonnenaufgang stießen wir vom Ufer ab. Das Wetter hätte nicht günstiger sein können. Mit leichtem Rückenwind unter einer strahlenden Sonne, machten wir gute Fortschritte. Ich ließ durchblicken, daß es angebracht wäre uns dicht am Ufer zu halten. Sonderbarerweise rümpfte Erna die Nase darüber und lächelte abfällig.

„ 'Warum denn bloß?' wollte sie wissen.

„Ich erklärte ihr es sei ungefährlicher, da erstens die Strömung am Rand geringer ist als weiter draußen...

„ 'Und zweitens?' unterbrach sie mich hänselnd.

„ 'Kann im Notfall das rettende Ufer leichter erreicht werden,' erklärte ich ihr.

„Erna horchte auf. Sie kam mir plötzlich seltsam erregt vor. Wie schon so oft machte sie eine unüberlegte Bemerkung.

„ 'Ich bin eine gute Schwimmerin.'

„ 'Ich aber nicht,' gab ich zu verstehen. 'Hundert Meter ist meine Grenze.'

„Irrte ich mich oder lächelte sie versteckt?"

„Sie lächelte versteckt?" wunderte sich Doktor Braunau.

„Ja, als wäre ihr etwas wichtiges eingefallen. Nun, mein erwähntes Vorgefühl regte sich noch nicht, doch es streckte die Fühler aus. Anfänglich bediente ich das Ruder. Erna wurde unruhig. Sie schaute in einem fort vom Ufer zu mir. Sie stand mehrmals im Begriff etwas zu sagen. Ihr merkwürdiges Benehmen machte mich unruhig. Als ich mich nach ihrem Unbehagen erkundigte errötete sie sichtlich. Endlich gab sie zu verstehen:

„Jürgen, laß mich auch mal das Boot steuern."

„Ich dachte einiges, jedoch sagte nichts. Unwillkürlich wanderten meine Augen über das bewegte Wasser zum gegenüberliegenden Ufer, zwei Kilometer entfernt. Ich muß sagen, die Strömung unweit vom Ufer war ziemlich stark."

„Sie hatten also Bedenken?" fragte der Arzt.

„Allerdings, schon wegen Ernas rätselhafter Fahrigkeit wäre ich lieber am Ruder geblieben. Doch sie bedrängte mich bis ich nachgab. Was mir schwante traf ein. Erna hatte Schwierigkeiten den Kurs zu halten. Das Boot drängte sich immer mehr der Mitte des Stromes zu. Wie sie ja selber wissen, ist der Liard teilweise über zwei Kilometer breit. Als ich Erna darauf aufmerksam machte, verzog sie unwillig den Mund. Ehrlich gestanden bereitete mir ihr Verhalten Sorgen."

„Inwiefern?"

„Sie kam mir verbissen vor, merkwürdig trotzig und sonderbar verklemmt."

Jürgen warf einen fragenden Blick auf seinen Gast: „Wissen Sie was?"

Doktor Braunau schmunzelte:

„Wie könnt ich denn?"

„Ernas eigenartiges Verhalten öffnete die Schleusen meines Argwohns. Ich begann unheilvolle Schlüsse zu ziehen aus Begebenheiten, welche ich zuvor nachsichtig belächelte."

„Inwiefern?"

„Ernas Bemühen die ungestüme Mitte des Flusses zu erreichen, machte mich stutzig."

„Bemühen, sagten Sie?"

„Nichts anderes, werter Doktor."

„Konnte das nicht ihrer Unfähigkeit zugeschrieben werden?"

„Ha, genauso dachte ich, bis mir etwas einfiel. Sie behauptete nämlich öfters, alles was schwimmt handhaben zu können; von Schlauchbooten bis zu Dampfern, und das mit dem Geschick eines gewiegten Steuermannes, prahlte sie. Auf alle Fälle wurde meine Beobachtungsgabe hellwach, wie auch mein Erinnerungsvermögen."

„Was meinen Sie?"

„Die Angelegenheit mit der väterlichen Feindschaft nahm eine verdächtige Färbung an, ebenso das Versprechen, welches sie mir mehr oder minder abgenötigt hatte, das aber nicht eingehalten wurde, schien mir nun höchst merkwürdig."

„Da haben Sie recht, Ihre Eheschließung verschweigen finde ich ebenfalls seltsam," räumte der Arzt ein.

„Mißtrauen, ich weiß, trübt die Sicht und verwirrt den Sinn. Aber dennoch ließ ich ihr freien Lauf; zum Glück, möchte ich sagen."

Thorwald lehnte sich zurück. Er musterte den Arzt erwägend, während er bedächtig fortfuhr:

„Erna Fuchs berührte eine Saite in mir von der ich zuvor nichts wußte. Ganz gleich wie und was, ich befand mich in

einem Glückstaumel, der seltsamerweise zuweilen einen
Dämpfer erhielt. Jedoch meine Liebe zu Erna hielt allen
Bedenken stand. In der Tat, sie wuchs von Tag zu Tag an.
Mahnende Stimmen scheuchte ich zum Teufel.

„Gewiß, gewiß, Ernas Wesen bestand nicht bloß aus
Schmus und Kuß, wie ich bald merkte. Aber ihre, na, wie soll
ich sagen, weniger lieblichen Eigenschaften, waren leicht zu
ertragen. Nur eins störte mich."

„Was denn?" wollte der Arzt wissen.

„Die Angewohnheit mich erwägend, fast lauernd, von der
Seite zu betrachten, behagte mir garnicht."

„Nun ja, man hat so seine Eigenarten," tröstete der Doktor.
Er wartete geduldig und mit wachsender Aufmerksamkeit
auf das vielversprechende Ende. Eh sich Thorwald aufraffte
weiter zu erzählen, erfaßte ihn eine sichtliche Erregung.
Erinnerungen an jüngste Ereignisse schienen ihm nicht zu
behagen. Jedoch des Doktors teilnehmende Miene spornte ihn
an:

„Meine Frau kam mir zunehmend, hm, wie soll ich sagen,
merkwürdig vor. Die erwähnten Musterungen ähnelten dem
eines sprungbereiten Raubtieres, das sich seiner Beute sicher
ist. Mir fielen die Schuppen von den Augen. Zaghaft zuerst,
dann in ungestümer Reihenfolge. Gewiß hatte ich zuweilen
lichte Augenblicke wenn ich Ernas unruhiges Verhalten sah.
Doch solange wir von Menschen und Annehmlichkeiten
umringt waren, störten mich ihre sonderbaren Flausen kaum.
Ich handelte nach eigenem Ermessen und sagte ja und Amen zu
ihren Vorhaltungen. Das Versprechen, unsinnigerweise
gegeben, unsere Ehe geheim zu halten, mißachtete ich vom
ersten Tag an."

„Sie sprachen von Schuppen vor den Augen," erinnerte der
Doktor.

„Das tat ich. Wie gesagt, der Narr in mir webte einen
Schleier womit ich Ernas absonderliche Neigungen verhängte;
ich beschönigte ihr Verhalten als bloße Grillen. Aber nicht
mehr lange blieb ich so begriffsstutzig."

„Sie änderten Ihre Meinung?" fragte Doktor Braunau.

„Ja, draußen in Wind und Wetter, in der Einsamkeit auf dem aufgewühlten Liard, sah ich alles viel klarer. Ich betrachtete Ernas Launen mit anderen Augen."

„Sie machen mich neugierig," bemerkte der Arzt.

„Ernas vermutliches Ungeschick mit dem Boot war nichts anderes als eine Tarnung für einen heimtückischen Plan."

Jürgen schaute betrübt drein. Erzürnt blickte er auf den Arzt.

„Ja, mir fiel Ernas Fahrigkeit auf, welches oft ein Zeichen ist von quälender Unentschlossenheit."

„Nur manchmal, nach meiner Erfahrung," belehrte Doktor Braunau.

„Auf alle Fälle hatte ich eine plötzliche Eingebung, die mir die Sinne schärfte. Hier ging es um mein Leben."

„Na, na, Jürgen" beschwichtigte der Arzt.

„Nichts da, Herr Doktor, was ich im Unterbewußtsein ahnte, stieß plötzlich an die Oberfläche. Erna Fuchs, meine Frau, beabsichtigte mich so oder so aus dem Weg zu räumen."

Doktor Braunau widersprach:

„Das klingt unglaublich, Jürgen."

„Mag sein," stimmte Thorwald bei.

Nach kurzem nachdenken fuhr er fort:

„Sie haben sicher vom zweiten Gesicht gehört."

Der Arzt nickte:

„Was mir widerfuhr kann man heißen wie man will. Aber ich behaupte, daß ein Wunder vor meinen Augen geschah. Starrte mich ein Trugbild an oder saß tatsächlich nach wie vor meine verehrte Gattin am Steuer? Bitte unterbrechen Sie mich nicht. Ich möchte, nein, muß mein Herz erleichtern. Ich wollte rufen: Erna, Liebling, was ist geschehen? Doch die Zunge gehorchte mir nicht, sie blieb am Gaumen kleben. Während ich wie im Bann auf sie schaute, ging eine unheimliche Veränderung in ihr vor."

Doktor Braunau horchte auf. Vorgebeugt, mit ergriffener Miene wiederholte er:

„Unheimliche Veränderung?"

„Ich kann es nicht anders nennen. Die Verwandlung in ihrem Gesicht wäre noch zu ertragen gewesen, aber niemals die stechenden Augen, welche vor Bosheit blitzten. Alle bösen

Geister zwischen Himmel und Erde schienen dort zu hausen.
Ich wußte Bescheid, folglich handelte ich unverzüglich."

„Nanu, Jürgen, übertreiben Sie nicht?"

„Keineswegs. Aber lassen Sie mich weiter erzählen. Wie
gesagt, ich hatte genug gesehen und gehört. Vieles kam mir
nun zum Bewußtsein, was mir bis jetzt rätselhaft war. Meine
Frau hatte mir mit heller Gewalt zugesetzt, die Forschungsreise
zu unternehmen. In die wilden Berge des Nahannigebiets
mußten wir dringen, auf dem trügerischen Fluß fahren, wo
schon so mancher Abenteurer sein Grab fand. Kein Zweifel,
auch ich sollte dort, oder auf dem Weg dorthin, zu Grunde
gehen."

Doktor Braunau wurde unruhig. Um die Wahrheit zu
gestehen, er bangte um Jürgens Verstand.

„Zeit zum gehen," mahnte sein besseres Ich.

Doch kaum hatte er sich erhoben, als Thorwald ihn bat noch
eine Weile zu bleiben.

„Geduld, Herr Doktor, ich komme zur Sache."

Der Arzt nickte mit einer Miene die alles andere als
Gefälligkeit ausdrückte. Stirnrunzelnd fragte er dann:

„Meinen Sie ernsthaft, daß Erna Sie umbringen wollte?"

„Todsicher. Freilich nicht mit eigener Hand."

„Wie dann?"

„Sie hoffte auf einen verhängnisvollen Sturz, der mich mit
etwas Nachhilfe in den reißenden Fluß schleudern sollte oder
auf einen folgenschweren Rutsch in eine tiefe Schlucht; nichts
dergleichen geschah. Ich sah die Schrift an der Wand und hörte
die Sturmglocken läuten, folglich war ich auf der Hut."

Doktor Braunau hatte sich mittlerweile wieder hingesetzt.
Ihm surrte der Kopf. Zweifel schimmerte in seinen Augen,
Schatten des Unwillens huschten über sein Gesicht. Er konnte
nicht umhin zu bemerken:

„Jürgen, ich, wie auch andere, hatten den Eindruck, daß ihr
in gegenseitiger Liebe verbunden seid. Ernas rührende Hingabe
für Sie war das Gespräch im Dorf."

„Was Sie sagen stimmt," pflichtete Thorwald bei.

„Wie können Sie dann behaupten sie wünschte, ja, suchte
Ihren Tod? Grenzt das nicht an Verstiegenheit?"

„Das dachte ich ebenfalls, bis ich eine Erklärung fand. Als wir spät abends zurück kamen, doch halt, eins nach dem anderen, ich greife zuweit voraus.

„Gewarnt sein heißt gewappnet sein. Über Ernas Absichten hegte ich keine Zweifel mehr, doch zwischen Vorsatz und Ausführung besteht oft eine weite Kluft; wie damals zum Beispiel. An jenem Nachmittag als die Sonne hinter den Franklinbergen verschwand, ging mir allerhand durch den Kopf. Würde Erna, meine geliebte Erna, rohe Gewalt anwenden um mich loszukriegen? Einen Augenblick wehrte sich mein ganzes Wesen gegen den bloßen Gedanken; im nächsten hörte ich flüsternde Stimmen von allen Seiten. Sie sagten, ja. Langes hin und her war noch nie meine Stärke, ich nahm das Steuer aus Ernas Händen.“

Doktor Braunau schreckte auf. Thorwald hob besänftigend die Hand:

„Keine Sorge, Doktor, Erna wich wortlos zur Seite, während sie mich mit verschleierten Augen anschaute. Ich hatte den Eindruck als erwache sie aus einem schlafähnlichen Dämmerzustand. Irrte ich mich oder haftete ihr Blick am geladenen Gewehr mit boshaften Hintergedanken? Ich handelte unwillkürlich. Mit einer raschen Handbewegung wurde die Ruderpinne eingehakt, wonach das Gewehr wie von selbst in meine Hände geriet und dort blieb bis wir am Ufer ankamen. Dort entlud ich das Gewehr, suchte nach den verpackten Patronen, die ich fand, und schmiß alles im hohen Bogen ins Wasser. Sie wollen etwas sagen, Herr Doktor?“

„Wäre es nicht vernünftiger gewesen gleich umzukehren?“

„Allerdings, aber mich ritt der Teufel. Der Narr in mir und nicht minder die Bosheit, verdrängten den klaren Verstand. Die Stimmung im Boot war mir unerträglich. Ich saß am Steuer, Erna hatte sich vorne Platz gemacht. Jeder Versuch sie in ein Gespräch zu verwickeln, scheiterte an ihrer rätselhaften Verstocktheit. Was ging in ihr vor?“

„Mit Verlaub, Jürgen, was ging in Ihnen vor?“ unterbrach Doktor Braunau.

„Hm, was wohl,“ murmelte Thorwald.

Es fiel ihm sichtlich schwer seine Gedanken zu jener Begebenheit zu lenken. Doch er gab sich einen Ruck und fuhr mit seinem Bericht fort.

„Es ist mir heute noch unklar was geschah und warum."

Thorwald richtete abermals seine Augen auf den Arzt. Er schien den Tränen nahe zu sein als er weiter redete, stockend, wie mit einem Kloß im Hals.

„Man bedenke, noch zwei Tage zuvor girrten und schäkerten wir miteinander wie Turteltauben und nun umhüllte uns eine Unmutswolke zum schneiden dick."

Der Arzt wiegte bedenklich den Kopf. Ahnungen traute er zeitlebens nicht, Gefühlen noch weniger. Er belehrte mehr schelmisch als ernst:

„Eingebungen haben manchmal nachteilige Folgen, Jürgen."

„Nicht in diesem Fall. Mein Vorgefühl erwies sich als begründet. Auf alle Fälle setzten wir die Reise fort und steuerten unserem Ziel entgegen; schweren Herzens, von einer erdrückenden Wolke des Mißtrauens umhüllt, muß ich gestehen. Es plagten mich gegensätzliche Regungen; Reue stritt sich mit Rechtfertigung. Tat ich Erna, meiner lieben Gattin, ein Unrecht oder hatte sie tatsächlich vor mich aus dem Weg zu schaffen? Mehr als einmal geriet ich in Versuchung sie zu umarmen und um Verzeihung zu bitten, wegen meinem feindlichen Benehmen. Jedoch etwas hielt mich immer wieder davon ab."

Doktor Braunau kniff die Augen zusammen, indessen er den Kopf zur Seite neigte:

„Jürgen, warum erzählen Sie mir das?"

„Ja, warum wohl. Vorweg um eine drückende Last von meinem Gemüt zu wälzen, aber auch um Ihre geschätzte Meinung zu erhalten."

„Na, fragen Sie schon," ermunterte der Arzt.

„Zuerst sollten Sie das Ende hören," gab Thorwald zu verstehen.

„Schön, ich horche."

Thorwald zögerte. Es schien als müsse er sich Mut machen und Kraft schöpfen um weiter zu erzählen. Eh er fortfuhr kam ihm Doktor Braunau zuvor:

„Jürgen, Sie sprachen von einem Hindernis das eine Versöhnung mit Erna ausschloß."

„Richtig. Als ich am Ufer die Patronen ins Wasser warf, schaute Erna wortlos zu, aber nicht untätig. Sie schien aus allen Fugen zu geraten. Mit einer raschen Handbewegung griff sie nach ihrer Handtasche und riß sie an sich."

„Naja, Frauen trennen sich ungern davon," meinte der Arzt.

Thorwald begehrte auf:

„Schön und gut, aber was dann geschah spukt mir heute noch im Kopf herum. Unglaublich wie es klingen mag, sobald ich an diese Begebenheit denke, läuft mir ein kalter Schauder über den Rücken. Warum? möchte man fragen. Hier ist die Antwort. Während Erna ihre Tasche wie ums liebe Leben an sich drückte, überkam sie eine verblüffende Veränderung. Sie hatten meine Frau mehr als einmal gesehen, wenn ich mich nicht irre."

„Das habe ich."

„Sie müssen somit gestehen, meine Gattin ist keinen Schritt entfernt von vollkommener Anmut."

„Das bekenne ich mit erhobenen Händen," versicherte der Arzt.

„Nun, das stets strahlende Gesicht verwandelte sich plötzlich in eine Maske der Bösartigkeit."

„Du meine Güte," entfuhr es dem Arzt.

Thorwald schaute bedenklich drein. Er scheute sich offensichtlich zu sagen was ihn bewegte. Doktor Braunau verstand die Regung. Er versicherte ihm:

„Jürgen, was Sie mir sagen bleibt unter uns."

Thorwald atmete erleichtert auf:

„So wahr ich hier sitze verwandelte sich das freundliche Gesicht mit dem verführerischen Lächeln zum reinsten Zerrbild, welches ich nicht sogleich mit Erna in Zusammenhang bringen konnte. Ich stand im Begriff entsetzt aufzuschreien, als Ernas Maske des Grimms und Trotzes wie auf Befehl verschwand und ihre übliche warmherzige Fraulichkeit ihr Gesicht erhellte. Keine Spur des Bedauerns oder der Verstörtheit waren zu sehen. Fünf Tage danach erfüllte sich mein beklemmendes Vorgefühl."

Thorwald schmunzelte, während er ein Auge zukniff und den Kopf neigte:

„Doktor, Sie wundern sich nach wie vor warum wir die Reise nicht abbrachen oder die Lage besprachen."

„Wer könnte es verübeln."

„Nicht ich. Im Rückblick muß ich gestehen, daß ein liebevolles Wort oder eine versöhnliche Geste vielleicht Wunder gewirkt hätten."

Thorwald verstummte abermals. Mit gesenktem Kopf suchte er nach Worten. Doktor Braunau räusperte sich, wonach er bemerkte:

„Sie machten vorhin eine Bemerkung über Vorgefühle die sich erfüllten."

„Allerdings. Es geschah als wir uns dem Yohingebiet näherten. Die Sonne war bereits hinter den Bergen verschwunden. Niemand außer uns war weit und breit zu sehen. Während ich Umschau hielt nach einem geeigneten Anlegeplatz, ging mir allerhand durch den Kopf. Ich muß gestehen, seit wir unsere Reise auf dem Nahanni fortsetzten, herrschte eine zwanglose Stimmung zwischen uns. Ich schrieb es der Umgebung zu, die mich, wie auch Erna, wohltuend berührte. Allein die Stille, ganz zu schweigen von der friedlichen Natur, machte uns verträglicher. Sie verrichtete Arbeiten die meine Erwartungen überstiegen; ungeheißen und mit eimem Lied auf den Lippen. Unser genährter Groll verlor alle Spuren.

„Ich ließ Erna nicht aus den Augen. Sie saß abgewandt von mir am Bug des Bootes. Meine Blicke schweiften von Ufer zu Ufer, somit an meiner Frau vorbei. Als wir eine Furt in ruhigem Wasser überquerten, bemerkte ich wie sie verstohlen nach ihrer Tasche griff, welche sie behutsam öffnete und ihr etwas entnahm. Aha, dachte ich, der Tanz beginnt. Mit einem Ruck drehte sich Erna um, also mir zu. Sie hielt eine Pistole in den Händen, welche sie auf mich richtete, während sie wiederholt abdrückte."

Doktor Braunau entfuhr ein Ruf des Schreckens.

„Sie verfehlte ihr Ziel, wie ich verstehe."

„Das werden wir nie herausfinden," meinte Thorwald kichernd.

„Ich verstehe nicht ganz," gestand der Arzt.

„Das Magazin war leer, ich hatte alle Patronen entfernt, in jener Nacht am Ufer des Liards."

„Zum Glück," lobte Doktor Braunau.

„Glück, Doktor? Ich würde es eher Klugheit nennen oder auch Voraussicht, nachdem ich Ernas furchterregende Verwandlung gesehen hatte. Jedoch zurück zum schicksalhaften Ereignis auf dem Nahanni. Erna schaute verblüfft von der Pistole auf mich. Plötzlich schien sie zu begreifen. Schatten der Enttäuschung verdunkelten ihr Gesicht, das sich im nächsten Augenblick zu einer Grimasse der Wut und des Hasses entstellte. Ihre Augen sprühten Tod und Verderben. Mit einem Melusinenschrei sprang sie auf. Wie von allen Furien gehetzt schaute sie von mir auf das Wasser. Ich dachte: Jürgen sei wachsam, sie schleudert dir die Pistole ins Gesicht. Nichts dergleichen geschah. Sie reckte sich und warf die Pistole ins Wasser."

„Also nicht auf Sie."

„Nein. Wie ich bereits andeutete ist Erna nicht gewalttätig."

Doktor Braunau runzelte erstaunt die Stirn. Wie jemand einen Mordversuch als eine mildtätige Handlung bezeichnen konnte, überstieg sein Verständnis.

„Was geschah dann?"

„Am nächsten Morgen kehrten wir um. Auf der Rückreise sprach Erna wenig."

„Keine Fragen, keine Antworten?" wollte der Arzt wissen.

„Weder noch, wir waren zu erschöpft, geistig, wohlgemerkt, überdies zu verwirrt um viel zu sagen."

Doktor Braunaus Miene wäre schwierig zu deuten gewesen. Eins jedoch war sicher: Jürgens Bericht kam ihm wie eine Münchhausiade vor. Dann, wiederum, welchen Zweck täten solche Schauergeschichten erfüllen, dachte er. Er gab sich einen Ruck:

„Nichts für ungut, Jürgen, was Sie erzählen klingt nicht bloß abscheulich, sondern wie ein Greuelmärchen."

„Sie glauben es nicht?"

„Hm, ehrlich gestanden es fällt mir schwer, bedenke ich Ernas Nimbus, der eher einer Griselda glich als einer schwarzen Witwe."

„Das stimmt, doch ihr fraulich, anmutiger Anblick läßt nichts von einem düsteren Geheimnis ahnen, welches in ihr wuchert."

„Sie meinen doch nicht allen Ernstes, daß Ihre Frau Sie töten wollte?"

Thorwald schaute den Arzt ernst an. Ein törichtes grinsen huschte über sein Gesicht, eh er antwortete:

„Mich, wie auch andere."

„Andere Männer?"

„Ehemänner, Doktor, Ehemänner. Soviel ich weiß heiratete Ihre Griselda dreimal, ohne sich je scheiden zu lassen."

„Aber – aber, das wäre doch Vielmännerei," stammelte der Arzt.

Thorwald lachte:

„So wird es genannt."

Wie vor den Kopf geschlagen blickte der Arzt seinen Landsmann an, der im Begriff stand weitere Erklärungen zu geben.

Doktor Braunau kam ihm zuvor:

„Woher wissen Sie das?"

Thorwald schmunzelte verschmitzt:

„Ernas Tagebuch kam mir zufällig in die Hände."

„Aha," bemerkte der Arzt.

Thorwald übersah die versteckte Anspielung. Er fuhr fort:

„Was ich schon auf der ersten Seite las, versetzte mich in Schrecken."

Thorwalds Gesicht verfinsterte sich. Die Erinnerung daran schien ihm die Zunge zu lähmen. Doktor Braunau ermunterte ihn:

„Darf ich es hören?"

„Sicher, Herr Doktor, schließlich erwarte ich Ihre Meinung. Aus Ernas Eintragungen entnahm ich folgendes: sie haßte ihren Vater mit jeder Faser ihres Seins."

„Er starb vor etwa fünf Monaten, sagten Sie."

Thorwald nickte zustimmend:

„Nun weiter. Erna ist mit drei Männern verheiratet. Sie liebte alle von Herzen, freilich nur anfänglich. Da einer wie der andere sich als unerträglich entpuppte, gehorchte Erna einer inneren Stimme, die befahl die wertlosen Gatten aus dem Weg zu räumen. So stand es geschrieben, so habe ich es gelesen." „Sie erwähnten drei Ehemänner, Sie mit einbegriffen, vermute ich."

„So verhält es sich. Hier ist meine Frage: gibt es Frauen die gezwungenerweise ihre Männer töten?"

Doktor Braunau wußte nicht ob er lachen oder kichern sollte:

„Was meinen Sie mit gezwungenerweise?"

„Einem inneren Zwang gehorchen müssen," erläuterte Thorwald.

„Also eine angeborene Sucht den Ehemann zu ermorden."

„Sowas ähnliches," stimmte Thorwald bei.

Der Schelm im Doktor rührte sich. Er konnte sich kaum das lachen verbeißen, noch weniger die Bemerkung:

„Das klingt wie ein Stück aus Bebels Schwänken. Sicher töten Frauen zuweilen ihre Männer, aber selten weil sie müssen."

Doktor Braunau hatte viel gehört, aber nicht was er hören wollte, nämlich, wo Erna sich befindet.

Auf dem Heimweg versuchte er sich einen Reim aus der verdächtigen Angelegenheit zu machen, in welche er zu seinem Leidwesen hineingezogen wurde. Wie schon angedeutet betrachteten ihn die Hiesigen mit Argwohn.

„Merkt's euch, unser Doktor weiß mehr als er uns glauben läßt," so heißt es sicher im Dorf," vermutete er.

So mancher Dörfler glaubte ihm seine Behauptung nicht, daß er keine Ahnung hätte wo Erna sei.

„Im Flußbett des Liards," raunten sich manche hörbar zu.

„Es ist das Gerippe das in der Schlucht gefunden wurde," meinten andere.

Doktor Braunau erwägte eine Ortsveränderung, doch im Hinblick seiner anrückenden Jahre verwarf er den Gedanken.

„Laß sie munkeln," sagte er sich, „die Quelle ihres Ärgernisses wird morgen über alle Berge sein."

Nun, Doktor Braunau irrte sich. Kurz nach seinem Weggang überfielen Thorwald zweifelnde Gedanken. Hatte er sich die Zunge verbrannt? In anderen Worten, redete er zuviel? Er traute seinem Landsmann nicht ganz, etwas kam ihm verdächtig an ihm vor; sein Verhalten ließ darauf schließen. Sein unsteter Blick, die auffallende Verlegenheit und das wiederholte räuspern, deuteten es an. Kein Zweifel, der würdige Arzt befand sich in einer Zwickmühle. Er hatte es eilig fortzukommen, jemand erwartete ihn, wie auch seinen Bericht; so schien es Thorwald, weshalb er noch am selben Tag die Reise in den Süden antrat.

Als Thorwald in Halifax ankam, fiel ihm ein Stein vom Herzen. Die lange Fahrt hatte seine Gedanken geordnet. Die nagende Ratlosigkeit, welche ihn bei der Abfahrt plagte, verflog beim Anblick der Stadt. Eine wohltuende Entschlossenheit erfaßte ihn. Er wußte plötzlich was zu tun sei:

„Jürgen, du mußt das Land verlassen," mahnte eine innere Stimme.

Ihm ging allerhand durch den Kopf. Bürgermeister Renfrew, sein verschworener Feind, welcher alles verabscheute was lacht und singt, wird gewiß Himmel und Hölle in Bewegung setzen um ihn hinter Schloß und Riegel zu bringen; ob schuldig oder nicht.

Bald danach bestieg er einen Ozeandampfer, wo er nach vierzehntägiger Fahrt in Hamburg ankam.

Was mit Erna, seiner Frau, geschah kam ihm nie zu Ohren.

„Wahrscheinlich arbeitet sie an ihrem vierten Mann," mutmaßte er.

Trotzdem kamen ihm oftmals die Tränen beim Gedanken an sie.

Jan Hagels Sieg

Wulfland liegt irgendwo zwischen Ambronien, ost-west gesehen, während seine südlichen Grenzen aus den Taurisker Bergen bestehen und die nördlichen am schäumenden Meer enden. Die Geschichte Wulflands, außerordentlich bewegt, schwankend zwischen bitterem Elend und jubelndem Glanz, hatte gegenwärtig einen jämmerlichen Tiefstand erreicht. Es stürzte von den lichthohen Pforten Walhallas bis tief in die finstere Höhle Niflheims. Nach langen Reibereien, Unruhen und Kriegen, wurde es endlich unterworfen, gedemütigt, geschröpft und schließlich umerzogen.

Der Bereich der Demütigung lag in den Händen Albias, dem Schrein der Rechtschaffenheit, während die Schröpfung von Adulam geleitet wurde, ferner die Umerziehung mit viel Hursch und Hösch von Melochia betrieben wurde, der Heimat Mammons, dem Bollwerk des Kultus Strangulus.

Man ging tapfer voran. Missionare vom Orden Merode samt Borstenschnitt und Schussern im Mund, manche fast zwanzig Jahre zählend, gesegnet von einer Sprache mit unzähligen Flüchen gewürzt, fielen über die Wulfen her. Sie nannten sich die Tempelherren der Neuzeit, berufene Verkünder der Gleichscherung, welche auf dem Roß Zelot umherritten, das aus dem Maul die Kunde vom Tamtam prustete, dazu aus beiden Nüstern das Evangelium der Ochlokratie sprühte. Unaufhaltsam zogen sie queraus, querein, mit dem Gefühl einer geweihten Berufung im Herzen, die allerdings zuviel Lärm im kleinen Kämmerlein schlug. Es gab eine Menge zu tun.

Innerhalb kurzen Monaten begann ein stechen und stoßen, so eine Art Buhurt, wie nie zuvor. Die Regeln wurden aus dem Buch Hoi Polloi entnommen. Voraus ritten Cherubs, von Vater Maneken gefolgt, von der Mutter Viragio geleitet. Sie bliesen ins Horn Tulifant, welches stets angewandt wurde um König Rülp anzukünden. Nebenher huschten grell bemalte Schwestern ohne Brünne und Schild, beide Hände voll mit Kreppapier, womit sie die nackten Noten umwickelten, damit die arg bedrängte Unschuld der Wulfenjugend nicht ganz verkümmere.

Hinter den Cherubs trabten die Ritter Allegleich, auf dem Roß Aberklug, mit beiden Händen die Lanze Mittelmaß schwingend. Ihre Gegner im männlichen Turnier, nämlich, die Wulfen, flüchteten ohne Roß und Wehr in alle Winde. Hucha, das war ein Kampf. Flips und Flaps, kaum der Muttermilch entwöhnt, entbrannt vom Fanal der guten Taten, fuhren mit viel Hösch und Rah unter sie, bereit ihnen die alte, verderbliche Kultur aus der Haut zu bleuen. Beistand erhielten sie von den Älteren, welche frühzeitig verbraucht vom Rosenkranzturnen und der Tyrannei der Küche, mit Pilatusstimmen die Wulfen in den Pferch Demokritus jagten.

Dort wurden alle genötigt am Altar Hypokrit ein Bekenntnis der Erbschuld abzulegen. Ferner mußten sie einen Eid schwören, fortan die Gesinnung der Väter zu verschmähen sowie die Bräuche des schwitzenden Haufens annehmen. Um die Sündentilgung zu beschleunigen, mußten alle täglich ein Bad im Öl der Reue nehmen, sich danach mit den Tüchern der Sühne abtrocknen und abschließend aus einer Kehle das Krakamal Wulflands singen.

Teilnehmen mußte jeder, Mann wie Mage. Obwohl hauptsächlich Männer für alle Vergehen verantwortlich gemacht wurden, verstorbene, gegenwärtige, wie zukünftige, fühlte sich der Messias vom fernen Westen, auch als Riff bekannt, trotzdem verpflichtet auch Frauen und Kinder reinzuwaschen. Man schritt tapfer voran.

Die Adulamer rempelten sich mit gewohntem Vorwitz voran. Sie schickten ihre besten Krieger aus, vornehmlich Rachull mit den hundert Händen und Alastor mit den tausend Upaszungen. Zur ewigen Rache verschworen, wünschten sie jedem Wulfen eine Prometheusleber, ferner sich selbst den Schnabel des Adlers Ethon. Albia, im Gegensatz, am Herd der Redlichkeit rosig geworden, fühlte sich zu erhaben um mit entblößtem Speer mit zu turnen; beileibe nicht. Die Spitze wurde in ein Futteral gesteckt, welches mit Stichelhaaren gepolstert war. Albianer sind weithin bekannt als Hüter der Flamme der Justiz sowie als beste Bogenschützen im weiten Kreis. Ihre

Pfeile, berühmt und gefürchtet, nennt man Elfenpfeile, deren Einschlag zwar kaum gefühlt wird, die sich aber tief ins Gemüt graben, ferner dort ewig haften bleiben.

Der Reißzahn der Umerziehung, eine Erfindung Albias, jedoch von Melochia wesentlich verbessert, drang bis ins Mark der Wulfen, wo er wie ein kaledonischer Eber wühlte. Man drang von allen Seiten auf sie ein, bestrebt am allgemeinen Hau den Lukas teilzunehmen.

Riff kam vom Westen her. Mit seinem Trippelbruder Albia im Schlepptau segelte er im Schaff der Proselytenmacher über das tiefe blaue Meer. Er brachte Geschenke für die Wulfen, vom Hemd Nessus bis zum Sack voller Lehren und Weisheiten. Als erster sprang Rupp Ohrenfeucht ans Ufer. Fortwährend am Stengel Einfalt kauend, suchte er mit einer Hand nach dem fehlenden Flaum am Kinn, während die andere wie im Fieber zwei Scheren hielten.

Mit dem Recht der Meute, welches in Melochia den Ehrensitz einnimmt, fiel er über die behaarten Wulfen her. Beseelt vom Drang nach guten Taten, der freilich von der Neigung eines Talus verdunkelt wurde, schnipfelte er wie ein Tasmanischer Teufel von früh bis spät. Hui, da flogen die Haare, wie Federn im Wind flatterten vor allem die Barthaare. Hier muß erwähnt werden, daß die Melochianer eine unerbittliche Abneigung gegen männlichen Haarwuchs zeigten, vor allem gegen Gesichtshaare. Solch ein Wachstum bedeutete ihnen soviel wie die Mißachtung von Muttchen und Apfelkuchen. Beim Anblick dieser Ketzerei erfaßte sie eine Berserkerwut. Sie fühlen sich dann nicht bloß befugt, sondern verpflichtet mit Härte voranzugehen.

Ermutigt wurden sie von dem Befund ihrer Gelehrten, daß gerade in den Bärten der verhaßte Keim Illuminato stecke, den nicht mal der Hammer Malefikarum zermalmen kann. Kein sauber geschnittener, rein denkender Jüngling durfte diesem Geziefer ausgesetzt werden. Ganz zu schweigen von den Jungfrauen, die ohnehin schon schwer unter der Tugendlast zu keuchen hatten. Kurzum, solche unmelochianische Sitten waren derart verpönt, daß nicht mal ein Bart am Schlüssel unbestraft blieb, weshalb bis heute ein Hausvater in Melochia unbekannt ist.

Die Ritter Melochias schirrten das Roß Zelot ein, während
die Kundschafter aus Adulam und Albia es am Schwanz und
den Nüstern festhielten. Erst mal bekam es einen Sack voll
Edelmut zu fressen, dann wurde es an den Brunnen Teuertrunk
geführt, aus dem allerdings kein Wasser floß, sondern lediglich
das Versprechen: erst bekehren, dann saufen. Man schob ihm
also das Mundstück zwischen die Zähne, gab ihm das
Sporenrad zu spüren und trieb es mit Huzza und Hurra voran.
Wie ein Pfeil flogen Roß und Reiter dahin, begierig die Lehren
des Ochlokratus mitten unter die Wulfen zu bringen.

Viele Wulfen bekannten sich ohne murren zur neuen Religion, ja, manche strauchelten über ihre eigenen Füße im bestreben als erste die Hierodulenweihe zu empfangen. Einige
allerdings beugten zwar das Haupt, aber bruddelten dabei aus
beiden Mundwinkeln. Eine geringe Anzahl wiederum weigerte
sich trutzig Schere wie Benediktum hinzunehmen, was ihnen
noch teuer zu stehen kommen sollte. Wer sich aber fügte wurde
dreifach belohnt. Erstens erhielt er den begehrten Rein-
heitsstempel mitten auf die Stirn gesetzt; zweitens durfte er
fortan gesiebte Meinungen hegen; ferner erhielt er das Recht
zum Titel Minim Kalmaus.

Vom Osten drängte Raff um den Proselytenmachern bei-
zustehen. Fürwahr, es waren Ritter aus einem anderen Tuch
geschnitten. Auf der Stute Geifermit stürmten sie sattellos und
mittellos über die verheerten Felder Wulflands. Ein Arm
schwang die Keule, der andere die Schlinge. Auf ihrer Stirn
leuchtete die Blesse der Sippe Korah.

Es begann ein verbissenes Treiben. Ganz Melochia verfiel
in einen Taumel, so eine Art religiöse Verzückung. Ja, sie
fühlten die Möglichkeit ihre zitternden Hände an den heiligen
Gral zu legen. Die junge Nation stand im Begriff ihren ersten
großen Kreuzzug erfolgreich zu bestehen. Freilich mußten sie
den Ruhm mit Adulam und Albia teilen. Vornehmlich kämpfte
Adulam verbissen mit. Ausgestattet mit den berühmten Zar-
gaaugen und der berüchtigten Hilarionnase, faßten sie schon
längst den Vorsatz: wer fleißig wühlt bleibt an der Macht.

Somit begann ein Gezeter, ein reißen, schubsen und zerren.
Wie die Hühner der Witwe sich um den Wurm rauften, so
keilte sich Kaiser, König, Edelmann und Bettelmann ums letzte

Haar, samt Gezücht auf den Köpfen, der Wulfen. Hier balgte sich Ritter Pomuchl mit Graf Seelenhauch, während drüben Baron Sackmanns Hände an der Kehle des Knappen Pikaron lagen. Es ging zu wie beim Katzenkrieg in Kilkenny. Aber schließlich kam man zur Besinnung, klopfte sich den Staub aus den Schuppen, gab sich die Hand und bestieg den Baiart, wonach mit vereinten Kräften die Pflichterfüllung begann. Als erstes wurden die Gelehrten gerufen, welche man auch Libidaner nannte. Sie kamen wie der Wind, teils von Ballonien, teils von Allotrien. Alle hatten an der Hochschule Balawatsch studiert, wo sie eine Geheimsprache lernten, welche niemand verstand, sie selber mit einbegriffen. Trotzdem wurden ihre Meinungen, gefürchtet und gefeiert, mit Köhlerglauben hingenommen. Nach langen Krengeleien wurde beschlossen das Verfahren Gleichschur anzuwenden, in der Hoffnung damit die Umerziehung der Wulfen am schnellsten zu erzielen.

Diese Lehre, noch unbekannt diesseits des großen Gewässers, wurde schon seit Jahrzehnten in Melochia angewandt. Das Unterpfand dieser Wissenschaft bildet der Schmelztiegel, welcher stets bis über den Rand mit dem Schweiß aus den Poren Flegellus gefüllt bleibt. Wie jede Seele einmal die Stöhnerbrücke überqueren muß, so mußte jeder Wulfe in diesen Zuber steigen, wollte er sich das Reinheitszeichen auf immer verdienen. Obwohl dieser Zuber weder Boden noch Wände hat, sind seine Umrisse klar erkennbar. Dem Bottich werden Zaubermächte eingeräumt. Man behauptet während des Bades ein Wunder zu erleben, weil der Schweiß des Kroptüks gewisse Drüsen anrege, welche veranlassen, daß Minderwert sich mit Mittelmaß paaren, woraus ein neues Wesen entstehe, Alltagskerl genannt. Leider verläuft so eine Gleichschur nicht schmerzlos, ja, sie lähmt zuweilen auf Lebzeiten, ferner macht sie mit Sicherheit, nach den Berichten Völsunger Rig, wabbelig das Hirn, weich die Stirn, zag das Herz, fahl den Blick, falsch das lächeln, wäßrig die Augen.

Damit nun das Wehklagen halbwegs verborgen bleibt, wurden Berufsjubilanten eingestellt, die rundum einen fortwährenden Lärm schlugen. In ständiger Bewegung, mit zuckenden Armen, fuchtelten sie wie Onkel Veit um den riesigen Zuber.

Sie schrien vom ewigen Glück, ferner wie das Leben doch randvoll mit Spaß gefüllt sei. Wie erwartet, zehrte soviel erzwungener Frohsinn an den Kräften. Duck dich, Miesmuck, der Retter naht. Kaum nämlich entstand eine Flaute im Taumel, schon eilte Hans Gerstensaft mit ausgestreckten Händen herbei. Er allein besaß die Macht der erlahmenden Zunge erneuten Mumm zu verleihen. Baron Spund, sein Verwandter, blieb auch nicht untätig. Er huschte von Ort zu Ort, den Krug bis zur Tülle mit Heiterkeit gefüllt, welche er den Mutmachern eintrichterte. Da ging's zu wie am Polterabend.

Obzwar die Wulfen anfänglich diese Wuselei mit Scheitelaugen betrachteten, weiterhin Anstoß nahmen am ständigen kau-kau ihrer Erzieher am Stengel Einfalt, renkte sich alles mit der Zeit ein; außer zwei merklichen Ausnahmen, nämlich, Belindakult und Pimpflatrei. Hierin kam die Bekehrung ins stocken, vornehmlich bei den Männern. Solch eine Augendienerei, wie sie es nannten, fand lange keinen Anklang bei ihnen. Die Belindaverehrung hätten sie vielleicht noch gelten lassen, aber niemals die Üllerlehre von der Pimpflatrei. Schon bei der leisesten Andeutung an diesen Baaldienst, begann das wulfische Blut zu wallen.

Die Melochianer zeigten sich vorerst bestürzt, dann verletzt, entrüstet und schließlich bis ins Mark erzürnt. Undenkbar dünkte sie solch eine Mißachtung ihres Katharinenrads, welches, mit den Messern Kastrato bespickt, den Mumm vom Leib der Männer schabt, die Frauen aber anstachelt. Sogleich witterten sie den Dunst Sodoms, sahen die Schwaden Gomorrhas und hörten die Stimmen Demogorgons, welche sie zornerfüllt anstachelte.

Mit dem Feuer Interdiktus unter den Sohlen, bliesen sie zum vernichtenden Kesseltreiben. Das Horn Tulifant wurde zu leicht befunden, weshalb die Posaune Feurio dienen mußte. Genauso erging es der Stute Zelot, die sich freiwillig dem Hengst Mordio unterwarf. Ritter Kuschimeck, beim Anblick dieser Ketzerei zum Kohlbeißer geworden, sprang mit einem Satz auf den Rücken des flehmenden Rappens. Dahinter rauschte seine Gattin Viragia, grell bemalt von den Zehennägeln bis zur Kopfhaut. Mit etwas zuviel Elfenbein im Mund feuerte sie ihren Helden an.

Es nutzte nichts. Wie Thaukt, die alte Spielverderberin, sich einst stur weigerte Baldur aus der Hölle zu weinen, sträubten sich die Wulfen, freilich bloß die Männer, an der Würgelei teilzunehmen. Trotz des verbissenen schurigelns, das im Namen der Empörung ausgeführt wurde, blieben viele Wulfen störrisch. Sie weigerten sich den zwängenden Harnisch anzulegen, jedenfalls nicht so ohne weiteres. Die Albianer, treu ihrem Blut, wickelten sich während diesen Reibereien in den Mantel Sanktimonius und schossen durch beide Ärmel ihre berüchtigten Elfenpfeile ab. Allerdings mit wenig Überzeugung, denn auch sie zeigten sich ungeneigt die Pimpflatrei auszuüben. Die Belindahuldigung, immerhin ihre eigene Erfindung, hätten sie noch gelten lassen, aber nicht die Verehrung des Würgels.

Nur Adulam verlieh in dieser Hinsicht seine volle Unterstützung. Trotz dem quälenden Überdruß, von dem sich Adulamer kaum befreien können, schlupften sie flink ins Fell Fanfaron, zündeten die Fackel Ostrakon an und zogen mit den Melochianern ins Feld. Den widerspenstigen Wulfen wurde es heiß unter dem Schuppenkleid, denn sie wußten die Adulamer sind im Besitz der Heroldstrommel, welche üble Nachrichten schneller verbreitet als alle Hillebilles der Welt.

Der Gleichstutz schritt unermüdlich voran. Eingehüllt in den Mantel Demokritus, scheuerte er den Wulfen Trutz und Mumm aus dem Gemüt. Sie stülpten sich allmählich nach dem Sinn Melochias um.

Die Albianer merkten es zuerst. Im fünften Jahr der Umerziehung traten seltsame Merkmale auf, welche sie zunächst zurück wiesen. Man schenkte solch widersinnigen Erscheinungen einfach keinen Glauben; nein, sie wurden als Trugbild bezeichnet, von der Frucht Kalpa Taru erzeugt, die am Baum der Einbildung reift. Folglich mieden sie eine Zeitlang diese verlockende Frucht, in der Hoffnung den Blick zu schärfen.

Doch dann gewann ihre Sicht die gewohnte Klarheit, obendrein erhielt ihr Gemüt die übliche Sachlichkeit. Aber die vermeintlichen Schemen entpuppten sich als echt. Man steckte die Köpfe zusammen, rieb sich die Augen, tuschelte auf den Turnierfeldern, erörterte laut am runden Tisch und verlachte alles schließlich als eine Gaukelei.

Es nützte nichts. Kein Schleier aus Stoff oder noch so festem Tuch konnte die Wahrheit verbergen. Man schüttelte zwar ungläubig die Köpfe, runzelte heftiger die Stirn, blinzelte kräftiger mit den Augen, aber die Sicht wich keinen Zoll. Die Wulfen verwandelten zusehends ihren Kreuzgang zu einer Himmelfahrt. So etwas grenzte an ein achtes Weltwunder. Es verging ein ganzes Jahr eh diese Kehrtwendung ins Bereich des Glaubens rückte. Man schaute erstaunt zu wie Graf Leck den Spauz dem edlen Servil das Hürdenspringen lehrte, während Fürst Scharwenz den Ritter Mimus in die Arme des Krux Renegats schubste.

Ein Schauspiel entfaltete sich vor den geweiteten Augen der Albianer, welches weder Ritter Gawain noch Meister Persiwal für möglich gehalten hätten. Die Wulfen rannten sich die Sohlen heiß, rempelten sich die Rippen wund, um als erste im Schweiß Minderwert zu planschen. So begierig waren sie in den bodenlosen Kessel zu tauchen, daß sie zuvor weder Kleider noch Schuhe ablegten.

Es sollte noch bunter werden. Zur allgemeinen Bestürzung der Albianer wurde bei diesem Schmelzbaden eine Sprache angewandt, welche wie ein Unding zwischen Hundelatein und Kauderwelsch klang. Sie wollten einfach ihren Sinnen nicht trauen, als sie vernahmen wie die Wulfen mit geblähten Backen und verkniffenen Augen versuchten die Melochianer nachzuahmen. Es trieb sie ins Tal der Verzweiflung. Sie stopften sich Baumwolle in die Ohren, was freilich die knarrende Salbaderei nicht völlig verstummen ließ, weshalb man schließlich zu dichterem Krempelflor griff. So mancher Edle aus Albia drückte den sehnlichsten Wunsch aus, lieber alle Speere Winkelrieds im Leib zu spüren, als länger dieser Schinderei ausgesetzt zu sein.

Was dann geschah machte selbst die Adulamer stutzig, ja, sogar die Melochianer betroffen. Alles spötteln, witzeln, ab-winken, konnte nicht die Tatsache verscheuchen, daß die Wul-fen entweder ein gewiegtes Federspiel trieben oder Thaumatur-gus wirklich aus dem Hintergrund lugte. Aber da war nichts zu machen. Servus diente tatsächlich dem Servorum. Ja, die Wul-fen griffen mit gierigen Händen nach dem Schäferstab. Sie wollten Zucht und Schur nun selbst ausführen; also Schaf,

Schäfer und Hund in einer Haut sein. Man irrte sich nicht, die Offenbarung ließ nicht lange auf sich warten. Eines Morgens im Licht der Sonne erschien eine unübersehbare Menschenschar vor den Toren der Sieger. Soweit das Auge reichte sah man Wulfen zu Fuß und leicht beritten aus allen Richtungen ankommen. Auf den Rücken schleppten sie schwerbeladene Hucken, ihre Leiber bedeckten grob gewebte Büßerhemden. Sogar ihre Zelter steckten, statt im gewohnten Harnisch, im Mantel Emanuel Heuchels. Sie näherten sich im Knickschritt, rauften sich die Brust, während alle Füße um die Wette scharrten. Was jetzt, flüsterten die Melochianer. Traut ihnen nicht, stichelten die Adulamer. Wie erwartet höhnten die Albianer. Inmitten der allgemeinen Bestürzung gerieten die Hände der Wulfen plötzlich in Bewegung. Sie tauchten bis zu den Ellbogen in die Körbe und Satteltaschen. Heraus flatterten Kainshennen, hoch kamen Schandkreuzer, hell klirrten Ketzergroschen, indessen tausend Kehlen einstimmig ihre Bekehrung beteuerten.

Während die Adulamer einen Sturm über die Halde durch ihr zischeln entfachten, die Albianer sich mit hochgezogenen Brauen verächtlich abwandten, empfingen die Melochianer erst huldreich die Gült, sodann mit Wasser in den Augen das Bekenntnis zur Besserung. Man schüttelte sich die Hände, klopfte sich auf die Schultern, kaute heftiger am Stengel Einfalt, schob die Zunge von Backe zu Backe, wonach ausführliche Reden gehalten wurden.

Kaum verhallte das Echo des letzten Wortes, schon drängte sich Kunz von der Rosen aus den Reihen der Pilger. Wie ein Melochianer gekleidet, gab er eine Vorstellung, welche die Albianer in die Flucht jagte, den Adulamern die Neidblässe von Ohr zu Ohr trieb, aber die Melochianer vor Begeisterung schier aus der Haut lupfte. Sie lachten schallend, stampften mit den Füßen, klatschten in die Hände, kreischten vor lauter Vergnügen, ja, taten alles außer pfeifen, wozu ihnen die Fähigkeit fehlte, aber nicht minder das Verständnis für solch unmelochianische Äußerungen. Kunz von der Rosen hatte im Nu Wind bekommen. Vom begeisterten Beifall angespornt, verstärkte er seine Anstrengungen bis zum platzen. Er belferte heftiger wies Kasperle, schnitt drolligere Gesichter als der lachende Hans, ja, er übertraf sogar Ulaf von Bachelant im Possen reißen.

Dicht hinter seinem Schatten folgte Ilsan Thersites. Barhäuptig, frühzeitig zerfurcht vom vielen wühlen, mit unsteten Augen im Kopf, die ständig umher wanderten, geduckt, als fürchte er einen Hieb in den Nacken, dazu etwas aufgedunsen vom vielen Sünden schlucken, verbreitete er eine erstaunliche Kunde. Zuerst wurde den Siegern ein Weihgeschenk gezeigt, genannt Gnadegott, welches Thersites, von Beruf Klopffechter und Zotiker, gelobte dem Wulfentum bis zum Knauf ins Herz zu stoßen. Danach griffen seine Hände nach dem Rauchfaß, welches hilfsbereit von anderen Geherdalen dargeboten wurde, aber erst nachdem das Olibanum auf der Glut ausgestreut wurde.

Ilsan Thersites begann das Faß zu schwenken bis ein wohlriechender Rauch aus allen Öffnungen quoll, welchen tausend begierige Mäuler sofort unter die Nasen der Feinde bliesen. Nicht faul, fächelten beflissene Hände den geschmeckten Dunst wieder zurück. Ein Beweis des Dankes, girrten die Aufwärter, ein Neidingswerk knurrten die Albianer.

Ilsan gab sich einen Ruck und warf sich vor den Bezwingern in den Staub. Unzählige Ritter, tapfer, vom Kuhmäuler bis zur Glocke, samt Knappen und Tusnelden, folgten seinem Beispiel. Während sie wie hungrige Hühner im Kot scharrten, flehten sie herzerweichend um Aufnahme am feindlichen Herd. Die wackeren Wulfen versprachen ewigen, demütigen Gehorsam, obendrein eine Bereitschaft fortan alle Andenken, seien es Runen, Heldenlieder oder Sagen aus dem Andenken Wulflands zu wischen.

Nach einer kurzen Quengelei ob die Vertilgung auch dem Minnesang und den Märchen gelten sollte, übernahm Ilsan Thersites wieder das Wort. Er straffte sich so gut es sein Salaamkrampf erlaubte, schaute dann um sich, zog den Kopf ein als drohe ihm wieder ein Schlag in den Nacken, heulte eine Weile Rotz und Wasser und stimmte schließlich den Alpleich Wulflands an.

Er zeigte auf die breiten Striemen, welche wie Rotlauf auf seinen Schläfen leuchteten. Sie rühren von der Schande her ein Wulfe zu sein, jammerte er. Dann wurde auf die Knöten gewiesen, welche schier das Reinheitszeichen auf der Stirn verdrängten. Es seien die Folgen der Reue, daß es überhaupt Wulfen gebe, klagte er. Nur seine Nase, braun gefärbt bis zur Wurzel, also das Zeichen des Fürsten Segest, wäre die einzige Quelle seiner Freude, versicherte er.

Unaufgefordert drückte er den sehnlichsten Wunsch aus, wie eine Natter seine Haut abstreifen zu können, um somit jede Spur seiner verhaßten Herkunft zu tilgen. Mit eindringlicher Stimme ersuchte er die Zwingherren fortan ihr schröpfen und demütigen zu verstärken, weil man es erstmal verdiene, aber auch mit Ungeduld erwarte. Laßt euch nicht täuschen, mahnte er, die Umerziehung ist noch längst nicht beendet, viele Ungetaufte laufen noch wildfrei herum, auch Abtrünnige, die im Schutz der Dunkelheit rückfällig werden.

Ilsan Thersites geriet nun in Fahrt. Mit dem glühenden Brandeisen in der Hand, brandmarkte er alles was wulfisch aussah oder wulfisch klang. Er rührte in der Urne der Schmach, bis daraus eine Woge der Bußfertigkeit stieg, welche allen Umstehenden Schrecken einjagte.

Der wulfische Adler flog kreischend von seinem Horst. Ja, selbst seine Brüder auf Feh und Wappen zogen ängstlich die Flügel ein. Der Lindenbaum, heimattreu von der Wurzel bis zur Krone, warf erschrocken seine Blätter ab, während der murmelnde Bach samt Forelle zurück zur Quelle flüchtete. Die Glocke im Turm, Wahrzeichen der wulfischen Gesinnung, Leib und Wesen ihres Strebens, verlor im Schwall der Brandrede Thersites ihren wuchtigen Klang; sie begann wie eine Blechtrommel zu scheppern. Und die Rosen, oh, die Rosen auf der Heide, vergilbten im tückischen Hilpertsgriff des Klopffechters.

Inzwischen erschollen Töne vom nahliegenden Wald, die zuerst leise, beinahe zaghaft, dann lauter, heftiger und schließlich aus voller Kehle die Luft erfüllten. Es waren die Mahnrufe Kassandras, welche wie üblich kein Mensch beachtete. Auch Ilsan Thersites nicht, denn seine zehn Finger hatten sich im Bahrtuch verkrallt, welches er versuchte mit heller Gewalt über das Wulfentum zu zerren.

Dann kam eine Wendung. Die gepeinigten Züge Ilsan Thersites lockerten sich. Der Rotlauf verschwand von den Schläfen, seine Stimme nahm einen einschmeichelnden Ton an. Die Verwandlung, so plötzlich und unerwartet, grenzte an Schwarzkunst. Er warf den Wulfentöter zur Seite, nahm stattdessen die Pudertroddel zur Hand, ließ sich von Baron Mimus drei Ölzweige geben und verbeugte sich dreimal vor den verblüfften Feinden. Melochia erhielt die tiefste Verneigung, genannt Kotau, überdies den größten Zweig. Danach wandt er sich den Adulamern zu. Sie wurden mit einem Bückling beehrt, ferner dem zweitgrößten Zweig sowie dem Versprechen bei der Schröpfung behilflich zu sein. Zuletzt kam Albia an die Reihe, sie wurden lediglich mit einem Kopfnicken sowie dem kleinsten Zweig beehrt.

Nun folgte das große Bekenntnis. Viele wulfische Wiganden, kühn vom Sporn bis zum Helm, allerdings ohne Schild und Schwert, gesellten sich zum buckelnden Thersites. Darunter befanden sich Recke Helot, bekannt von Ost bis West wegen seinen Janusgesichtern. Das eine, den Eindringlingen zugewandt, strotzte vor Zerknirschung, wogegen das andere, auf die Wulfen gerichtet, grimmig bis zu den schweren Tränensäcken dreinschaute. Auch Moran von Feredach muß erwähnt werden, besitzt er doch die Schlinge, welche jeden Nacken streckt der sich nicht beugen mag. Hatz Maleger, Führer der Plöter, ließ sich nicht heißen, genauso wenig wie Zach von Zwockel, der Hüter des Schreines Mittelmaß. Wie das geschorene Schaf um gemäßigten Wind blökt, so flehten sie um Aufnahme im Kreis Jan Hagels, der verstohlen Kopf und Nase aus Ritzen und Spalten steckte, eine Zeitlang schnupperte, jedoch beim Anblick seines ungewohnten Schattens geschwind wieder zurück schlupfte. Jan Hagel, Schrecken der Nacht, welcher bislang im Schutz der Dunkelheit sein Unwesen trieb, spitzte die Ohren und öffnete die Augen weit.

Was man sah und hörte fand allgemein Gefallen. Eine verheißende Stimmung lag in der Luft, welche, schwanger von der Kunde besserer Zeiten, im Licht der Sonne flimmerte. Immer noch zögernd richtete sich Jan Hagel auf. Als dann beflissene Läufer in Wams und Pluderhosen erschienen, mit dem roten Teppich unter dem Arm, welchen sie mit Gurr und

Wink ausbreiteten, begann Jan Hagel zu verstehen. Sie verließen ihre Schleichwege, drängelten aus ihrem Schlupf, saugten die veränderte Luft tief ein, streiften den Mantel Parias ab und hüllten sich in das Gewand Ehrbarkeit ein.

Jan Hagels Sippe, bisher heimlich von Ignorius nach Ignobilis schleichend, rempelte sich keck in den Vordergrund. Bruder Hackmacks Ruf, ein eigentümlicher Kehllaut, vom übermäßigen Genuß der Frucht Kran herführend, forderte ungeniert zum Parademarsch auf. Oheim Strandgut zog Hand in Hand mit Muhme Treibgut von Ort zu Ort, um das erstaunliche Minnelied zu verbreiten, welches aus dem Inimikus einen Amikus zauberte, also eine Schmach zur Tugend verwandelte.

Krux Renegat stand nicht nach, er ritt an der Seite Malegers, Herrscher der Plöter, die ihm wie sein Schatten folgten. Kunz von den Rosen wirkte wie erwartet mit. Er schnitt Mäuler zur Ergötzung der Zwingherren, während sein Mitläufer Kasper von Haselant, treu seinem Blut, Schelmereien vorführte. Sie schlugen Rad, drehten die Schnarren, schüttelten die Narrenmützen bis die Angeheischten schrien und jaulten vor Vergnügen. Allerdings kam der Jubel hauptsächlich aus der Ecke der Melochianer, welche bekanntlich leicht zu unterhalten sind, im Gegensatz zu den Albianern. Merkt's euch, um so töffeliger die Vorstellung, desto angesprochener fühlt sich der Melochianer. Freilich muß sie laut sowie mit viel Verrenkungen begleitet sein. Purzelmann und Stolpermann sind ihre Lieblinge. Fügt man Zotmann hinzu, ei, der Spaß wird ungelind.

Obwohl die Mißbilligung der Albianer der Aufwartung einen Dämpfer aufsetzte, taumelten Krux Renegat und Hatz Maleger verbissen weiter. Ohne Zweifel wäre es ungefährlicher zwischen den Löwen und seine Wut zu geraten, als zwischen den Wulfen und seinem Diensteifer. Graf Meakulp von der hohen Sühnalb sprang nun mit einem Satz, begleitet von einem brausenden Tusch, an ihre Seite. Kaum hatte er sich vom Aufprall erholt, schon traten seine Fähigkeiten zum Vorschein. Er rühmte sich der tüchtigste Schlucker weit und breit zu sein; allerdings nicht im Feuer oder Schwert schlucken, sondern im Verschlingen der wulfischen Sünden.

Zuerst ging es an die Sünden der Ahnen, welche freilich im rohen Zustand ungenießbar waren. Deshalb schickte man einen Bittbrief an die Feinde, worin gebeten wurde gewisse Zutaten benutzen zu dürfen. Dies genehmigt, ging es an die Arbeit. Spitze Zungen, genannt Lastrion, sorgfältig vom klebrigen Perfidium gereinigt, um daran nicht zu ersticken, wurden in einer Schüssel zerkleinert. Darüber streute man das zerhackte Kraut Malizium, fügte fein geriebenen Memmenpilz hinzu und überreichte es dem tüchtigen Graf Meakulp. Er setzte das Gefäß an den Mund, würgte zuweilen, schmatzte zur allgemeinen Erheiterung, verzog das Gesicht, beutelte sich gebührig, wonach er die Schüssel weiter reichte. Der Beifall wollte kein Ende nehmen.

Dann folgten die Sünden der Gegenwart, welche freilich in einer kleineren Schüssel Platz fanden, weil die Umerziehung bereits ihre Zahl verringert hatte. Fürst Segest, Verfechter der Wappenflucht, Fürsprecher der Braunnasen, übernahm diese Vertilgung. Begleitet von Dienstmann Fladuse, erklärte er den Ahnenstolz vogelfrei, ferner die Wulfentreue friedlos, weshalb beides bußlos ausgemerzt werden konnte, nein, sollte.

Fürst Segest übertraf sich nun selbst. Angespornt vom Stachel Gefallsucht, getrieben vom Dorn der Fremdtümelei, richtete er sich auf den Zehenspitzen auf, hob das Schwert zum Himmel, drohte mit der Faust, wobei die Vorfahren vom Runenlied bis zum Helm von Regau verunglimpft wurden. Flugs eilten bereits entkeimte Wulfen herbei, glühend in ihrem Bedürfnis willfährig zu sein.

Ihre prallgefüllten Säcke wurden inmitten vielstimmigen und lauten Ho-Rüd-Ho geleert. Heraus flogen hopp genommene Bußverweigerungen, inhaftierte Mißachtungen des Herdenwesens, ferner gefesselte Ahnensitten, ganz zu schweigen von der halb erstickten Asenkraft. Alles wurde Sack und Pack in die Schale geschmettert. Fürst Segest, bewährter Hürdenspringer seit Olims Zeiten, geschmückt mit den Schlaufen Albias, von den flatternden Bändern Melochias geziert, wühlte mit beiden Händen im Wams. Während die Schadenfreude einen Siebensprung auf seinen Zügen ausführte, zog er mit einer Hand das Lochamer Liederbuch heraus, zerrupfte die Noten von Kopf bis Fähnchen und warf die

Schnipfel mit einem Jauchzer in die Schale. Die andere Hand hielt bereits den zappelnden Zupfgeigenhansel am Kragen, dem es genauso ging. Nachdem Graf Leck den Spauz unter großem Jubel mit seiner gelobten Zunge das Gemisch benetzt hatte, wurde es pflichtgetreu verschlungen.

Jetzt blieben bloß noch die Missetaten der Zukunft übrig, welche Jan Hagel hochheilig versprach im Dunst der Demut zu ersticken, überdies zwischen den Walzen der Ergebenheit den letzten Hauch auszupressen.

Die Albianer hegten ihre Zweifel, sie erinnerten an den wulfischen Wesenszug: entweder in Sack und Asche vor allem Fremden zu kriechen oder ihm knurrend an der Gurgel zu liegen. Sie mahnten teils heimlich, aber zuweilen auch öffentlich, daß den Wulfen nicht zu trauen sei, weil ihr Hang zur Gefälligkeit tiefe Furchen hinterläßt, worin sich Ärger und Scham einnisten, die schließlich an den Traualtar treten. Aus dieser Vermählung springt Töchterlein Selbstverachtung, welche mit dem Stachel Schmach im Leib wie ein Berserker gegen die einst Verehrten wuchert. Dadurch entstehen neue Furchen, worin sich Reue mit Dussel vereint. Daraus keimt Sprößling Sühnenbold und runter geht es wieder in den Staub.

Wie einst Grendel seine kotige Ecke verließ um in stürmischen Nächten sein Unwesen zu treiben, so drang nun Jan Hagel aus allen Fugen und Ritzen um den größten Schrecken seit Thomas Torquemada zu verbreiten, dazu noch bei hellichtem Tag. Unter den wehenden Fahnen der Demokratie, angespornt vom Herdentrieb, versprachen sie das Los der Wulfen zu verbessern, ja, ihnen den Weg nach Ultima Thule zu weisen. Im Meutewesen liegt unser Heil, versicherten Ilsan Thersites, Kritias der Wütige, Skribifax der Zotiker sowie eine Reihe fehlgeschlagener Literatis Pornokratis.

Zu Ehren dieser neuesten Religion wurde ein dreistöckiger Thron gezimmert. Kaum krönte ihn der Baldachin, schon schwang sich flink wie ein Wiesel Buffo Vulgus über die oberste Brüstung und begann dort Hof zu halten. Benno Jedermann blieb nicht faul, er nahm einen mächtigen Anlauf und sprang herzhaft auf den mittleren Sitz. Von dort feuerte er sein beträchtliches Gefolge an, den Kampf gegen ungesiebtes Denken aufzunehmen. Kung Demos, Herrscher der Zunft Kannix,

König der Unzufriedenen, fehlte die nötige Behendigkeit, um
die oberen Sprossen zu ergattern, weshalb er mit dem Tiefsitz
vorlieb nehmen mußte. Es kam ihm eigentlich gelegen, konnte
er doch die günstige Lage benutzen um seine weitverzweigte
Verwandtschaft anzuspornen. Zu was? fragt ihr. Na ja, um die
Bahn für die Kutsche Plurius zu ebnen, welche freiwillig mit
fieberhafter Eile gebaut wurde. Kung Demos erhielt trotz
seinem niedrigen Stand alsbald einen beträchtlichen Einfluß
über das wulfische Leben. Schließlich bargen seine Reihen
Recken wie Fratz Krakeel, jener großstimmige Held, der alle
zum horchen zwingt wenn er etwas sagen will, sich aber die
Ohren zuhält, wenn er nichts hören möchte. Nennenswert ist
auch Balg Opinikus, ein Meisterschmied aus der Schule Dema-
gogs, dessen Zuschläger statt dem Hammer die Zungen
benutzen um das Werkzeug zu kehlen.

Vulgus, Jedermann und Demos wurden von Melochia zu
Großfürsten geschlagen. Allerdings mußten sie zuvor geloben
fortan wie Rochus und sein Hund mit Jan Hagel aus einem
Trog zu schlappern, ferner mit ihnen am selben Strauch zu
schmecken. Dem nicht getan, mußten die Regenten sich
verpflichten, wie in Melochia üblich, dem Hackmack die
Grütze zu kühlen. Adulam stellte zusätzliche Bedingungen,
welche sich als leicht erfüllbar erwiesen.

Buffo Vulgus wurde aufgetragen den wulfischen Adler,
Wahrzeichen der Unerschrockenheit, alle Federn bis zu dem
Flaum auszurupfen, während Benno Jedermann die Pflicht
oblag den gemauserten Leib des wilden Vogels mit Tauben-
federn zu bekleiden. Kung Demos erhielt den Auftrag die
Blätter des Eichenbaums, Sinnbild wulfischer Kraft und Freiheit, mit Blättern von der Mimose auszuwechseln.

Weiteres wurde nicht verlangt; weder Können, Wissen noch
Verdienste im ritterlichen Kampf. Fähigkeiten in den Künsten
zählten kein Gelbmännel. Solang sie nur beflissen dem Jan
Hagel die Küche führen und ihrem Ruf als Vasallen gerecht
bleiben, war ihre Zukunft gesichert. Jeder Schmatzer Hackmacks wurde nun laut verehrt, genauso wie der schrille Ruf
Fratz Krakeels, welcher den Fürsten als Feldgeschrei diente.
Die Äußerungen der Pornokraten nahmen orakelhafte Ausmaße
an, ganz gleich ob sie aus Hanebuchen oder Katerfelto

stammten. Wer sich weigerte zu loben, war die längste Zeit Fürst gewesen. Melochia pochte weiterhin auf ein tägliches Bad im Schmelztiegel Mittelmaß. Sie trauten dem Frieden nicht ganz, vor allem da noch manche Unverbesserliche Menetekels Schrift an die Wand malten.

Albias Erlaß war kurz und bündig: solang die Wulfen den Blick nicht über Nabelhöhe richten, dürfen sie bedingt ihren Weg gehen. Eins nur verursachte nach wie vor ein gewisses Unbehagen, nämlich, das Sträuben vieler Wulfen sich der Pimpflatrei und Belindaverehrung gänzlich hinzugeben. Wie bereits erwähnt, stützt sich die melochianische Kultur wesentlich darauf. Von dem Tag an wo Pimpf, eine Art Obergott in Melochia, aus der Wiege krabbelt, führt er nicht bloß das Wort, sondern bestimmt jeden Vorgang im Leben Melochias. Kein Buhurt, Thing oder Sängerfest wäre denkbar ohne seine schrille, vorwitzige Meinung. Belinda hat weiter nichts zu tun als still sitzen und schön aussehen, dazu ihren Würgel anhimmeln von Sonnenaufgang bis Sonnenuntergang.

Ritter Thuegutt muß auf der Hut sein, also ständig beide Ohren und Augen offen halten, um ja nicht ein einziges Wort des Geburtswunders zu verpassen. Pimpf, Balg, Naseweis, die eigentlichen Machthaber Melochias, durften nirgendwo fehlen, außer natürlich bei der Minne, sei es die hohe oder niedrige, wovon die lauernden Augen Mutter Prudentis sie beschützten.

Dem Belindakult widerfuhr ein ähnliches Geschick. Zwar zeigten sich die Wulfen darin etwas zugänglicher, aber zur Zufriedenheit der Melochianer reichte es nicht. Belinda genießt in Melochia ein hohes Ansehen. Mehr gefürchtet als geliebt, dem Pimpfstand zwar untergeordnet, bekleidet sie zwei wichtige Ämter: die Tugendwache und die Munt über die Moral. Wie einst Heimdal nächtlich mit naßem Buckel an der Brücke Bifröst Wache hielt, so steht sie unablässig Posten am Tor der Sittlichkeit. Grimmig herrscht sie dort über Sünd und Fehl. Sich ihren Verordnungen widersetzen wäre gleichbedeutend mit freiwillig sich an den Pranger stellen.

Jan Hagel geriet nun in fieberhafte Beschäftigung. Auf dem Rappen Mißmut ritt er im gestreckten Lauf durchs Land. Unter dem Schleier Polyarchus, in dessen Maschen die Verheißung einer blühenden Zukunft schillerte, führte er seine Anhänger

auf den Pfad Libertatis. Um zu verhüten, daß die ungewohnte
frische Luft ihre Gedanken irre leite, wurden Jakobinermützen
unter sie verteilt. Dies geschah so hastig, daß viele zu groß für
ihre kleinen Köpfe waren. Folglich rutschten sie über Augen
und Ohren, was natürlich die Sicht wie auch das Gehör
beeinträchtigte, weshalb die meisten in die angrenzende
Schwemme Libertinus stolperten.

Trunken vom Schweiß Minderwert, in welchem sich Jan
Hagel nicht bloß badete, sondern ihn schalenweise schluckte,
lockte er den hudernden Haufen unter seine Fittiche. Das gab
ein rennen, jagen, knuffen und häkeln wie nie zuvor. Auf
Pferden, Karren, zu Fuß, ja, selbst Huckepack strömten die
Mittellosen, Charakterschwachen und die ohne Gesinnung
herbei. An ihren Fersen klebte Kannix und Weißnix, die im
Takt mit Flattermann das Lied der Unzufriedenheit sangen.
Zuletzt folgte Pechmarie mit dem flügellahmen Unglücksraben
unter dem Arm.

Eine neue Ordnung stürzte nun wie eine Flutwelle über das
Land. Sie wirbelte die Wulfen so durcheinander, daß sie bald
nicht mehr wußten was oben oder unten ist. Die kampflustigen
Ritter von gestern, die wuchtig Schwert und Lanze schwangen,
rauften sich nun mit bleichen Gesichtern um den Stab
Sanktimonius. Mit zitternden Händen zogen sie den Helm vom
Kopf und drückten stattdessen die Heuchelkappe aufs Haar.

Ein Ruck und weg war die Rüstung. Ein Griff und ihr
hiefernder Leib stak im Mantel Servilius, welcher einfacher
nach den Launen des Proletarius gewendet werden konnte. Ihre
Schilder, vom glühenden Mut der Ahnherren erhitzt, gehärtet
von den Tränen der Ahnfrau, vom Streben der Väter geprägt,
flogen wie ein Natterhemd in den Staub. Sich nach allen Seiten
verneigend, warfen sie den Mantelsack, prallgefüllt mit
Flüchen auf die Vergangenheit, über ihre Schultern. Damit
pilgerten sie, strauchelnd unter der Last wie Diebe, an den
Schrein Perfidia.

Wer sich weigerte in die Stapfen Hoi Pollois zu treten,
sollte es bitter bereuen. Es wäre heilsamer gewesen mit voller
Rüstung in den schäumenden Wimur zu tauchen, als in die
Woge ihrer Empörung zu geraten. In der Tat wütete Jan Hagel
schlimmer als Hippias der Erztyrann Athens. Den Wams mit

Melochias Lob vollgestopft, ferner den Köcher mit Albias Pfeilen gefüllt, erklärte er sich bereit des eigenen Vaters Blut zu trinken. Die Trutzköpfe hatten nichts zu lachen, sie wurden solange mit dem Sprüh Vindiktus benetzt, bis sie alsbald ums liebe Leben rangen. Eigenmächtiges denken sowie ungesiebte Meinungen, bündelte Balg Opinikus in das Tuch Anathema, überreichte es dem Rachull von drüben zum vertilgen, was jener mit einem Biß vollbrachte.

Um die Bahn für das neue Evangelium zu ebnen, schickte man Läufer aus, genannt Opinikus Strangulus. Der erste, als Faßan bekannt, sprang der Wulfentreue an die Gurgel. Reißzam, der zweite, beutelte dem Ahnengut alle Spuren der Vergangenheit aus Herz und Gemüt. Laßnitaus, der wütigste unter ihnen, verbiß sich dermaßen im Sippenstolz, daß dieser vor Schreck rückwärts in den Memmensumpf hupfte.

Buffo Vulgus, flink wie je, erkletterte mit ähnlich Gesinnten Türme, Zinnen und Masten, wo sie bloßhändig die Fahnen Wulfenehr herab rissen und stattdessen den Wimpel Wärloga hißten. Allerdings nicht bevor alles, von den Litzen bis zum fertigen Gewebe, gebleicht, geäzt und geschrubbt den Erziehern zum Gutachten vorgelegt wurde. Insbesonders bestand Adulam darauf jede Naht zu bekratzen, durch alle Falten zu nistern, ferner Masche um Masche eigenhändig abzutasten. Sollten Schädlinge wie Freimut, Selbstachtung oder gar Ahnenstolz noch vorhanden sein, da half kein strampeln, sie wurden an den Haaren heraus gezogen und wie Nisse geknackt. Die Nasen der Adulamer, so vorzüglich zum ausschmecken von unerlaubten Gerüchen ausgerüstet, beschnupperten jeden Stich, eh der Wimpel zum aushängen freigegeben wurde. Nach erfolgreicher Musterung erhielt er das Prädikat Geruchlos, allerdings erst nachdem die Albianer, Justierer ohnegleich, keinen Anstoß am flattern nahmen.

Wulfland, nun eingeschüchtert, entkeimt und bewitzelt, begann sich allmählich mit den Augen der Übelwünscher zu sehen. Wie einst der Gote Wamba lieber König sein wollte als Leiche, wählten viele Wulfen, von ähnlichen Beweggründen geleitet, die Rolle des Verfolgers, um so die Verfolgung zu vermeiden. Eine gründliche Tilgung hatte somit begonnen. Wie ein Engel der Vernichtung, stürzten sich nun die Wulfen auf ihre Vergangenheit, welche sie gelobten bis zur Wurzel Yggdrasil auszurotten. Glocken ertönten jetzt überall, aus allen Türmen, Burgen und Kapellen läutete es zum Elfenreigen. Gefeiert wurde das Begräbnis des Wulfentums. Mit abderitanischem Gelächter trieb man die humpelnden Ahnen in die äußersten Ecken Schmachheims. Nichts und niemand wurde verschont; keine Erniedrigung, nicht einmal die tiefste Demütigung, sättigte den Heißhunger der Tilger. Strafwütige Hände rissen Runenkisten auf, ergriffen die Röcksteine, grapschten die Brakteaten und schwupps, landete alles im Feuer.

Es währte nicht lange eh alle Hindernisse auf dem Pfad Amnesia Patri beseitigt waren, was den Bußgang der Wulfen beträchtlich erleichterte. Die Fürsten, von Jan Hagel gewählt, den Siegern gekrönt, also Buffo Vulgus, Benno Jedermann und Kung Demos, walteten als hätten sie den Stachel der ewigen Unruhe im Leib. Unverzüglich ließen sie den Pfad der Pilger erweitern. Er wurde mit den Steinen Simili bepflastert und an den Rändern mit den Bäumen Libertatis geschmückt, jenem schillernden, süß riechenden Gewächs, das Spätfrüchte trägt die außen verlockend glänzen, jedoch unter der Schale nichts wie Asche verbergen.

Wie erwähnt fanden die Fürsten weder Rast noch Ruhe; sie rannten, wetteiferten und wuselten unablässig umher. Sie mußten ständig auf der Hut sein, um ja nicht ihr Zeichen zum Einsatz zu verpassen. Kaum ertönten die schrillen Rufe Fratz Krakeels, der bekanntlich Ruhe gebietet wenn er toben will, sich jedoch beide Ohren zuhält wenn er nichts hören will, schon geben sich alle drei einen Ruck um als erster ihn zu beschwichtigen. Doch diesmal stockten sie mitten im Sprung, denn wehe, schon spaltete die keckernde Stimme Jeremias Miesmucks die kühle Morgenluft. Gebeugt unter der Last einer Hucke, die randvoll mit Beschwerden in den Riemen ächzte, stolperte er mit drohender Faust den Rittern vom Amt entgegen.

Während die bedrängten Fürsten unschlüssig von Fratz Krakeel auf Jeremias Miesmuck schauten, erschien Frau Tusnelda schnaubend über dem Hügel. Den Speer Tugendhold in beiden Händen, die Haare flatternd im Wind, mit offener

Brünne, stürzte sie bebend unter die gehetzten Fürsten. Sie ähnelte der Maid Kirchengrimm die eben Zeugin einer unkeuschen Tat wurde, welche ihren züchtigen Schläfen das pochen lehrte.

Buffo Vulgus, geistesgegenwärtig wie immer, faßte sich als erster. Mit einem Satz, welchen ihm nicht mal seine eigene Mutter zugetraut hätte, eilte er auf Jeremias Miesmuck zu, wobei er noch im Flug dem greinenden Ritter den Korb voller Beschwerden abnahm. Er beteuerte bei Amt und Siegel ihm mit eigenen Händen jeden Murr und alle Knergeln bis zum letzten Mucks zu glätten. Ja, sie mit gebührender Achtung streicheln, hätscheln, dazu ihnen einen Ehrensitz im Kronsaal einzureihen.

Während Buffo Vulgus noch um die Gunst des Jeremias Miesmucks bettelte, versuchte Benno Jedermann den zeternden Fratz Krakeel zu beschwichtigen, was nicht ganz so einfach war. Anscheinend geschah etwas unerhörtes, was ihn vor Entrüstung alle Nieten aus dem Panzer rüttelte. Jemand hatte sich erdreistet seine eigene Meinung kundzutun, die weder gesiebt, entkeimt, noch amtlich gebilligt war.

Fratz Krakeel war so entrüstet darüber, daß er vergaß zu kreischen. Mit wankenden Knien sowie quengelnder Stimme verlangte er sofortige Strafe, Vergeltung, Vernichtung und schließlich den chinesischen Kang um den Hals des Verwegenen. Er kollerte und würgte so bedenklich, daß Benno Jedermann sich ernstlich um seine Gesundheit sorgte. Der Fürst für alle und jeden witterte Gefahr, denn er wußte allzu gut, daß Fratz ein Verbündeter Ilsan Thersites ist, dem Vorstand der Menechmianer, Ring der Zotiger, Söldner im Dienst der Kuranzen, die ihre Federn in den Hafen mit Urari tunken, womit sie das Evangelium der Ochlokratie den Wulfen unter die Haut ritzen.

Fürst Jedermann taumelte, eiferte und kisterte als ging es um sein Leben. Er versicherte dem aufgebrachten Rottmeister alles in seiner Macht zu unternehmen, ja, er versprach die Übeltäter mit Weide und Beil zu bekämpfen, bis sie alles widerrufen. Als Fratz Krakeel zustimmend nickte, wischte sich Jedermann den kullernden Schweiß von der Stirn. Das war knapp! Während er erlöst Luft holte, dankte er einer gütigen

Fügung, die ihn vom Unwillen der Gruppe Menechmia bewahrte.

Aber nun zu Kung Demos, Kurator der Hürdenspringer, Balgtreter Melochias, Heiduke Adulams. Geschwächt vom vielen buckeln, stand er schlotternd am Scheideweg der Tat; türmen oder pflichttreu amtieren? Weit kam er allerdings in seinen Erwägungen nicht, denn die zürnende Maid mit den flatternden Haaren und losem Mieder, fiel bereits wie eine verschmähte Braut über ihn her. Während sie unfrauliche Verwünschungen dem ganzen Ritterstand um die Ohren schleuderte, wankte Kung Demos bestürzt dem nächsten Baum entgegen, während er immerfort das Zeichen, sachte–sachte, mit beiden Händen machte. Es nützte nichts. Die erboste Walküre verringerte weder ihre Schmähungen noch verhielt sie den Schritt.

Im nächsten Augenblick erstarrte Kung Demos bis ins Mark. Mit weit aufgerissenen Augen folgte er den Händen der erbosten Walküre, welche den Speer Tugendhold mit wilden Ha's und Hu's in hundert Stücke zerschmetterte. Eh sich der gestellte Fürst versah, schwirrte eins nach dem andern um seinen Kopf. Unschlüssig, ob die Splitter mehr schmerzten als das schrille Klagen der Entrüsteten, versuchte er krampfhaft Reim und Vernunft aus dem Ansturm zu machen.

Inzwischen nahm das Gesicht der erzürnten Maid die Züge einer Mänade an. Sie und ihre Schwestern hätten es satt, schrie sie, bis zum Siedepunkt über, wie verschleierte Standbilder am Söller zu stehen und mit umflorten Augen hiefernd auf den Retter zu harren. Zum Teufel mit der Minne, der Satan hol die Höferei, fauchte die erboste Martha, wobei sie Schlüssel um Schlüssel vom Gürtel riß, die sie dem verblüfften Ebenhocher an den gepanzerten Leib warf, daß es nur so schepperte. Zuletzt folgte der Löffel, Zeichen der Häuslichkeit, der bis zum überlaufen gefüllt war, aus der Urne ihres Zorns. Kung Demos, Schlichter vom Amt, Seligmacher von Beruf, wehrte ab so gut er konnte, darauf bedacht ihre Beschwerden mit gebührender Achtung sowie Glier und Glei zu behandeln. Es gelang ihm schließlich sie zu beruhigen, ja, sie gingen Hand in Hand zurück ins Dorf.

Wie Unkraut auf dem Feld wuchert, so verbreitete sich nun Jan Hagels Gesinnung im ganzen Land. Immer seltener erhoben sich Stimmen gegen seine schrillen Verkündigungen, welche auf dem Lager Einfalt gezeugt, zwischen den Laken Ignobilis das Licht der Welt erblickten und von der Amme Ohngeist erzogen wurden. Obwohl dieser Üllersinn, vom Staat geduldet und vom Volk verherrlicht, im Begriff stand ganz Wulfland in eine geistige Einöde zu verwandeln, verringerten sich die Reihen der Widersacher von Tag zu Tag. Geschah es trotzdem, daß ein Verwegener es wagte, vom Stachel des Gewissens geplagt, Menetekels Schrift an die Wand zu kreiden, kam ihm das teuer zu stehen. Während er noch in den Wogen der rechtschaffenden Empörung ums liebe Leben rang, sammelten emsige Hände die schweren Scherben über seinem Haupt.

Jede Zunft, sauber oder unsauber, benötigt einen oder mehrere Führer, nämlich, geistige wie weltliche. An geistigen bestand kein Mangel. Sie rutschten von der Eselsbank, streiften die Sempelkappen vom Kopf, beteuerten laut ihre Neigungen zum Fremden, während sie wie ein Kizai umher stolperten. Gegen Ilsan Thersites jedoch kam keiner an. Weder Jupp Kielkropf, mit Mutter Tofinas Wässerchen gewaschen, noch Ratz Windei oder Flaps Böliman, Ritter aus Inaneum, konnten sich mit ihm messen.

Ilsan Thersites, an der Brust Kabale genährt, vom Schmied Ränke geeicht, bei Meister Sticheler gelernt, ferner an der Schule Lethargio studiert, konnte niemand überflügeln.

Während alles schlief, kroch er durch das taufrische Gras, zischelnd und züngelnd, prall angefüllt mit Galle vom Schnurrbart bis zum After. Seine Feder in den letheanischen Tau getunkt, die Zunge bis zur Wurzel im Acherum, übernahm er die Führung der Gruppe Menechmia. Eine Sippe wo jedes Mitglied eins ist in Wesen, Gang, Sprache und Schrift. Hört man einen, hat man alle gehört. Sieht man den kleinsten, kennt man den größten. Identikus heißt ihr Wahlspruch, Mathurin ihr Schutzherr. Daß dieser als Schutzpatron der Bachels gilt, wissen die Dichter und Denker zum Glück nicht. Der Name gefiel, hauptsächlich wegen seinem Klang.

Ilsan Thersites wurde somit unumstrittener Führer des wulfischen Geisteslebens. Kundig in der ligurischen Kunst, welche er mit Grimm ausübte, schmiedete er die Meinungen für klein und groß. Diese erwähnte Kunst, schon im Altertum angewandt, von Melochia unterstützt, glänzt wie Ignis, klingt wie Fatuus, jedoch wirkt wie das Kraut Sardonia, welches eine flackernde Unruhe erzeugt und Zuckungen bewirkt.

Die Menechmianer staunten selbst über ihren Erfolg. Kaum tauchten sie ihren Kiel ins Faß, schon erscholl ein rauschender Beifall von allen Seiten. Standen sie im Begriff den Mund zu öffnen, sei es zum gähnen, Luft holen oder husten, flugs zückte jung wie alt den Stift und griff zum Papier, bereit jeden Laut aufzuschreiben. Die Reihen ihrer Gefolgschaft schwollen zum bersten an. Man verschlang jedes Wort, jede Silbe mit einer unersättlichen Gier. Ja, sogar die ungeschriebenen Äußerungen blieben nicht verschont, auch sie verschwanden im Schlund der ewig Suchenden.

Freilich erhoben sich zuweilen tadelnde Stimmen, gewiß hinter dichten Schleiern, aber sie bestanden nun mal. Die wohl verkleideten Gegner bezichtigten die Gruppe die Sprache Volapüks anzuwenden, die nichts weiter sei als ein Kauderwelsch mit Alevanz paniert. Ihre Meinungen, wisperten sie im Schutz der eigenen Mauern, verunstalte der Aalstrich Pomuchels, jenem Hudler der bloß aus dem Buch Katerfalto liest. Trotz dem Mäntelchen Mäzenas, behaupteten sie, luge unverkennbar das Gesicht Harum Skarum hervor.

Philister! Miesmucker! höhnten die Menechmianer. Versteht ihr Banausen nicht, daß unsere Werke aus dem Mimusbrunnen geschöpft sind, welche sich genieren so nackt an die Oberfläche zu steigen, weshalb wir sie anstandshalber mit dem Schleier Khorassans behängen? Da sie überaus inhaltsschwer sind, benötigen sie die Krücke Holpertage, was sie vielleicht kröpelig erscheinen läßt. In ihren Büchern schwele das promethanische Feuer, wurde belehrt. Ihr seht und spürt es nicht? Das beweist, daß ihr nicht von Homo Novus seid. Ihre Werke können bloß nach einer Waldfahrt durch Putscheneller verstanden werden, beteuerten sie, wo am Weg Pröhl, Ohngeist im Turm Weißnix sitzt und das Geheimnis der Entzifferung verwahrt. Nur der Schlüssel Chanef, in den Händen Jan Hagels, öffnet jedoch das Tor.

Melochia, selbst verherrlichter Alichino der Neuzeit, Mentor Wulflands, mischte ohne Reue und Scham mit. Viele Melochianer rieben sich die Hände, als ihnen das bestreben der Menechmianer auffiel, wie sie versuchten ihre Kuddelmuddler nachzuahmen, jenen Klüngelverein, auch Wuselknappen genannt. Die Kuddelmuddler sind reichlich von Talenten beschwert, welche sie, wie der berühmte Mühlstein am Hals, in den Strudel Absurdus zerren. Wohlgemerkt, diese Talente häuft man sich gegenseitig auf, was natürlich den Ruhm sichert.

Die Gesinnung Jan Hagels setzte sich unaufhaltsam durch; sie wurde von Jahr zu Jahr mächtiger und gefürchteter. Was nicht gefiel wurde auf das Prokrustesbett gezerrt, wo es gemäß ihrer Gesinnung gestutzt oder gestreckt wurde. Nichts blieb verschont; weder die Treue einer Tusnelda, die Standhaftigkeit Wittekinds noch Dietrichs Feueratem. Als Störenfried der Neuen Ordnung gekennzeichnet, wurden sie geknetet, gebündelt und gezwängt, bis alles in die Umrisse des launischen Haufens paßte.

Der Geist Wulflands, vor kurzem noch Stolz der Väter, Sporn der Mütter, lag nun jammernd auf Damiens Bett. Über ihm drohten die Messer der Scham, welche im Griff der Schuld vernichtend auf sie zielten. Immer tiefer senkte sich die unheilvolle Decke. Zoll um Zoll verdrängten die feixenden Fratzen der Gegenwart und Zukunft die lächelnden Gesichter der Vergangenheit. Es gab nur einen Ausweg diesem fürchterlichen Lager zu entkommen, nämlich, mit diesen Schemen der Gegenwart ein Bündnis zu schließen.

Die Proselytenmacher hielten inzwischen eine Gipfelkonferenz; allerdings mußten zuvor gewisse Uneinigkeiten geschlichtet werden. Melochia nebst Adulam bestanden darauf ihre Würgel mitzubringen, welche wie üblich als Vorstand amtieren sollten. Albia widersetzte sich anfänglich, gab aber schließlich nach ermüdenden Wortgefechten nach. Die Wulfen wurden nicht gefragt, sie durften jedoch den Vorgang von weitem beobachten. Die hochverehrte Belinda war dabei, hauptsächlich um unflätige Ausdrücke von den Ohren ihrer Schützlinge fernzuhalten.

Ein Beschluß wurde bei dieser Versammlung gefaßt, zwar nicht einstimmig, aber immerhin mit einer Mehrheit. Die Umerziehung der Wulfen, so ziemlich vollendet, könne nun getrost in die Hände Jan Hagels gegeben werden. Sogleich wurden Missionare aus ihren Reihen gewählt, die mit dem Unguentum Kamelon gesalbt wurden, das einen Krispindel zum Kohlbeißer verwandelt. Die wesentlichen Bestandteile dieser Salbe werden dem Mark des Bücklings entzogen und mit dem Blut des Neidings vereint. Die Erzieher zeigten sich sogar gewillt das umfassende Prädikat Duckmaus ganz Wulfland zu verleihen, obwohl sie ahnten, daß nicht alle Wulfen diese Ehre verdienten.

Doch wehe, kaum hatten die Aufwinde diese Botschaft über Berge und Weiden getragen, schon wappnete sich die Schar Latan zum entschlossenen Angriff. Sie schirrten das Roß Effron ein, legten ihm das Schranztuch auf und stieben sattellos dem Hochsitz der vermeindlichen Unvernunft entgegen. Als Rüstung diente ihre erweckte Entrüstung, während die Waffen aus spitzen Zungen bestanden. Von den Hufen der Empörung getragen, pochten sie alsbald an die Tore der erstaunten Wohltäter.

Voraus ritt die Gruppe Menechmia, an deren Spitze wie erwartet Ilsan Thersites lärmte. Prall von verletzter Ehre, weil man ihn nicht zu Rate zog, bearbeitete er mit beiden Händen die Trommel des mißachteten Propheten. Dicht hinter ihm kisterte Flaps Böliman and andere Zotiker. Sie jammerten, wehklagten und tuschelten schon von weitem. Am liebsten hätten sie das sauer verdiente Reinheitszeichen von der Stirn gescheuert. Nur die Voraussicht Ilsan Thersites verhinderte solch eine abtrünnige Tat, obwohl auch er sich tief verletzt fühlte.

Nach den üblichen dienern und Schranzereien, brachten sie ihr Anliegen vor. Sie erinnerten, im gekränkten Ton, an ihre unersetzbaren Dienste, welche sie geleistet hatten. Wäre die Umerziehung so glatt verlaufen ohne ihre Hilfe, ohne ihre Mitarbeit? fragten sie mit Verlaub.

Mit den Unmutsfalten eines verschmähten Schildputzers auf der Stirn, zeterten sie weiter. Kuranzen bis aufs Blut taten wir uns im bestreben gefällig zu sein. Beinahe ertrunken sind wir in den Wellen der Beflissenheit, jammerte Ilsan Thersites. Oi, haderte Flaps Böliman, banden wir nicht den wulfischen Rittern die Schürzen um, lehrten sie Männchen machen? Der gebeutelte, gebuckelte Recke richtete sich am Baumstamm hoch, während er verkündete: den Ahnenstolz haben wir ihnen wie die Räude vom Leib geschabt und keine Sorge, von dieser Äscherung erholen sie sich in den nächsten fünfhundert Jahren nicht. Während Böliman den geduldigen Stamm fester umhalste, nahm er Luft, mehr Luft bis er größer als der mazikeenische Esel vor ihnen stand. Vergeßt nicht unser Magnus Opus, rief er mit überschlagender Stimme, nämlich, die heraklische Mühe aus einer alten Kultursprache ein melochianisches Schariwari zu machen. Wir haben das Feld geackert und bestellt, für jeden Samen im Wind.

Es war nicht leicht die aufgebrachten Dichter zu beschwichtigen; sie schimpften noch eine Weile wie bestohlene Diebe. Endlich trat Ruhe ein, aber nicht lange, denn schon erhoben sich unzufriedene Stimmen aus dem Lager Adulams. Sie rieben sich die ewige Unlust vom Gesicht, wonach die alte Quengelei von neuem begann. Die Zankreden Lokis hätten sich wie ein Sack voller Grüße angehört, im Vergleich mit diesen Quereleien.

Sie begannen mit dem gefährdeten Schröpfungsrecht, wonach das bedrohte Sühnegeld folgte. Auch die Munt über das Kulturleben Wulflands durfte nicht angetastet werden. Die Adulamer konnten nur mit Mühe beschwichtigt werden, sie fühlten sich hinters Licht geführt, wenn nicht betrogen. Den linken Arm um die schmollende Maid Impudenzia geschlungen, den rechten an der Hüfte der Damsel Rapizina, haderten sie unaufhörlich weiter, bis man sich endlich einigte Adulam auf Lebzeiten zu gestatten sich in wulfische Angelegenheiten einzumischen.

Jan Hagel rückte unentwegt voran. Sie blickten einer rosigen Zukunft entgegen; gelobt, verehrt, nachgeahmt und täglich um Aufnahme in ihrem Kreis gebeten. Manch bejahrter Wulfe schüttelte sein Haupt, allerdings bloß in der Geborgenheit seiner vier Wände.

Draußen ging es wüst zu. Die Gruppe Menechmia ritt ungepanzert durch Wulflands Gassen. Sie riefen in einem fort:

„Weg frei, macht Platz für die Kutsche Scharlatan! Horcht Bürger, hört, was euch verkündet wird.

Sie sangen von der wundersamen Mär, genannt Freiheit, deren Wiege auf der Laterneninsel steht, die westlich von Weißnichtwo liegt und im Osten an Nirgendwo grenzt. Da sie von kimmerischer Dunkelheit umhüllt ist, werden Laternen benutzt, zwar unangezündet, um sie zu finden.

Neben der Kutsche liefen Trutzelmänner, welche ihre Botschaft ins wulfische übersetzten, da noch nicht alle der neuen Sprache kundig waren. Denn wißt, man bediente sich einer Sprache, Jabberandi genannt, eine Mischung von Gibberisch und Kakelei, die eine babylonische Verwirrung verursacht. Einen weiteren Vorzug besitzt diese Sprache in ihrem palindromischen Wert, weil man sie vorwärts und rückwärts lesen kann, somit also keinen Verdacht erregt ob etwas gesagt oder verschwiegen wird. Nur der angeborene Hang der Wulfen zur Fremdtümelei, konnte sich mit dieser Gackelei messen. Wer glaubt alles gelesen zu haben, sollte mal weiter lesen.

Fabulisten netzten den Kiel um ihre Berichte auf Jabberandi zu schreiben. Wulfische Worte wurden gemieden wie die Schwarze Mamba. Sie galten als blutarm, großväterlich, eines umerzogenen Wulfen unwürdig. Nun, Jabberandi, das sich mit der Zeit in Hochjabberandi steigerte, also ins Gickelwulfisch, wurde hauptsächlich von den Neuheitserfindern angewandt. Freilich versuchte die Gruppe Menechmia ebenfalls sich in palindromischen Reimen auszudrücken, vor allen in ihren Zitaten, Prosaten und Schmergelaten. Aber es war vergeblich; die Dame Lizentia bestand darauf einfach, kurz und bündig zu schreiben, damit ihre üppigen Formen klar erkennbar blieben.

Die Gruppe Menechmia ließ sich nicht beirren. Unter dem Gewicht der vielen Talente ächzend, trugen sie die Waberlohe, nämlich ihre Werke, in alle Winkel Wulflands, die bedauerlicherweise aber bloß von Jan Hagel erkannt werden konnten. Allerdings gaben viele Gelehrte aus Balawatsch vor, diese erstaunlichen Schriften entziffern zu können. Nur wenige hatten Schwierigkeiten Sinn daraus zu entnehmen. Was scheren uns die wenigen, rief Ilsan Thersites, die Meute hat recht! Gleich rupfte er seiner Lieblingsgans zwei Federn aus, um damit den

Beweis zu erbringen. Tatsächlich tunkte er kaum eine der Federn ins Tintenfaß, als beifälliges murmeln aus der Ecke Jan Hagels drang. Nach der dritten Zeile verwandelte sich das murmeln in Worte, dann Hochrufe, bis schließlich ein Lärm entstand wie einst vor den Toren Hels.

Mehrere Gelehrte wurden benachrichtigt, selbstverständlich mittels der berühmten Trommel. Sie kamen wie üblich aus Allotria, Poltronien, ja, sogar von der Insel Laputa. Als erster erschien Professor Ladida von der Hochschule Gehasi. Er besaß die Ohren eines Fanesen, also bis zum Boden schleifend, ferner eine Wachsnase, welche je nach Jan Hagels Geschmack gedreht werden konnte.

Professor Ladida erfreute sich eines hohen Ansehens, nicht bloß in Wulfland, sondern auch in anderen Ländern. Vor allem lobten ihn die Adulamer über ihren Verdruß, denn sie erkannten die Hand die füttert. Professor Ladida überflog die leeren Seiten des Buches, mit Augen welche das Ende vom Anfang übersehen konnten. Er taumelte vor Verwunderung zurück. Fürwahr, stammelte er, soviel triefende Weisheit, tropfender Witz, versteckte Schlaubergereien hätte ich mir nie erträumt. Sofort rückte er einen Stuhl herbei, setzte sich ans Pult und begann in taffanischen Phrasen das ungeschriebene Werk zu rühmen. Als erstes, behauptete er, müsse der wunderliche Magister zum Genie geschlagen werden. Die Gruppe Menechmia nickte darauf zustimmend, obwohl manche ihre Zweifel hegten, da sie glaubten diese Auszeichnung stehe ihnen selber zu.

Dann meldete sich Dozent Fatuus, von der Universität Harumskarum. Er ritt im vollen Galopp über schneebedeckte Berge, durchschwamm reißende Flüsse, kämpfte mit wilden Tieren um Wulflands neuen Stern zu begrüßen. Statt dem Sack voll guter Wünsche, trug er auf dem Rücken eine Hucke voll mit Fallazien. Auch ihn überlief ein prickelnder Schauer beim Anblick der unbeschriebenen Blätter. Wie einst Balaam, als ihn sein Esel rügte, stand er lange sprachlos da. Als er seine Zunge wieder fand, folgten Hymnen auf Psalmen. Besonders baff machte ihn der Tiefsinn dieser leeren Blätter. Er bezeichnete das Ganze als vibrant, pikant, prägnant und flambant, also so profund, daß es wie ein Treppenwitz wirkte. Ilsan Thersites nickte zufrieden, indessen er die Lobsprüche bündelte, um sie den Zweiflern um die Ohren zu hauen.

Im nächsten Augenblick flog die Tür zum dritten Mal auf. Im Rahmen stand der berühmte Stegreifritter von der Hochburg Schalheim, namens Bragio. Wie sein Vorgänger Bragi alle Runen in der Zunge geritzt hatte, so barg die seine jede Weisheit zwischen Himmel und Erde. An der Spitze der makkoranischen Dichter stritt Bragio unermüdlich für die Schule Neologa, in deren Namen alles gilt, solang es den Stempel Ordinarus trägt. Die größte Alvanzerei verwandelt sich unter ihrer Hand zur Verkündung aus Dordona. Ja, sogar die Äußerungen der Männer aus Lemnia, mit dem Kopf unter dem Arm, dem Hirn unter der Sohle, verwandelten sich in ihrem Schein zu Offenbarungen aus Parnaß.

Nun, Meister Bragio ließ sich nicht beeinträchtigen. Nachdem er dreimal aufstampfte, fing das Kyrieeleison an. Er lobte Ilsan Thersites über den Olympus, pries ihn als den wütigsten Bilderstürmer seit Leo dem Dritten. Währenddessen wurden seine Hände tätig, sofern es halt die schweren Gelenkkacheln zuließen. Hoch kamem die Arme, als wäre er im Begriff den Rütlischwur abzulegen, aber statt dessen rief er bloß: „Hie Thersites! Hie Menechmia!"

Dann öffneten sich die Schleusen. Ungestüm wie ein Berserker rüttelte er die Urne Eikonoklast, woraus sich im Nu die rühmlichen Taten der Menechmianer erhoben und wie tanzende Derwische um das Gefäß flackerten. Sie zeigten sich nach einer Weile bereit die Auszeichnungen anzunehmen.

Ilsan Thersites erhielt das Abzeichen für punische Treue, ferner einen Zweig von dem Baum des Elends, welcher bekanntlich üble Geschmäcker ausströmt, weshalb in seinem Umkreis nichts grünt und blüht. Vor lauter Freude darüber vergaß er seinen Nacken zu beugen, vergaß, sich vor dem vermeindlichen Schlag zu ducken.

Flaps Bölimans Taten kamen als nächstes dran. Ihm wurde das Wappen Apokryphus verliehen, auf welchem all seine Verdienste eingeprägt waren, von der Balgtreterei bis zur Äfferei. Sein Schreiben erinnert an das Fest des Barmecides, wo mitten im prunktvollen Saal ein wohlgedeckter Tisch steht, an welchem Gäste mit dem Besteck in der Hand auf Speisen warten. Barmecides, wie immer in prachtvoller Aufmachung, läuft ständig mit leeren Schüsseln von einem zum andern, aus denen er mit leeren Kellen die Teller bis über den Rand mit leeren Worten füllt. Umso mehr er sich tummelt, eifert und schöpft, desto lauter wird das Geschmatze. Man hört also, daß es schmeckt.

Flaps Bölimans Fähigkeiten im salbadern erhielten besondere Erwähnung, ja, man verglich sie zeitweise mit den Leistungen Ilsan Thersites, was freilich dem Klopffechter die Schatten des Unmuts über die gefurchte Stirn jagte.

Die Gruppe Menechmia stand im Begriff das Vermächtnis Jan Hagels weit über die Grenzen Wulflands zu verbreiten. Sie standen am Altar Allenrecht, unter dem Ziborium Demokritus, was eigentlich ein Deckname für Pülcherkratus ist, wo sie bestickte Gewänder austeilten, samt Albe, Humerale, Stola und Manipel. Alles bekam der jüngst bekehrte, frisch geputzte Agnate umgehängt. Selbst schmucke Bänder, zu Kränzen geflochten, fehlten nicht. Auch sie wurden dem reuigen Konfiteoren mit viel Halali um den Hals gewunden. Vom lärmenden Glück beseelt tummelten die Neugeweihten zu ihren Höfen, Dörfern und Burgen zurück.

Eine Veränderung trat jetzt ein. Die Wulfen wurden wuseliger, ihre rauschähnliche Begeisterung verwandelte sich zuerst in forsche Überheblichkeit, dann Selbstgerechtigkeit, während der Fluch der ständigen Eile seine Spuren hinterließ. Ihre Stimmen wurden lauter, eindringlicher, als ob man versuche mit viel Lärm eine düstere Ahnung zu verscheuchen. Jung wie alt forderten pausenlose Abwechslung, ständige Zerstreuung, immer neue, ausgefallene Reize. Die innere Festung Selbstachtung, von den Ahnen mit Blut und Schweiß gebaut, von den Vätern leidenschaftlich verteidigt, fing bedenklich an zu wanken. Die Wulfen schienen auf der Flucht der eigenen Gedanken zu sein. Umso mehr man hetzte, desto lärmender wurde die Fröhlichkeit.

Sie stöberten von Garten zu Garten, stets auf der Suche nach den süßen Früchten vom Baum Kaschimir Zombi. Glaubt man ihn endlich gefunden zu haben und beginnt ihn erwartungsvoll zu schütteln, was fällt herunter? Nichts wie die

Äpfel Sodoms. Fühwahr sie hatten den Wolf am Ohr; auslassen war gefährlich, länger festhalten unmöglich.

Die Wahrheit ließ sich nicht länger verbergen; das prunkvolle Gewand, so frei unter dem Ziborium des Demokritus verteilt, entpuppte sich als Harmonius Mantel, jenem verhängnisvollen Geschenk mit Lug getränkt und Not verbrämt. Von der Woge der Hoffnung getragen, vom Wind der Besorgnis gepeitscht, suchten sie Schutz unter Gleichgesinnten. Dies geschah auf der Wiese Tinnef, wo es laut und üppig zuging. Mit ausgelassener Heiterkeit stöberten sie dort nach dem Wunderhorn der Amalthea.

Das beeinträchtigte sie jedoch nicht. Sie stürzten nun mit dreifacher Verbissenheit dem versprochenen Glück hinterher. In allen Ecken wurde genistert, in jedem Winkel gestöbert. Mit der Mönchslaterne in der Hand, den Augen weit aufgerissen, irrten sie von Skylla nach Charybdis, in der Hoffnung irgendwo im Strudel den Alraun zu finden. Es war ihnen nicht vergönnt. Wohin sie blickten, starrte ihnen Angrbodas Sorgen bringendes Gesicht entgegen. Offene Türen, ausgehängte Fenster, ja, selbst ausgelassene Gaukeleien erwiesen sich als nutzlose Köder. Sie entlockten der Fortuna weder ein Lächeln noch ließ sie sich bewegen ihr Kleid höher als bis zu den Knöcheln zu schürzen.

Die Großfürsten schauten bedenklich drein. Vom Zweifel geplagt, im eisigen Wind der Ungewißheit hiefernd, standen sie eine Zeitlang unschlüssig am Rand der Geschehnisse. Ihre ohnehin düsteren Züge verfinsterten sich noch mehr. Striemen der Besorgnis rauften sich mit den Furchen einer bitteren Erkenntnis um jeden Zoll auf ihrer Stirn. Es war ihnen nicht wohl in ihrer Haut. Zuweilen fühlten sie schon die klamme Hand der verhaßten Wirklichkeit an ihren Kehlen. Die Verkündigung aus Melochia, so vielversprechend, das angebetete Herdenwesen, von ihnen als Allheilmittel gelobt, verlor allmählich seinen Glanz.

Etwas mußte unverzüglich unternommen werden, eh das eben eingeläutete Evangelium zur Hiobsbotschaft ausartete. Im Nu wurden Kammern geschaffen, Gremien ins Leben gerufen, Tagungen gehalten, ferner Gesuche über den großen Teich gesandt. Diese Bittschriften, selbstverständlich von der Gruppe

Menechmia gebilligt, waren vom ruhmbeschwerten Ilsan Thersites selbst verfaßt und letztlich von den Großfürsten mit Stempel und Siegel versehen. Sie amtierten mit der üblichen Beflissenheit, freilich nicht ohne die gewohnten Scheuklappen. Die Errungenschaften der Menechmianer wurde gelobt, man pries ihren Schneid, aber nicht weniger die Wucht mit der sie den Hammer Merzaus schwingen, womit Schädlinge wie Würde, Schlichtheit sowie Eigenarten, neu geformt werden, nämlich, zu herzhaften Rabaukereien. Man lobte lustig weiter. Vor allem wurden ihre Fähigkeiten in der Schmiedekunst hervor gehoben. Meister im verschroten nannte man Wulflands Mentor, Rundbieger ohnegleich. Es grenze an Zauberei, hieß es auf Seite zwei, wie der wulfischen Kultur die zweitausendjährige Prägung in kurzen Jahren aus dem Mark gestaucht wurde. Während Böliman, Skribifax und Kritias den Schiefer mit einer Hand hielten, munterten sie mit der anderen Ilsan Thersites auf tapfer zu schreiben. Der kreidete ohnehin schon wie beseelt. Mit dem Stachel der Besorgnis tief in der Haut, aber trotzdem bestrebt weder zu verletzen noch anmaßend zu klingen, holte er tüchtig aus.

Nach den üblichen erwähnten Huldigungen, verkündeten sie ihr Leid, nämlich, daß trotz der wütigen Nachahmung melochianischer Lebensweise, die Wulfen nicht so recht vom Glück gepackt werden. Man bade sich täglich im Schmelzkessel, kaue ständig an dem Stengel Einfalt, übe das Meuterecht aus, schreibe im Stil Milesia Fabulä, verleugne das Wulfentum von der Sprache bis zu den Sitten und Gebräuchen, auch deren Zaubersprüche, benehme sich angriffslustig und drohend, maule bei jeder Gelegenheit, stünde mit sich, Nachbarn und Gesinde in ewiger Fehde, aber trotzdem bleibt die erwartete Seligkeit aus. Ihr seid ja so glücklich, schrieben sie, ja, man merkt es doch an euren schrillen Beteuerungen, welche über den großen Teich in die ganze Welt vordringen. Helft uns, eh es zu spät wird, dieses Glück zu erlangen, flehten sie zum Schluß.

Als nach drei Monaten weder Zeile noch Trost eintraf, begannen die Großfürsten die Hitze unter den Kuhmäulern zu spüren. Man setzte ihnen von allen Seiten zu. Sie rüsteten somit zum Gegenangriff auf. Zuerst wurden Kundschafter aus-

geschickt um geeignete Pferde zu finden, das heißt solche die
nicht mehr wulfisch wieherten. Sie liefen wie der Wind,
schneller als Ladas, der über Ährenfelder laufen konnte, ohne
dabei einen Halm zu biegen. Sie durchstöberten jeden Stall,
suchten auf Wiesen, durchstreiften Turnierfelder, jedoch einer
nach dem andern kam mit leeren Händen zurück. Was sie
meldeten verursachte die allergrößte Bestürzung. Keins von
den Biestern wollte wie erwünscht wiehern. Weder Peitsche,
Zucker noch Verwünschungen konnten sie dazu bewegen.
Nichtmal auf gickelwulfisch waren sie gewillt zu wiehern.

Diese trübe Nachricht trieb die Großfürsten vom Ebenhoch.
Sie haderten erstmal mit sich allein, beteten dann gemeinsam
des Teufels Vaterunser, atmeten wie unter einer schweren Last,
indessen sie ständig um die Pfosten rasten. Sogar die
Melochianer zeigten sich beeindruckt. Benno Jedermann riß
sich den Helm vom Kopf, schaute finster drein, blickte drohend
dahin, einschüchternd dorthin, räusperte sich einigemal laut,
wonach er eine reine Moritat anstimmte.

Kung Demos, Spitzenreiter des Miesbacher Haufens, Held
der Duckmäuser, fiel mit voller Brust ins Konzert. Auch Buffo
Vulgus, Fürsprecher der Gleichgeschorenen, Schirmherr der
Plöter, ließ sich nicht verleugnen. Er wußte auf welcher Seite
sein Brot bestrichen war. Einer übertönte den anderen, nicht
bloß im lamentieren, sondern schlechthin im geloben Abhilfe
zu schaffen. Sogar die umstehenden Ritter merkten woher der
Wind blies. Sie öffneten den Stoßkragen um der Stimme mehr
Kreuch zu verleihen, rissen die Halsberge herunter, damit sie
nicht am Dunst Humilis erstickten, ferner schüttelten sich von
Kopf bis Fuß, daß die Schuppen am Panzer schepperten.

Als die Großfürsten glaubten ihre Pflicht getan zu haben,
straffte sich einer nach dem andern. Sie heischten dann eine
Weile nach Westen, buckelten sich dreimal nach Süden, stellten ihr Gezeter ein und hoben Zach von Zwockel auf das Roß
Hufschnell, wonach er samt Böller und Schnarre zur Gruppe
Menechmia geschickt wurde. Man vergaß nicht, beide Satteltaschen mit den üblichen Lockspeisen zu füllen. Buffo Vulgus
war mal wieder voraus. Er stopfte geschwind Loblieder, Hohe-
lieder sowie Schwulstlieder in beide Taschen. In seinem Eifer
wären beinahe Heimatlieder mit hinein gerutscht. Nur die

Geistesgegenwart des Grafen Leck den Spauz, verhinderte ein peinliches Vergehen. Er lobte die Gruppe ungeniert, vom kunstdürftigen Stil Fehlschlag, welcher sein Unwesen über alle Grenzen trieb, bis zum Hang Liberatis Pornokratis, eine Schreibweise, die Jan Hagel besonders gefiel, da sie weder Hirn, Sinn oder Gemüt erforderte um Reim oder Vernunft daraus zu entnehmen. Sogar Fratz Krakeel billigte diese Schriften, weil er fast die Hälfte davon verstand.

Aber nun zu den Gelehrten Hösch Mucker, auch sie erkannten den schrillen Ruf der Zukunft, sahen den verlockenden Glanz aus Mammons Höhle. Unter dem Vorwand Proletenstimme ist Gottesstimme, urteilten sie demgemäß. Es sei aus dem Leben gegriffen, behaupteten sie, somit der Wirklichkeit angepaßt.

Aber nun zurück zum nagenden Übel. Man sammelte sich haufenweise um das Ebenhoch. Auch Fratz Krakeel fehlte nicht, nein, er hoppelte eben zwischen den Bäumen hervor. Als er am Ebenhoch ankam, schaute er sich suchend im Kreis um. Da er weder die Kutsche Plurius noch Geschirr und Roß erblickte, begann er gekränkt los zu keckern. Das machte die Fürsten kregel. Mit Gunst heischenden Stimmen, viel bittschön und dankschön, ersuchten sie die Untergebenen den Willen Krakeels auszuführen. Kunz von Maleger ließ sich als erster bequemen. Ihm folgte Baron Sackmann, welchem Krux Renegat und Ritter Mimus folgten. Jeder führte alsbald ein Roß am Zügel, indessen Recke Helot die Deichsel bereit hielt.

Was dann geschah löste nicht nur eine Verwirrung aus, ließ das Blut in den Adern gerinnen, ferner das Mark in den Knochen erstarren, sondern spornte die Gruppe Menechmia an, das Wulfentum auf weitere zweihundert Jahre in den Staub zu ringen. Die vier Rösser blähten wie auf Geheiß die Nüstern, bäumten sich hoch in die Luft, sträubten die Mähnen und wieherten dann ungeniert auf wulfisch.

Wie ein Donnerkeil fuhren die Töne mitten unter die Versammelten. Die Großfürsten standen wie Butzemänner da, die Ritter senkten beschämt ihre Schwerter, während Jan Hagel vom Protz bis zum Sticheler hilfesuchend in alle Richtungen schaute. Sogar Fratz Krakeel verstummte vorübergehend, doch warf er vernichtende Blicke auf die Ebenhocher. Zum Glück kam eben Zach von Zwockel auf dem Rücken Hufschnells zurück. Neben ihm trippelten Gesandte der Gruppe Menechmia her. Beim Anblick Ilsan Thersites quoll ein erlösender Seufzer aus jeder Brust, so laut, daß die Raben von allen Ästen flatterten.

Auf wulfisch wiehern, sich bäumen, statt im Knickschritt zu hickeln? rief der berühmte Klopffechter, während er im Laufschritt herbei eilte. Dabei geriet er ins straucheln und rutschte bis zu den Knien in den Tümpel Perfidia. Eben wollte er sich mit einem wohligen lächeln darin sielen, als Flaps Bölimans wiederholtes ahem-ahem ihn zur Vernunft rief.

Wie bei einer Sünde ertappt richtete er sich auf, schüttelte die Glieder, warf noch einen sehnsüchtigen Blick in die Schwemme, wonach er die erwarteten Befehle gab. Baron Feirefix wurde geheißen vier Säcke aus den Satteltaschen Hufschnells zu holen, die unverzüglich den Rössern über das Maul gestülpt wurden. Das sollte die grauenhaften Laute dämpfen, vielleicht ins Gickelwulfisch übersetzen, wenn nicht ins Jabberandi. Unterwegs müssen halt die ungesiebten Rückstände vergraben werden. Der Tänzelei mußte ebenfalls das Handwerk gelegt werden. Unmöglich konnte man so forsch den Siegern unter die Augen treten. Sühnegebeugt verlangt Adulam seine Wulfen, Abhängigkeit erwartet der Melochianer von ihnen, während Albia wünschte sie wären alle beim Teufel. Der Vorschlag Ilsan Thersites dem Gespänn kurz vor der Ankunft Beinschienen anzulegen, fand allgemeinen Beifall.

Die Kutsche stand bereit, die Achelfahrt konnte beginnen. Benno Jedermann, einer der Großfürsten, erklärte zunächst noch einmal den Zweck der bevorstehenden Reise, nämlich, zwei Anliegen den Siegern zu unterbreiten. Zach von Zwockel, dreist, naseweis wie immer, wollte wissen was sie wären. Buffo Vulgus schob das Kinnreff zur Seite und sprach:

„Das erste Anliegen besteht aus der Bitte fortan unseren Blick erhöhen zu dürfen, wenigstens bis zu ihren Nabelhöhen."

Als darauf der stets leichtfertige Zach von Zwockel vorschlug, warum nicht gleich bis zur Brusthöhe, wenigstens an Sonn- und Feiertagen, fing ein gewaltiges Gezeter an.

„Nein," schrie Fratz Krakeel, als hätte ihn eine Natter gebissen.

„Mitnichten," eiferte Graf Leck den Spauz, während Ritter Kuschimeck aus voller Kehle beistimmte.

Balg Opinikus fuhr wie ein besprenkelter Teufel in die Höhe. Er stocherte in seinen Ohren um den vermeintlichen Unflat zu beseitigen, welcher offensichtlich sein Gehör irre führte. Er rollte mit den Augen, ballte die Fäuste und sank dann ächzend zu Boden. So etwas wurde ihm schon lange nicht mehr unterbreitet, eine Mutmaßung auszustoßen, ohne vorher seine Meinung einzuholen. Nur er besaß Ohren die bis Albia reichten, eine Sicht die bis Adulam drang, ferner die Nase die bis Melochia schmeckte. Nur er, Balg Opinikus, hoch verehrt, von Menechmia auf Schultern getragen, von den Fürsten gefürchtet, aber trotzdem angehimmelt, Puls der Nation, konnte, ja, durfte Meinungen genehmigen. Auch Ilsan Thersites rang nach Atem. Alles was er heraus würgen konnte war:

„Vielleicht in zweihundert Jahren."

Kung Demos gab endlich das Zeichen zum Aufbruch. Flink wie ein Wuselknappe riß Ritter von Simpelfingen das Hifthorn vom Gürtel, um mit vollen Backen zum Aufmarsch zu blasen. Zum Glück merkte es der aufmerksame Fürst Scharwenz. Mit zwei Sätzen stand er neben dem Trompeter, welchem er mit einer flinken Bewegung das Horn aus den Händen riß und ihm die Zupfgeige, auch Ohrenweh genannt, an die Brust drückte. Dem verdutzten Simpelfinger wurde dabei erklärt, daß die Zeiten des Hifthorns der ewigen Vergangenheit angehöre. Heutzutage wird gezupft, belehrte er ihn, gezerrt und gejault.

Nachdem Ilsan Thersites sich den Angstschweiß vom Gesicht gewischt hatte, bestieg er den Ehrensitz rechts neben dem Kutscher, wo Flaps Böliman bereits links daneben saß. Als der Kutscher sah, daß alles bereit war, forderte er den Simpelfinger nochmals auf drei Zupfer am Ohrenweh zu machen, aber auf melochianische Weise, ermahnte er ihn. Während der inzwischen wieder belebte Balg Opinikus ihn mit wimmernden Lauten begleitete, bearbeitete der gute Ritter die Saiten. Das brachte die Rösser in Bewegung; mit einem Satz schnellten sie vorwärts. Vor Schreck vergaßen sie sogar das wiehern.

Der Bittgang konnte als jubelnder Erfolg bezeichnet werden, obwohl die Umerzieher nicht gewillt waren den

Schleier des Mißtrauens ganz zu lüften. Gewiß zeigten sich die
Wulfen von Tag zu Tag willfähriger, allerwelts dienerischer, ja,
wie von Wolken der Beflissenheit getragen, aber trotzdem
erwies man sich ungeneigt sie an die festliche Tafel zu laden.
Zwar zeigte sich Melochia willig, aber Albia bat sich weitere
hundert Jahre aus, während Adulam nichts davon hören wollte.

Die Menechmianer, von Jan Hagel begleitet, klatschen
Beifall. Wer sind die Menechmianer gleich wieder? Es ist eine
Gruppe von lauter Dromios, wo einer sagt was der andere
denkt. Sie schreiben im Stil Fehlschlag, dessen Quelle in Mile-
siä Fabulä sprudelt. Ihre Schriften, auch Lallebücher genannt,
entstehen aus der Vereinigung von Fräulein Schwulst und
Herrn Schmalspur. Sie wetteifern um die Verachtung Albias,
schurigeln sich um einen anerkennenden Blick Melochias,
ferner sehen es als ihre Lebensaufgabe an, Wulfland, samt Hab,
Herz und Seele, Adulam vor die Füße zu legen. Sie verehren
die Adulamer vom Rachull bis zum Überdruß. Im Aussehen
sind Menechmianer oft fahl, was sicher vom vielen Aufenthalt
in den Hallen Erebus herführt. Es könnte aber auch sein, daß
die üppige Dame Messalina damit etwas zu tun hat. Sie sind
Besitzer der Fessel Gleipnir, jenen unsichtbaren Bändern,
welche sie allem umlegen, was nicht aus ihren Federn fließt.
Auch besitzen sie den Stempel Modernikus, welcher mehr
Schrecken verbreitet als Deimos und Phobos.

Manch wackerer Ritter wirft sich vor ihnen in den Staub,
wo er sich windend, gemäß ihren Anweisungen, den Stiefeln
des Xenos nähert, um ihnen den Schmatz der Wulfen aufzu-
drücken. Allerdings mußten sie samt und sonders an den Füßen
der Adulamer, Melochianer und Albianer haften.

Wahrlich verlor so mancher edle Wulfe die Fassung. Er
kämpfte mit der Vernunft beim Anblick der vergötterten Idole.
Mit entschlossener Miene und brennenden Augen stürzte er
sich auf sie; man hätte meinen können der Erlöser stünde vor
ihm, als hätte er den heiligen Gral gefunden. Verdatterte
Krispindls und rührselige Mütter verwandelten sich bei dieser
Suche zu wahren Kohlbeißern; nichts schreckte sie ab.
Furchtlos wie Hagen, stürmisch wie Brunhild, geifernd wie
Garm vor den Toren Hels, rüttelten sie jeden Strauch, klopften

auf die Büsche, in der Hoffnung wenigstens den Schatten dieser Messia aufzustöbern.

Wulfland erzielte ein beispielloses Ansehen. Fürst und Volk
übten sich im einreihen, dazu im nachahmen, freilich solang es
nicht wulfische Schatten warf. Sie wurden zu unumstrittenen
Meistern in der Kunst Mimesis Prostratis. Sogar Ilsan Thersites
nannte es frappant, Flaps Böliman rasant, Kung Demos mar-
kant; aber oh, die Gelehrten aus Allotrien lobten es als System
aller Systeme. Da niemand verstand was gemeint war, gab es
keine Reibereien. Folglich wurde Wulfland in den Kreis
Demos Kratia aufgenommen, aber noch nicht als vollwertiges
Mitglied; vorläufig nur als eine Art Sudras. Verzagt nicht,
spornte Melochia an. Ehre über alles, wir halten euch schon
unten, versprach Albia. Jahve mit uns, verkündete Adulam, wir
kriegen euch schon hin.

Die Wulfen fühlten sich wie die Muscheln bei der Flut,
zufrieden und geborgen. Von Melochia zögernd anerkannt,
Albia verachtet, Adulam ausgenützt, planschten sie im Schweiß
der Reue. Welch unverdiente Gnade, haderte Ilsan Thersites.
Man verwöhnt uns, hüstelte Flaps Böliman, wobei er sich
allerdings am Geländer festhalten mußte. In der Tat grenzte
Wulflands Fortschritt an Zauberei. Sie erreichten nicht bloß die
Meisterschaft in der Kunst Mimesis Prostratis, demütiger
Nachahmung, sondern auch den Ruf voran zu gehen ohne sich
umzublicken.

In der Tat konnte man mit den Wulfen fast zufrieden sein.
Aus den vorigen Haudegen wurden Haselanten, aus den un-
lenkbaren Schwertbrüdern folgsame Allerweltsdiener, welche
sich freiwillig die Dracht um den Hals legten. Warum man sie
trotzdem mit Argwohn betrachtete, bleibt bis heute ein Rätsel.
Gegen alle Umerzogenen, also Jan Hagel über die Gruppe
Menechmia bis zu den Großfürsten, hegte man den leisen Verdacht, daß sie bei Mangel an Führung und Aufsicht wieder
rückfällig werden.

Bei jedem vermuteten oder wahrgenommenen Zweifel
stürzten sich die Wulfen in eine Flut der Tätigkeit. Sie nahmen
dann zweimal am Tag ein Vollbad im Zuber Mittelmaß,
kasteiten sich unbarmherzig, wobei sie versprachen alles, aber
auch alles zu tun, um ein anerkennendes Wort. Jeglichen

Zweifel hätte man sich jedoch sparen können; die Wulfen dachten garnicht daran rückfällig zu werden, denn sie hatten ganz andere Sorgen. Sie litten an etlichen unheilbaren Krankheiten, vornehmlich an der Sippenscham. Dieses ansteckende Siechtum wird anfänglich kaum gespürt; im Gegenteil, es erzeugt auf geraume Zeit ein gewisses Wohlbefinden, wie Würmchen die krabbeln, aber nicht beißen. Es dauert aber nicht lange bis die Würmer ihre Eier legen, welche, einmal ausgebrütet, wuchernde Krankheiten fördern. Ihr Keim heißt Lingua Franka, ein Erreger der verheerende Wirkungen verbreitet.

Zuerst wird das Hirn angegriffen, wodurch bei dem Befallenen Ängste und Triebe entstehen. Er schämt sich seiner Herkunft, welche er versucht zu verscharren wie ein Hund seinen Kot. Ferner entwickelt er den Hang, ja, die Berufung, jedes wulfische Wort mit einem melochianischen zu ersetzen. Man nennt dieses Leiden auch Fremdwörterseuche oder Wulfenkrankheit. Dieser unersättliche Wurm bohrte unaufhaltsam im Leib der Wulfen; er raffte mehr Ritter dahin als alle Spieße und Schwerter. Zuerst verschwand ihr Rückenmark, danach folgte der Knochenfraß bis schließlich der unaufhaltsame Nimmersatt die letzten Spuren ihres Eigenwillens aus der Brust bohrte. Der Fährmann war bezahlt, die Aufnahme ins Reich der Auserlesenen konnte beginnen.

Gemach, gemach, sprach Albia unter der Hand, so haben wir nicht gewettet. Während Adulam ihnen verstohlen zunickte, äußerte sich Melochia einstweilen nicht. Wulfland hatte ihnen schließlich unersetzliche Dienste geleistet. Sie bauten Tempel für Ochlokratus, ferner Schreine dem Obergott Plutokratus, welche ihren eigenen kaum nachstanden. Sie halfen ihnen die Kunde vom Alltagskerl verbreiten. Man sollte die Wulfen wenigstens frei wie Psaphons Vögel flattern lassen, solang sie schmeicheln und auf ihren Pfiff hören, meinten sie. So standen die Dinge als eine wichtige Versammlung abgehalten wurde.

Diese Sitzung fand im Freien statt, wo alsbald die Krem der wulfischen Gesellschaft eintraf. Keiner fehlte. Jan Hagel, die Zotiker, die Krakeeler, jeder mit dem prangenden Reinheitszeichen auf der Stirn, gesellten sich hinzu. Auch die

Großfürsten fehlten nicht, ja, selbst Riff und Raff glänzten durch ihre Anwesenheit. Was stand zur Erörterung? Na, was könnte es schon sein; natürlich wie man sich bessern könnte um volle Anerkennung zu erlangen. Ilsan Thersites zwirbelte sich den Schnurrbart, trat geduckt aus den Reihen, während er zwei seiner Werke, natürlich im gelobten Lallestil geschrieben, fest unter die Arme klemmte. Er versprach weder Pein noch Mühe zu scheuen, solang noch ein einziger Schatten der Unzufriedenheit auf Wulfland liege. Wir müssen uns noch mehr schrubben, rief er unter rauschendem Beifall.

Dann trat Ritter Pomuchl auf. Er zählte alle guten Werke der Wulfen auf. Haben wir nicht stets unsere Rüstungen nach dem Wind gehängt, ferner aus dem Kreuchtum eine Tugend gemacht, den Ahnenschimpf belohnt und sich selber Schmähschriften geschrieben? Haben wir nicht unsere Vorzüge verspottet, die Untugenden Melochias aus dem Schlamm gezogen, sie geleckt, gehätschelt, verehrt, nachgeahmt? Aber trotzdem sitzen wir immer noch am After der Welt. Was können wir, nein, was müssen wir tun, um wenigstens bis zum Steißbein hoch zu rücken um vielleicht die Lazarusklapper nicht mehr benutzen zu müssen? Was, oh was, muß noch getan werden, eh der üble Geruch der Vergangenheit uns völlig erstickt? Man nickte allerseits, ja, da war guter Rat teuer.

Zunächst nahm der Gelehrte Futurio aus Balawatsch den Stand. Er genoß unter dem Namen Bramarbas einen hohen Ruf. Er wies auf seine zerschrundenen Hände, rauh geworden vom erklettern des Gipfels Schalberg, was schließlich nicht allen gelingt. Dann zeigte er auf seinen verkrümmten Fuß; das kommt vom vielen Balgtreten, verkündete er. Ha, ziert uns nicht der Titel Caput Mortuum, Haupt der Gewesenen für die Unwissenden, welchen uns niemand rauben kann, prahlte er. Sind wir nicht die besten Schmiede weit und breit?

Schaut euch Ilsan Thersites an, da steht er, ein Meister im Scharteken schmieden. Dort drüben lehnt Flaps Böliman, unser begabter Zuschläger der Kuddelmuddler. Hilft er nicht fleißig mit ihr Blech in ligurische Kunststücke zu kehlen? Während der Gelehrte von Balawatsch fragend um sich blickte, nahm sein Gesicht hypokratische Züge an; er schien zu leiden. Mit anklagender Stimme verkündete er dann:

„Es reicht nicht aus, wir müssen uns stärker in die Riemen legen."

Da drängelte sich Graf Leck den Spauz auf das Podium. Nachdem er sich wiederholt mit der Zunge über die Lippen fuhr, rief er lauter als sonst:

„Laßt die Fürsten sprechen!"

Das war der gescheiteste Satz den der Graf seit langem gesprochen hatte, weshalb die Umstehenden mit vollen Händen klatschten. Im Nu zeigten die Männer vom Amt aus welchem Tuch sie geschnitten waren. Buffo Vulgus stand schon bereit. Er versprach bei Schild und Speer alle wulfischen Namen aus den Mauern der Burgen und Schlösser zu meißeln, um sie mit melochianischen zu ersetzen. Das Volk nickte heftig. Flugs trappelte Kung Demos herbei. Er zeigte sich noch ehrgeiziger. Sein Angebot lautete: alle wulfischen Denkmäler, Schreine und Haine zu stürzen und an ihre Stelle adulamische Gedenkstätten zu errichten. Das Volk jubelte.

Dann erschien Benno Jedermann. Er saugte hörbar die Luft ein, denn was er mitzuteilen hatte bedurfte einer vollen Lunge. Namen mit einem wulfischen Klang werden ab sofort am Taufstein verweigert, stieß er frohlockend hervor. Das Volk geriet außer sich; man pfiff, jauchzte und führte den Rüpeltanz auf; sie fühlten sich wie neu getauft. Die Einreihung in den Pferch der Erleuchteten mußte bald erfolgen, denn nun gebührte ihnen tatsächlich die Auszeichnung Marklos.

Leider kam es anders. Frühaufsteher merkten es zuerst. Kurz vor Sonnenaufgang erschien ein milchweißer Schimmer, der zuvor nie gesehen wurde. Ein unangenehmer Geruch begleitete diese Schwaden, welche Düsteres ahnen ließen. Die Wulfen konnten anfänglich weder Vers noch Reim daraus machen. Bald jedoch merkte man um was es ging. Üble Gerüchte stiegen im Land der ewig Wachsamen auf, die von den Etesiawinden über das Wasser zu den Wulfen getragen wurden. Jan Hagel beauftragte den Führer der Gruppe Menechmia Kern und Wesen der Gerüchte zu erforschen.

Somit reisten sie ins Land der Meinungsschmiede, machten brav ihre Aufwartung, wonach auf Knien um Vergebung gebeten wurde. Was sie zu Ohren bekamen, ließ sie die Haken sowie die Kreuze schlagen. Die Adulamer klagten die

Großfürsten an, daß Reinheitszeichen mißbraucht zu haben. Buffo Vulgus ist nicht sauber, verkündeten sie. Spitze Ohren hörten wie er als junger Mensch den Namen eines berüchtigten Wulfenkönigs aussprach, ohne hinterher auszuspucken. Ein schlimmes Vergehen, sagte man. Der Mittelebener, Benno Jedermann, stellte sich heraus, hatte auch etwas auf dem Kerbholz. Ihm wurde zur Last gelegt, sein Vater hätte einmal im Suff das Lied der Wulfen gesungen. Eine untilgbare Sünde, jammerten die Gesandten. Tiefebener Kung Demos blieb auch nicht verschont. Man erfuhr, daß er im Traum wenigstens zweimal den Gruß der Wulfen ausstieß. Dem nicht getan, schrieb sein Großvater mütterlicherseits zündende Balladen, welche das Wulfentum rühmten.

Die Menechmianer waren bis ins Mark erschüttert. Eine flammende Röte umhuschte ihre Gesichter. Ilsan Thersites begann erzürnt auf seinem Blech zu scheppern, während Flaps Böliman ächzend zur nächsten Mauer wankte. Reden, singen, saufen konnten sie gelten lassen, aber zündende Balladen schreiben – das ist Hochverrat! zeterte Ilsan Thersites. Ein Verbrechen an der Kunst, kisterte Flaps Böliman, Literaturschändung, drohte Sykophantus, der reimlose.

Was war zu tun? Jan Hagel samt den Menechmianern kehrten bedrückt in die verhaßte Heimat zurück. Man kam sich mißbraucht vor, verunglimpft von den eigenen Fürsten, unrein, schmählich hintergangen. Was wird man jetzt von uns denken? Diese Schmach überleben wir nie, ganz zu schweigen von der Zulassung in den Ring der Selbstgerechten, stöhnten sie. Eins jedoch war unausbleiblich; die Fürsten mußten abgesetzt werden, noch vor Sonnenuntergang vom Ebenhoch vertrieben, wenn nicht am nächsten Ast aufgehängt werden. Aber wer soll nach ihnen den Thron besteigen? Kann man überhaupt jemanden finden, der Wulfland nicht einer neuen Schande aussetzt. Oh, sicher beteuerten alle unschuldig zu sein, unbelastet von einer wulfischen Vergangenheit, unbefleckt von völkischen Eigenarten, unbesudelt vom Sippenstolz. Aber ist es den Hauch wert, der dabei vergeudet wird?

Wohl kaum, stimmten viele überein, denn wer weiß, der nächste Thronfolger mag von einem verfänglicheren Geheimnis umwittert sein, welches die berufenen Schnüffler mit den

langen Ohren zum allgemeinen Verdruß im unrechten Augenblick enthüllen. Eine zweite Blamage wie die jetzige, konnte
sogar Kunstreiter wie die Menechmianer aus dem Sattel heben.
Was dann? Armes Wulfland, du könntest zurück in den Abgrund Eruditus stürzen, wo Wissen herrscht und Können regiert.

Nur bei dem Gedanken daran wurde es den Menechmianern
wind und weh. Auch Jan Hagel erbleichte bis ins Blut, er sah
schon das Ende seiner kurzen Herrlichkeit. Balg Opinikus war
baff, er begann sich stumm wie ein Kreisel zu drehen. Das erste
Mal seit der Befreiung stockte ihm die Zunge. Zum Glück
weilte Fratz Krakeel nahbei, der sofort wie üblich tief Luft
einsaugte, wonach er anfing aus voller Kehle zu belfern. So
ewas könnte üble Folgen hinterlassen; er meinte, wo Wissen
herrscht und Können regiert. Es könne zur Selbstachtung
führen. Sie hieferten wie in tiefer Angst, ja, ihnen schwebte
schon das alte Leben vor Augen, nämlich, am Fußende der
Gesellschaft.

Dann änderte sich die Lage. Ein Gerücht ging um. Anfänglich hüteten sich viele Zungen ihm einen Namen zu geben,
aber allmählich kam der Durchbruch. Man hatte einen Nach-
folger gefunden. Die Gruppe Menechmia mit dem Beistand Jan
Hagels sowie den Adulamer Spähtruppen entdeckten einen
Paladin, der wie Manna vom Himmel geschildert wurde. Er
hieß Banchard ob der Kreuch, ein bewährter Pasquillant,
schild- und lanzenscheu, ränkisch bis ins Mark, der ver-
nichtende Schmähschriften über Wulfland schrieb, welche Jan
Hagel und die Menechmianer vor Ergötzung erzittern ließen.
Er entpuppte sich als Ritter ohne Feuer, aber mit viel Schür.
Welch ein Segen! riefen die Menechmianer. Unverdiente
Gnade, stimmte Jan Hagel bei, allerdings mit einem schiechen
Seitenblick auf die abgesetzten Großfürsten.

In der Tat entfaltete sich Banchard ob der Kreuch als eine
Botschaft vom Himmel. Am meisten gefiel die Tatsache, daß
ihm weder verfängliche Nachreden anhafteten noch anhaften
konnten, da er weder Vater noch Mutter kannte. Er selbst erwies sich reiner wie das Kindlein bei der Geburt. Weiterhin
besaß er Regungen, Sentimentus genannt, welche das Herz im
Sog der Tränen strampeln läßt, ferner die Sicht trübt, aber den

Drang zu guten Taten schürt. In den Mantel Fejadins gehüllt, dessen Falten eine Brutstätte der Opferbereitschaft sind, heischelte er mit Phormio um die Wette. Gute Werke vollbringen war sein Lebenszweck. Schädlinge, wie den Grundpfeiler der wulfischen Gesinnung, die Treue, bekämpfte er unermüdlich. Zwar geschah es im Schutz der Ferne, aber was tut das schon, es konnte seine Verdienste nicht schmälern. Wo er dieser Säule begegnete, verwandelte er sich in einen wahrhaftigen Herakles. Er scheute dann keine Mühe sie zu stürzen.

Von einer schürenden Berufung getrieben, einem gerechten Vernichtungswillen getragen, begann er zu wühlen und stochern, bis die gefürchtete Stütze begann in den Grundmauern zu wanken. Ihn schmückten noch andere löbliche Wesenszüge, vornehmlich die Gesinnung Traditio, also die Tugenden eines Ganelon, der Karl dem Großen in den Rücken fiel. Als sich zusätzlich herausstellte, daß Banchard ob der Kreuch nie von den Strahlen Intus Lego erwärmt wurde, war die Sache besiegelt. Der rechte Führer war endlich gefunden, die Zukunft Wulflands lag in guten Händen.

Freilich trübte eine kleine Wolke den lichten Himmel; es war der Tränenkrug, welcher bekanntlich von den Toten getragen werden muß, um damit die vergossenen Tränen der Lebenden aufzufangen. Sie quälten sich schrecklich mit dieser Arbeit ab, weshalb man die Totengeister zu Banchard ob der Kreuch sandte um ihn zu ersuchen, doch das Geheule aufzugeben. Es nützte aber kein betteln und flehen, er konnte das greinen nicht lassen, denn er war zu gut. Jan Hagel fand jedoch eine Lösung, sie machten Lakrimosus zum Wahrzeichen Wulflands.

Somit ruderte man den verlorenen Sohn in seine alte Heimat zurück, ins Land, das ihm verhaßt war, welches er verleumdete, dem er öffentlich ankündete, es mit letzter Kraft nach Tartarus zu stoßen. Dort wurde er unverzüglich gekrönt, dann behutsam auf den Ebenhoch gehoben. Kaum lag das Zepter in seiner Hand, schon folgten die ersten Verordnungen. Die Kutsche Plurius, worin König Rülp stets Staatsbesuche machte, stand schon unten bereit. Er befahl wieder auszuspannen. Sein erster Staatsbesuch gelte Adulam, verkündete er, aber gefahren oder geritten wird nicht; nein, es wird gekrochen, verordnete er, mit ihm selbst an der Spitze ans Ziel gerobbt.

Verdutzt schaute Balg Opinikus auf Ilsan Thersites, der wiederum Flaps Böliman verstohlene Blicke zuwarf. Schließlich räusperte er sich dreimal, scharrte gewohnheitsmäßig mit den Füßen, lobte dann Banchard ob der Kreuch rückhaltlos, pries sein Vorhaben, aber... Der neue Ebenhocher stand eben im Begriff seinen Unwillen zu zeigen, als zwei Knappen mit einer Karte herbei sprangen. Indessen Ilsan Thersites darauf wies, erklärte er dem unmutigen Großfürsten, daß das robben, gewiß einem Wulfenkönig zu Ehren gereichend, leider unmöglich sei, da ein großes Gewässer zwischen ihnen und Adulam liege. Nach langem hin und her, ließ sich Banchard ob der Kreuch überzeugen.

Somit begann der Staatsbesuch nach Adulam in der Kutsche Plurius, wonach in Booten gerudert wurde, aber schließlich rutschte man auf Knien und Ellbogen ans Ziel. Dort angekommen fing Banchard ob der Kreuch an Rotz und Wasser zu heulen, während er sich mit einem Ruck flach in den Staub warf. Rinnsale, ja, kleine Bäche liefen über seine bleichen Wangen. Was scherten ihn die Toten mit ihren Tränenkrügen, laßt sie hetzen. Zum Teufel mit den Totengeistern, laßt sie bitteln, hier geht es um höhere Dinge; der Verruf einer Nation lag auf dem Spiel. Ein Führer Jan Hagels kennt seine Pflicht, er marschiert auf den Sohlen eines Renegaten, predigt mit der Zunge eines Berakoth und verkündet die Lehren des Demoral.

Ilsan Thersites ahnte was in Banchard ob der Kreuch vorging. Er schaute frohlockend auf Flaps Böliman, der sich zufrieden Kunz von der Rosen zuwandte. Sie nickten sich zu. Auch Balg Opinikus, Fratz Krakeel, Ritter Kalmaus, ja, sogar die Zotiker lächelten zum ersten Mal seit fünfzig Jahren. Jan Hagel hatte endlich gesiegt!

Herr und Frau Santos

Wie kann ein inniges Verhältnis in einen bodenlosen Sumpf von Gift und Galle ausarten? Es wundert einen, bis man einen tiefen Blick in sich selbst wirft. Benito und Almira Santos traten mit leuchtenden Augen und rosigen Wangen in Vancouver ans Land. Ihr heiteres Gemüt und sonniges Wesen war eine Freude zu sehen. Trotz strömenden Regens lachten und scherzten sie wie sorgenlose Kinder. Man schubste sich verstohlen und kicherte wie übermütige Backfische.

Nach einer langen Reise, die in Salerno begann, wo Fußgänger Arien aus Verdis Oper singen und pfeifen, kamen sie in eine Welt ohne Sang und Klang.

Almira wie auch Benito merkten nichts davon. Sie sahen weder die langen Gesichter noch das seltsam gezwungene Verhalten der Hiesigen. Die Sicht nach allen Seiten hielt sie gefangen.

Die Santos hatten viel von Vancouver gehört, doch was ihnen vor Augen lag spottete jeder Beschreibung; vor allem wenn zuweilen Wolken über die schneebedeckten Berge stiegen. Etwas machte Almira und Benito befangen. War es die Landschaft? Wohl kaum, da sie eine Ähnlichkeit mit ihrer heimatlichen Umgebung besaß. Konnten es die Leute sein, welche Ungezwungenheit vortäuschten, doch wie aufgezogen wirkten? Beide mutmaßten viel, doch sagten wenig. Die unvertraute Stimmung im fremden Land berührte sie unangenehm, aber trotzdem erfaßte sie ein Gefühl der Erhabenheit.

Benito rief aus:

„Almira, riechst du es nicht?"

„Was denn, Benito, was?"

„Reichtum, Erfolg."

Almira kicherte, während sie anerkennende Blicke auf ihren Mann warf. Die Wahrsagerin in der alten Heimat hatte ihnen eine segensreiche Zukunft im Land der unbegrenzten Möglichkeiten voraus gesagt. Leider erwies sich ihre Weissagung als ein Luftschloß. Statt dem versprochenen Heil und Segen erwartete sie ein Golgatha. Diese Erkenntnis jedoch kam erst später.

Beide arbeiteten jahrelang ungebeugt, trotz Mühsal und Rückschlägen, mit Glanz in den Augen und Mumm in den Knochen. Sprachschwierigkeiten erschwerten ihr Leben. Die ersten Jahre waren nicht leicht, schön aber doch. Hürden auf dem angesteuerten Pfad ließen selten auf sich warten. Sie wurden mit dreifachem Hurra und einem kräftigen Schluck Grappa überwunden.

Benito erwarb Fähigkeiten im Stahlhandel. Er war weder der Hellste noch gefügigste Mann, aber tüchtig und beharrlich schon.

Eines Sonntags verkündete er:

„Almira, mach dich fertig."

„Für was?"

„Komm, zier dich nicht. Wir waren in der Kirche, ferner haben wir den Heiligen gehuldigt. Jetzt lade ich dich zu einem Spaziergang ein."

„Wohin geht es?" wollte die Frau wissen.

Ihr Mann lächelte geheimnisvoll:

„Ich möchte dir etwas zeigen."

Almira schmunzelte, sie ahnte worum es ging. Obwohl sich ihr Gemahl als zugeknöpften Menschen betrachtete, glaubte sie alles über ihn zu wissen. Das erwies sich als verhängnisvoller Irrtum.

Benitos rätselhafte Miene vertuschte nicht viel, noch weniger sein pfiffiges Gesicht und die strahlenden Augen. Wie erwähnt, sie hegte ihre Vermutungen. Immerhin rangen ihre Ohren seit Jahren von seinem Hohelied der Selbstständigkeit.

„Almira, bald sind wir unser eigener Herr."

Diesen Satz hatte sie unzählige Male gehört. Sie schmunzelte stets wohlwollend, doch dachte sich einiges dabei.

„Wie können Landleute, arm und ungeschult, ein eigenes Geschäft erwerben?" mutmaßte sie.

Nun, ihr geschätzter Gemahl ließ nicht locker. Die Vorstellung seinen eigenen Betrieb zu leiten raubte ihm die gewöhnliche Gemütsruhe. Almira belächelte seinen Eifer gutmütig, der sie freilich ansteckte.

Wie erwartet erfüllte der ungewohnte Ausflug einen Zweck. Nicht weit von ihrer Wohnung blieb Benito stehen. Mit unverhohlener Genugtuung zeigte er auf ein baufälliges Gebäude, welches auf einem beträchtlichen Hof stand.

„Meine Werkstatt," sagte er.

Almira schreckte sichtlich zurück, sie hatte etwas besseres erwartet.

„Werk-statt?" widerholte sie unüberlegt.

Ihre unverhohlene Enttäuschung kränkte Benito zutiefst; es schlug eine Saite in ihm an, deren Mißton ihm durch Mark und Bein ging. Wer hätte je geglaubt, daß eine harmlose, obschon taktlose, Bemerkung solch bittere Nachwirkungen ins Leben rufen könnte. Der erste Schritt auf ihrem Leidensweg wurde eben getan. Freilich bestand schon seit einiger Zeit eine schwelende Unruhe zwischen ihnen, die besonders Almira quälte. Die Ursache? Sie fand ihren einst geschätzten und geliebten Mann von Anfang an weder zartbesaitet noch salonfähig. Er besaß Werte die ihr mehr bedeuteten als ein nettes Wesen. Als er seiner Neigung zur Derbheit zunehmend nachgab, rümpfte sie allerdings heimlich die Nase und zog die Augenbrauen hoch. Sein unbeherrschtes Benehmen, wie auch die unflätige Sprache schnitten Almira tief ins Herz. Die pflichtgetreue Tochter der alten Welt ertrug Benitos Schikanen mit erstaunlichem Gleichmut.

Von der Hoffnung ermutigt, daß Benitos schauderhafter Zustand von kurzer Dauer sei, wartete sie geduldig auf eine Änderung. Hin und wieder geriet sie in Versuchung ihn zur Rede zu stellen. Doch dem tüchtigen Gatten Vorwürfe machen stand außer Frage. Schaffte er nicht unermüdlich, ja, in Anbetracht der Sprachschwierigkeiten heldenhaft, um auf einen grünen Zweig zu kommen? Wie oft sang er ihr die Ohren voll mit den Worten:

„Almira, unsere Nachkommen sollen Rang in der Neuen Welt haben."

Nun, die Nachkommen blieben aus und ihr Verhältnis verschlimmerte sich von Jahr zu Jahr. Was ging verkehrt? Der Fortschritt im Betrieb übertraf ihre Erwartungen, das Einkommen vermehrte sich wie auf Geheiß.

„Bald können wir uns nach einem passenden Haus umsehen," frohlockte Benito.

Die verheißende Verkündung entlockte Almira lediglich ein gequältes Lächeln; ihre düstere Miene erhellte sich um keinen blassen Schimmer. Worte, die sie krampfhaft suchte, blieben unausgesprochen. Wie schon oft zuvor rügte sie ihr Mann unbarmherzig:

„Verflixt noch mal, Weib, hat es dir die Sprache verschlagen? Und wenn wir schon dabei sind, warum sitzt du immer so verloren herum?"

Almira antwortete nicht. Sie starrte wie gelähmt vor sich hin und wartete auf Benitos Lästerungen. Es kam nicht dazu. Ihr Mann machte eine wegwerfende Handbewegung und stürmte wortlos aus dem Haus.

So verhielt es sich schon seit Monaten. Das Verhältnis zwischen den Santos entwickelte sich allmählich zum wahren Kreuzgang. Eins fühlte sich vom andern in den Abgrund der Verzweiflung gezerrt. Frau Santos litt am meisten unter dem Joch des ständigen Zwistes. Ihr einst heiteres Wesen und lachendes Gesicht gehörten schon längst der Vergangenheit an. Mißmut und Wankelmut wurden zu ständigen Begleitern. Sie machte den Eindruck einer Frau, welche die Last eines unerbittlichen Schicksals trug. Ihre Qual hieß Benito; er hatte sich grundsätzlich nachteilig verändert.

Der liebwerte, nachgiebige Mann, den sie vor zehn Jahren heiratete, bestand nicht mehr. Der sanftmütige Bursche wurde ein hemmungsloser Grobian. Ihr vormals liebenswürdiger Gatte benahm sich zusehends wie ein Wüterich, besonders ihr gegenüber. Der Tag kam wo sie in ständiger Furcht lebte vor seinen Unflätigkeiten. Gewiß war Almira keine Griselda, sie verstand es Kontra zu geben, aber sinnlosen Beschimpfungen war sie hilflos ausgeliefert; sie überstiegen ihre Veranlagung. Überdies raubten Benitos unablässige Demütigungen ihr die Kraft zum Widerstand, ja, sogar allmählich die Lust am Leben.

Almira Santos saß wieder mal in ihrer Ecke des Trübsals. Verzweifelt dachte sie über ihre Zukunft nach. So konnte es nicht weitergehen, der Gang nach Canossa mußte beendet werden. Doch wie sollte, ja, konnte, eine fügsame Frau, verschnürt mit Fesseln aus Olims Zeiten, freilich unsichtbar, vom Weg einer Schmach abtreten? Ihren Mann verlassen? Hm, allein der Gedanke, gewiß verlockend, war nichts weiter als ein Hirngespinst. In ihre Heimat zurückkehren? Um nichts in der Welt. Man würde sie der öffentlichen Schande preisgeben, wenn nicht mit Steinen bewerfen. Dortzulande betrachtete man eine gescheiterte Ehe als einen Schandfleck, den die Frau allein trug.

Kein Zweifel, Almira Santos steckte bis zum Hals in dem sprichwörtlichen Serbonischen Sumpf, aus welchem es bekanntlich kein Entrinnen gibt. Doch eine zufällige Begegnung zeigte ihr den Weg. Freilich dauerte es eine Weile bis sie den Silberstreifen am düsteren Himmel erkannte. Das heißt, sie fand einen Ausweg; allerdings erst nach langem für und wider.

„Der ewig quälende Wankelmut," stöhnte sie, während allerhand durch ihren Kopf ging.

Vorstellungen bestürmten die Frau, welche ihr kalte Schauer über den Rücken jagten, doch gleichzeitig sie auf die Flügel der Hoffnung setzten. Ihr Gewissen, seit hunderten Jahren von der katholischen Kirchenlehre geprägt, bedrängte sie gnadenlos.

Eines Nachts wachte Almira schweißgebadet auf. Erschreckt fuhr sie hoch. Mit einem unterdrückten Schrei schlug sie die Hände vor das Gesicht. Was sie sah mußte ein Trugbild sein, das sich ihr näherte.

Sie versuchte aufzustehen; es gelang ihr nicht. Als Almira vorsichtig die Hände entfernte, packte sie das reinste Entsetzen; sie erkannte das Schattenbild vor ihren Augen.

„Padre Cortine," stieß sie keuchend hervor. „Unmöglich," rief sie aus.

Der unerbittliche Seelsorger ihrer Kindheit und Jugend, der mit allen bösen Geistern rang, starb eh sie Salerno verließ. Doch war das nicht seine Stimme, die ihr noch heute in den Ohren klang?

„Schäm dich, Almira Grigoris, bereue deine unwürdigen Gedanken," hörte sie ihn mahnen.

Obwohl ihr der Sinn nach Flucht stand, rührte sich Almira nicht vom Fleck. Sie schaute wie gebannt auf das Traumgesicht, welches ihr schuldiges Gewissen ins Leben rief. Vater Cortines anklagende Worte schlugen Wurzeln in ihrem Unterbewußtsein. Nun, das Trugbild verblaßte, doch die Unheil verkündende Stimme wollte nicht verklingen. Almira hielt sich beide Ohren zu, doch Schuld hat ein feines Gehör. Ihr keimendes Vorhaben beängstigte und belebte sie zur selben Zeit. Was es war vermochte sie nicht zu nennen. Etwas jedoch leuchtete ihr ein: die Gemeinschaft mit Benito bedeutete ihren frühen Tod oder eine Reise ins Irrenhaus. Eine Scheidung kam nicht in Frage. Dazu fehlte der Mut, wie auch die Neigung. Trotz des vieljährigem Aufenthalts in der Neuen Welt staken ihr die Sitten der alten Heimat noch tief in Mark und Bein. Eine Ehe auflösen?

„Bis daß der Tod euch scheidet," wurde ihr vielerseits eingeprägt.

In Trübsal und Verzweiflung verbrachte sie nun viele Stunden in einer abgelegenen Ecke. Bittere Gedanken, jene Räuber der Hoffnung und Vorläufer des Elends, waren ihre ständigen Begleiter. Almiras mürrisches Wesen, obwohl von Natur freimütig und gesellig, hätte nun ihre eigene Mutter in die Flucht gejagt.

Ihrem Mann Benito erging es nicht besser. Der Anblick seiner gekreuzigten Frau, die ihn, den Folterer, verzeihend doch anklagend betrachtete, jagte ihm das Blut in den Kopf. Almiras einstudierte Leidensmiene, entfesselte Benitos schlimmste Neigungen. Ihr verlottertes Aussehen trieb ihm die Zornröte ins Gesicht. Wie konnte das blühende Mädchen, die anmutige Frau von gestern, sich in eine Vettel verwandeln? Noch dazu während einer Wirtschaftsblüte, obendrein in wenigen Jahren. Wie schon erwähnt, Benito Santos zierte sich nicht, er nannte das Kind beim Namen und machte einen weiten Bogen um die Spitzfindigkeit. Freilich mußte er gestehen, daß er keineswegs unschuldig an dem Zerwürfnis war.

Schon nach einigen Jahren in Kanada begann Benito sein wahres Gesicht zu zeigen. Anfangs bemerkte Almira wenig von dem erstaunlichen Wandel. Gewiß mißfiel ihr seine zunehmende Reizbarkeit, welche sie dem Geschäftsdruck zuschrieb. Auseinandersetzungen fanden statt, die heftiger wie auch giftiger wurden. Allmählich ging ihr ein Licht auf. Sie erkannte eine traurige Tatsache. Der sittsame und heitere Freier und Hochzeiter bestand nicht mehr. Vor ihren Augen entpuppte sich ein Mann, den sie nun Benito Unflätig nannte; freilich insgeheim. Wie konnte ein liebevolles Verhältnis so entarten? Almira zermarterte sich den Kopf in schlaflosen Nächten und ruhelosen Tagen darüber. Sie ahnte viel, doch folgerte wenig; außer, daß es nicht so weitergehen konnte. Wolken einer niedrigen Gesinnung lasteten schwer auf ihr, ebenfalls auf ihrem Mann. Sie fühlte sich bis zu den Knien in einem Sumpf des Hasses stecken, aus dem es kein Entrinnen gab.

Doch es sollte anders kommen. Wie erwähnt verdankte sie einem Zufall die Lösung. Benito mußte aus ihrem Leben verschwinden. Ein zufälliger Besuch im nahgelegenen Stanley Park öffnete die Schleusen der Vorstellungen; erst einen Spalt, dann sperrweit.

Sie unternahm nun fast täglich Spaziergänge im Stanley Park. Bei jedem Wetter konnte man die gebückte Frau mit gerunzelter Stirn und Selbstgespräche führend, dort sehen, vor allem in der Nähe einer kürzlich eröffneten Anlage für Eisbären. Etwas fesselte Almira an den mächtigen Fürsten des Nordens. Gewiß jagte ihr Anblick der bekümmerten Frau einen kalten Schauer nach dem andern über den Rücken. Trotzdem zog sie die gefahrbirgende Sicht immer wieder an. Was nahm Almira gefangen? Hm, was wohl? Sie machte sich wenig Gedanken darüber, noch hegte sie Bedenken deswegen. Leise Ahnungen regten sich zuweilen in ihrem Unterbewußtsein, die sie mit einer Kopfbewegung zur Seite schob. Doch ihr Gewissen, jener Peiniger mit dem eindringlichen Flüsterton, ließ sich nicht dämpfen.

Nebelhafte Vorstellungen nahmen allmählich Gestalt an, die sie veranlaßten das Kreuz zu schlagen und zum Himmel zu flehen. Es nützte nicht viel. Eine unwiderstehliche Macht hatte sie im Griff. Geschürt vom blinden Zorn einer mißachteten

Frau, mit dem Zahn der Vergeltung an beiden Fersen, gelangte Almira auf einen schicksalhaften Irrweg. Worte der Versöhnung hätten vielleicht Wunder gewirkt und ihrem Trauerzustand beseitigt. Doch es sollte nicht sein.

Eines Tages näherte sich Almira ihrem Mann mit der Miene einer Frau von Reue geläutert:

„Benito, laß uns vernünftig sein," jammerte sie.

Ihr Mann blieb wie angewurzelt stehen. Sein Gesicht, ein Anblick jahrelanger Verwüstung von Zigarettenqualm, Alkohol und schlaflosen Nächten, hätte um ein Haar ihr Mitleid erregt. Doch ihr verletztes Frauenherz ließ es nicht zu. Gepflegter Haß hat ein gutes Gedächtnis wie auch einen scharfen Blick. Benitos abscheulicher Zustand zwang Almira zu lächeln, innerlich wohlgemerkt.

„Ich bin gewillt, was schlägst du vor?" wollte der Mann wissen, dem sie in Gedanken bereits den Todeskranz gewunden hatte.

„Ich denke an einen Urlaub."

Benito runzelte die Stirn, er zog die Augenbrauen bedenklich hoch. Sie hatten vor einem Jahr eine Reise in die Heimat unternommen, mit der Absicht ihrem trüben Verhältnis einen Aufschwung zu geben. Mit Glanz in den Augen und Licht im Herzen wurden Vorbereitungen getroffen. Während ihrer Abwesenheit wurde das Geschäft Heinz Fahrweg, dem Vorarbeiter, überlassen.

„Heinz ist verläßlich," versicherte Benito.

„Ja, er weiß Bescheid" stimmte Almira zu.

Auf den Flügeln der Hoffnung reisten sie ab, in den Klauen des Mißmuts kamen sie zurück. Der nagende Wurm des Gewissens setzte ihnen nach wie vor zu, sogar ärger als zuvor. Warum sollten sie Gewissensbisse plagen, wenn die Quelle ihrer gegenseitigen Abneigung beim anderen entsprang? Ja, warum wohl? Wie erwähnt erfüllte die Reise in die Vergangenheit nicht ihre Erwartungen. Im Gegenteil. Die Verbitterung, deren Ursprung beide ahnten doch verbissen ablehnten, kam mit Zisch und Biss zurück. Der kurze Aufenthalt unter beherzten, freien Menschen der alten Heimat, wandte ihre Blicke nach innen. Viel sah man nicht, außer den

düsteren Wolken einer unheimlichen Zukunft. Trotz seiner
Bedenken willigte Benito ein:

„Ich bin bereit, wohin soll es gehen?"

„Überläßt du mir die Wahl?"

Benito nickte. Almira schmunzelte, während sie ihn
erwägend betrachtete, wenn nicht lauernd. Ein gelassener
Mann hätte gewiß Unrat gewittert, doch sein benebelter Sinn
und erhitztes Gemüt machten ihn weder stutzig noch
ablehnend. Almiras hämische Miene störte ihn genauso wenig
wie ihr schräger Blick, der nichts Gutes verkündete. Bildlich
gesprochen leckte Almira ihre Lippen, die letzte Hürde auf
dem Weg zu ihrem Vorhaben wurde eben übersprungen. Die
Erlösung winkte.

Der Winter nahte, auf den Bergen wurde es weiß. Schnee
sammelte sich an den Hängen, er kam unaufhaltsam dem
Wasser entgegen.

„Noch ein tüchtiger Schneefall bis zur Eröffnung der
Schihügel," jubelten die ungeduldigen Schifahrer.

Mit glänzenden Augen schauten sie von ihren Schiern auf
die Berge. Ein Übermut erfaßte jung wie alt. Gesichter
glätteten sich, Begeisterung verlieh ihren Füßen Schwung.
Alles war bereit, nur eins fehlte: Gesang, der leider in den
Kehlen der Vorfahren stecken blieb, somit auf ewig begraben
war.

Die geplante Reise war gedacht um ihr zerrüttetes
Verhältnis wieder herzustellen. Obwohl ihm die Sache nicht
ganz geheuer vorkam, ließ sich Benito trotzdem von der
Jungfer Hoffnung verlocken. Warum auch nicht, sagte er sich.
Was kann mir widerfahren? Eine Enttäuschung mehr oder
weniger ist auch kein Verhängnis. So redete er sich ein, bis er
eine Entdeckung machte, die seine Stirn mit Unmutsfalten
bedeckte, die sich vertieften.

Was ging hier vor? Almiras erstaunlicher Wandel, obschon
verdächtig, erschien ihm zunehmend zweckmäßiger. Ihrem
Benehmen nach zu urteilen folgte sie den Richtlinien eines
vorgefaßten Plans. Mal sehen, sagte sich Benito, abwarten.
Freilich machte ihn ihre Geheimnistuerei stutzig, aber er zeigte
sich gewillt sie walten zu lassen. Schließlich hatte Almira ihm
das Versprechen abgeknöpft, sich nicht einzumischen in ihre

Reisevorbereitungen. Aber ein Verbot, wie so oft, wird zum Sporn der Neugierde. Benito, der rauhbeinige Stahlarbeiter, wurde vorübergehend ein Schnüffler ohne Fehl. Seine Frau merkte nichts davon; sie sah weder sein selbstgefälliges Lächeln, noch die forschenden Blicke. Almira schien von einem merkwürdigen Tatendrang beseelt zu sein. Seit Monaten, wenn nicht seit Jahren, schlürfte sie wie eine aufgewärmte Leiche umher, mit einer sauertöpfischen Miene, die Benito so manchesmal in Raserei trieb. Freilich mußte er gestehen, daß auch sein Verhalten viel zu wünschen übrig ließ. Aber wer konnte ihm das verübeln. Ein Blick auf sie rechtfertigt doch mein unflätiges Benehmen, redete er sich ein.

Wie dem auch sei, die Lage hatte sich verbessert. Almira kämmte wieder ihr Haar, hob die Füße beim gehen und schälte zuweilen ein Lächeln von ihren Lippen.

Endlich war es soweit. Schon den ganzen Morgen benahm sich Almira wie eine Jezebel mit Absichten. Benito staunte als sie ihm lächelnd verlockende Blicke zuwarf. Ein verheißender Augenaufschlag versetzte ihn in eine längst vergessene Stimmung.

„Was nun?" fragte sich der verwirrte Mann mit pochendem Herzen.

„Benito, nimm Platz," verlangte seine Frau in einem verträglichen Ton.

Sie setzte sich ihm gegenüber mit einer Miene, die sie um zehn Jahre jünger aussehen ließ. Ihr einladender Blick trieb ihm die Röte ins Gesicht.

„Alles ist bereit, Benito," sagte sie in einem schmeichelnden Ton.

„Nun, wo geht es hin?"

Almira sah ihn kurz an, wonach sie einige Werbeschriften vor ihm ausbreitete.

Das Reiseziel, außerhalb der Kleinstadt Eureka an der Humboldt Bucht, entlockte Benito ein beifälliges nicken: „Lobenswert, sehr lobenswert, muß ich sagen," gestand er.

Als er eins der Hefte näher betrachten wollte, schoß Almiras Hand über den Tisch. Flink wie ein Gaukler riß sie es an sich.

„Verzeihung, das gehört nicht dazu," meinte sie in einem erregten Ton.

Zwei Tage später befanden sich beide an Bord eines Schiffes das südwärts dampfte. Vom ersten Tag an lag ein Schatten auf ihren Gemütern, eine Verlegenheit die ihrer Vorfreude einen Dämpfer aufsetzte. Sie lernten eine unbequeme Tatsache kennen, nämlich, wenn sich Zwietracht in einem häuslich gemacht hat, gibt es nur eine Möglichkeit sie loszukriegen; man muß ihr ein neues Heim finden. Diese Erkenntnis ergriff die zartbesaitete Almira mit zweifacher Wucht.

Benitos rauhes Wesen fühlte wenig von diesem Lauf der Dinge. Freilich verbesserte sich ihr Verhältnis von selbst. Auf offener See haßt es sich nicht so gut wie zwischen häuslichen Wänden.

Nach etwa einer Woche, verbracht mit Wanderungen unter heiterem Himmel, gerieten sie wie zufällig an einen Wildpark, wo unter anderem Wassertiere im Naturzustand lebten.

„Weder Zäune noch Schranken wird man hier finden," stand groß am Eingang geschrieben.

Irrte sich der angetrunkene Gatte oder bugsierte ihn Almira dorthin? Ihm schien alles gleich zu sein. Als er jedoch die Schilder sah von Krokodilen, die hier wild und frei das große Gehege bewohnen, stutzte Benito.

„Ist etwas?" fragte Almira.

„Hm, hm, ich erinnere mich."

„An was?"

Benito gab keine Antwort, er schaute bloß von Almira zum Schild, wo in genauer Wiedergabe das Urtier mit dem furchteinflößenden Gebiß gezeigt wurde.

„Zeit zum gehen," erinnerte Frau Santos.

Auf dem Rückweg zum Hotel sprachen beide wenig. Etwas ging in ihnen vor, das beide verstimmt machte. Der erwartete Zauber einer Luftveränderung blieb leider aus. Obwohl sich beide bemühten ihr einstiges Eheglück aus dem Grab zu holen, war es vergebliche Mühe. Die Hochzeiterin vom Golf von Salerno hatte Lust und Liebe auf Lebzeiten verloren; im Gegensatz zu ihrem Mann, der ihr auf Freiersfüßen auf Schritt und Tritt folgte. Aber ein Blick auf ihn wirkte verheerend auf sie; alle guten Vorsätze flogen zum Tempel hinaus. Trotz der friedlichen Umgebung und der frischen Luft, blieb er sein ungeschlachtes Selbst.

Almira kam zu der Erkenntnis, daß sich Benitos wahres Wesen mehr und mehr durchsetzte. Sie wußte Bescheid; eine Scheidung war unvermeidbar. Eine Versöhnung war nicht mehr möglich, daran war nichts zu rütteln. Freilich wurde sie von argen Gewissensbissen befallen, da sie eine streng katholische, pflichtgetreue Tochter aus einer alten Gesinnung war. Die Vorsehung hatte schon längs bestimmt, daß die Ehe mit Benito ihr Golgatha war. Die Erkenntnis lockerte ihre Züge, ein entsagendes Lächeln erhellte ihr Gesicht.

Am nächsten Morgen saß Almira kurz vor Sonnenaufgang unter raschelnden Palmen. Benito schnarchte noch im Bett; er schlief seinen üblichen Rausch der vergangenen Nacht aus.

Sie hatte den Entschluß gefaßt noch einmal mit ihm wegen einer Trennung zu reden. Almira wurde von Wehmut erfaßt, ihr Blick umflorte sich. Liebliche Erinnerungen der Vergangenheit wechselten mit schmerzhaften Gedanken der Gegenwart. Sie wartete mit pochendem Herzen und zitternden Knien auf ihren Mann. Sie sandte ein Stoßgebet nach dem andern zum Himmel. Sie flehte alle Heiligen an ihr die Seelenstärke zu verleihen, um ihren Beschluß durchzuführen.

Von Zweifel ergriffen und Furcht gequält, erwägte Almira ihre Lage. Sie ahnte was ihr bevorstand. Benitos Jähzorn wird wie üblich die Oberhand gewinnen, seufzte sie, während Schatten des Unmuts ihr Gesicht verdunkelten. Trotz ihrem bedenklichen Zustand huschte ein Lächeln um ihre Lippen. Ein Mann der seine Frau mißhandelt, sie als nichtsnutzige Vettel betrachtet, sollte doch froh sein wenn sie freiwillig von ihm geht, auf ewig geht; doch nicht Benito Santos.

Als sie vor einigen Monaten den Vorschlag einer Scheidung machte, wurde er rasend vor Wut. Abgesehen von seinen Einwendungen in unflätiger Sprache, wurde ihr geraten sich solche Vorstellungen aus dem Kopf zu schlagen. Mit einem Ruck riß er ein Kruzifix von der Wand, welches er ihr vor die Augen hielt:

„Auf die Knie. Versprich mir und dem Jesus am Kreuz, daß du nie wieder solch gottlose Gedanken hegst," brüllte er.

Um eine körperliche Mißhandlung zu vermeiden, befolgte sie Benitos Verordnung. Außer Rand und Band ballte er die Fäuste und knurrte:

„Jezebel, sittenloses Weib, dein Schwur war falsch."

Die Erinnerung an jenen Auftritt jagte Almira einen Schauder über den Rücken. Plötzlich zuckte sie zusammen. Benitos Worte kamen ihr in den Sinn: „bis daß der Tod euch scheide," hatte er ihr in die Ohren geschrien.

Almiras Gesicht erhellte sich, merkwürdige Eingebungen geisterten in ihrem Kopf. Gewiß erinnerte sie sich an ihr Gelübte am Traualtar, sicher und bestimmt. Hm, hm, bis daß der Tod euch scheide, gelobte sie damals. Das heilige Sakrament der Ehe durfte natürlich niemals verletzt werden. Sie verwarf ihren Entschluß mit Benito nochmals zu reden.

Benito fiel aus allen Wolken. Als er schlaftrunken und mürrisch endlich ankam, wurde er wider Erwarten herzlich empfangen.

„Na, alter Zecher, alles gut überstanden?" fragte sie ihn lächelnd.

Seinen mißtrauischen Blick belächelte sie huldvoll. Auf dem Weg zum Frühstück hakte sich Almira wie in alten Zeiten bei ihm ein. Verblüfft blieb Benito stehen. Einerseits wollte er ihr seinen Arm entziehen, anderseits jedoch spürte er eine Versuchung seine Frau näher an sich zu drücken.

Nach einem gemütlichen Frühstück, begleitet von freundlicher Unterhaltung, kam die Frage auf was man heute unternehmen soll.

„Das überlasse ich dir," sagte Benito.

„Wie wär's mit einem Besuch im Wildpark," schlug Almira vor.

„Ich bin mit allem einverstanden," gab Benito zu verstehen.

Almira schmunzelte:

„Zwar waren wir gestern schon dort…"

„Aber viel sahen wir nicht," unterbrach er sie.

Sie machten sich auf den Weg. Alles ging gut, bis Benito ins Wasser fiel, mitten unter die schwimmenden Krokodile.

Wie bereits erwähnt, hatte Herr Santos bis spät in die Nacht gezecht. Folglich ließ seine körperliche wie auch geistige Verfassung viel zu wünschen übrig. Wie immer zu dieser Zeit nahm er einige Schlucke aus der Flasche. Obwohl es Almira sah, sagte sie kein Wort.

Der große Wildpark, inmitten einer Niederung, ist von Wasserwegen verzweigt. Dort leben viele Arten Vögel und Wassertiere im natürlichen Zustand; unter anderen auch Krokodile. Wie gesagt plumpste Benito ins Wasser, worin er nie gefunden wurde.

Er stand auf dem Geländer, wo sie ihm eben die Kamera reichen wollte, als er verdächtig anfing zu wanken. Sie versuchte ihn zu stützen, doch ihre ausgestreckten Hände griffen ins Leere; sie war erstarrt vor Schrecken. Benito war verschwunden. Mehr wußte Frau Santos nicht zu sagen, sie fiel in eine Ohnmacht.

Inzwischen ging die Sonne unter, folglich begannen die Besucher den Park zu verlassen. Almiras Ohnmacht währte nicht lange, sie stand flugs wieder auf den Beinen. Sofort schlug sie Alarm. Wie vom Wind geweht erschienen einige Wärter. Sie hatten Mühe Frau Santos zu beruhigen. Von Schrecken erfaßt, über alle Maßen verwirrt, versuchte sie am Brückengeländer hoch zu klettern. Man hielt sie zurück.

„Mein Mann, mein Mann," jammerte sie.

„Wo ist ihr Mann?"

„Dort unten."

„Im Wasser?"

„Ja, im Wasser bei den Krokodilen," keuchte Frau Santos.

Die Aufseher schauten sich verblüfft an. Seit der Wildpark bestand, war so etwas nur selten geschehen. Wie ein erwachsener Mann über das hohe Geländer stürzen konnte, erschien ihnen unglaubwürdig.

„Ihr Mann kletterte am Geländer hoch?" wurde sie gefragt.

„Ja", kam eine kleinlaute Antwort.

„Aber warum denn?"

„Um Bilder von den Krokodilen zu machen."

Am nächsten Morgen erschienen zwei Polizisten im Hotel. Sie vermerkten den Vorfall, also Almiras Aussage. Der Wachtmeister machte wenig Hehl aus seinem Unglauben. Er schüttelte wiederholt den Kopf. Er stellte gezielte Fragen:

„Als sie Ihrem Mann die Kamera reichten taumelte er und stürzte hinunter ins Wasser?"

„Ja, mitten unter die abscheulichen Krokodile."

„Ist es möglich, daß sie ihn dabei anstießen?"

Wie aus der Pistole geschossen kam eine Antwort:

„Nein, ich berührte ihn nicht," wies sie ihn zurecht.

Die Polizisten gingen. Die Wolke des Argwohns verschwand mit ihnen. Ein Seufzer der Erleichterung entfuhr Almira, noch eh die Tür hinter den Beamten ins Schloß fiel.

Eine Woche später trat Frau Santos die Heimreise an. Neuigkeiten gab es keine, nichts wurde gefunden, keine Spur von Benito Santos entdeckte man.

Daheim erwartete sie eine unangenehme Überraschung. Die Unordnung im Haus bestürzte sie ungemein. Geschirr lag in der Küche herum und Kleidung war in jedem Raum verstreut.

Almira besaß einige unerfreuliche Wesenszüge, doch Ordnung und Sauberkeit hielt sie hoch und heilig. Trotz der würgenden Notlage vernachläßigte sie nie ihre angeborene Häuslichkeit.

„Jemand hat hier gewütet," murrte sie. Doch wer? Nur sie und Benito besaßen einen Hausschlüssel, folglich mußten Einbrecher ihr Unwesen getrieben haben. Es erwies sich als schwacher Trost, da sonst kein Schaden angerichtet wurde noch etwas fehlte. Eine dunkle Ahnung beschlich Almira, welche sie nicht deuten konnte.

Nachdem Frau Santos aufgeräumt hatte, nahm sie Stift und Papier zur Hand, setzte sich an den Tisch und begann zu rechnen. Geldnot bestand keine für sie, in der Hinsicht hegte sie keine Bedenken. Ihr Mann, seliger Mann nun, erhielt was er verdiente. Die mahnenden Worte des Vaters kamen ihr in den Sinn, welche sie damals lachend in den Wind schlug.

„Vater, du siehst schon wieder die Schrift an der Wand. Gewiß schaut mein Zukünftiger manchmal zu tief ins Glas, aber das legt sich schon mit der Zeit," wandte Almira ein.

Vater Grigoris teilte keineswegs die Zuversicht der Tochter; im Gegenteil, er hörte die Glocken des Unheils läuten. Doch ein Blick auf Almiras strahlendes Gesicht überzeugte ihn keine weiteren Einwände zu äußern.

Als Benitos unflätiges Benehmen überhand nahm, mußte sie oft an die mahnenden Worte des Vaters denken. Doch nicht

jetzt; Wehmut mal später wieder, versprach die vom Schicksal
geprüfte Tochter vom Golfo di Salerno, heute wird gehandelt.
Obwohl sie die Unordnung im Haus wie einen Schlag ins
Gesicht empfand, ging sie unbeirrbar voran. Ihr Plan war einfach doch von Bedeutung für sie. Das gemeinsame Bankkonto
mit Benito enthielt eine beträchtliche Summe, welches von
heute an ohne Scheu und Reu allmählich verringert wird. Nur
nicht auffallen, hieß Frau Santos Parole. Für das Firmenkonto
besaß sie eine Vollmacht. Folglich beabsichtigte sie ihm dieselbe Behandlung zu gewähren wie dem Privatkonto. Benitos
Abwesenheit mußte berücksichtigt werden. Fragen an sie
gerichtet benötigten Antworten, mutmaßte Frau Santos. Sie
hatte eine auf Lager.

„Mein Mann befindet sich auf einer längeren Geschäfts-
reise," klingt gut für den Anfang, dachte sie.

Sollten ihre Pläne wider Erwarten längere Zeit in Anspruch
nehmen, da muß eben eine neue Ausrede gefunden werden,
beschloß sie.

Frau Santos fühlte sich wieder jung und frei. Doch trübten
zuweilen dunkle Schatten ihr Gemüt. Ein nagendes Gefühl,
daß Benito etwas verheimlichte, plagte sie. Trotz seiner ange-
borenen Redseligkeit sprach er von Anfang an nur zögernd von
seiner Vergangenheit. Auch seine Eltern waren in dieser Hinsicht zurückhaltend, wenn die Sprache zufällig darauf kam.
Diese merkwürdige Verschwiegenheit, damals mit einem
Lächeln und achselzucken hingenommen, erwarb nun eine finstere Bedeutung.

Aber zum Teufel mit so trüben Gedanken, murmelte Frau
Santos, während sie trotzig mit dem Fuß aufstampfte. Es gab
wichtigeres zu tun.

Sie ging zur Bank. Vom gemeinsamen Konto mit über
zehntausend Dollar, beabsichtigte sie nach und nach so ziemlich alles abzuheben. Dem Firmenkonto sollte es ebenso ergehen. Die Rückkehr in die alte Heimat war bestimmt nicht billig,
vermutete Almira.

Eine Überraschung erwartete sie in der Bank, die ihr den
Atem raubte und einen Schrecken durch alle Glieder jagte. Sie
reckte sich empört:

„Verstehe ich Sie recht, mein Scheck kann nicht eingelöst werden?"

„Sie verstehen recht, hundert Dollar ist auf dem Konto."

„Hundert Dollar!" entfuhr es ihr entsetzt.

„Keinen Cent mehr," lächelte die Kassiererin. Almira schüttelte ungläubig den Kopf. Sie begann zu lärmen, so ging es eine Weile hin und her. Sie geriet gänzlich aus der Fassung. Die Kassiererin witterte ein Ärgernis das sie verhüten wollte. Sie empfahl der erbosten Kundin sich an den Verwalter zu wenden:

„Er kann Ihnen sicherlich alles erklären," meinte sie.

„Leider ist er heute nicht anwesend," fügte sie hinzu.

„Gut, ich spreche morgen früh wieder vor."

Von einer keimenden Ahnung getrieben und bedrückenden Gefühlen gehemmt, näherte sich Almira ihrem Haus. Eine nagende Unruhe wühlte in ihr. Jemand hatte das Konto geplündert, dessen einzige Unterzeichner sie und Benito waren. Beide hatten mit Sicherheit nichts damit zu tun. Das ganze roch nach Betrug, beschloß Frau Santos. Von der Hoffnung beseelt in der Früh des Rätsels Lösung zu finden, beschleunigte sie ihre Schritte. Bei diesem Gedanken faßte sie Mut, der sich allerdings bald in einen schönen Traum verwandelte.

Frau Santos überfiel ein Gefühl in einen unentrinnbaren Strudel geraten zu sein, vor allem als sie Alfonso Prego am Hauseingang erblickte. Seine Anwesenheit gab ihr einen Stich. Er war Benitos Freund und Anwalt. Der Mann mit dem italienischen Namen und der Gesinnung des Leibhaftigen konnte sich nicht der Zuneigung Frau Santos erfreuen. Sie nannte ihn öffentlich einen Urian, der Unheil in alle Richtungen ausstrahlt. Sie konnte nicht umhin zu bemerken:

„Ha, da steht er doch, ein Bild der Niedertracht, sage ich. Obacht, Almira, der Luzifer feixt, er glüht vor Schadenfreude. Mir steht was bevor."

Wie es sich herausstellte hatte sie nicht fehl geahnt; ein zweiter Rückschlag erwartete sie.

„Herr Prego, was verschafft uns die Ehre?"

„Uns?" fragte er hämisch, ebenso wie verblüfft.

„Ja uns, aber Benito ist nicht hier."

Die unschuldige Nachricht ließ den Anwalt hochfahren; sie
verschlug ihm die Stimme. Er hüstelte und keckerte während er
Frau Santos mit stechenden Blicken musterte.

„Nicht hier?" äffte er nach.

Mit der Miene eines Würdenträgers fragte er dann:

„Darf ich eintreten Frau Santos?"

Sie nickte zögernd. Kaum hatte er die Schwelle übertreten,
als er Almira ein Schriftstück reichte mit den Worten:

„Ich möchte nicht lange um die Sache herum reden. Ihre
Vollmacht für die Firma Baustahl ist widerrufen."

„Von wem?" platzte Frau Santos heraus.

„Na, von wem schon, dem rechtmäßigen Eigentümer
natürlich," wurde sie harablassend belehrt.

„Sie scherzen, Herr Prego."

Der Anwalt schürzte die Lippen, neigte den Kopf zur Seite
und kniff ein Auge zu. Jede Silbe betonend erklärte er:

„Die Bank wurde bereits benachrichtigt. Also, ich empfehle
mich."

Mit diesen Worten verschwand Alfonso Prego.

Almira stand wie angewurzelt da. Vorstellungen jagten
durch ihren Kopf, die sie an den Rand der Verzweiflung trieben. Die Sache mit dem gemeinsamen Konto fand sie genauso
rätselhaft wie die mit der entzogenen Vollmacht. Eins jedoch
leuchtete ihr ein: sie war nun mittellos, ihr sorgfältig ersonne-
ner Plan entpuppte sich als ein Schlag ins Wasser.

Von einer unsinnigen Hoffnung beseelt fiel ihr etwas ein,
nämlich, Alfonso Pregos bekannte Vorliebe für bösartigen
Schabernack. Könnte es sein, daß seine Abneigung ihr gegenüber die Oberhand gewann über sein einstudiertes Wesen?
Wäre es möglich, daß der tückische Anwalt sie bloß demütigen
wollte?

Unbewußt drehte sie das Schriftstück in ihren Händen hin
und her, während sie fieberhaft nach Silberstreifen am düsteren
Horizont suchte. Zufällig fiel ihr Blick auf die Rückseite des
Schreibens. Was sie dort sah versetzte ihrer Hoffnung den
Gnadenstoß. Die Lage war ernst, Elend stand vor der Tür. Ihre
Vermutung, daß jemand versuchte sie ins Elend zu stürzen,
verstärkte sich. Die Vorstellung, einem Ränkeschmied als Ziel-

scheibe seiner Bosheit zu dienen, entpuppte sich als Wahrheit, nachdem erschütternde Tatsachen sich offenbarten. Frau Santos war zu tiefst erschüttert. Die Echtheit der Urkunde schien ihr unanfechtbar, im Gegensatz zum Tag der Vollziehung. Ungläubig starrte Almira auf das notarisch beglaubigte Schriftstück. Dementsprechend unterzeichnete Benito die widerrufene Vollmacht am fünfundzwanzigsten des Monats, also vier Tage nach seinem Tod. Nach Atem ringend sank Frau Santos ächzend auf einen Stuhl. Mit Entsetzen in den Augen starrte sie vor sich hin. Was ging hier vor? Geschah ein Wunder? Trotz ihrer Not mußte sie kichern. Die streng katholische und gehorsame Tochter glaubte nicht an eine Auferstehung noch an überirdische Geschehnisse.

Benito weilte unter der Mehrheit; den Toten in anderen Worten. Kein Mensch kann den gefräßigen Viechern mit den mordswütigen Sitten entkommen; es sei denn mittels Zauberkräften, die Benito mit Sicherheit nicht besaß.

Am nächsten Morgen meldete sie sich bei der Bank. Herr Brewer, der Verwalter, empfing Frau Santos mit gerunzelter Stirn:

„Wie ich höre beanstanden Sie Ihr Konto, genauer gesagt das Guthaben."

„Mit Recht, Herr Brewer."

„Darf ich die Gründe erfahren?"

„Kurz vor unserem Urlaub hob ich Geld ab. Das Guthaben belief sich mit Sicherheit auf über zehntausend Dollar."

„Jetzt ist es aber auf hundert Dollar gesunken," bemerkte er.

„Wie ist das möglich, da weder mein Mann noch ich, die einzigen Unterzeichner, eine Abhebung machten."

Der Verwalter musterte Frau Santos mit mißfälligen Blicken.

„Sie irren sich," meinte er.

„Ich irre mich nicht. Unser Konto wurde geplündert, nichts anderes geschah," behauptete Almira.

Herr Brewer schaute erwägend auf Almira, er schien sich an ihren Worten zu stören. Höflich wie immer widersprach er:

„Von plündern kann keine Rede sein."

Almira fuhr zornig auf:

„Ja, was denn sonst? Ich hob seit Wochen keinen Cent ab."

Der Verwalter lächelte verzeihend:

„Aber Ihr Mann."

„Der ist tot," fiel sie ihm ins Wort.

Brewers verblüffter Blick sprach mehr als Worte. Erschrocken legte sie die Hand auf den Mund.

„Verzeihung, was ich meinte, Benito ist seit einiger Zeit verreist, er hat gewiß nichts vom Konto abgehoben."

Wortlos öffnete Herr Brewer eine Kartei, woraus er etwas entnahm, das er Almira zuschob. Es waren drei eingelöste Schecks im Gesamtbetrag von zehntausend Dollar. Frau Santos starrte entgeistert darauf. Zweifel, gemischt mit Mißtrauen, spiegelte sich in ihrem Gesicht. Sie begann ein widersinniges Selbstgespräch, das den Verwalter unruhig machte. Tatsächlich haderte Almira wie eine Frau von Sinnen:

„Unmöglich, es kann nicht sein. Tote Menschen heben kein Geld von der Bank ab. Man hat sich gegen mich verschworen. Das ganze riecht nach einem vorsätzlichen Schwindel."

Brewer sprang auf:

„Jetzt reicht's mir aber. Genug ist genug, zuviel ist zuviel," schrie er sie an.

Nachdem er sich gefaßt hatte, meinte er:

Was wollen Sie eigentlich von mir, von der Bank, meine ich?"

„Genugtuung, sowie rechtmäßige Entschädigung," wurde der Verwalter belehrt.

Etwas schien den sonst gefaßten Mann zu ärgern. Er mußte seinem Unwillen Luft machen. Folglich ließ er die Bombe fallen:

„Das ganze Gerede ist sinnlos. Sie haben ohnehin kein Recht mehr auf das Konto."

Almira hob erschrocken den Kopf:

„Was heißt das?"

„Wie ich eben sagte, ihre Unterschrift ist außer Kraft getreten, in anderen Worten, sie wurde gestrichen."

„Von wem?"

„Dem rechtmäßigen Eigentümer."

Almiras Gesicht verwandelte sich in ein Zerrbild des Hohnes:

„Sie meinen Benito?"

„Keinen anderen," versicherte der Verwalter.
Frau Santos stieß ein abderitanisches Gelächter aus, welches
Herrn Brewer durch Mark und Bein drang.
„Wann wurde das gemacht?"
Der Bankier hatte offensichtlich eine Auseinandersetzung
erwartet, er zog seine Vermerke zu Rate:
„Vor fünf Tagen," erklärte er.
„Warum wurde mir das nicht gestern gesagt?"
„Weil ich die Hiobsbotschaft Ihnen selber mitteilen wollte."
Frau Santos sprang wütend auf:
„Sie Narr, Sie geweihter Esel, mein Mann ist vor zehn
Tagen gestorben," schrie sie aus vollem Halse.
Herr Brewer bewahrte die Ruhe, er lächelte schelmisch:
„Benito ist tot? Aber scheinbar nicht sein Doppelgänger."
Almira starrte ihn entgeistert an:
„Wie ist das gemeint?"
„Ganz einfach. Wenn Ihr Mann seit zehn Tagen tot ist, dann
hat er einen Doppelgänger."
„Sie faseln," keuchte Frau Santos.
Mit diesen Worten stürmte sie hinaus.
Als Almira daheim ankam blieb sie wie angewurzelt stehen.
Die Haustür stand weit offen. Ein heilloser Schrecken
durchfuhr die verworrene Frau. Hatte sie nicht eigenhändig alle
Fenster von innen verriegelt und die Außentür sorgfältig
verschlossen? Nur sie besaß einen Schlüssel für das Haus. So,
was ging hier vor? Da, schon wieder meldete sich die Stimme,
welche nie ruhte. „Benito, was hast du mir angetan?"
Frau Santos stöhnte. Sie wußte was ihrem Mann widerfuhr.
Wie könnte sie vergessen was an jenem verhängnisvollem
Nachmittag geschah. Benito, der Fluch ihres Daseins, ist aus
dem Weg geräumt.
Frau Santos starrte lange auf die weit-offene Haustür. Sie
mußte sich zwingen einzutreten. Zu ihrem Erstaunen fand sie
alles in Ordnung, folglich war ein Einbruch ausgeschlossen. Es
gab nur eine Erklärung: jemand wollte sie in die Arme der
Verzweiflung treiben. Mühselig schleppte sie sich von Raum
zu Raum, ächzend sank sie auf einen Stuhl. Während sie ein
Stoßgebet nach dem andern zum Himmel sandte, erschien die
Fratze des blanken Schreckens vor ihren Augen. Stöhnend

brach sie zusammen. Wie lange sie hingestreckt dort lag, hätte
Frau Santos nicht sagen können. Sie wurde unsanft
aufgeweckt. Die Bombe stand im Begriff entgültig zu platzen.
Es klopfte an der Tür, laut und beharrlich. Draußen stand
Lorenzo Silas, Benitos Busenfreund. Sie waren ein Herz und
eine Seele. Frau Santos sah den freimütigen Lorenzo höchst
ungern; sie betrachtete ihn als einen Störenfried. Freilich
hängte sie der Wahrheit ein frommes Mäntelchen um. Der
Ursprung ihrer Abneigung hieß Neid. Ein Geheimnis
umwitterte Benitos und Lorenzos Verhältnis, welches von
Anfang an ein bitterer Tropfen im Becher ihrer Freude war. Ihr
Bestreben eins mit Benito zu sein scheiterte an Lorenzos
rätselhaftem Einfluß auf ihren Mann. Ihr langjähriger
gemeinsamer Aufenthalt in Palermo, so dachte Almira, hat
etwas mit dieser Anhänglichkeit zu tun. Trotz wiederholten
Versuchen den Schleier des vermuteten Geheimnisses zu
lüften, sei es mit List oder anderweitig, ließen sich beide nicht
dazu bewegen viel darüber zu reden.

Nach einer kurzen Begrüßung hieß Frau Santos den
unwillkommenen Gast eintreten. Er kam ihr ungewöhnlich
bedrückt vor, als trage er die Last einer Hiobsbotschaft.

„Ist Benito nicht hier?"

Almira schüttelte den Kopf:

„Er ist verreist."

Als Lorenzo ihre verstörte Miene sah und die ausweichende
Antwort vernahm, ergriff ihn ein Mitgefühl:

„Stimmt etwas nicht, Frau Santos?" wollte er wissen.

Seine besorgte Erkundigung berstete den Damm ihrer
gestauten Gefühle. Während Lorenzo ihre kummervolle Miene
betrachtete, schlug sie die Hände vor das Gesicht und brach in
Tränen aus.

Lorenzo trat bestürzt auf sie zu. Er mißdeutete ihren
Tränenausbruch, welchen er der unglücklichen Ehe zuschrieb.
Almira war am Ende ihrer Kräfte. Kummer schwächt,
Mitgefühl stärkt. Wie sich herausstellte kam Lorenzo um
Abschied zu nehmen.

„Von mir?" spöttelte sie.

„Von Ihnen und Benito," versicherte er mit einer Betonung
die Almira aufhorchen ließ.

Ein Gedanke erwachte in der bedrängten Frau, welcher sie anfänglich abschreckte, doch schließlich übermannte.

„Wann kommem Sie zurück?"

„Nie wieder," erklärte er kurz und bündig.

Der nagende Gedanke nahm Gestalt an. Sie wollte, nein, mußte ihrem Herzen Luft machen. Ihre unglückliche Ehe hatte sie ans Tor der Hölle gezerrt, die Ereignisse der vergangenen Tage schleuderten sie mitten hinein.

Frau Santos fand weder Ruhe noch Rast. Der nächtliche Ansturm feixender Trugbilder, ganz zu schweigen von den fratzenhaften Wahngebilden die tagsüber an ihren Fersen nippten, raubten Almira den Lebenswillen. Kurzum, sie begrüßte die Gelegenheit ihr Leid zu teilen.

Freilich bewegte sie auch ein Hintergedanke, nämlich, zu gleicher Zeit das Geheimnis zu lüften, welches zwei ungleiche Männer in Banden hielt. Herr Silas kam ihr schon immer verlegen vor, als schäme er sich einer unchristlichen Tat. Doch so reumütig wie heute fand sie ihn noch nie. Als fühle er sich gezwungen etwas zu tun was ihm widerstrebte.

Während Almira noch überlegte ob sie Lorenzo die jüngsten Ereignisse mitteilen sollte, unterbrach er die peinliche Stille:

„Benito ist verreist, sagten Sie. Wann kommt er zurück?"

Almira stutzte. Der Klang seiner Stimme erweckte ihren Argwohn. Sie betrachtete ihn verstohlen von der Seite. Erstaunlicherweise erblickte sie nicht den stets pfiffigen, sonnigen Sizilianer, sondern einen feixenden Mann mit höhnischen Schelmen in den Augen. Almira erschrak bis ins Mark. Noch tiefer nachdem sie die verächtlich gekräuselten Lippen bemerkte. Ihr schauderte. Lorenzos Gesicht erweckte den Anschein eines Menschen der sich vom Kraut Sardonia nährt; in anderen Worten, er glich einem grinsenden Teufel, welcher den Keim der Tücke in sich trug.

„Vorsicht, Almira Grigoris," flüsterte der stets wachsame Schutzengel. „Sei auf der Hut, Dir steht was schlimmes bevor."

Kein Zweifel, ein ungnädiges Schicksal hatte sie im Visier. Almira ahnte, daß ihre Pläne durchkreuzt wurden; von wem war nicht schwer zu erraten. Alfonso Prego kam ihr in den Sinn, ebenso Lorenzo Silas, der lästige Gast, welchen sie verdächtigte mit im Bund zu sein. Aber wie verhielt es sich mit

Herrn Brewer, dem Bankverwalter? Der würdige Mann besaß weder Anlass noch Veranlagung zum Ränkeschmieden, geschweige zu rachsüchtigen Anschlägen auf eine Frau, mutmaßte Almira.

Fast augenblicklich änderte sich die Stimmung in dem Raum. Almira stand wie auf Nadeln. Unwirtliche Gedanken stauten sich in ihrem Kopf:

„Warum geht der Urian nicht, auf was wartet er noch? Doch nicht etwa auf eine Einladung Platz zu nehmen? Ha und nochmals ha, der kann lungern bis er Wurzeln schlägt, eh das geschieht," gelobte sie im Stillen.

Sie stand im Begriff ihr eigenes Haus zu verlassen, doch Lorenzos Bemerkung hielt sie zurück:

„Ich muß mit Benito reden und zwar sofort."

Almira starrte verdutzt auf ihn;

„Benito lebt nicht mehr," fuhr sie ihn an.

„Sie irren sich," entgegnete er lächelnd.

Frau Santos war keine Mimose, sie schreckte nicht leicht zurück. Aber was sie eben hörte brachte sie aus der Fassung. Wie vor den Kopf geschlagen horchte sie auf. Beim ersten Blick fiel ihr Lorenzos eigenartiges Verhalten auf. Seine lauernde Miene jagte ein Schauder über ihren Rücken. Mit mehr Bravado als Überzeugung schnaubte sie:

„Sie reden Unsinn, mein Lieber, ich bitte Sie mein Haus zu verlassen."

Lorenzo schüttelte den Kopf:

„Keineswegs rede ich Unsinn, noch bin ich gewillt das Haus zu verlassen. Schließlich besitze ich einen Schlüssel sowie die Genehmigung hier frei ein und auszugehen."

Frau Santos geriet nun völlig in Verwirrung:

„Genehmigung, von wem?" schrie sie.

„Vom Hausmeister, Benito Santos."

Bestürzt betrachtete sie Lorenzo näher, indessen die Erkenntnis in ihr reifte, daß sie die Zielscheibe eines hinterhältigen Anschlags sei und einer der Verschwörer vor ihr stand. In seinem Gesicht spiegelten sich mehrere Regungen. Hohn, Mitleid, aber seltsamerweise auch ein merklicher Unwille. Der Anblick verwirrte Frau Santos dermaßen, daß sie ein Bedürfnis überwältigte ihrer Bedrängnis Luft zu machen.

„Nehmen Sie Platz, Herr Silas," forderte sie ihn auf.

Sie begann die jüngsten Ereignisse zu erzählen. Mit gefühlvollem Nachdruck, erst stockend, dann geläufiger.

„Ich sah mit klaren Augen wie Benito unter den blutrünstigen Krokodilen verschwand. Nur ein Wunder hätte ihn von den Rachen dieser Bestien retten können. Bis heute wurde keine Spur von ihm gefunden."

Verärgert schaute Frau Santos auf:

„Sie lächeln?"

„Verzeihung, es geschah unwillkürlich," seufzte Lorenzo.

Nach einer kurzen Stille reckte er sich:

„Sie wissen, daß Benito und ich aus Palermo stammen."

„Schon, doch nicht viel mehr. Meine wiederholten Erkundigungen über sein Leben in der Heimatstadt wurden stets kurz abgefertigt. Lästiges schnüffeln nannte er diese unschuldigen Fragen. Ich folgerte schließlich, daß dort etwas schief ging."

Lorenzo nickte:

„Sie folgerten richtig."

„Darf ich wissen was es war?"

Lorenzo zögerte, er schien unschlüssig zu sein ob er fortfahren sollte. Almiras Eindruck verstärkte sich, daß ihr Besucher abermals mit seinem Gewissen haderte. Mit Schatten der Schuld auf seiner Stirn und einer rätselhaften Abscheu in den Augen, begann er zu erzählen:

„Vorweg möchte ich sagen, was Ihnen jetzt zu Ohren kommt mag wunderlich wie Bebels Schwänke klingen, aber es ist die bittere Wahrheit. Unsere Wege kreuzten sich zum erstenmal in den Jugendjahren. In kurzer Zeit nahm uns ein übelgesinntes Schicksal unter seine Fittiche."

„Übelgesinnt?" fiel ihm Almira ins Wort.

„So verhielt es sich. Beide zeigten wir verhängnisvolle Neigungen."

„Ich höre, Herr Silas, ich höre mit beiden Ohren," versprach sie.

Lorenzo konnte sich ein grinsen nicht verbeißen, er verstand. Schicksalhafte Veranlagungen waren Almira nicht unbekannt. Sein Blick wanderte von ihr zur Tür. Er schien unschlüssig zu sein ob er bleiben oder gehen sollte. Er gab sich einen Ruck. Almiras erwartungsvolle Miene löste seine Zunge.

„Ja, dem Zufall verdanken wir unsere Bekanntschaft, das nachträgliche Bündnis jedoch beruhte auf einer verwandten Gesinnung."

Frau Santos konnte sich ein bedeutsames hm-hm nicht verkneifen.

„Wie Sie wahrscheinlich ahnen verband uns ein Hang zu abenteuerlichen, wenn nicht schrulligen Unternehmen. Diese Eigenschaft war das Pfand unserer Freundschaft, welche jedoch endete nachdem Kollege Ernesto Rinaldi in hundert Stücke gerissen wurde."

Frau Santos fuhr hoch:

„In Stücke gerissen? Von wem, warum?"

„Von Krokodilen. Der Grund ist bis heute ein Geheimnis in Rätsel gewickelt."

Lorenzos Verhalten machte Almira stutzig. Sein Gesicht drückte nicht bloß Bedauern und Trutz aus, seltsamerweise auch Unbehagen. Der Mann ist auf dem Sprung, der Biß des Gewissens kneift an seinen Fersen, folgerte sie.

„Ich nehme an Sie reden von einem Unfall," meinte sie.

„Wer weiß," gestand er knurrend.

Almira war nicht schwer von Begriff. Sie ahnte mehr als sie in Worte ausdrücken konnte. Ihr Besucher wollte reden, doch etwas hielt ihn zurück.

„Erzählen Sie schon, Herr Silas," ermunterte sie ihn.

Lorenzo nahm sie beim Wort:

„Benito und ich stolperten von einem Unternehmen zum nächsten. Erfolg ließ leider auf sich warten, bis Onkel Guiseppe uns unter seine Fittiche nahm. Er war alt aber ungebeugt, außerdem verschroben.

„'Burschen ihr ackert im Sand,' belehrte er uns.

„'Was meinst Du, Onkel,' fragte ich.

„Der hartgesottene Sünder nahm uns unter die Lupe, indessen ein pfiffiger Ausdruck sein Gesicht erhellte. Onkel Guiseppe, Gott hab ihn selig, besaß ein echt sizilianisches Wesen: liebenswürdig, doch kämpferisch beim geringsten Anlaß. Obwohl er seine Streitsucht mit einer eingeübten

Geschmeidigkeit bemäntelte, war ihm diese Neigung ins
Gesicht geschrieben. Mein Onkel unterrichtete uns wie folgt:
„'Burschen, hört zu. Ihr wandelt auf zertretenen Pfaden, die
von einem Fehlschlag zum nächsten führen. Mit Nachahmerei
kommt man auf keinen grünen Zweig.'
„'Onkel, raus mit der Sprache, was schlägst Du vor?' forderte ich in einem forschen Ton. Diese Bemerkung schürte des
alten Streiters Feuer. Der einstmalige Räuber der Marquis und
gefürchtete Seeräuber, geriet in Fahrt. Was er uns unterbreitete
verschlug Benito und mir die Sprache und den Atem."
„Sie machen mich neugierig, " gestand Frau Santos.
„Was uns zu Ohren kam hörte sich wie ein Opiumtraum an.
„ 'Habt ihr je von dem Mann gehört der mit den Krokodilen
schwamm?' fragte er uns.
„Wir schauten uns verdutzt an. Scherzt der alte Brigant mal
wieder? fragten unsere Blicke. Wie es sich herausstellte war
das nicht eine seiner Schnurren. Onkel Guiseppe breitete eine
Sammlung von Bildern vor uns aus."
Frau Santos meinte halb spöttisch, halb ungläubig:
„Bilder von Krokodilen?"
„Mehr, viel mehr. Wir kamen aus dem staunen nicht heraus.
Was wir sahen und hörten läßt sich mit bloßen Worten nicht
beschreiben. Uns sträubten sich schier die Haare als wir die
atemberaubenden Bilder sahen. Nicht bloß schwamm ein Mann
unter einer Anzahl Krokodilen, sondern die urzeitlichen Biester
schienen angetan von ihm zu sein."
„Wie ist das gemeint?"
„Sie scharrten sich um ihn."
„Feindselig, vermute ich."
„Keineswegs. Wie erwähnt wetteiferten die unansehlichen
Echsen sichtlich um seine Nähe."
Als Frau Santos ihren Zweifel ausdrücken wollte, wehrte
Lorenzo mit beiden Händen ab:
„Gewiß erweckte die Gegenwart des Mannes die Aufmerk-
samkeit der Krokodile, aber wie man aus den Bildern ent-
nehmen konnte, bewegte sie mehr als bloße Neugier seine
Nähe zu suchen. Benito meinte, daß man so etwas nicht alle
Tage sehe. Ich gab ihm recht, derweilen ich Onkel Guiseppe
aufmerksam betrachtete. Seine selbstgefällige Miene erweckte

in mir den Gedanken, daß sein Hang zur Gaukelei hier mitmische. Benito flüsterte mir ins Ohr: ‚Lorenzo, es ist nichts wie Rauch und Schall. Das ganze ist hingestellt, sag ich dir.‘ Doch fragte ich mich im Stillen zu welchem Zweck.“ Frau Santos schaute erwartungsvoll auf Lorenzo. Sie hatte das Gefühl, daß er im Begriff stand ein Geheimnis zu lüften, welches Benitos inneren Kern ungünstig beeinflußte. Wehmütig dachte sie an die Zeit ihrer anfänglichen Gemeinschaft. Benito war ja so liebevoll und zärtlich zu ihr. Kam die Wandlung plötzlich oder allmählich? Sie konnte es nicht sagen, aber sie kam. Der Mann mit dem ritterlichen Benehmen und sorgsamen Wesen, entpuppte sich mit der Zeit als ungeschliffener Rohling.

Almira wurde unruhig. Lorenzos Bericht kam ihr langatmig vor, wenn nicht ziellos. Dazu litt er unter der Vorstellung, daß Benito noch lebte. Hätte er, sowie Anwalt Prego und Bankier Brewer, Benitos wilde Schmerzensschreie und verzweifelte Hilferufe gehört, wer weiß ob sie nicht ebenfalls folgern würden, daß ihr Vorhaben scheiterte. Etwas ging fehl, die Verschwörer hatten sich verrechnet. Benito Santos, ihr einstmals geliebter und verehrter Gefährte, erlitt das gleiche Schicksal wie Ernesto Rinaldi. In anderen Worten, er wurde von den Krokodilen in hundert Stücke gerissen.

Kein Zweifel bestand daran. Doch die vermutlichen Ränkeschmiede schienen überzeugt zu sein, daß Benito noch lebe und jeden Augenblick mit dem flammenden Schwert in der einen Hand, dem Hexenhammer in der anderen, ihr den Weg nach Canossa zeigen würde.

Almira kicherte in sich hinein bei dem Gedanken an solch schemenhafte Vorstellungen, die obendrein unerfüllbar waren. Soviel ahnte sie, doch inwiefern die Heimtücker sich verrechnet hatten, blieb ihr ein Geheimnis. Doch als Lorenzo seinen Bericht fortsetzte begann sich der Schleier zu lüften.

Der Kern der Sache war dieser: Onkel Guiseppe fühlte sich zutiefst bedrückt. Die Mutlosigkeit des Neffen, von Benitos Verzagtheit verschlimmert, sei ihm ein Pfahl im Leib, verkündete er:

„‘Eine Schande für die ganze Sippe ist eure Stümperei,‘ wetterte er.

„Was schlägst du vor, Onkel?" wollte Lorenzo wissen.
Die Sache wurde besprochen bis man einen Plan schmiedete
und sich endlich einigte.

In Kürze erschienen augenfällige Schilder an vielen
Straßenecken in Palermo: Kommt Leute, kommt, seht den
Mann der mit den Krokodilen schwimmt, hieß es. Der Mann
war Benito Santos, zu dem sich später Ernesto Rinaldi gesellte.

„Der von den Krokodilen in Stücke gerissen wurde," unter-
brach Frau Santos. Dann fügte sie hinzu:
„Wie konnte so etwas geschehen?"
Lorenzo winkte ab:
„Lassen wir das mal vorläufig sein."
Trotz Almiras keimenden Argwohn, nickte sie beifällig.
Beharrlichkeit wäre im Augenblick fehl am Platz, im Hinblick
auf Lorenzos finsterer Miene und abweisender Haltung, dachte
sie. Überdies vermutete sie, daß ihre arglose Frage einen
wunden Punkt berührte, nämlich, das Geheimnis einer
sonderbaren Freundschaft. Gegensätzlichere Naturen wie
Benito und Lorenzo konnte sich Almira nicht vorstellen.

Mit belegter Stimme erzählte Lorenzo weiter:
„Das Ungeschick kam uns verteufelt ungelegen. Unser
Erfolg, der hohe Wellen schlug, nahm ein jähes Ende."
Hier endete auch sein Bericht. Während er geistesabwesend
vor sich hinstarrte, konnte Frau Santos nicht umhin ihren
ungebetenen Gast argwöhnisch und besorgt zu betrachten.
Widersprüchliche Gedanken fuhren durch ihren Kopf. Was
bewog Lorenzo zu dem Besuch? Galt er Benito oder ihr? Der
sonst selbstsichere, zuweilen anmaßende Mann, schien mit den
Geistern der Nacht zu ringen, welche ihn von Pilatus zu
Herodes jagten, ja, sogar zur mißachteten Almira Grigoris.

Die Tochter von Salerno war freilich ungeschult, aber
keineswegs unwissend. Sie lernte zeitig Demütigungen
würdevoll, wenn nicht anmutig, hinzunehmen. Sie ertrug
Nackenschläge mit erstaunlichem Gleichmut.

Lorenzo wurde merklich unruhig, während seine Augen von
Almira ins Leere wanderten. Er räusperte sich wiederholt. Mit
falscher Miene und belegter Stimme fragte er lauernd:
„Was ich noch sagen wollte, hat Benito je die Sache mit den
Krokodilen erwähnt?"

„Erwähnt schon, doch erläutert nie."

„Hm, hm," meinte Lorenzo indem er sich bedächtig das Kinn rieb.

„Manchmal machte er im benebelten Zustand verschleierte Andeutungen. Sobald ich jedoch die geringste Teilnahme zeigte, verstummte er. Ich muß schon sagen, daß die Geheimniskrämerei hinsichtlich seiner Vergangenheit, so manchen Streit zwischen uns auslöste."

Almira fuhr auf:

„Warum schauen Sie mich so merkwürdig an?"

„Mir liegt eine Frage auf der Zunge, die nicht so recht heraus will."

Frau Santos lächelte:

„Ist sie etwa gewagt oder sogar anstößig?"

„Keineswegs," versicherte Lorenzo.

„So fragen Sie schon," forderte sie.

Nach zwei, drei Anläufen platzte er heraus:

„Sie sagten, daß Benito strauchelte und ins Wasser unter die planschenden Krokodile fiel."

„So verhielt es sich."

„Was geschah dann?"

„Ein wildes Getümmel entstand, markerschütternde Schreie zerissen die Luft, gellende Hilferufe erzeugten einen heillosen Wirrwarr unter den Wächtern. Sie eilten mit verstörten Gesichtern herbei. Ihre wiederholten Fragen beantwortete ich wahrheitsgetreu. Das wirre Durcheinander hinterließ einen schaurigen Eindruck auf mich, der mir heute noch folgt."

Lorenzo starrte fassungslos auf Frau Santos, während er kopfschüttelnd die Stirn in Falten zog:

„Frau Santos, bei aller gebührender Achtung, Sie reden ins Blaue hinein. Benito konnte unmöglich von den Krokodilen angegriffen werden."

„Hm, seltsamerweise behaupteten die Wärter dasselbe. Der Vorstand, Ralph Kinsley, raufte sich die letzten Haare auf dem Kopf, während er wie von Sinnen hin und her lief, vielmehr taumelte, mit Beteuerungen auf den Lippen die mich stutzig machten."

„Inwiefern?" wollte Lorenzo wissen.

„Herr Kinsley war sichtlich verblüfft, sein ganzes Wesen drückte Unglaube aus. Ihm nach, wie auch Ihnen, bestand nicht die geringste Möglichkeit, daß die Krokodile je einen Menschen bedrängen, geschweige denn übel zurichten."

„Nicht Benito," fiel Lorenzo ein.

Frau Santos schenkte ihm keine Beachtung. Sie fuhr fort: „Der Oberwärter verkündete laut und deutlich, daß in seiner jahrelangen Dienstzeit dergleichen nie geschah, daß die Krokodile eher verspielt als bösartig sind. Ja, mehr als einmal fiel ein übermütiger Prahlhans ins Wasser, mitten unter die erstaunten Echsen. Was geschah? Sie umringten ihn neugierig, doch ließen den strampelnden Angeber unbehelligt ans Ufer schwimmen, vielmehr krabbeln."

Almira erinnerte sich an Lorenzos Worte:

„Sie sagten eben: nicht Benito. Was meinten Sie damit?"

„Nichts weniger als das: Benito war gefeit. Er besaß, besitzt immer noch, das Mittel welches die blutrünstigen Neigungen der Krokodile in einen schäkernden Hang verwandeln. Sie kichern?"

„Wer kann es mir verübeln, im Hinblick des kürzlichen Ereignisses."

Almira warf einen vorwurfsvollen Blick auf Lorenzo:

„Wie man behaupten kann, daß Benito noch lebt, nach seinem tötlichen Gefecht mit den grauenvollen Biestern, erscheint mir schemenhaft. Übrigens fand eine Leichenschau statt, ohne Leiche natürlich. Das Urteil: Tod durch ein Mißgeschick."

Lorenzo schüttelte ungehalten den Kopf, während er murmelte:

„Unmöglich, unmöglich."

„Aber wahr," entgegnete Almira, wonach sie weiterfuhr.

„Es erübrigt sich zu sagen, daß ich den Befund mit Herz und Seele begrüßte. Erstens entspricht er der Wirklichkeit, ferner begünstigte er meine Ansprüche auf die Erbschaft. Zu Ihrer Kenntnisnahme, fünf verläßliche Zeugen bestätigten meine Aussage. Benito erkletterte das Brückengeländer mit Vorbedacht. Sein Vorwand Bilder von den Krokodilen zu machen fand keinen Anklang bei den Geschworenen. Sie kannten die Anlage wie ihre eigenen Taschen. Es waren durchaus sachliche Männer und Frauen; freilich etwas begriffsstutzig, doch von Natur aus gerecht und besonnen. Warum ein Mann im mittleren Alter, beleibt und ungelenk, halsbrecherische Kunststücke vorführen wollte, erschien ihnen genauso rätselhaft wie die Mordlust der Krokodile; unbegreifliche Mordlust, verkündete der Vorstand mehr als einmal."

Frau Santos verstummte. Sie heftete ihre Augen auf Lorenzo; offensichtlich bewegte sie etwas. Ihr erwägender Blick störte Lorenzo. Er platzte heraus:

„Stimmt etwas nicht?"

„Mehr als bloß etwas, viel mehr," entgegnete sie.

Quälende Erinnerungen gingen ihr nicht aus dem Kopf. Immer wieder schwebten vor ihren Augen Vorstellungen die ihr Dasein erschwerten. Einerseits wollte Benito sie loskriegen, doch anderseits versuchte er sie enger an sich zu ketten. Ihre Gegenwart verlieh ihm Lebenszweck. Ein Dasein ohne die mißachtete Ehefrau kam ihm gewiß öde und leer vor. Soviel wußte die sittsame doch ungebeugte Almira Grigoris. Sie kicherte in sich hinein. Man hat sich verrechnet. Etwas unvorhergesehenes geschah. Die Grube welche man ihr grub wurde Benito selber zum Verhängnis. Er heckte etwas gegen sie aus, den vermeintlichen Hemmschuh seines Glücks. Angestachelt von den Geistern im Grappa, unterstützt von sogenannten Freunden, die ihr Mütchen an ihr kühlen wollten, plante Benito sie zu unterjochen.

Während Almira diesen Gedanken nachging, sprang Lorenzo plötzlich auf. Er schaute wild um sich, eh er mit zwei, drei Sätzen durch die Hintertür verschwand. Bestürzt schaute ihm Almira nach; sie verstand nun garnichts mehr. Benitos Helfershelfer wußten genau was geschah, folgerte sie von Anfang an. Das Ergebnis der Leichenschau war ein offenes Geheimnis. Somit fand sie die Beteuerungen Lorenzes höchst verdächtig. Benito lebt, gab er und andere nachdrücklich zu verstehen. Den Zweck dieser Heuchelei erkannte Almira erst viel später, im Schoß der alten Heimat.

Almira schreckte auf. Ein wiederholtes, gebieterisches klopfen an der Tür nahm an Heftigkeit zu. Um ein Haar wäre sie wie Lorenzo kopfüber aus dem Haus gestürzt. Doch ein Blick durch das Guckloch beruhigte sie. Zwei Männer standen draußen die einen angenehmen Eindruck machten. Trotzdem zögerte sie ihnen Einlaß zu gewähren. Erst nachdem sie Stimmen in ihrer Muttersprache vernahm, öffnete sie die Tür vorsichtig.

Die Herren, offensichtlich von italienischer Herkunft, umgab ein Hauch von Wichtigkeit. Ohne Umschweife wiesen sich beide aus: Inspektor Lucarno, Wachtmeister di Paoli, las Almira auf ihren Ausweisen.

„Wir handeln im Auftrag der Kriminalpolizei von Eureka," wurde ihr mitgeteilt.

Frau Santos war nicht schwer von Begriff; sie verstand. Allerdings nicht so recht wie es sich herausstellte.

„Hat es etwas mit dem Mißgeschick meines Mannes zu tun?"

„Ja, aber es war kein Mißgeschick."

„Oh, was denn?"

„Vorsätzlicher Mord."

„Ich vermute, Sie lasen den Bericht," meinte der Inspektor.

„Sie verweisen auf den Gerichtsbefund," meinte Almira.

„Denselben," kam eine knappe Antwort.

„Den las ich von Anfang bis zum Ende, und zwar unter der Lupe," versicherte sie.

Dann fügte sie rasch hinzu:

„Was unter den Umständen verständlich ist."

Die Männer nickten, sie kannten sich aus in solchen Angelegenheiten.

Inspektor Lucarno räusperte sich:

„An der ganzen Sache ist etwas faul. Vom unwillkürlichen Sturz ihres Mannes bis zur plötzlichen Mordgier der Krokodile, die friedlich waren, wenn nicht menschenfreundlich, stimmt etwas nicht."

Wachtmeister di Paoli wollte eine Frage stellen, doch Frau Santos kam ihm zuvor:

„Warum kommen Sie zu mir?"

Kein Schatten einer Beklemmung trübte ihr Gesicht; sie hatte eine reine Weste. Schließlich schworen fünf verläßliche Zeugen, daß sie Benito weder schubste noch bedrängte. Ha, man kann mir nichts zur Last legen. Almira jubelte zu früh, sie unterschätzte den Scharfsinn der örtlichen Polizei, wie es sich ergab.

Zum Verdruß Almiras sprach der Inspektor von ihrer zerrütteten Ehe, während Wachtmeister di Paoli in einem Merkbüchlein blätterte. Als er nickte verstummte sein Vorgesetzter. Herr di Paoli hob den Kopf, sein musternder Blick ließ ihr Herz sinken. Ihre selbstgefällige Miene verzog sich merklich. Das Gespenst der kürzlichen Vergangenheit begann sich zu rühren. Doch wie schon erwähnt, Almira Grigoris war keine Mimose, noch weniger eine Leisetreterin. Gewiß nagte zuweilen die Schuld an ihrem Gemüt, ebenso die Ungewißheit. War ihr Wunsch der Vater des Geschehens? In anderen Worten, fand Benito den Tod weil sich ihre Gedanken verirrten? Von Benito befreit sein wollte sie schon, ihn töten jedoch nicht. Ihr Unterbewußtsein, jener tief verschanzte und verleugnete Unhold, machte Frau Santos zu schaffen. Doch sie ließ sich nichts anmerken.

Wachtmeister di Paoli unterbrach ihren Gedankengang:

„Frau Santos, darf ich einige Fragen an Sie richten?"

Sein Vorgesetzter fiel ein:

„Zwanglose Fragen, ungezwungene Antworten, wenn ich bitten darf."

„Nur zu," ermunterte Frau Santos.

Di Paoli ließ sich nicht zweimal heißen:

„Bei der Leichenschau behaupteten Sie, daß Ihr Mann kein Wort außer verzweifelte Hilferufe ausstieß."

Frau Santos verlor die Fassung. Aus ihren Augen schossen Pfeile des Unmuts, ihr Mund verzog sich schmollend. Hätten Blicke töten können, so wäre Vancouver um zwei Kriminalbeamte ärmer gewesen. Sie ließ sich Zeit mit ihrer Antwort. Sie erwägte ihre Rechte: schweigen war eins davon, doch sie entschied anders:

„So verhielt es sich, " erwiderte sie etwas trotzig.

Die Beamten wechselten Blicke, welche nicht schwer zu deuten waren. Inspektor Lucarno nahm das Wort:

Eine Zeugin meldete sich, welche Tonaufnahmen von dem Unfall machte. Dürfen wir sie abspielen?"

Obwohl sie ahnte, nein, wußte, daß die Wiedergabe einen Schatten auf ihre Glaubwürdigkeit warf, sagte sie zu. Richtig, was sie hörte spukte schon seit einiger Zeit in ihrem Kopf herum. Freilich milderten Rechtfertigungen den Biß des Gewissens, doch nur vorübergehend. Die Wirklichkeit, jene unbestechliche, mitleidlose Triebkraft alles Seins, zerstob solche Ausflüchte in alle Winde.

Frau Santos war kein gelehrtes Haus, doch sie besaß die Gabe ihre Missetaten unter der Schwelle des Bewußtseins zu begraben; das heißt, bis jetzt. Ihr Meineid, unverständlich, wirkte wie ein Pfahl im Leib. Die mittlerweile vorgespielte Tonaufnahme trieb ihn tiefer in ihr Gemüt. Am liebsten hätte sie von ihrem Hausrecht Gebrauch gemacht oder wäre wie Lorenzo durch die Hintertür verschwunden.

Nichts dergleichen geschah. Almira rührte sich nicht vom Fleck. Wie das gestellte Opfer eines Raubtieres saß sie da. Selbst als das Tonband abermals abgespielt wurde, bewegte sie kein Glied. Sie starrte stumm vor sich hin. Benitos verzweifelte Hilferufe waren ihr bekannt, seine unflätigen Verwünschungen, unverständlich, gingen ihr durch und durch. Benito verfluchte Lorenzo samt seiner Sippe in Grund und Boden.

Aber, aber, dachte sie damals, wie auch jetzt, die beiden sind doch unzertrennliche Herzensbrüder. Dieser Irrtum offenbarte sich gnadenlos noch eh die Polizisten das Haus verließen.

Während das Tonband ablief schaute Almira fragend vom Inspektor zum Wachtmeister, als wollte sie sagen: "Was soll das ganze?" Nun, sie sollte es gleich erfahren. Inspektor Lucarno unterbrach das Schweigen:

„Frau Santos, sie fragten was wir von Ihnen erwarten."

„Ja, das tat ich."

„Sie hörten eben Fräulein Marlowes Tonaufnahme."

Almira nickte. Wachtmeister di Paoli schaltete sich ein.

„Ihre Meinung, bitte. Ist die Wiedergabe echt?"

Ohne lange zu überlegen antwortete sie:

„Ich kann für die Stimme Benitos bürgen, doch für den Wortlaut nicht. Um die Wahrheit zu gestehen, das unselige Geschehen bestürzte mich dermaßen, daß ich Zuflucht in einer Ohnmacht fand. Heute noch liegt die Wirkung des schrecklichen Vorfalls schwer auf meinem Gemüt."

Als die Polizisten Seitenblicke auf sie warfen, begehrte Frau Santos auf:

„Was jetzt! Warum betrachten Sie mich mit Augen als trüge ich die Verantwortung an Benitos Mißgeschick."

Inspektor Lucarno bemerkte eindrücklich:

„Frau Santos, Sie schulden uns keine Erklärungen. Der Fall ist erledigt: Tod durch Unfall hieß das unwideruflice Urteil, mit einer angegliederten Empfehlung an die Polizei, die Ursache der plötzlichen Mordgier der Krokodile zu ermitteln."

Di Paoli meinte:

„Uns geht es nur darum der örtlichen Polizei zu helfen, die nichts weiteres anstrebt als den guten Ruf des Wildparks zu wahren."

„Vielmehr ihn wieder herzustellen," bekräftigte sein Vorgesetzter.

Dann fuhr er fort:

„Sie hörten eben Benitos entsetzliche Flüche, welche Lorenzo samt seiner Sippe galten."

Almira kicherte:

„Mein seliger Mann lästerte schon immer die Wolkem vom Himmel."

„Warum verwünschte er diesen Lorenzo," fragten beide Polizisten wie aus einem Mund.

„Das möchte ich auch wissen. In meinem Erachten hielten Lorenzo und mein Mann zusammen wie die Haimondskinder."

Doch irrte sich Almira darin. Die Gesichter der Beamten drückten Zweifel aus.

„Sie kennen Lorenzo Silas?" wurde sie gefragt.

„Wir stehen nicht auf vertrautem Fuß. Er meidet mich wie der Teufel das Weihwasser; doch nur bis jetzt," erläuterte sie.

Frau Santos berichtete von Lorenzos Besuch und seiner plötzlichen Flucht:

„Es ist mir rätselhaft was er von mir wollte."

Wachtmeister di Paoli äußerte sich:

„Wir wollen nicht lange um den heißen Brei herum reden. Ich stamme aus Palermo, wo der Fall Ernesto Rinaldi heute noch besprochen wird."

„Rinaldi, Rinaldi, ist das nicht der Mann der von Krokodilen in Stücke gerissen wurde?"

„Derselbe. Übrigens wird Lorenzo Silas und ihr Mann steckbrieflich gesucht."

„Aus welchem Grund?"

„Wegen vorsätzlichem Mord."

„Da schau her," rief sie aus.

Obwohl sie nicht sonderlich überrascht war, nahm Almira Anstoß an Wachtmeister di Paolis leichtfertiger Bemerkung. Versuchte der Kerl ihr etwas unter die Nase zu reiben? Die ungehaltene Geste Almiras störte ihn nicht, noch ihr verstimmtes Gesicht. Er berichtete weiter:

„Ich war damals noch jung und unerfahren, aber trotzdem im Polizeiamt als Spürnase bekannt. Kurzum, der Fall wurde mir übergeben. Benito Santos und Lorenzo Silas waren nirgendwo aufzufinden; sie suchten das Weite, wie ich bald herausfand."

„Na, na, Benitos Wohnort war doch sicherlich ein Geheimnis Policinellos," spöttelte Frau Santos.

Sie wurde mit einem nachsichtigen Lächeln geehrt:

„Allerdings. Doch ihre Flucht machte mich stutzig. Verdruß setzte ein als wir gestehen mußten, daß an eine Auslieferung nicht zu denken war."

„Warum nicht?" fragte Almire mit geschürzten Lippen und geringschätziger Miene.

„Zwei Gründe sprachen dagegen. Das Urteil des Leichenbeschauers: Tod durch einen Ungücksfall, und Mangel an Beweisen," wurde sie belehrt.

Almira schaute forschend, wenn nicht rügend vom Inspektor zum Wachtmeister, der ihr die Ungeduld vom Gesicht ablas:

„Ich weiß, ich weiß, Frau Santos, sie fragen sich immer noch warum wir hier sind.

Sein Vorgesetzter fiel ein:

„Wie bereits erwähnt handeln wir im Auftrag der örtlichen Behörde, die bestrebt ist den arg bedrängten Ruf des Wildparks wieder herzustellen."

„Schön und gut, aber wenn jemand glaubt ich kann Licht in die Angelegenheit werfen, der irrt sich. Was ich bezeugen kann ist nicht viel. Benito fiel ins Wasser, ob er sprang oder stürzte kann ich nicht sagen."

Inspektor Lucarno flocht ein:

„Beides ist nicht der Kern der Sache."

„Was dann?" bemerkte Almira mit gerunzelter Stirn.

„Die verblüffende, plötzliche Angriffslust der Krokodile. Was in Palermo geschah wiederholte sich in Eureka. Friedliche, wenn nicht verspielte Tiere, wurden urplötzlich mordlustig. Ihre angeborene Mordgier übermannte sie. Warum, muß man sich fragen. Was erweckte diese ursprünglichen Merkmale in den gezähmten Tieren? Außerdem muß eine bemerkenswerte Tatsache erwähnt werden."

„Die wäre?" wollte Frau Santos wissen.

„Die Gegenwart und Mitwirkung ihres Mannes in beiden Fällen."

„In beiden Fällen? Was hat Ernesto Rinaldis Unfall mit Benito zu tun?"

„Mit Verlaub, Frau Santos, sehr viel. Wir, die Polizei, betrachten ihn als unentbehrlichen Zeugen in der Sache Rinaldis, dessen Tod Schattierungen eines Mordes enthielt."

Almira schüttelte stumm den Kopf. Di Paoli richtete sich verärgert auf:

„Unsere Fahndungen verliefen im Sand, bis ein Zufall uns unter die Arme griff. Eine dringende Nachricht erreichte mich von Guiseppe Marino."

„Aha, Lorenzo Silas rühmlicher Onkel," meinte Almira.

„Derselbe. Er lag im letzten Ächzer. Sein Gewissen ließ ihm keine Ruhe, aber am meisten quälte ihn Padre Cassini, welcher dem alten Sünder riet sein Herz, vielmehr seine Seele, zu erleichtern. Er kisterte dem Todgeweihten ins eine Ohr, das Geheimnis, welches den grausigen Tod Rinaldis umwitterte, zu enthüllen. Keine Letzte Ölung ohne ein öffentliches Geständnis, keuchte er ihm ins andere. Ich wurde gerufen. Was ich hörte verschlug mir den Atem."

Als Wachtmeister di Paoli verstummte forderte ihn Frau Santos auf fortzufahren. Er kam ihr entgegen:

„Halbwegs auf dem Weg nach unten…"

„Vielleicht auch nach oben," bemerkte Lucarno mit einem Lächeln.

„Hm, wer weiß. Auf alle Fälle sprach der unverbesserliche Glücksritter, Seeräuber und Hochstapler von haarsträubenden

Ereignissen. Ich wiederhole: Ernesto Rinaldi widerfuhr kein Unglück."

„Kein Unglück, was dann?" fragte Frau Santos entsetzt.

„Er wurde das Opfer einer Ränke," erklärte der Inspektor.

„Geschmiedet von wem?"

Guiseppe Marino, Lorenzo Silas und Benito Santos," wurde ihr geantwortet.

„Wohlgemerkt, Onkel Guiseppe besorgte lediglich die Mittel zum Zweck. Er behauptete fest und steif, daß er nichts vom hinterlistigen Anschlag auf Rinaldi wußte. Freilich war die gärende Feindschaft zwischen seinen Schützlingen und Rinaldi kein Geheimnis."

Wachtmeister di Paoli entnahm seinen Taschen ein kleines Heft. Mit den Worten: „Hier ist seine Wiedergabe," fing er an darin zu blättern.

„Mit kraftloser Stimme teilte mir Guiseppe Marino folgendes mit: Das blühende Unternehmen – Mann schwimmt mit Krokodilen – erlebte einen Rückfall, dessen Ursprung ein Geheimnis blieb. Eine junge Frau namens Andrea Camini stellte sich vor. Sie hätte eine leichte Hand in Werbungsangelegenheiten, meinte sie, mit Augenaufschlägen die einer Messalinas Neid erweckt hätte. Sie erhielt mehr Aufträge als sie bewältigen konnte.

„In weniger als einer Woche warben Lorenzo und Benito um ihre Gunst. Mittlerweile gesellte sich Ernesto Rinaldi zu ihnen. Er besaß beträchtliche Fähigkeiten. Aber leider entpuppte er sich als unverbesserlicher Schwerenöter. Er konnte seine Augen nicht von Andrea lassen. Auch sie verschlang ihn schier mit verheißungsvollen Blicken.

„ 'Ich ahne Unheil,' knurrte Lorenzo.

„ 'Mir schwant nichts gutes,' verkündete Benito.

„Einer wie der andere verlor die Hoffnung. Die gute Stimmung ging zur Tür hinaus. Mißmut kehrte ein. Was die Lage verschlimmerte waren die bemerkenswerten Fähigkeiten Rinaldis.

„Ich unterbrach Marinos Bericht mit den Worten: 'Aber, aber, sollte Tüchtigkeit nicht willkommen sein?'

„Trotz Onkel Guiseppes kläglichem Zustand kicherte er unverhohlen. Ein verschmitzter Zug überflog sein Gesicht:

„'Herr Polizist, Sie wissen wenig vom menschlichen Gemüt.'

„'Vielleicht, aber ich weiß noch weniger warum Rinaldi von den Krokodilen getötet wurde. Immerhin stand er mit ihnen auf du und du, wie ich verstehe.'

„'Ganz einfach, er benutzte die verkehrte Pfeife.'

„Sprachlos starrte ich auf ihn:

„'Die verkehrte Pfeife? Wie ist das gemeint?'

„Guiseppe Marino winkte ab. Ein Blick auf ihn sprach deutlicher als bloße Worte. Glücksritter Marino stand mit einem Fuß vor seinem Schöpfer. Sein Gesicht verwandelte sich in eine Maske des Todes. Padre Cassini erschien wie gerufen. Er legte einen Finger auf seine Lippen und hieß mich den Raum verlassen:

„'Warten Sie draußen auf mich,' wisperte er, während er sein Manipel über den Arm schwang.

„Indessen ich im Gang unruhig hin und her lief, ging mir allerhand durch den Kopf. Onkel Guiseppes rätselhafte Worte, 'er benutzte die verkehrte Pfeife,' ließen mir keine Ruhe. Wie konnte der Ton einer Pfeife, irrtümlich benutzt oder nicht, die Mordlust der halb gezähmten Viecher entfachen? Freilich war ich mir bewußt, daß Tiere von Tönen beeinflußbar sind; man kann sie damit locken oder vertreiben. Aber ihre ursprüngliche Mordlust wieder ins Leben rufen, vor allem gegen Rinaldi, der einen erstaunlichen Einfluß auf die Biester hatte, das erschien mir unwahrscheinlich. Doch die schleierhaften Worte des alten Seeräubers stöberten durch mein Hirn: 'Ganz einfach, er benutzte die verkehrte Pfeife,' sagte er mit einer Geste die kaum nachahmbar war.

„Somit folgerte ich, daß mehr als eine Pfeife vorhanden war. Eine, um die Krokodile zu besänftigen, die andere um ihre angeborene Mordgier anzustacheln. Als ich genaueres darüber wissen wollte, wurde der sonst geschwätzige Onkel Guiseppe schweigsam. Mit einer müden Handbewegung gab er mir ein Zeichen zu gehen. Eh ich mich umwandte warf ich einen letzten Blick auf ihn. Nicht viel war zu sehen, außer deutliche Spuren einer drückenden Schuld."

Frau Santos hatte nur mit halbem Ohr zugehört, bis die Rede auf die geheimnisvolle Pfeife kam, deren Töne vermutlich

Rinaldis grausigen Tod verursacht hatten. Von da an horchte sie auf. Während ihre forschenden Augen vom Wachtmeister zum Inspektor wanderten, ging ihr langsam ein Licht auf. Sie ahnte den Zusammenhang zwischen Rinaldis und Benitos unheilvollem Ende. Sie wollte ihr Vermutung den Polizisten mitteilen, doch kein Wort kam über ihre Lippen.

„Die Bewandtnis einer geheimnisvollen Pfeife erschien mir wie ein fauler Zauber, ein Hirngespinst eines alten Mannes mit frevelhaften Neigungen; das heißt, bis mir der Padre ein Papier in die Hände drückte mit den Worten:

„'Guiseppe Marino beauftragte mich Ihnen das zu überreichen.'

„Kaum las ich zwei Zeilen, da wollte ich zu dem Sterbenden eilen. Doch Padre Cassini duldete es nicht. Er pflanzte sich breit vor der Tür auf: 'Guiseppe muß ungestört bleiben. Er spricht eben zum Vater aller Väter,' unterrichtete er mich."

„Was meinte der Padre damit?" fragte Almira.

„Er betet sein letztes Vaterunser" antwortete di Paoli.

Neugier gewann die Oberhand über sie. Viele Fragen lagen ihr auf der Zunge. Doch zuerst wollte sie wissen was Onkel Guiseppe dem Wachtmeister mitteilte.

„Es war ein Geständnis. Er hatte die unheilvolle Pfeife besorgt, welche sein Neffe mit Benitos Einvernehmen Rinaldi unterschob."

„Was ist damit gemeint?" fragte Frau Santos.

„Lorenzo ersetzte Rinaldis übliche Pfeife, welche zur Besänftigung der Krokodile benutzt wurde, mit einem wahren Teufelswerk. Gemeint ist eine Pfeife die gräßliche Töne erzeugt, welche die vorsintflutlichen Triebe der sonst friedlichen Tiere erweckt."

Der Inspektor meinte:

„In anderen Worten, die Mißtöne der unterschobenen Pfeife stachelten die Krokodile dermaßen an, daß sie in eine blinde Raserei gerieten und den ahnungslosen Rinaldi in wenigen Sekunden in Stücke rissen."

Die wiederholte Erwähnung von Rinaldis Unglück, oder kaltblütigem Mord, erschütterte Frau Santos ungemein. Aber nur halb so tief wie die Sache mit der verkehrten Pfeife, welche Rinaldi zugeschoben wurde.

Almira erhob sich wie gequält. Erblaßt bis unter die Haut, starrte sie ins Leere. Ihre Lippen bewegten sich, doch kein Laut entwich ihnen. Schatten des Widerwillens, gemischt mit Schreck und Furcht, entstellte ihr sonst liebenswürdiges Gesicht.

Die Polizisten schauten sich bestürzt an. Eine Bemerkung lag ihnen auf der Zunge, doch sie schwiegen. Ja, eine ritterliche Gesinnung überwiegte ihren Diensteifer und ihre berufliche Neugier.

Inspektor Lucarno wurde merklich ungeduldig. Die Hoffnung auf einschlägige Auskunft zugunsten Eurekas Verwaltung, vielmehr des Naturparks, glich einem schönen Traum mit einem unseligen Ende. Ohne Zweifel, so mutmaßte er, besitzt Frau Santos den Schlüssel zur Ergründung des rätsehaften Angriffs auf ihren Mann. Doch sie hütete ihn wie die heilige Martha die ihrigen. Er gab di Paoli einen Wink, der mehr als Worte verriet; Zeit zum gehen, Herr Kollege, wir jagen ein Trugbild, hieß die Geste, welche er verstand. Sie nahmen Abschied und verließen das Haus.

Zeichen des Frühlings erschienen an allen Ecken und Enden. Die Berge wurden zusehends schnee- und eisfrei, in den Tälern entstand eine blühende Welt. Straßenmusikanten nahmen ihre Plätze ein; sie spielten mit geröteten Wangen und Glanz in den Augen. Es war eine Freude am Leben zu sein. Jung wie alt strömten durch den Stanley Park. Eine übermütige Stimmung lag in der Luft, die aber nicht von allen geteilt wurde.

Almira Santos sah weder die blühenden Gärten noch die geblähten Segel in der Bucht. Sie hatte viel nachzudenken. Ihren seligen Mann, der Teufel hole ihn, hatte die Fügung des Schicksals ereilt. Sie war seit Jahren gewillt gewesen sich mit Gruß und Kuß vom ihm zu trennen.

„Benito, sei doch vernünftig, eine Scheidung ist der einzige Ausweg," hatte sie öfters gefleht.

Ha, die Vernunft unterlag der Männerehre, jener scheuernden Fessel die Leib und Seele erdrosseln kann.

Während Almira mit gesenktem Kopf und schweren Schritten hin und her wanderte, schweiften ihre Gedanken von Benitos unglücklichem Ende zu den kürzlichen Ereignissen, welche sie nach wie vor nicht erklären konnte. Sein grausamer Tod war nicht schwierig zu enträtseln; die Schuld lag an ihr, soviel leuchtete ihr ein. Um ein Haar hätte sie es den Polizisten gestanden, doch ihre innere Stimme hielt sie zurück. Ja, als die Rede auf die vertauschten Pfeifen kam, wußte Almira Bescheid. Sie hatte die kleinen Dinger wahrscheinlich verwechselt.

Es kam so: Zwei Tage vor der Reise nach Eureka begann Almira zu packen, mit einer Sorgfalt die ihr Mann belächelte. Sie keuchte, rannte von einem Zimmer ins andere, hielt Selbstgespräche und warf die Arme in die Luft. Trotz der Hetze ließ sie Benito nicht aus den Augen. Er bestand darauf seinen Koffer selbst zu packen, was die Frau unwillig gelten ließ. Ihre scharfen Augen bemerkten so manches was ihr mißfiel, doch sie schwieg. Selbst als er ein kleines Kästchen unter der Wäsche versteckte, sagte sie kein Wort. Doch allerlei Gedanken schwirrten ihr durch den Kopf. Was konnte das wohl sein? Warum benahm sich Benito wie ein Dieb, als er das Kästchen so verstohlen verpackte?

Am Tag der Abreise, als ihr Mann dem Vorarbeiter die letzten Anweisungen gab, huschte Almira unruhig umher. Das geheimnisvolle Kästchen ließ ihr keine Ruhe. Von der Neugier geplagt, der Pflicht getrieben, öffnete sie den Koffer. Sie fand was sie suchte. Das Kästchen lag im Nu in ihren Händen. Der Inhalt verblüffte und enttäuschte sie zur gleichen Zeit. In dem einen Fach wie dem anderen lag eine unscheinbare Pfeife. Sie nahm beide heraus, blies auf ihnen und legte sie wieder stirnrunzelnd zurück. Keiner war ein Ton zu entlocken. Erst viel später erkannte sie eine schauderhafte Tatsache: sie hatte die Pfeifen vertauscht. Benitos Schicksal ereilte ihn.

Mittlerweile regelte sich alles weitere wie von selbst. Aber erst nachdem Almira den mutmaßlichen Verschwörern gesetzlich zu Leibe rückte. Wie schon erwähnt begriff sie den bösartigen Angriff auf sie nicht so recht. Sicherlich beabsichtigte Benito ihr etwas anzutun, sei es bloß um sie unter seiner Fuchtel zu halten. Aber warum auf solch abwegige

Weise? Freilich kann Haß, geschürt von übermäßig alkoholischem Genuß einem den Verstand rauben, gestand Almira Grigoris, wie sie fortan hieß.

Aber wie verhielt es sich mit den hochmütigen Helfershelfern? Was bewegte sie an dem Schwindel, verbrecherischem Schwindel, teilzunehmen?

Grübeln, sich mit quälenden Gedanken herum schlagen, widerstrebte Almira. Sie fühlte sich frei und erlöst. Ihr Gewissen war nicht belastet. Das Schicksal hatte entschieden.

Schließlich hatte sich alles zu ihren Gunsten eingerenkt. Sie verkaufte ihr Haus, den Betrieb überschrieb sie den Angestellten. Nachdem die nötigen Unterlagen besiegelt und unterschrieben waren, kehrte sie nach Salerno zurück.